KB156577

끝 이야기

OWARI MONOGATARI GE

▨▧ 는 (주)학산문화사가 일본 ▨▧ 와 제휴하여 발행하는 소설 브랜드입니다.

끝 이야기 終物語 下

니시오 이신
西尾 維新

제5화 　마요이 헬　7

제6화 　히타기 랑데부　171

제7화 　오기 다크　313

제5화　마요이 헬

HACHIKUJI MAYOI

001

하치쿠지 마요이를 다시 한 번 만날 수 있다면 죽어도 좋다. 내가 그 정도로까지 간절히 바라고 있었다고 한다면 그것은 과연 의외로 여겨질까. 그렇지만 그것이 과장스런 말인가 하면 사실은 그렇지도 않다. 활달한 그녀와 재회할 수 있다면 목숨도 불사신도 필요 없다고, 나는 한때 진심으로 생각했었다. 그렇다면 어째서 그러지 않았는가 하면, 죽어도 좋다고 생각한 것과 동등하거나 혹은 그 이상의 비율로 나는 살아 있고 싶다고, 나에게는 살아서 해야만 하는 일이 있다고 생각하고 있었기 때문이란 이야기가 될 것이다. 그것은 가족이나 연인, 은인이나 친구의 존재가 전제가 되는 마음이며, 그렇기에 사람의 마음을, 덧셈 뺄셈, 그리고 비율로 생각하는 것은 성실하지 못하고 몰상식하다는 말을 들어 마땅하지만, 반론의 여지도 없지만, 그러나 인간은, 적어도 나는 단 하나의 마음만으로 죽을 수 있을 정도로 스스로를 다스리는 마음이 강한 인물은 아니다. 나는 시야가 좁고, 한 생각에 몰두하기 쉬운 것에 비해, 다른 것에 쉽게 미혹된다. 앞서 했던 말을 간단히 뒤집고 신념을 간단히 비튼다. 모든 것을 얻으려고 하다가 모든 것을 잃는, 그것이 바로 나다. 아라라기 코요미다.

친구는 만들지 않는다.

인간의 강도가 떨어지니까.

그런 입버릇을 그립게 떠올릴 정도로, 지금의 나는 약하다. 인간으로서 약하다. 약하디약해서 너무나도 약하다고 생각한 것은, 그렇게 연약해진 자신을 결코 나는 싫어하지 않기 때문이다. 밉지 않게 생각하고 있기 때문이다.

이 어찌 연약한가.

밉살스럽기는 하지만.

이것이 나라고 선언할 수 있다.

아라라기 코요미라고 단언할 수 있다.

부끄러움 없이…가 아니라.

부끄러워하면서, 단언할 수 있다.

하지만 그런, 약해져 버린 나를 용서할 수 없는 이도 있을 것이다. 약해지고, 그러면서도 죽지도 못하고 살고 있는 나를, 용서하기 어려운 죄인이라고 생각하는 사람도 있을 것이다.

봄방학의 지옥을 거쳐.

그러면서도 계속 살아 있는 나를, 죽어 버리는 게 낫다며 바라보는 시선을 깨닫지 못할 내가 아니다. 만약 새까만 눈동자로 나를 바라보는 전학생이라면 분명 이렇게 말할 것이 틀림없다.

"정말이지, 어리석네요. 아라라기 선배."

아아, 정말 그렇다.

바보는 죽지 않으면 낫지 않는다는 말이 있다.

반대로 말하면, 죽어서 나을 정도라면 바보도 그렇게 나쁜 병은 아닐지도 모른다.

002

"하… 하치쿠지?"

"네."

"하치쿠지?"

"네. 맞아요."

"하치쿠지 마요이?"

"Hi. 하치쿠지 마요이예요."

"하이 하치쿠지 마요이…. 그건 뭐지, 엘프에 대한 하이엘프처럼, 내가 아는 하치쿠지보다 고차원적인 존재인 상위형태의 하치쿠지라는 건가…."

"아뇨, 평범한 하치쿠지예요. 당신이 잘 알고 있는, 보통의 하치쿠지 마요이예요…. 요즘 시대에 하이엘프라뇨."

"하치쿠지 마요이Z?"

"아뇨, 그러니까 아무것도 안 붙은 하치쿠지 마요이라니까요. 개선점도 특이함도 없어요. 제트? 확실히 이것이 최종권이라는 사정을 돌아보면, 1조 도의 화염구를 발사하는 젯톤*과 비견하기에 부끄럽지는 않지만요."

"그 부분은 부끄러워하라고. 젯톤이라니. Z로서 너무 호들갑스럽잖아. 비교당하면 그저 부끄러울 뿐이야. 하치쿠지 마요이R?"

....

※젯톤 : 초대 울트라맨에서 최종보스로 등장한 우주괴수.

"리턴즈라는 의미라면 그건 뭐, 네, 딱 그거네요."

"……."

…………

아니, 잠깐, 잠깐.

당황하지 마라.

어설프게 판단을 내리지 마라. 서둘러서는 안 된다.

지금까지 내 인생에서 성급히 행동해 좋았던 일이 한 번이라도 있었던가? 언제나 처참한 꼴을 당해 왔잖아? 성급하게 좋아하다가 뼈아픈 보복을 당해 왔잖아? 뭐, 딱히 서두르지 않아도 뼈아픈 보복을 당해 왔다는 기분도 들지만…(어떻게 된 인생이냐), 그래도 이상사태와 맞닥뜨렸을 때 사람은 늘 냉정해야 한다.

지금에 와서는 아득한 옛날, 전설상의 사건처럼 생각되기도 하지만, 예전에 쿨하다고 불렸던 시절의 아라라기 코요미를 떠올리며 냉정침착하게 이 상황에 대처해 보도록 하자.

나라면 할 수 있다.

내 복권을 꾀하는 것이다.

내가 되자.

그렇다, 기억해 내라. 지금은 대체 어떤 시추에이션이었더라? 시추에이션 코미디를 연기하고 있더라도, 우선 자신이 처한 시추에이션을 이해하지 않으면 이야기가 앞으로 나아가지 않을 것이다.

말하자면 늘 있는, '지금까지의 줄거리'다.

내 이름은 아라라기 코요미. 이름 없는 고양이도 아니거니와, 이불 속에서 눈을 뜬 이상한 벌레도 아닌, 일본의 한 지방 도시에 사는 고등학교 3학년 학생이다.

수험생이다.

그렇다. 오늘, 3월 13일은 그야말로 입시가 치러지는 수험일이었다. 아슬아슬하게 내려가는 셔터 아래를 빠져나가는 느낌으로 센터시험의 커트라인을 넘은 나에게, 오늘은 인생의 터닝 포인트가 되는 하루가 되어야 했다.

그러나 그것은 얼마 전까지의 나를 생각하면, 사실 그 자체가 이상한 일이기도 했다. 예를 들면 작년 이맘때, 2학년 3월에는 내가 대학 입시를 치를 거라고는 전혀 상상하지 않았기 때문이다. 그러기는 고사하고, 과장이 아니라 졸업도 위태로운 상태였다.

입시명문교인 사립 나오에츠 고등학교에, 정말 엉뚱한 실수로 입학해 버린 나는, 그것이 지당하며 정당한 코스인 것처럼 낙오하고, 영락하고, 낙제에 낙제를 반복하고, 점점 몰락했다. 그 경위는 점차 하락했다기보다 거의 직활강直滑降이었다고 해도 좋다.

수직강하라고도 할 수 있다.

오이쿠라 소다치의 입을 빌리자면 이것이야말로 '아무것도 모르는 너'라는 이야기가 되겠지만, 어쨌든 나는 인생의 선택을 거기서 그르쳐 버렸던 거라고 생각한다. 깜빡하는 것에도 정도가 있다. 얌전히, 무리하지 않고, 있는 그대로 흘러 가는 대로, 자신의 학력에 맞는 고등학교에 진학했더라면 그렇게 되지는 않았을 거라고 말하지 못할 것도 없으니까.

그런 생각을 하면서 다녔던 고교생활 1년 차, 그리고 2년 차가 어땠는지는 아무리 중요한 서론의 회상이라고는 해도 자세히 이야기하고 싶지는 않다. 자세한 것은 이미 나와 있는 책을 다시 읽어 주기를 바란다.

그 낙오해 간 코스, 성실한 반장이 말하는 불량학생의 길에서 또다시 코스 아웃하게 된 것이 바로 작년 3월이다. 드롭아웃한 곳에서 드롭아웃했다는 이야기이니, 나의 갈지자 운전도 상당한 경지에 이르렀다고 할 수 있을 것이다.

그렇다기보다, 어쩌면 내가 운전하는 자동차에는 핸들이 달려 있지 않았던 게 아닐까?

그렇다.

나는 하네카와 츠바사와 만나고―고양이.

나는 오시노 시노부와 만나고―흡혈귀.

나는 센조가하라 히타기와 만나고―게.

나는 하치쿠지 마요이와 만나고―달팽이.

나는 칸바루 스루가와 만나고―원숭이.

나는 센고쿠 나데코와 만나고―뱀.

그리고 나는 지금의 나, 바로 나, 입시에 전념하는 내가 되었다고도 할 수 있다. 나는 내가 되었다고 할 수 있다. 생각하면 그것은 불량 고교생의 이상적인 갱생이라고도 할 수 있고, 봄방학 종반인가 시업식 날인가에 하네카와 녀석이 나에게 했던, '당신을 갱생시켜 보이겠습니다' 선언이 보기 좋게 달성되었다고 말할 수 없는 것도 아니다.

과연 반장 중의 반장.

신에게 선택받은 반장.

물론 그것을 하네카와 한 사람의 공이라고 말한다면 가장 화낼 사람은 그녀 자신일 것이다. 내 학력이 비약적으로 향상된 것은 센조가하라의 헌신적이라고도 할 수 있는 간호(초반은 어떨지 몰라도 후반은 지도라기보다 간호라고 말하는 편이 어울릴 정도로 정성스러웠다)가 있었기 때문이었고, 또한 힘든 와중에도 나를 지원해 준 시노부와 여동생들의 협력도 있었다.

그것을 간과할 정도로 나도 도량이 좁지는 않다… 라고 생각하고 싶다. 뭐, 칸바루에 관해서 말하자면 그 녀석은 진짜로 내 공부를 방해하기만 했다는 인상이 있지만….

그래도 센고쿠에 관한 일에서.

센고쿠의, 두 번째의 뱀에 관한 일에서 내가 실패해 버렸을 때, 대大에 대자를 겹친 대실패를 해 버렸을 때, 그래도 마음이 꺾이지 않고 계속 싸울 수 있었던 것은 주위의 지원이 있었기 때문이었음을 잊어서는 안 된다.

그때, 결과적으로 나는 아무것도 할 수 없었지만.

그래도 모두가 있어 준 덕분에.

그렇다, 나는 죽는다는 돌이킬 수 없는 실패만은 하지 않았다. 그래서 지금의 나에 이른 것이다.

지금, 여기에 내가 있다.

3월 13일, 시험을 치르기 위해 향하는 내가 있다.

……응?

아니, 아니. 아직 중요한 것을 떠올리지 못하고 있다. 그것을 떠올리지 못하면 아무것도 떠올리지 못한 것이나 마찬가지다. 그렇다, 나는 지망한 학교, 연인인 센조가하라 히타기가 이미 추천입학이 결정된 대학의 구내로 시험을 치르러 가기 전에, 잠깐 어딘가에 들렀다.

그건 예외적인 행동이 아니라, 최근 들어 완전히 항례가 된 행동이었다. 나는 2월부터 일과처럼, 거의 매일 산을 오르고 있었다.

트래킹의 재미에 눈을 뜬 것도 아니다. 그 무렵에는 이미 내 신체구성은 트래킹 같은 것은 할 것도 없이 늘 건강한 컨디션을 유지한다는, 문자 그대로 인간을 뛰어넘은 그것으로 변모해 있었으니까.

그것에 대해서는 현실도피하듯 생각하지 않고 넘어가기로 하고, 그래서 트래킹이 아니라, 내가 매일매일 우리 동네의 작은 산 정상에 있는 텅 빈 신사.

우리에게는 많은 인연이 있는, 잊힌 신사.

키타시라헤비 신사로 향한 것은, 만나기로 했던 약속을 지키기 위해서였다. 생각해 보면 그것은 일방적인 약속이기는 했지만, 계속 바람맞은 지 대략 한 달.

그렇다, 그것으로 오늘.

3월 13일. 이른 아침.

기다리던 사람은 오지 않았지만, 나는 신사의 경내에서 나를 기다리는 전문가들의 관리자, 가엔 이즈코 씨와 마주하게 되었고….

"…………."

그래서?

그래서 어째서 하치쿠지?

하치쿠지 마요이 씨?

열심히 노력해서 떠올려 보긴 했는데, 하지만 그것과 지금 상황이 전혀 이어지지 않잖아. 줄거리의 줄기가 이어지지 않는다. 가엔 씨하고 만났을 텐데 그것이 어째서 갑자기 하치쿠지가 되지?

나는 다시금 눈앞의 소녀를 본다.

이리저리 꼼꼼히 살피고, 응시한다.

밸런스 잡힌 트윈 테일. 초등학교 5학년치고는 꽤 큰 키에, 그래도 밸런스가 맞지 않을 정도로 커다란 배낭을 메고, 동그란 눈과 장난기 어린 웃는 얼굴로 이쪽을 보는 소녀.

틀림없다.

틀릴 리가 없다.

상하좌우, 어디에서 어떻게 보더라도 하치쿠지 마요이다.

작년 5월 14일, 내가 그 공원에서 만났던, 미아 여자아이. 하네카와 츠바사를 제외하면, 설령 누구를 잘못 볼지언정 내가 이 소녀를 잘못 보는 경우가 있을 리 없다.

설령 하치쿠지가 쌍둥이였다고 해도, 그러기는커녕 클론 인간이었다고 해도 나라면 간파해 낼 자신이 있다고 말해도 과언이 아니다.

"핫핫핫. 그것은 요컨대 애니메이션 제1기의 오프닝 영상* 속

※애니메이션 제1기의 오프닝 영상 : 애니메이션 1기 〈괴물 이야기〉의 마요이 에피소드 오프닝에는 여러 명의 마요이가 등장하는 장면이 있다.

에서도 아라라기 씨는 저를 찾아낼 수 있다는 건가요. 그건 정말 〈윌리를 찾아라!〉 같네요."

"……."

그런 메타 시점의 토크도 그야말로 틀림없는 하치쿠지 마요이였지만…. 그러나 이렇게 되면, 이렇게 되어 버리면.

"…후우."

이거 참, 난처하게 되어 버렸구먼.

이 전개로 보면, 어차피 모두 아라라기 코요미는 오래간만에 만난 상대, 라기보다는 두 번 다시 만나지 못하리라고 생각하던 상대, 마음에 그리던 하치쿠지 마요이와의 뜻하지 못한 재회를 할 수 있어서 흔희작약*, 감격에 오열하면서, 감동에 몸을 떨면서, 영문 모를 소리를 하면서 기뻐 날뛰며, 앞뒤 가리지 않고 그녀를 끌어안으려 들 것이란 기대를 하고 있겠지.

기대를 받고 있구나, 나는.

하아, 정말이지 무거운 기대라고.

어깨가 빠질 것 같아.

아니, 알고는 있다니까?

알고말고요, 그 마음은.

다 헤아려 드리겠습니다.

나도 이 업계에서 꽤 오래 몸담고 있던 중견으로서 이 바닥의 유행은 나름대로 파악하고 있다고 생각하니까. 정해진 패턴이라

※흔희작약(欣喜雀躍) : 너무 좋아 뛰며 기뻐함.

든가 코드 같은 거. 그러니까 그 부분을 오해하지 말아 줬으면 하는데, 다만 앞서 말한 대로 이미 고등학교 3학년이 된 몸으로서는, 게다가 졸업을 목전에 둔 몸으로서는 그런 뭔가, 사건에 대해서 일일이 마음이 격하게 움직이지는 않는다는 겁니다.

현상을 현상 그대로 받아들이는 거죠.

무슨 일이 있을 때마다 "!"라든가 "?!"라든가, 그리고 또 뭐더라 "————!" 같은 기호를 잔뜩 쓰는 정서불안정한 모습과는 이제 완전히 무연하다고.

옛날 라이트노벨이었다면 여기서 갑자기 거대한 폰트로 이야기를 시작하거나, 굵은 글자가 되기도 하는 장면일지도 모르지만, 하지만 이미 시대는 21세기고, 특히나 나는 조숙한 편이니까 기분상 이미 22세기, 철완 아톰이 아니라 도라에몽의 시대를 살고 있는 것이다.

감정 따위, 4차원 주머니 속에 넣어 두고 왔다.

그러니까 지금의 기분을 그대로 문장으로 표현하면,

"아~, 하치쿠지다~."

라고 생각하는, 그것뿐이다.

ONLY라는 거지.

차가운 녀석이라고 여길지도 모르겠지만, 그러나 그것이 사실이므로 어쩔 수 없다. 어떻게 여기더라도 거짓말은 할 수 없으니까. 아니, 정말로 오해하지 말았으면 하는데, 결코 기쁘지 않다는 말은 아니라고?

그런 말은 한마디도 하지 않았다.

물론 기쁘다.

기쁘고말고요.

친구이긴 했으니까. 일단, 친구이기는.

응, 그럭저럭 즐거운 추억도 있었고 말이야?

저기, 그 뭐냐, 주스를 마시거나?

잘 기억은 안 나지만.

어쩐지 이름을 말하다가 혀를 깨물었던가?

맞아, 들은 적이 있어.

어른이 된 지금 생각하면, 하나도 재미없는 대화였지만, 그런 건 당시에는 나름대로 즐거웠을 거라고 생각해, 응.

다만 이제 두 번 다시 만날 수 없을 거라고 생각하고 헤어졌던 지인과 친구, 즉 마음속의 구분으로서는 과거에 알고 지낸 옛 친구가 되어 있는 녀석이 갑자기 눈앞에 나타나도, 역시 리액션이 난감하네.

당연한 일반론으로서.

지극히 오소독스한 이야기로서.

나는 한 번도 전학한 적이 없으니까 잘 모르겠는데, 뭐라고 해야 할까, 전학생에게 있을 법한 경험 중에, 송별회까지 열어 주었는데 전학이 연기되어 버려서 어색한 분위기가 되었다는 에피소드를 들은 적이 있는데, 말하자면 딱 그런 기분일까.

어린이를 대상으로 한 만화의 마지막 화에서. 주인공의 이사가 결정되어서 "이것으로 작별이네."라고 말하고 헤어졌지만, 이사한 곳은 사실 옆집이었습니다, 하는 상황이라 앞으로도 그들의 시끌벅적한 나날은 계속됩니다, 라는 느낌?

만화였다면 그런 것도 허용될지 모르겠지만 막상 현실에서 그런 일이 일어나면 역시 당황스러움을 감출 수 없다. 마음속에서 정리를 끝낸 일을 다시 풀어 헤쳐야만 하니까.

방 정리를 끝냈는데 물건이 든 골판지 박스 하나가 남아 버렸다는 느낌이라고 말해도 별 지장은 없을 것이다. 분해한 샤프를 원래대로 재조립하고 났더니 부품 하나가 남아 버린 것 같은.

마음의 어디에 수납해야 좋지, 이 기분.

그런 비유가 딱 들어맞는다.

하치쿠지란 말이지….

어디 보자, 이름이 하치쿠지八九寺가 맞던가?

하치八였는지 시치七였는지, 기억이 잘 안 나는데, 마요이였는지 코요이였는지, 약간 헷갈리지만 어쨌든 여기서는 일단 하치쿠지 마요이라고 해 두자. 하지만 말이지.

어른이 되어서 동창회 같은 게 열렸을 때, 초등학교 때의 친구와 만나거나 하면 인상이 상당히 달라져서 '이렇지 않았는데.'라고 생각하는 경우가 있지. 그것과는 다소 다르긴 해도 지금 내가 느끼는 감정은 대충 그런 것일지도 모르겠네.

이건 어쩔 수 없다, 내가 어른이 되어 버린 거다.

성장을 이룬 거다.

하치쿠지와 작별한 그 8월부터 어마어마한 정신적 성장을 반복한 나는, 당시와는 전혀 다른 내가, 왕년과는 전혀 다른 내가 된 것이다.

확실히 그런 전말이었다.

그래서 위화감이라고 할까, 이런 재회에 대해 어딘지 모르게 서먹서먹함을 느끼는 것도, 경직되고 어색함을 느끼는 것도 어쩔 수 없는 일이다.

사람이 성장하는 생물인 이상, 이것은 피할 수 없는 일이다. 사람은 변한다, 변하지 않을 수 없다.

언제까지나 똑같다니, 오히려 기분 나쁘잖아?

동네 안을 걷다가 하치쿠지를 발견하면 로켓 스타트로 달려들던 그 시절의 앳된 나는 이제 없는 것이다. 지금이 되어서는 어째서 그런 짓을 하고 있었는지, 대체 그런 행동의 뭐가 재미있었는지 전혀 모르겠다는 것이 솔직한 심정이다.

소녀를 발견하면 대시해서 끌어안는다니.

그냥 범죄자가 아닌가.

그런 녀석이 나였다는 것이 믿기지 않지만, 그러나 어떤 의미에서 나는 이제 그런 녀석이 아니다. 아라라기 코요미가 아니다.

그것이 아라라기 코요미라면 그는 이미 죽은 것이다. 그 is dead다. 죽는 게 나은 그런 아라라기 코요미는 정말로 죽은 것이다. 어울리는 죽음을 맞이했다.

그리고 나, 신생 아라라기 코요미로서는 당시부터 전혀 성장하지 않은 열 살의 하치쿠지 마요이를 앞에 두고, 재회의 기쁨과 함께 어떤 종류의 실망을 금할 수 없었다.

나와 같은 정도를 요구하는 것은 역시나 무리한 수준이라고 해도, 그 이별로부터 반년이나 지났다. 다소의 성장은 보여 주었으면 했다.

그때 같은 분위기를 요구받아도 곤혹스러울 뿐이다.

그 무렵과 같은 잡담을 요구받은들, 지금의 내 어휘는 철학이나 논리 방면으로 많이 치우쳐 있기 때문에 제대로 장단을 맞출 수 있을까 하는 불안을 감출 수 없다. 제대로 하치쿠지의 풋풋함에 맞춰 줄 수 있을지 좀처럼 자신을 가질 수 없다.

이야기에 맞춰 준다고 해도 이미 고상한 정신 상태로 이행해버린 지금의 나에게 가능한, 생각할 수 있는 한의 가장 속된 화제라고 해 봤자 정치 이야기정도이니까 말이야.

어느 레벨로 이야기하면 될까.

극에 달해 버린 자의 비극이라고 해야 할까, 현대의 일반상식이 어떤지 오히려 감이 안 잡힌다고.

하지만 뭐, 말은 그렇게 해도.

말은 그렇게 해도다(오래 기다리셨습니다).

흐릿한 기억의 끈을 거슬러 올라가 보기로는, 나도 하치쿠지에게 상당히 신세를 지지 않았던가. 하치쿠지가 없었다면, 그녀와 만나지 않았더라면 지금의 나 역시 존재하지 않았을 테니, 여기서 망팔*이 될 수는 없다.

인의예지仁義禮智 충신효제忠信孝悌.

갚아야 할 은혜는 갚아야 하고, 신세진 상대에게 예를 다해 접하는 것은 당연한 일이다. 감이 안 잡힌다는 소리는 하지 말고,

---

※망팔(忘八) : 인의예지 충신효제의 팔덕(八德)을 잊은 자. 무뢰한을 뜻하는 말.

여기서는 최대한 가능한 범위 내에라도 상관없으니 상대의 수준에 맞춰 주는 것이 인간으로서 성장을 이룬 아라라기 코요미가 취해 마땅한 모습이 아닐까.

그렇게 마음먹었다면 영치기 영차.

의식으로서.

이니시에이션으로서, 유아퇴행을 한 기분으로, 그렇다, 삼촌이 조카의 소꿉놀이를 상대해 주는 것처럼, 그런 부성 넘치는 자상함을 가지고 예전 같은 느낌으로 다시 한 번, 이번만 반복해 보기로 하자.

정말로 이것이 마지막이니까.

기대가 되지 않는다고 할까, 바랄 수도 없는 일이지만, 뭐, 새로운 발견도 있을지 모른다. 어디 보자, 어떡해야 되더라.

하는 방법 같은 것은 이미 흐릿하게밖에 생각나지 않지만, 뭐, 하는 도중에 떠오를 것이다. 기억해 내지 못했다고 해도 그것은 전혀 대단한 일도 아니고.

그러면 일단 시작해 볼까.

연습 같은 건 필요 없겠지.

위치에 서고, 하아…, 준비.

!!?!!!?!!!?!!!?!!!?!!!?!!!?!!!?!!!?!!!?!!!?!

"하치쿠지————!"

!!?!!!?!!!?!!!?!!!?!!!?!!!?!!!?!!!?!!!?!!!?!

나는 달려들었다.

볼드체의 커다란 폰트로 뛰어들었다.

대량의 '!!'와 '?!'를 흩뿌리면서 '――――!'를 써서 소리를 끌면서.

"갸아!"

"하치쿠지~! 하치쿠지~! 하치쿠지~!"

"갸아! 갸아!"

"너왜여기에있는거야어째서여기에있는거야?! 아니이유따윈됐어 여기에있어주는것만으로도좋아. 이 감동, 말로 표현할 수 없어, 우와아아아아아아아아아아아아아아아아아아아아아아아!"

"갸아! 갸아! 갸아!"

날뛰는 하치쿠지.

감격의 눈물이 그렁그렁한 채로 달라붙는 나.

"아아. 이 촉감, 안는 느낌, 내 팔 안에 쏙 들어가는 사이즈, 그야말로 하치쿠지다! 고맙구나, 고마워! 뺨에 비비면 비빌수록 하치쿠지다! 핥아 대면 핥아 댈수록 하치쿠지다! 익을수록 고개를 숙여서 핥을 수 있는 하치쿠지다! 이 안구, 이 입술, 이 목덜미, 이 쇄골, 이 유방, 이 팔뚝, 이 갈비뼈, 이 넓적다리, 이 오금, 이 복사뼈! 촉감도 식감도 이것이야말로 하치쿠지 마요이다! 어찌도 이렇게 매끌매끌하담, 마치 왁스로 빈틈없이 윤을 낸 것 같아! 두 번 다시 떨어지지 않겠어, 어디에도 가지 않겠어, 놓치지 않겠어, 평생 이 자세로, 나는 죽을 때까지 너를 계속 끌어안고 있겠어! 너를 평생 내 팔 안에 감금해 주겠어! 아아, 젠장, 너를 안는 데 몸이 방해돼! 차라리 서로 액체였다면 한없이 뒤섞일 수 있을 텐데! 너와 헤어진 뒤로 어쩐지 괴로운 일들뿐이라서, 정말 여러 가지로 한계였어! 불평을 들어 줘, 불평을, 나를 치유해 줘! 에에잇, 좀 더 만지게 해, 좀 더 안게 해, 좀 더 핥게 해!"

"갸아! 갸아! 갸아! 갸아!"

"야! 날뛰지 마! 서로 알몸이 되기 힘들잖아!"

"갸아! ……가욱!"

깨물렸다.

아동에게 온 힘을 다해 깨물렸다.

"갸아!"

이번에는 내가 비명을 지를 차례다. 그 아픔에 평생 떨어지지 않겠다던 팔이 덧없이 풀렸지만, 이번에는 하치쿠지의 파고든 이가 내 손바닥에서 떨어지지 않는다.

떨어지지 않는다고 할까, 물어뜯어 낼 것 같다!

송곳니라도 나 있는 거야, 이 녀석!

"가욱! 가욱가욱가욱가욱가욱!"

"아야아아아아야야아얏! 뭐 하는 거야, 이 꼬맹이!"

그러니까 아픈 것도.

뭘 하는 거야, 이 녀석도—전부 나였다.

어쨌든 이리하여, 자세한 설명은 일절 없이, 거의 반년 만에 나는.

친우 하치쿠지 마요이와 있을 수 없는 재회를 이룬 것이었다.

003

"그건 그렇고…. 하지만 대체 어떻게 된 상황이야?"

"이야기를 전환하지 말아 주세요, 변태 씨."

"변태 씨? 야, 하치쿠지, 혀가 어떻게 꼬이면 그런 발음이 나오는 거야? 아라라기 씨와 공통점이 한 글자도 없잖아. 공백을 느낀다고. 아무리 퍼도 바닥나지 않는 샘 같던 너의 어휘력도 역시나 바닥난 거야?"

"혀가 꼬인 거 아니에요. 한 글자도 공통점이 없지만, 변태 씨는 당신 그 자체예요. 아라라기 씨와 변태 씨는 동일해요."

"훗. 여전히 강렬하구나, 너는."

"그런 멋진 대사로 정리하려고 하지 마세요. 전혀 정리가 안 된다고요. 저의 흐트러진 옷 같은 것은."

집요한 녀석이다.

장이 전환되면 앞 장에서의 일은 없었던 것이 되는 룰이잖아. 아무리 유령이라지만 룰을 깨면 어떡해.

생각해 보면 그 룰을 깼기 때문에 너는 큰일이 나지 않았었나…, 라는 것은 농담으로 해도 좋을 말은 아니겠지만.

"아뇨, 농담 같은 게 아니라고요. 사건이에요, 이건. 법정까지 갈 거예요. 그야말로 조금은 성장을 보여 달라고요, 아라라기 씨. 당신, 최종권 첫머리부터 무슨 짓을 저지른 건가요."

"시끄러. 최종권이라고 해서 울적하게 시작할 거라고 생각하면 그거야말로 큰 오산이라고."

나한테 안 어울려, 그런 건. 이건 아라라기 코요미가 보내는 소신표명 연설이라고 생각해 주었으면 한다.

최후의 최후까지 웃기게 가자고.

"어쩔 수 없는 분이네요. 뭐…, 아라라기 씨다워서 좋기는 하지만요. 그것도 역시. 강렬하지만요. 여전히."

하치쿠지는 어깨를 축 늘어뜨리고서, 그렇게 끄덕였다.

이해자다.

그야말로 멋지게 마무리해 준다.

이 부분은 공백을 느끼게 하지 않는 대화였다. 그건 그렇고 장이 바뀐 참에 솔직한 기분을 말하면, 이렇게 하치쿠지와 재회할 수 있었다는 점은 이론적인 문제는 둘째 치고 엄청 기쁘다. 하지만 의문이 전혀 남지 않는다고 하면 거짓말이 될 것이다.

이론은 이론대로 소중하다.

어째서 하치쿠지 마요이가 여기에?

성불하고, 승천했을 하치쿠지가…. 무슨 이유로 이 키타시라헤비 신사의 경내에 있는 걸까. 그것이 8월 23일의 일이고, 오늘이 3월 13일이니까, 어디 보자, 정확히는 여섯 달 하고 21일 전에 작별했을 하치쿠지 마요이가, 어째서 지금 여기에 돌아온 거지?

다시 말하지만, 그건 기쁘다.

다른 모든 것이 어떻게 되더라도 상관없을 정도의, 더할 나위 없는 기쁨이라고 할 수 있을 것이다. 그러나 지금 와서 '실은 그때 성불하지 않았어요.'라는 말을 듣게 되면 나는 간과할 수 없는 위화감을 느낄 수밖에 없다.

뭐라고 해야 할까. 예를 들어 그때 어드바이스를 해 줬던 가엔 씨가 어떠한 손을 써서 하치쿠지를 보호해 주었다, 라는 가설을 곧바로 만들어 낼 수는 있을 것이다. 그러나 그런 일은 전문가로서는 훤히 들여다본 듯한 남자, 오시노 메메 쪽에서나 그럴 가능성이 있지, 가엔 씨는 오히려 그런 계획과는 인연이 없는 사람으로 생각된다.

여러 가지로 계획을 꾸미는 사람이기는 하고, 그 이후의 경위를 생각하면 그때 그녀가 하치쿠지의 성불에 대해 어떤 사정을 가지고 있었다고 해도 이상하지는 않다. 그러나 이런 류의 서프라이즈를 설계해 놓을 사람이라고는 도저히 생각되지 않는다.

엄격하다고 해야 할까, 리얼리스틱하다고 해야 할까. 지금 생각하면 경박한 듯하면서 사실 로맨티시스트 같은 측면도 있었던 오시노와는, 대학시절 선후배 사이긴 해도 가엔 씨는 조금 경향이 다르다.

그렇다면…. 어떻게 된 거지?

해석으로서는 성불한 하치쿠지가 이 세상에 돌아왔다는 식으로 받아들여야 하겠지만…. 그러나 나도 이 1년간 다양한 괴이담과 접해 왔지만, 한 번 승천한 괴이가 다시 현세로 돌아온다는 일이 있어도 괜찮은지는 좀처럼 판단하기 어렵다.

그도 그럴 것이 이제 돌아올 수 없으니까, 불가역하니까 성불이라고 하지 않는가. 아니, 뭐, 출가했다고 해도 환속還俗할 수도 있고, 그러고 보니 오봉 같은 때는 선조를 맞이하는 행사도 있고…. 센조가하라도 오봉에는 아버지와 친가로 돌아갔었고 말이지?

지금은 전혀 계절이 아니라는 기분도 들지만…. 수험생이면서도 공부가 부족한 내가 모를 뿐이지, 일본의 연중행사 중 하나가 요즘에 이루어지고 있는지도 모른다.

그러면, 괜찮은 건가?

하치쿠지와 이렇게 재회할 수 있어도 괜찮은 건가?

이런 행복이, 이런 편의주의적인 일이 내 인생에 있어도 괜찮은 건가?

"……."

"생각에 잠겨 계시네요, 아라라기 씨. 그 마음은 이해하지만요…. 조금 전에 폭주 상태였을 때 말씀하셨죠. 저와 헤어진 이래로 괴로운 일들뿐이었다고. 뭔가요, 그런 경험을 하고, 나이 18세로서 약간 인간불신 기미를 띠게 된 참인가요?"

뭐, 저는 인간도 아닌 유령, 괴이이지만요, 라고 하치쿠지는 말한다.

흠, 그 발언으로 파악하기로는, 아무래도 그녀는 되살아난 것은 아닌 듯하다. 조금 전에 느낀 피부의 감촉으로 판단하기에는 그럴 가능성도 있다고 생각은 했지만.

죽은 사람이 되살아날 리가 없다는 그 상식이, 제대로 작동하고 있다는 것을 생각하면 조금은 마음의 평정을 되찾은 듯한 기분도 든다. 지금의 나에게는, 그것조차도 위태로운 살얼음판으로밖에 느껴지지 않으니까 말이야.

그렇다고는 해도, 잠깐.

잠깐, 잠깐. 제대로 기억해 내라.

아직 기억해 내지 못한 것이 분명히 많이 있을 거라니까? 애초에 내 기억은 여러 가지를 회상한 것 같으면서도 아직 전혀 이어지지 않은 상황이다. 가엔 씨와 만난 장면에서, 지금 하치쿠지와 재회한 장면이 여전히 단절되어 있잖아.

가엔 씨가 하치쿠지를 보호하고 있었다는 망상 같은 공상은— 뭐, 없다고 해도…. 하지만 그녀가 뭔가를 꾸민 것은 틀림없다.

"그러면 안 되죠, 아라라기 씨. 아무리 발매 시기에 그럭저럭 공백이 있었다고 해도, 그런 일을 당했으면서 그것을 깨끗하게 잊어버렸다니. 삶의 태도가 너무 깔끔하잖아요."

"……."

메타 발언은 일단 제쳐 두고….

가엔 씨의 계획으로 지금의 상황이 있다고 한다면, 단순히 하치쿠지와의 재회를 기뻐하고만 있을 수는 없다. 기뻐하고만 있고 싶은 참이지만, 그러나 슬프게도 기뻐하고만 있을 수는 없다.

해석해야만 한다.

나는 하늘을 올려다보았다. 하늘 높이 떠 있는 태양.

번쩍번쩍하는 그 햇살을 어쩐지 눈부시다고 느끼면서, 적어도 시험 개시 시간에는 이미 맞출 수 없겠다는 것을 파악한다.

지각…으로는 끝나지 않겠구나, 이거.

시계를 확인할 것도 없이, 이것은 그냥 수험 자격 포기일 것이다. 결석이 아니라 기권이겠지. 하네카와와 센조가하라 밑에서 맹렬히 공부해 왔던 그 나날을 나는 아주 보기 좋게, 헛되이 날려 버렸다는 이야기다.

탈력이라고 할까, 낙담이라고 할까….

저질러 버렸다고 할까.

그저 마음속 어딘가에서 '역시 이렇게 됐나'라는 느낌이 있으니, 절망까지는 이르지 않았다는 것이 솔직한 심정이기도 하다.

그렇다.

하치쿠지와 헤어진 이래, 괴로운 일이 너무 많았다.

인간뿐만 아니라, 모든 것에 불신을 품을 정도로.

아무것도 믿을 수 없을 정도로.

그래서 내 마음은 분명 마비되어 버린 것이겠지. 아픔에도 슬픔에도, 분명 마비되어 버린 것이겠지.

아무래도 기쁨을 느끼는 마음은 아직 남아 있는 것 같지만…. 그것조차도, 이대로라면 마비되어 버릴 정도로, 나는 완전히 고통에 중독되어 버렸다.

독이 퍼져 버렸다.

"뭐랄까…. 그렇다고. 너하고 헤어진 뒤로 시노부의 첫 번째 권속이 나타나거나, 오이쿠라가 돌아오거나, 센고쿠가 이 신사에서 그렇게 되거나, 카이키하고 만나거나, 내가 독자적으로 흡혈귀화하거나, 거기에 오노노키에게 자기 부모 격인 사람 중 한 명을 죽이게 만들거나…. 아아, 그것도 이 신사에서 일어난 일이었던가. 그리고 역시 이 신사에서 카게누이 씨가 행방불명이 되기도 했고. 잇따라 골치 아픈 일들만 일어나서 허둥지둥하기만 하고…. 뭐, 좋은 일이 전혀 없었던 것은 아니라고 해도, 그래도 인간적인 성장 따윈 전혀 바랄 수도 없는, 그러기는커녕 마이너스 성장뿐인 반년이었어. 봄방학의 2주간을 나는 줄곧 지옥 같다고 표현하고 있었는데, 진짜 지옥은 오히려 이 반년간이 아니었나 싶어…."

이거고 저거고 전부 하치쿠지를 잃은 곳부터 시작하고 있다. 마치 자시키와라시*가 나가 버린 집이 망하는 것처럼, 내 인생은 와해되어 버린 것이다. 그러나 분에 넘치는 소릴 할 생각은 없지만, 이렇게 하치쿠지와 재회할 수 있다면 떳떳하게 가슴을 펴고 만날 수 있는 나이고 싶었다.

좀 더 다른 상황에서.

좀 더 다른 나로 만나고 싶었다.

"아니에요, 아라라기 씨."

그렇게.

거기서 하치쿠지는 말했다.

"아니라고요, 아라라기 씨."

"음…. 어, 뭐가?"

"아라러키 씨."

"뒤집어 말하면 반년의 공백이 있었기에 혀가 꼬이는 것도 반

※자시키와라시 : 座敷童子. 일본 토호쿠 지방에서 전해 내려오는 어린이 모습의 정령. 자시키와라시가 있는 집은 부유해지고, 집을 떠나면 집이 망한다고 한다.

년 분량이 쌓였을지도 모르지만, 하지만 하치쿠지. 나는 지금 얼마나 자신이 불행했는지 이야기를 하고 있던 참이야. 어떻게 혀가 꼬이더라도 그렇게 활기차고 해피하게 꼬지는 말아 줘. 하다못해 언러키 씨라고 해 줘. 그리고 내 이름은 아라라기야."

"실례했네요. 혀를 깨물었어요."

"아니야, 일부러야…."

"깨무러써요."

"일부러가 아냐?!"

"깨무러부러수러우러주러추러쿠러푸러후렀어요."

"용케 깨물지 않고 말할 수 있구나, 그 대사! 그런 너에게 나는 혀를 내두르지 않을 수 없어!"

"폼으로 성우를 지향하고 있는 게 아니라고요."

"그런 설정 같은 건 없었잖아? 이제 와서 추가하지 마."

"아니에요, 아라라기 씨."

말을 고치는 하치쿠지.

우리의 경우, 대화에 들어가는 데에 어느 정도 시간이 걸리는 것은 애교다.

"아니에요."

"아니라니…. 뭐가 아니라는 거야? 내가 뭔가 잘못 생각하고 있는 거야?"

그야 여러 가지로 잘못하고 있겠지만.

어차피 하치쿠지와 재회한다면, 가능하면 다른 나로 만나고 싶었다는 마음에, 틀림은 없을 테지만.

"아아, 다르다는 건 그 부분이 아니에요. 마음이라든가 감정이라든가, 그런 이모셔널한 것이 아니라, 좀 더 현실적으로 다르다고 할까, 즉물적으로 다르다고 할까…. 그냥 편하게 말하면 장소가 달라요."

"장소? 장소라니…."

"조금 전부터 아라라기 씨는 '이 신사,' '이 신사'라고 말씀하고 계시는데, 여기는 키타시라헤비 신사가 아니에요."

"엉?"

그 말을 듣고, 본다.

그 말을 듣고 보니 조금 전부터 나는 하치쿠지, 그리고 하늘의 태양밖에 보고 있지 않았다. 그런데 듣고 보니, 여기는.

나와 하치쿠지가 있는 장소는 정말로 키타시라헤비 신사의 경내가 아니었다. 산의 정상이 아니었다.

여기는.

여기는 나와 하치쿠지가 만났던 장소.

'浪白공원'의 광장이었다.

"어… 어라, 엥?"

역시나 혼란에 빠졌다.

하치쿠지와 만났다는 것부터가 이미 충분히 있을 수 없는 사태이기는 했지만, 그러나 기억에 없는 이동은, 키타시라헤비 신사에서 浪白공원으로의 텔레포테이션은 나에게서 평정심을 완전히 잃게 만들었다.

되찾아 가고 있던 냉정함을.

잃는다.

"뭐… 뭐지? 어째서 눈을 떴는데 전혀 다른 장소에…. 어라? 내가 잠들어 있는 사이에 누군가가 나를 여기에 옮겨다 놓은 건가?"

하치쿠지…일 리가 없나.

나도 그렇게 몸집이 크지는 않지만, 그래도 초등학생이 혼자 옮길 수 있을 정도로 몸이 미니멈한 것은 아니다.

이 키타시라헤비 신사에서 그 浪白공원까지는… 아니다. 그러니까 반대다. 그 키타시라헤비 신사에서 이 浪白공원까지는 상당한 거리가 있다. 그런 장거리를 하치쿠지가 혼자서 나를 옮길 수 있을 리 없다.

그러나 하치쿠지가 아니라면… 가엔 씨?

NO, 그런 힘쓰는 일을 할 만한 사람으로는 생각되지 않는다. 그렇다면 후보로서는 그녀에게 사역된 오노노키라는 이야기가 될까?

그녀라면 완력에는 모자람 없다.

하지만 그렇다고 해도 목적을 알 수 없다.

"어째서 오노노키가 나를 나미시로 공원으로 옮겨서…."

"그것도 아니에요, 아라라기 씨."

"응? 그렇다면 전부 아니게 되잖아, 나는…. 오노노키가 옮겨 온 것이 아니라는 거야? 뭐, 확실히…."

"네, 오노노키 씨는 아니에요. 그리고 '나미시로 공원'도 아니에요."

"응? 아아, 그런가. 그랬지, 이 공원의 이름, 읽는 법을 아직도 모르고 있었지… 어? 하치쿠지. 혹시 너, 이 공원의 이름, 어떻게 읽는지 제대로 알고 있는 거야? '나미시로'가 아니라면? '로하쿠'인가?"

"'로하쿠 공원'도 아니에요."

"응?"

'나미시로 공원'도 '로하쿠 공원'도 아니다?

그러면 뭐라고 읽는 거지?

이 공원의 이름…. 아니, 지금 중요한 건 그게 아니지만.

"중요하지 않은 것은 없어요. 극히 중요해요. 다만 뭐, 하지만 그 이전에 애초에 아라라기 씨, 아주 쏙 빼닮아 있기는 하지만, 즉 재현되어 있기는 하지만 엄밀히 말하면 여기는 저와 아라라기 씨가 만났던 그 공원도 아니에요."

"엉?"

혼란은 점점 가중되어 간다.

대체 무엇이 진실이냐고.

떠올려 보면 예전부터 늘 하치쿠지의 발언에 휘둘려 오긴 했지만, 그러나 이것은 아무리 그래도 도를 넘었다는 기분이 들었다. 대체 하치쿠지는 무슨 말을 하려는 걸까?

여기가 '浪白공원'이 아니라면, 어디지?

대체 지금 무슨 일이 일어나고 있는 거지?

"아라라기 씨. 진정하고 들어 주세요."

하치쿠지는 가만히 말했다.

그 어조는 마치 환자가 난치병에 걸렸음을 고하는 베테랑 의사 같기도 했다.

"아라라기 씨는 혹시…라기보다 확실히 성불했을 제가 다시 아라라기 씨 앞에 돌아왔다고 생각하고 계실지도 모르겠는데요. 하지만 실은, 사실은 그런 게 아니에요."

"뭐라고?"

"제가 아라라기 씨 앞에 나타난 것이 아니라 아라라기 씨가 제 앞에 나타난 거라니까요?"

"뭐, 뭐?"

"단적으로 말하면요, 아라라기 씨. 가능하면 직접 떠올려 주셨으면 하는데요. 아라라기 씨, 당신은 3월 13일 이른 아침에 그 키타시라헤비 신사를 방문했고, 거기서 가엔 이즈코 씨하고 만나시고."

그리고 살해당한 거예요.

그렇게 하치쿠지 마요이는 고했다. **진실**을 고했다.

그 말을 듣고 떠올린다.

경내에서… 참배로에서.

가엔 씨에게 산산조각 났다. 살해당했다.

'해결책이란 네가 죽는 거야.'

가엔 씨는 그렇게 말했다.

'네가 죽으면 모든 것이 해결돼. 모든 것이 끝나.'

그렇게 말하며 나를 토막 냈다. 요도 '코코로와타리'로.

괴이를 죽이는 그 칼로.

어째서 가엔 씨가 전설의 흡혈귀가 사용했던, 근본을 따지면 전설의 흡혈귀의 첫 번째 권속이 사용했던 그 칼을 가지고 있었는가는 확실치 않지만, 어쨌든.

가엔 씨는 나를 죽였다.

무정하게도.

아라라기 코요미를 참살했다.

그 결과가 지금이라고 한다면… 어?

어디 보자, 그 결과로서 내가 지금 여기에 있으니까… 살해당하기는 했지만 나는 그 뒤에 되살아나서…? 되살아나서, 내 쪽에서 하치쿠지 앞에 나타났다?

아니, 아니. 나타났다고 한다면 애초에 하치쿠지는 어디에 있었다는 이야기가 되는 걸까. 읽는 법이야 어찌 됐든, 그것은 역시 浪白공원이 되지 않나?

"정답 한 발짝 앞까지 오셨네요, 아라라기 씨. 가능하면 이대로 완전한 해답이 나오기를 기다리고 싶은 참이지만, 그래도 최종권만 너무 두꺼워지면 질질 끄는 느낌이 드니까 지면 사정으로 일찍 끝내 주셔야겠어요."

"상권에 중권을 발행해 놓고 이제 와서 새삼스럽다는 느낌이 팍팍 들지만…. 뭐, 하지만 일찍 끝낼 수 있다면 그래 줬으면 해. 그다지 자력으로 해결하고 싶은 것도 아니고."

"수험생으로서 그것은 별로 바람직하지 못하기는 하지만요."

"풀 수 없는 문제는 일찌감치 건너뛰는 것도 수험생의 올바른 자세라고."

"그렇게 되면 입시 공부라기보다 입시 전쟁이네요. 향상심과는 무연하네요. 뭐, 센터시험도 폐지되고 고교생의 학력을 묻는 방법도 변하기 시작하는 것 같지만요."

"입시에 대한 이야기를 늘어놓지 마. 지금 내가 어떤 상황에 있는지에 대한 이야기를 하자고."

"상처를 후비는 것 같아서 죄송하지만요. 저와 헤어진 뒤에 괴로운 일들뿐이었다는 아라라기 씨인데, 저와 재회하고 나서도 괴로운 일만 일어나 버리다니, 솔직히 불쌍해서 눈뜨고 볼 수가 없네요. 잇따라 비극만을 겪고 있다는 아라라기 씨를, 봄방학이 아니라 최근 반년이야말로 진짜 지옥이라고 말씀하신 아라라기 씨를 더욱 몰아붙이는 것 같아서 죄송해요."

"야, 이야기를 시작하기 전부터 그러면, 무서워지는데 말이야…."

"네, 마음껏 무서워하세요."

여기는 말이죠, 라고 하치쿠지는 말한다.

아라라기 씨, 라고.

"지옥이에요."

"네?"

"지옥 중에서도 최하층의 지옥, 아비지옥이에요."

004

"갸아아아아아아아아아아아아아아아아아!"

나는 비명을 질렀다.

혼신의 힘을 다한 절규였다.

"지옥?! 지옥?! 아비지옥?!"

"네, 맞아요. 아비지옥阿鼻地獄이에요. 규환지옥叫喚地獄이 아니니까 그런 식으로 소리치지는 말아 주실래요? 엄청 시끄러워요."

"아니, 아니. 이 상황에서 소리치지 않을 수 있겠어?! 마음 같아서는 오히려 대규환지옥이라고!"

"그러니까 아비지옥이라니까요. 그런 잘못된 정보를 유포하면 비난을 뒤집어쓰게 될 거라고요."

"그런 소릴 해 봤자 정리가 안 돼!"

지옥이라니…. 그것도 하필이면 아비지옥이라니.

참고로 지옥 잡학지식(출전·하네카와 츠바사).

불교에는 팔대지옥이라는 것이 있는데, 이것은 아래층으로 갈수록 가혹한 지옥이라고 한다. 위쪽부터 순서대로 ①등활지옥等活地獄, ②흑승지옥黑繩地獄, ③중합지옥衆合地獄, ④규환지옥叫喚地獄, ⑤대규환지옥大叫喚地獄, ⑥초열지옥焦熱地獄, ⑦대초열지옥大焦熱地獄, ⑧아비지옥阿鼻地獄으로 팔대지옥이다.

이 밖에도 같은 단계로 팔한지옥이라는 것이 있는데, 그쪽에 대해서는 여기서는 생략한다. 최하층인 아비지옥이란 것은 듣기로는 ①부터 ⑦까지의 지옥을 전부 합친 지옥보다도 괴롭다고 하는, 그야말로 지옥 중의 지옥, 헬 오브 지옥이라고 이야기되고 있다.

요컨대 지옥에 떨어질 만한 죄인 중에서도 가장 중한 죄를 범한 죄인이 떨어지는 지옥, 말하자면 지옥에서도 최고학부라고 할 수 있는 장소다.

그것이 아비지옥이다.

"아니, 근데 잠깐! 그야 나는 여러 가지로 칭찬받을 인간도 칭송받을 인간성도 아니었을지도 모르고, 나 스스로 천국에 갈 수 있을 만한 캐릭터라고 생각하지도 않았지만, 그래도 최하층의 지옥에 갈 정도는 아니잖아! 내가 무슨 짓을 했다는 거야! 설령 지옥에 떨어진다고 해도, 하다못해 등활지옥 정도로 막아 달라고! 리얼리티가 사라지잖아!"

"지옥이라고 말하는 시점에서 상당히 리얼리티가 사라지지만요."

하치쿠지는 쾌활하게 말했다.

흐트러진 나를 관찰하며 즐거워하고 있는 것 같다. 악취미스런 녀석이다. 하긴, 공황 상태에 빠진 타인을 보면 사람은 오히려 객관적이 될 수 있는 법이라고도 하지만….

"아니, 아니. 하지만 마지막이라고 말도 안 되는 짓 하지 말라고. 지옥이라니. 뭐라고? 우리가 사는 세계는 지옥이라든가 사후 세계 같은 게 있는 세계관이었던가?"

"괴이가 있는데 지옥이 없다고 생각하는 쪽이 말도 안 된다고 생각하는데요…."

"……."

옛날에 그런 거, 시노부에게도 들었지.

괴이가 있으니까 시간 이동도 있을 거라고…. 뭐, 타임 워프보다는 지옥 쪽이 그나마 가능성 있나….

하지만 어딘가, 현대 사회에서의 지옥이나 천국이라는 것에는 오컬트보다도 오히려 판타직한 느낌이 드는 것은 부정하기 어렵다. 혹은 그 부분은 여러 가지 생각들이 혼연일체가 되어 있는 일본 독자적인 종교관인지도 모르지만….

"하지만 있지요, 그런 게. 마법이 있는 세계관인데, 점술은 믿지 않는다는 느낌의. 세계관이라고 해야 할까, 세계관 설정의 밸런스 문제가 되어 버리는데, 예를 들어 말하는 동물이 있는 세계관에서는 사람은 고기를 먹을 수 있을까, 라든가."

"뭐, 말하고자 하는 바는 모르는 것도 아닌데 말이지…. 하지만 갑자기 지옥이라는 말을 들어도 믿기 어렵다고. 그도 그럴 것이…."

"시시콜콜한 것에 신경 쓰시네요. 좀 더 대범한 마음을 갖고 살자고요."

그런 소릴 해도 말이지.

대범한 마음으로 지옥에 떨어질 수 있겠냐.

"꼴사납게 시끌벅적 허둥지둥하지 않는, 상황에 대처하는 적응력이 아라라기 씨에게는 필요해요. 그래요, 카와하라 이즈미*

※카와하라 이즈미(川原泉) : 일본의 만화가. 대표작으로 「웃는 미카엘」이 있다. 소녀만화지만 개그 위주에 황당한 전개를 보이곤 하는 특유의 스타일을 가지고 있다.

작품의 등장인물처럼."

"구체적인 사례를 들지 마."

"뭔가요, 아라라기 씨는 사후 세계 부정파인가요? 그만큼 분방하게 죽어 놓고서."

"아니, 저기…."

생각해 보면 하치쿠지 마요이 같은 '유령'이라는 존재나, 오노노키 요츠기 같은 '좀비'의 존재를 인지하고 있으면서 사후 세계를 부정한다는 것도 확실히 앞뒤가 안 맞기는 하다.

그 부분은 암묵적인 약속이 있었다고 해야 할까.

흡혈귀에만 한정하면 되살아난다기보다 엄밀히는 죽지 않고 계속 살고 있다는 것이 되는 모양이니, 그 부분의 설명은 되지 않는 것도 아니지만….

"하지만 죽어도 그다음이 있다고 한다면, 상당히 흔들리게 되는 부분도 있네…."

"흔들린다? 뭐가 말인가요?"

"아니, 아니. 산다는 것의 의미가…. 인생이 그냥 서두가 되어 버리잖아. 천국이든 지옥이든, 죽어도 그다음이 있게 되면 필사적으로 사는 의미가 다소 흐려져 버린다고 할까…. 사는 것이나 죽는 것의 엄격함이."

"뭐, 좋잖아요. 엄격함 따윈 흔들려 버려도. 그래도 아라라기 씨는 '난 세상의 잔혹함을 알아 버렸다고. 그래서 써 버렸지' 계통의 작품을 좋아하신다는 건가요?"

"……."

뭐냐, 그 작품은.

그렇다기보다 뭐냐, 그 말투는.

"아뇨. 있잖아요, 그런 작품. 사람이 팍팍 죽어 나가거나 여자애가 끔찍한 일을 당하거나 어린애가 불쌍해지거나 지독한 악당이 나오거나, 잔혹하거나 불합리하거나 하면, 진실을 쓰고 있는 것이 되어 버리는 계열."

"하고 싶은 말은 알겠는데, 계열이라는 표현에서 이미 악의적이니까, 솔직히 되도록 반론하고 싶지 않은데 말이야…."

"학술적인 분류네요."

"아니야."

"지저분한 진실을 그리기보다, 황홀한 이상을 그리자는 이야기예요. 꿈도 좋잖아요."

"그러니까 카와하라 이즈미처럼 말하지 마."

"지금부터라도 늦지는 않았어요, 목표로 삼자고요. 우리도 그 세계관을."

"무리야!"

때가 늦었어!

앞으로 한 권으로는 무리야!

백 권이 있어도 무리겠지만!

아무리 발버둥 쳐도 도달 불가능하잖아, 그 클린한 세계관에는!

"그러네요. 클린한지 그렇지 않은지의 경계는, 저 같은 소녀를 묘사할 때에 코로보쿠르*라고 표기하는지 로리라고 표기하는지의 차이에 있는지도 모르겠네요."

"그런 곳에 있는 거냐."

"하지만 그런 곳부터 꾸준히 시작하는 편이 좋지 않나요? 시대도 앞으로 점점 엄격해지기 시작할 테니까요."

"그 부분은 어차피 이것으로 마지막이니까 괜찮아. 그것보다도 내가 지옥에 떨어졌다는 점에 대해서 검증하자고. 조금 더 논의의 깊이를 더하자고."

"깊이를 더하려고 해도, 공교롭게도 이 이상 깊은 지옥이 없는데요…."

그 말 그대로였다.

여기는 지옥의 최하층.

최심부. 아비지옥이다.

"공교롭게도, 가 아니라 얄궂게도, 겠지. 설마 아라라기의 아가 아비지옥의 아였을 줄이야…. 그렇거나 초기부터 복선이 깔려 있었을 줄은 생각도 못 했다고. 어쨌든 내가 태어났을 때부터니까 말이야."

"그건 조금 억지가 심하다고 생각하지만요…."

"아비지옥은 끝없는 불바다가 펼쳐져 있는 지옥이라고 하는데, 그렇게 되면 그 여동생들, 파이어 시스터즈도 복선이었던 걸까."

※코로보쿠르 : 일본 홋카이도의 원주민인 아이누족 전설에 나오는 난쟁이들.

응?

아니, 그런 것치고 이 공원은 딱히 화염에 휩싸여 있지는 않은데. 게다가 조금 전에, 하치쿠지는 재현이라고 말했지만.

어째서 아비지옥에서 '浪白공원'이 재현되는 거지?

어떻게 된 무대배경이지.

…아니다, 그 이전에.

여기가 아비지옥이라고 하면, 커다란 의문이 하나.

"커다란 의문? 아아, 어째서 아라라기 씨가 그렇게까지 깊은 지옥에 떨어져 버렸는가 하는 거 말이군요? 네, 그건 생각하면 알 수 있을 거라고 봐요."

"생각해 보면…?"

뭐였더라.

출전·하네카와 츠바사의 사전을 조금 더 펼쳐 봐야겠다.

아비지옥이란 곳은 큰 죄를 범한 자가 떨어지는 지옥이기는 하지만, 그 죄는 구체적으로 뭐였더라…. 부모를 죽인 자였던가?

확실히 나는 고등학교에 입학한 이후 낙오하고 나서 상당한 불효자였을지는 모르지만, 부모를 죽인 적도 없거니와 죽이려고 생각한 적도 물론 없는데….

"그게 아니라요. 저기, 아라라기 씨는 흡혈귀화 하셨잖아요."

"응."

"흡혈귀를 구해 버리기도 했잖아요. 뭐, 그 밖에도 여러 가지로 물어야 할 죄는 있지만, 이렇게 아비지옥에 떨어진 주된 죄는 그거예요. 귀신을 구하다뇨. 그야 당연히 지옥행이죠."

거북이를 구한 우라시마 타로가 바다 속 용궁에 초대되었던 것 같은 거예요, 라고 하치쿠지는 말했지만, 그건 전혀 다르다고 생각한다.

예시가 안 된다.

"관계는 없지만, 우라시마 타로의 이야기를 남녀 역전시킨 우라시마 하나코 씨의 이야기를 생각해 보면, 조금 재미있을 것 같네요. 잘생긴 용궁왕에게 대접을 받는다고요."

"관계없는 얘기 하지 마. 용궁왕이라는 건 뭐야. 강해 보이잖아."

그렇구나, 흡혈귀화라….

그러고 보니 아비지옥에 떨어지는 이유 중 하나로 '성인聖人을 죽였을 경우'도 있었다. 간접적이라고는 해도 나는 기요틴커터나 테오리 타다츠루의 죽음에 관여하고 있으니, 그렇다면 아비지옥에 떨어진 것에 나름대로의 정당성이 있는지도 모른다.

그런 식으로 생각하고 싶지는 않지만….

"우와~. 하지만 어떤 이유가 있다고 해도 지옥에 떨어진 것은 우울해지는 일이라고. 지금까지 해 왔던 일들이 전부 부정당하는 기분이야…."

"정말 안타깝게 되었습니다. 정말 애석한 일이에요."

"……."

아니, 우울해지고 말고 하는 건 제쳐 두고.

그저 내가 품은 커다란 의문이라는 것은, 나의 큰 죄에 대한 것이 아니다. 나는 제쳐 두자.

하치쿠지다.

눈앞의 소녀, 재회한 소녀, 하치쿠지 마요이다.

로리든 코로보쿠르든 지금은 어느 쪽이라도 상관없지만, 그렇다면 이 녀석은 어째서 여기에 있는 거지?

그런데, 어라?

아니, 진짜로, 왜 네가 여기에 있는 거야!

"왜냐고 하셔도 말이지요."

당황하는 나를 즐거운 듯 보고 있던 하치쿠지는, 화제가 자신에 대한 것이 되자 조금 난처하다는 얼굴을 했다. 난처하다는 얼굴이라고 할까, 되바라진 듯한 얼굴이라고 할까.

"그야 저기, 저는 지옥에 떨어졌으니까요."

하지만 선뜻 말했다.

태연자약하게, 무겁지 않은 투로.

하지만 그렇게나 무거운 발언도 없었다. 저는 지옥에 떨어졌으니까요.

무거워!

"네, 개그치고는 재미있네요."

"재미없다고, 무거울 뿐이야!"

"이야기의 서두에서 젯톤으로 1조 도의 불덩어리라는 말을 한 것은 복선이었군요."

"그거야말로 억지겠지! 에에에에에에? 거짓말이겠지, 너. 그렇게나 감동적으로 성불해 놓고, 그 뒤에 지옥에 떨어진 거야?! 진짜로?! 그냥 망한 거잖아! 뭘 한 거야, 너?! 말도 안 되잖아?!"

"말도 안 된다고 하셔도, 떨어진 건 떨어진 거니까요. 뮤지션을 꿈꾸며 떠나는 선배에게 거한 송별회까지 해 주었는데, 10년 뒤에 열정적인 비즈니스맨이 되어 있는 모습과 맞닥뜨렸을 때 같은 리액션을 취하셔도 비즈니스맨적으로 인사하긴 난처하다고요."

"아니, 그렇게 실제로 있을 법한 이야기가 아니잖아. 네가 지옥에 떨어져 있다는 건! 무슨 비즈니스야! 어떻게 된 전직이야, 생각도 못 했어! 몰락귀족도 그만한 게 없다고, 그렇게 천진난만을 내세우던 네가 어째서 지옥행이냐고! 너, 생전에 내가 모르는 곳에서 엄청나게 큰 죄를 저질렀던 거야?!"

미아로서 11년간, 마을을 방황했던 것은 카운트되지 않을 것이다. 그것은 사후의 행동이며 지옥에서 재판받는 것은 어디까지나 생전의 행위뿐이다.

다만 열 살의 여자아이가 어떻게 지옥에 떨어질 정도의 죄를 저지른단 말인가. 아니, 하지만 지옥이란 의외로 사소한 죄라고 할까, 영문 모를 이유로 떨어지기도 하는 모양이니 말이야.

이것도 출전은 하네카와 츠바사지만.

"큰 죄라고 하면 큰 죄이지만요."

당당하게 나를 달래면서 말하는 하치쿠지.

"그 왜, 저도 떨어질 때까지는 몰랐는데요, 어린애란 부모님보다 먼저 죽으면 앞뒤 가릴 것 없이 바로 지옥행인 모양이에요."

"아…."

부모보다 먼저 죽는 불효, 인가.

그렇다, 삼도천의 강가에 돌을 쌓는다는 그것이다.

하치쿠지는 어머니날, 어머니와 만나기 위해서 아버지의 집을 나섰고, 혼자서 외출한 끝에 어머니를 만나기 전에 교통사고를 당해서 목숨을 잃었다.

그것이 11년 전의 일이니 지금 현재 하지쿠지 마요이의 부모님이 어떻게 지내고 있는지는 확실치 않지만, 적어도 그 시점에서는 살아 있었던 것이 확실하다. 요컨대 하치쿠지가 아버지와 어머니보다 먼저 숨을 거둔 것은 틀림없는 사실이다.

그렇기에.

그렇기 때문에 지옥행, 지옥에 떨어졌다.

"…거짓말이겠지, 이거."

그러나 입 밖에 나오는 것은 결국 그런 말이었다.

그야 이유로서는 과연 그렇구나 하고 이해했지만, 논리로서는 전혀 납득이 가지 않는다.

옛날에는 부모보다 먼저 죽은 아이는 불효자라는 풍조가 있었고 지금도 있기야 하겠지만, 그러나 그런 사고방식에는 부모보다 먼저 죽은 아이의 원통함에 대한 생각이 결여되어 있다.

하치쿠지는 자신이 원해서 부모님보다 먼저 죽은 것은 아닐 텐데, 그것으로 돌 쌓기 작업이라니, 너무 벌이 무겁다. 만약 그런 죄가 있다고 한다면 죽은 시점에서 이미 충분히 벌을 받았다고도 말할 수 있는 것 아닐까….

"……"

"음? 왜 그러시나요? 아라라기 씨."

"아니, 납득이 가지 않는 불합리함에 몸을 떨고 있기는 했는데, 그 와중에도 작은 위화감을 깨달아 버린 것이 나의 명탐정으로서의 슬픈 업이지."

"당신에게 명탐정적인 요소는 없어요. 수수께끼 풀이 같은 것을 할 때도, 수수께끼를 푸는 것은 늘 다른 분이었잖아요."

엄격하네.

그 말이 맞긴 하지만.

"그래서 뭘 깨달으셨나요?"

"그 감동적인 이별 뒤에 네가 지옥에 떨어졌다는 시점에서 나는 벌써 의문을 느꼈는데, 1조 도가 아닌 1조 보 양보해서 그 부분은 일단 넘어가기로 하고, 그래도 그건 나하고 달리 아비지옥까지 떨어질 죄는 아니잖아? 삼도천 강변의 돌탑 쌓기… 아니었어?"

잘은 모르겠지만 기억을 총동원해서 하네카와의 말을 떠올려 보기로는 그랬을 것이다. 삼도천의 강변이란, 말하자면 지옥의 입구다.

부모를 위해 돌탑을 만들려고 하면 그때마다 귀신—흡혈귀가 아닌 악귀—이 무너뜨린다고 하는, 아이가 떨어지기에는 물론 잔혹한 지옥이기는 하지만, 그러는 동안 지장보살이 구해 주러 온다는, 말하자면 구제조치가 붙어 있는 지옥이다.

조금 봐주는 지옥이다.

이를테면 옥졸에게 살해당했다가 되살아나며 고통을 영원히 되풀이한다는 등활지옥의 혹독함을 생각하면, 따끔한 벌이라고 말해도 좋을 정도다.

흡혈귀로서의 아라라기 코요미는 현세에서 이미 신물 나게 죽었다가 되살아나는 배틀을 맛보아 왔기에, 그런 의미에서 나에게는 등활지옥이 미지근한 수준이란 것은 알겠지만, 그러나 그것으로 말하자면 '부모보다 먼저 죽었다'는 죄를 범한 것뿐인 하치쿠지 마요이가 이 아비지옥에 있는 것은 이상하지 않나?

"과연 그러네요. 날카로우시네요, 아라라기 씨. 명탐정 요소는 없다고 말해 버렸는데, 당신은 어쩌면 셜록 홈스의 환생인지도 모르겠네요."

"죽었지만 말이야."

그리고 그런 말까지 들을 정도로 날카롭지는 않다.

생각해 보면 누구라도 알 수 있는 사실이다. 설령 그야말로 내 지식의 출전인 하네카와 츠바사였다면 하치쿠지와 대면한 시점에서 깨달았어도 이상하지 않은 일이다.

뭐, 하네카와라면 무엇을 어떻게 잘못해도 지옥에 떨어질 리가 없지만…. 아니, 알 수 없는 법일까? 하치쿠지나 내가 앞뒤 가리지 않고 떨어질 만한 장소다. 블랙 하네카와 상태 때에 여러 가지 일을 저지른 그녀도 꼭 천국행 티켓이 예약되어 있다고만은 할 수 없다.

"혹시 여기가 아비지옥이라는 것은 너의 고약한 농담이고, 내 죄도 부모님보다 먼저 죽었다는 것뿐이지 여기는 삼도천의 강변인 거 아니야?"

뭐, 여기는 공원이고 강가로 보이지 않지만…. 그러나 불길에 휩싸인 지옥으로도 보이지 않고.

"자신이 처한 상황을 조금이라도 나아 보이게 하려고 하지 마세요, 틈만 나면 올라가려고 시도하지 마세요. 당신이 떨어져야 할 지옥은 이 아비지옥이에요."

"그렇게까지 강하게 말한다면 마치 내가 지옥에 떨어지는 것이 전제였던 것 같은데….”

그 정도였나.

시리즈를 열일곱 권이나 계속해 온 결론이 그것이라고 한다면 그런 슬픈 일은 또 없겠지만.

"네, 그렇다고요, 아라라기 씨.”

하치쿠지는 다시 한 번 말했다.

"여기가 아라라기 씨의 낙하지점인 것은 알고 있었어요. 미리 알고 있었어요. 전제였어요. 그래서 저는 제가 있어야 할 강가에서 출장 나와서 여기에 마중하러 와 있던 거예요.”

"마, 마중?”

"네. 환영의 세리머니 같은 거예요. 하와이안처럼 화환을 걸어 드리고 싶었던 참이지만, 귀찮아서 그만두었어요.”

"그런 정신적인 이유로 그만둔 거냐.”

뭐, 지옥에 떨어진 것을 화환으로 환영받아 봤자 어떤 얼굴을 해야 할지 알 수 없을 테니까. 피안화彼岸花로 화환을 만들어도 이쪽의 리액션이 귀찮아진다.

"어쩐지 친구가 가까이까지 온 것 같으니까 오늘의 돌 쌓기는 쉴게요~ 라는 느낌으로 빠져나왔어요.”

"그렇게 편한 장소였냐, 삼도천의 강가는!"

"뭐, 임사체험을 원하는 분이 잠깐 들르시거나 하는 터라, 최근에는 관광지 같은 곳도 있으니까요."

"있는 거냐."

"뭐, 저는 옥졸하고 안면이 있거든요. 얼굴만으로 패스예요. 어이쿠, 지옥에서는 킬러 패스라고 말하지만요."

"지옥 조크는 아직 내 안에 전혀 보급되지 않았으니까 쓰지 마."

어디까지가 농담인지 알 수 없지만, 다만 미리 알고 있었다는 점은 신경 쓰였다.

물론 내가 올 것을 미리 알고 있지 않았다면 마중도 올 수 없었겠지만…. 미리 알고 있었다?

"네."

그렇게 대답하는 하치쿠지.

"알고 있었다, 라기보다는 '정보를 들었다'는 것이지만요."

"정보를 들어?"

"네. 그래서 아라라기 씨가 가엔 씨에게 살해되어서 '이곳'으로 떨어질 것을 알고 있었어요."

"…알고 있었다고…, 네가?"

"아뇨, 저라기보다는 저에게 그걸 알려 준 사람이…지만요."

그분은 뭐든지.

뭐든지 알고 있다는 모양이니까요.

하치쿠지 마요이는 예전의 기억을 더듬듯이 그렇게 말하는 것이었다.

005

"자, 그러면 모든 수수께끼에 대한 자세한 해설도 끝났으니, 슬슬 갈까요. 가죠, 아라라기 씨."

"어? 가다니?"

전혀 모든 수수께끼에 대한 해설이 되지 않았고, 들었던 해설도 아주 성의 없는 느낌이라 극단적으로 말해서 이제까지의 대화는 거의 잡담이라고 말해도 지장 없는 내용으로 생각되지만!

해설 센터의 개설을 요구하고 싶다.

"자아, 자세한 것은 길을 걸으면서 이야기할게요. 이런 공원의 광장에 마냥 앉아 이야기할 것도 없잖아요. 애니메이션의 부음성도 아니니까 계속 가만히 있을 필요는 없어요. 원래 저는 어린애라, 한곳에 머물러 있는 것은 성미에 맞지 않아요."

"허어…. 여전히 미디어를 종단했다가 횡단했다가 종횡무진하는 녀석이구나, 너는. 아니, 딱히 어디에서 이야기해도 확실히 상관은 없지만."

"아라라기 씨하고 저의 경우엔 대부분 걸으면서 하는 토크였잖아요. 아라라기 씨가 자전거를 둘 다 잃으셨기 때문이었지만, 가끔씩은 저와의 동행이인도 나쁘지 않을 거예요."

"……."

가끔씩이라고 할까, 오래간만이라고 할까. 그것 자체에 이의

는 없었고 걸으면서라도 이야기는 할 수 있으니 상관없다고 하
자면 상관없지만…. 하지만 간다니, 어디로 간다는 거지?

"아뇨, 아뇨. 그러니까 조금 어긋나 버린 것 같아서 그걸 수정
하려는 거예요. 그것이 저에게 부여된 역할이에요."

"역할?"

"후후후. 사람의 길을 잃게 만드는 것을 생업으로 삼고 있던
제가 길 안내를 맡게 되다니, 이것 역시 얄궂은 우연이라고 할
수 있겠네요."

알쏭달쏭한 이야기를 하면서, 하치쿠지는 커다란 배낭을 흔들
며 걸음을 떼기 시작했다. 여기가 지옥이라고 할까, 사후 세계
라는 가설(이중의 의미로 곱게 포기하지 못했다 할 수 있지만)
을 받아들인다면, 아무래도 이 소녀는 마음에 든 배낭을 여기까
지 가지고 온 모양이다.

뭐, 수의를 입은 하치쿠지 같은 건 보고 싶지 않으니까 그 부
분에 대한 시시콜콜한 이야기는 하지 않겠다. 나도 교복 차림이
고 말이야.

토막 났던 흔적도 없다.

가엔 씨에게 산산조각 났던 흔적도. 다만 그 부분이 '치유되
어' 있는 것은 내가 흡혈귀화 되어 있기 때문도, 흡혈귀성을 띠
고 있기 때문도 아니라 여기가 죽어도 재생하는 지옥이기 때문
이라고 봐야 할 것이다.

죽을 때마다 옷을 갈아입는다는 것도 지옥적으로도 분명 번거
로울 것이다.

"음…. 그러고 보니 시노부는 같이 오지 않았네. 내가 죽었다는 것은 시노부 녀석은 오히려 본래의 흡혈귀성을 되찾았다는 이야기가 되는 걸까…?"

"그렇겠죠. 뭐, 그것도 그분의 목적 중 하나였다고 생각되지만요."

"그분?"

하치쿠지의 뒤를 따라가면서, 공원에서 밖으로 나오면서 나는 그 말을 반복했다. 공원에서 나와도 그것은 공원에서 나온 보도가 있고, 가로수가 있고 차도가 있고 횡단보도가 있고 신호등이 있고…. 요컨대 평소와 같은 동네 안이었다.

평소와 같다고 말할 수 있을 정도로 나는 浪白공원 주위를 잘 아는 것도 아니지만…. 적어도 마을로서의 풍경에 위화감은 없다.

지옥감, 같은 것은 없다.

굳이 말하자면 행인이 한 사람도 없다는 점에서 위화감이 드는 정도일까?

"…확실히 아비지옥은 입구에 2천 년에 걸쳐 화염 속을 낙하한다는 형벌이 있다고 했지. 그러면 혹시 죄인은 전부 아직 낙하 중이고, 이 지옥에는 지금은 아직 아무도 없다는 얘긴가…?"

그럴 리는 없을까.

그도 그럴 것이 내가 여기에 있으니까 말이야.

뉴턴 선생님의 실험에 따른다면, 내가 앞서 낙하하는 일도 없을 것이다.

"네, 그 부분도 곧 알 수 있을 거예요. 알게 해 드릴게요. 괜찮아요, 지금의 저는 전지전능이라고 말할 수 있어요. 어지간한 일은 그분에게서 들었으니까요. 사실은 아라라기 씨의 최근의 활약도 그분에게 약간 전해 들었어요."

"그러니까 그분이 누군데?"

"그 어른."

"아니, 갑자기 끝판대장처럼 되었는데."

"그 어르신네."

"너무 예스럽다고. 그분이라고 평범하게 말했잖아. 누구야. 그… 뭐든지 알고 있는 사람은."

아니.

그 시점에서 이미 정체가 보였지만 말이야.

가령 하네카와가 아니라고 한다면, 그 사람이 틀림없다. 나를 토막 낸 전문가들의 관리자, 가엔 이즈코가 분명하다.

그러나 성불한, 즉, 지옥에 떨어진 하치쿠지와 가엔 씨와의 사이에 대체 어떠한 접점이 있다는 말이지?

"호랑이의 위세를 빌린 전지전능이에요."

"그런 전지전능이 어디 있어. 사람을 겁주는 데에도 정도가 있다고. 하치쿠지, 조금 전부터 발걸음에 망설임이 없는데, 우선 목적지만이라도 알려주지 않겠어? 너의 어머니의 집으로 향하고 있는 것도 아닌 모양인데."

"네. 어머니는 아무래도 아직 살아 계신 것 같으니까요. 집은 없어져 버렸지만, 아무래도 이사 가신 것뿐인 것 같아요. 다행이네요, 다행이네요."

"……."

"아뇨. 어디로 향하고 있는가 하는 목적지를, 향하고 있는 그 목적으로 말하면 말이죠, 아라라기 씨를 되살리는 것이 저의 일이에요."

조금 전에 '어긋나 버린 만큼을 수정한다'라고 말씀드렸는데, 그건 표현상 그렇게 말한 것이고, 사실은 '올바르게 되어 버린 만큼 어긋나게 한다'라고 말해야겠죠, 라고 하치쿠지는 더욱 헷갈리는 소리를 했다.

도무지 무슨 소린지 모르겠다.

뭐, 생각해 보면 최근의 나는 아는 것 쪽이 적었을 정도였지만. 주위에 휘둘린다고 할까, 휘말려 드는 계열이라고 할까… 요령 좋은 녀석이라면 그런 때에도 능숙하게 행동하겠지만.

"나를 되살리다니…. 어? 나는 되살아날 수 있는 거야?"

"그야 당연하죠. 죽으면 어떡해요."

"하지만… 가엔 씨가."

해결책은.

네가 죽는 거야, 라고 가엔 씨가 말했다.

가엔 씨가 말했으니까, 그것은 그런 것이라고 생각했다. 물론 전혀 납득할 수 있는 이야기는 아니었고, 이론이 정연하다고도 생각되지 않는다. 가엔 씨가 진짜로 무슨 생각을 하고 있었는지는 알 수 없지만, 그래도 그 사람이 하는 일이라면 그것이 설령 나에게 최대한의 불이익을 주는 일이라고 해도 최대 다수의 최대 행복을 생각한 판단이라는 것은 확신할 수 있다.

신용할 수 있다.

그리고 가엔 씨는 행한 '올바름'을 스스로 부정하지는 않을 것이다. 나를 죽이는 것이 해결책이었다고 말한다면, 그것을 철회하는 일은 있을 수 없다.

"아니, 그러니까 정신을 차려 주세요, 아라라기 씨. 요컨대 '죽였다가 되살린다'라는 것까지 포함해서 저분의 계획대로였다는 얘기잖아요."

"'죽였다가 되살린다'…?"

그 부분까지 포함해서 계획대로?

뭐야, 그 불모한 계획은.

병 주고 약 주고 수준이 아니다. 2를 곱한 뒤에 2로 나누는 것 같은, 아무런 의미도 없는 행위가 아닌가. 내가 깜짝 놀라고 그걸로 끝 아닌가.

지옥의 존재라도 입증하고 싶었나?

왜 이 타이밍에?

애초에 만약 그런 일이 있다고 한다면 훨씬 전부터 가엔 씨는 그 존재를 파악하고 있었을 테고… 응?

지금 하치쿠지는 '저분'이라고 말했나?

'그분'이 아니라?

…이것이야말로 사소한 부분에 트집을 잡는 듯한 표현의 기교일까.

"'2를 곱한 뒤에 2로 나눈다'가 아니에요."

내 마음속의 의문은 상대하지 않고 하치쿠지는 이야기를 계속한다. 역시 걸으면서 이야기하는 편이 성미에 맞는지, 어쩐지 수다스러워져 있다는 기분이 들었다.

"뺄셈도 되어 있어요."

"뺄셈?"

"뭐, 그것도 차차 알게 되실 거예요."

"……."

어쩐지 중요한 부분은 전부 나중으로 미루고 있네…. 물론 하치쿠지에게도 길 안내를 맡은 사람으로서의 준비란 게 있을 테고, 계속 캐물을 정도로 성급하게 듣고 싶은 것도 아니지만….

다만 '되살아난다'라는 말을 들으면, 역시 마음이 술렁이지 않을 수 없다. 상황에 흘러가기만 하고, 분류奔流에 농락당하기만 해서, 지금까지 제대로 생각하지 못했었지만, 저도 모르게 하치쿠지에 대한 생각만 하고 있었지만, 그러나 막상 '되살아난다'라는 말을 들어도 뭐라고 할까, 별로 피부에 와 닿지 않는다는 것이 허식 없는 내 현재 심정이었다.

"왜 그러시나요? 아라라기 씨. 되살아날 수 있다고요, 기쁘지 않으신가요?"

"아니, 그게…. 솔직히 거기까지 생각이 나아가지 않았다고 할까…. 죽은 것 자체에 아직 납득하지 못해서, 되살아날 수 있고 없고 하는 부분까지 머리가 돌아가지 않았어."

"핫핫하. 또 그건가요. 죽은 인간이 되살아난다는 세계관을 긍정해 버리면, 살아가는 의미가 흔들린다든가 하는 소릴 하실 생각인가요?"

"그런 건 아니지만."

그런 건 아닐까?

아니, 그렇지 않다.

그런 게 아니라… 나에게는 어딘가 '이것으로 편해졌다' 같은 기분이 있었던 것이다. 마치 만화의 대사 같지만….

"흠. 이해가 안 되는 것도 아니에요. 아라라기 씨는 늘 목숨을 걸고 싸우고 계셨으니까, 연승을 계속하는 도박사는 의외로 무의식중에 패배를 바라는 법이라고 하니까요. 승리에 치우친 인생의 균형을 잡고 싶어지는 걸까요. 편해졌다는 말이, 겉멋이 아니라 본심이라는 것은 믿어 드릴 수도 있어요."

"어째서 그런 고자세로…."

"다만, 그런 본심을 용서해 줄 정도로 그분도 자상하지는 않을 테니까요. 이쪽이에요."

하치쿠지가 골목을 돌았다.

그러자 그 순간, 풍경이 바뀌었다. 아니, 골목은 그냥 골목이다. 이 경우에 풍경이 바뀌었다고 말하는 것은 하늘의 색이 바뀌었다는 의미였다.

한낮이었을 풍경이.

갑자기 밤중으로 변화했다. 조금 전까지 그곳에 있었을 가로등이 지금은 한참 전부터 그랬던 것처럼 환히 밤길을 비추고 있다.

"……? 뭐지? 누군가가 라나루타*라도 사용했나?"

"글쎄요, 어떤 걸까요. 어라, 아라라기 씨. 저기에 누군가가 주저앉아 계시는데요?"

"응?"

그렇게.

뭐, 지옥이라면 이런 일도 있을까 하고 하늘의 색 변화를 왠지 모르게 받아들이려 하고 있던 그때, 하치쿠지의 말을 듣고 그녀가 가리킨 방향으로 눈길을 주었다. 그랬더니 정말로 가로등에 기대고 있는, 그 가로등에 집중조명을 받듯 비추어지고 있는 인물이 확실히 있었다.

아니, 확실하지는 않다. 불확실하다.

그리고 인물이 아니라, 괴물이었다.

그곳에 쓰러져 있는 것은, 피투성이의 피 웅덩이에 쓰러져 있는 것은, 사지가 절단된 빈사의 흡혈귀.

처참한 모습의 전설의 흡혈귀.

철혈이자 열혈이자 냉혈의 흡혈귀, 키스샷 아세로라오리온 하트언더블레이드였다.

006

"시… 시노부!"

나는 달려갔다. 뭔가 생각할 겨를도 없이, 그것을 눈으로 인

※라나루타 : 게임 〈드래곤 퀘스트〉 시리즈에 등장하는 낮과 밤을 바꾸는 주문.

식하자마자 그녀의 곁으로 달려갔다. 어째서 그곳에 그녀가 있는가, 또한 어째서 지금 이 지옥에 그 봄방학에 있었던 그녀와의 만남이 재현되었는가. 그런 것을 생각할 여유도 없이, 어쨌든 달려갔다.

달려가서, 어떡할 생각이었을까?

나중에 생각하면.

뭐가 어떻고 뭐가 어찌 됐든, 그녀에게 달려간 다음 일을 아무것도 생각하지 않다니, 제정신인가?

나는 그때 자신의 행위를 심하게 후회하지는 않았던가. 그 아름다움에 낚여서 생각 없이 그녀를 구하고, 그 뒤에 어떤 비극을 맞게 되었는가를 잊은 것도 아닐 텐데?

하지만 어쨌든 나는 그녀에게 달려갔다. 정확히 말하면 달려가려고 했다.

시선이 마주쳤다.

그렇게 생각한 순간, 처참한 상태인 그녀가, 자신의 상태보다도 처참한 미소를 지은 것과 동시에, 키스샷 아세로라오리온 하트언더블레이드는, 사라졌다.

소실되었다.

그것과 때를 같이하여, 그녀와 함께 떠나간 것처럼 하늘의 어둠도 사라지고, 갑자기 바뀌었던 풍경이 갑자기 원래대로 돌아왔다. 그녀를 위해서 준비되었던 것 같은 장엄한 밤길이 평범한 길로 바뀌었다.

"……."

환각? 착각? 신기루?

아니, 아니…. 지옥에서 환각이 있을 리 없지 않은가.

하물며 흡혈귀의 유령이라니.

어쩌면 시노부도 그 뒤에 가엔 씨에게 요도 '코코로와타리'로 살해당한 게 아닐까, 그 결과의 그 꼴이지 않았는가 하고 생각할 뻔했지만, 흡혈귀 자체가 지옥에 떨어질 리 없나.

옥졸로서라면 모를까….

그렇다면, 뭐였지?

지금 것은.

"몸이 멋대로 움직였다는 느낌이었나요? 아라라기 씨."

앞서 가 있던 나에게, 잰걸음으로 다가오는 하치쿠지.

조금 전까지의 이변에 그리 놀란 눈치도 없다. 마치 이렇게 되리라는 걸 예측하고 있던 것 같은 느낌이다.

예측하고 있었다.

아니면 지식으로서 알고 있던 걸까.

누군가가 가르쳐 주었던 걸까.

"신기하네요. 아라라기 씨는 봄방학에 시노부 씨를 구한 것을 그렇게나 후회하고 계셨는데, 어째서 같은 시추에이션에서 또 같은 일을 반복하려고 하셨나요?"

"그건…. 그, 저기, 몸이 멋대로 움직였다고 할까…."

하치쿠지의 말에 딱히 그 행위를 나무라는 듯한 눈치는 없었지만, 그래도 나는 자연스레 핑계 같은 어조가 되었다.

"뭐, 어쨌든 달려간들 봄방학 때처럼 구했을 것이라고 단정할 수는 없어. 어쩌면 오히려 나는 그 녀석의 숨통을 끊기 위해 달려갔을지도 모르고 말이야."

"어린애라도 간파할 수 있는 거짓말이네요…. 여기가 지옥이라는 것을 잊지 마시길. 거짓말 같은 걸 했다간, 혀를 잡아 뽑힐 거라구요?"

하치쿠지는 장난스럽게 그렇게 말하고는 나를 앞질러 간다. 그리고 나를 선도해 간다. 당황하며 나는 그것을 뒤따랐다.

"…뭐, 숨통을 끊지는 않는다고 해도 말이야."

그것에 의해, 어쩌면 자살을 바라고 있던 그 고귀한 흡혈귀는 구원받았을지 모른다고 해도, 그것은 없다고 해도.

"만약 그곳에서 내가 시노부를 그냥 지나쳤더라면, 피투성이의 미녀에게 겁먹고 도망쳤더라면 어떻게 되었을까 하고 지금도 생각해. 아직도 꿈에 나와."

지옥에서 볼 것이라고는 생각하지 않았지만.

'지옥에서 부처'가 아닌 지옥에서 귀신인가. 말 그대로지만.

"생각해 보면 그 시점에서 이 마을에는 시노부의 첫 번째 권속이 재 상태로 모여 있었을 테니, 의외로 주인님의 위기에 반응해서 시노부가 3인조 흡혈귀 헌터에게 살해당할 상황에서 그 갑옷무사가 부활을 이뤘을지도 모르겠네. 그렇게 되었더라면 400년 만에 재회한 시노부와 초대 권속은, 사이가 틀어진 채로 헤어졌던 그 두 사람은 화해의 기회를 얻었을지도 몰라."

"그거 참 기가 막힌 스토리네요."

"응. 그 기가 막힌 스토리를, 나는 방해해 버렸는지도 몰라.

그렇게 생각하면 견딜 수가 없네."

"이쪽이에요~."

하치쿠지는 내 이야기, 라고 할까 나의 불평을 듣고 있는 건지 아닌지, 멀찍이 앞서 걸어간다. 정체가 정체인 만큼, 그다지 길 안내에 적합하지는 않은 캐릭터다. 그야 나를 되살려 주는 거라면 나는 그 뒤를 오리 새끼처럼 따라가야겠지만, 조금 더 친절하게 유도해 주지 않으면 이쪽으로서는 당황스러울 뿐이다.

실제로 하치쿠지가 가이드에 적합하지 않은 증거로, 하치쿠지가 걸어가는 방향은 마을 안을 걷고 다니다가는 거의 길을 헤맬리 없는 장소였다. 그것은 나오에츠 고등학교의 건물 안이었다.

어떤 식으로 걸어가면 마을의 보도가 갑자기 학교 건물의 복도로 직결되는 것인가. 아니, 잠깐. 이건 명백히 이상하잖아.

미아라는 레벨이 아니다.

아니, 밤낮이 역전되는 시점에서 이미 충분히 이상하지만….

"여기가 아라라기 씨가 다니시는 고등학교인가요…. 뭐, 정확히 말하자면 그 재현이지만요. 하지만 그 마을의 모든 장소를 떠돌아다녔던 저에게도 학교 안이란 곳은 성지이거든요. 고등학교 안에 들어가는 건 처음이에요. 선생님에게 들키면 야단맞을지도 모르겠네요."

"열 살 아이를 데리고 돌아다니고 있는 모습을 선생님에게 들켰다간 나야말로 위험한데…. 입시가 문제가 아니게 되는데…."

입시가 아니라 사건이 된다.

제발 좀 봐주세요, 하는 상황이 된다.

그렇게 말하지만, 아무래도 이 아비지옥에는 죄인은 고사하고 옥졸도 없는 것 같고, 하물며 선생님이 있을 리도 없어 보이지만…. 하지만 아무도 없는 지옥이라니, 어떻게 된 일일까.

시스템이 바뀌어서 아비지옥은 지금은 죄인에게 고독을 맛보게 한다는 지옥인 걸까? 그렇다면 수수하게 기분 나쁜 지옥이지만, 그러나 하치쿠지가 이렇게 마중하러 와 준 시점에서 이미 거의 극락 같은 상황인데….

옥졸獄卒이 아닌 극졸極卒일까.

"하지만 어째서 길이 학교의 복도에 연결되어 있는 거지? 돌아봐도 조금 전까지 왔던 길은 없고 그냥 학교 건물 안인데."

"뭐, 어디에라도 이어져 있는 것이 길이니까요."

"흐음…. 하지만."

"어라, 아라라기 씨. 변태가 왔어요, 조심하세요."

"변태가 와? 그건 큰일이잖아, 하치쿠지. 내 옷 속, 말하자면 등 뒤에 숨어."

"이미 옷 속이라고 한 번 말했어요."

다가온다는 변태와의 조우를 피하기 위해 우리는 곧바로 옆에 있는 교실 안으로 도망쳤다. 그런데 아무도 없는 줄로만 알았던 건물 안을 지나다니는 변태의 모습은, 나 자신이었다.

아라라기 코요미.

그렇다면 변태는커녕 훈남이잖아.

하치쿠지가 잘못 본 건가?

그런 바보 같은 생각을 하고 있으려니, 그 내 옆을 또 한 사람, 다른 인물이 지나가고 있었다. 하네카와 츠바사였다.

그것도 초기 버전이다.

안경을 쓰고 머리를 땋고 있는 하네카와 츠바사였다.

땋은 머리가 한 줄이므로 초기 중에서도 초기다. 실제로는 저런 식으로 땋은 머리 한 줄의 하네카와 츠바사하고, 아라라기 코요미가 나란히 걷는다는 그림은 나오에츠 고등학교 건물 안에서는 한 번도 실현되지 않았을 것이다.

봄방학이 끝나고 하네카와는 땋은 머리를 두 줄로 바꾸었고, 지금의 하네카와는 안경을 벗고 머리를 짧게 자르는 건 고사하고, 흑백의 호랑이 무늬가 되었고…. 하지만 그래도 하네카와가 하네카와임에는 변함없지만.

…그렇다기보다, 뭐라고 할까.

아라라기 군, 너는 하네카와 씨하고 이야기하고 있을 때 저렇게 흐물흐물한 얼굴을 하는 거냐…. 좀 더 늠름한 태도를 취할 생각이었는데, 전혀 아니잖아.

그렇게 생각하고 있는 동안에 두 사람의 모습은 보이지 않게 되었다. 반장과 부반장으로서 어떠한 의논을 하러 교실로 향했는지도 모른다. 학교 축제의 회의 같은 것일까?

"시노부 씨를 구한 곳에서부터 아라라기 씨의 인생은 파란만장해졌다고 말하는데요, 그 이야기를 하자면 시노부 씨를 구한 시점에서 하네카와 씨와 알게 되었던 것도 크네요. 거대한 영향을 받고 계시네요. 그것에 대해서는 어떻게 생각하시나요?"

그렇게 갑자기 하치쿠지가 질문을 해 왔다.

너무 갑작스러워서 질문의 의미를 한순간 알아듣지 못했는데… 뭐야, 그건. 요컨대 하네카와하고 알게 되지 않았으면 좋았을 거냐는, 그런 의미의 질문이야?

"생각해 보면 시노부 씨에 대한 문제를 복잡하게 휘저어 주신 것도 하네카와 씨였고…. 아라라기 씨 자신도 블랙 하네카와 씨에게 두 번에 걸쳐서 상당히 쓴맛을 보셨으니까요."

"……."

"만약 아라라기 씨가 하네카와 씨하고 친구가 되지 않았더라면, 그 뒤에 그렇게 잇따라 트러블에 휘말리지는 않았을 것이다… 라고 생각해도 그것을 나무랄 분은 없지 않을까요?"

"…뭐, 여러 가지로 하네카와 탓이라는 것은 부정하지 않아. 뭐든지 알지는 못하고 알고 있는 것만 아는 그 녀석이, 폭로하지 않아도 되는 진실을 닥치는 대로 폭로하고 잊지 않아도 되는 진실을 잊어버렸기 때문에 우리는 엄청난 지름길과 말도 안 되는 우회를 해야만 했으니까…. 하지만."

만약 하치쿠지 이외의 인간에게 그런 질문을 받았다면 어쩌면 나 자신을 잊을 정도로 화를 냈을지도 모를 정도의 질문이었지만, 상대가 하치쿠지였기에 나는 신기할 정도로 냉정하게 당연하게 대답할 수 있었다.

자신을 잊지 않고.

나인 채로 대답할 수 있었다.

"그래도 그 녀석하고 친구가 되길 잘 했다고, 나는 진심으로 생각해."

"……."

"왠지 모르게 나에게도 이 동행이인의 의미가 감이 잡히기 시작했는데…. 뭐지? 이제부터 저 두 사람 뒤를 따라가면 되는 거야?"

"으음…. 딱히 엄밀한 경로가 있는 것은 아닌데요, 뭐, 하지만 이쪽으로 오세요. 『이상한 나라의 앨리스』로 말하면 저는 시계를 든 토끼예요."

"이상한 나라란 말이지…."

확실히 지금까지는 지옥이라기보다는 이상한 나라 같은 느낌이다. 뭐, 나도 확실히 원작을 기억하고 있는 것은 아니므로 함부로 말할 수도 없지만.

재현, 이라고 말했었지.

浪白공원도, 이 나오에츠 고등학교도.

재현, 그리고 간접체험.

봄방학부터 이쪽의, 하치쿠지에 이어서 교실을 나오자, 이미 아라라기 코요미 군과 하네카와 츠바사 씨 콤비는 없어져 있고 어느 쪽으로 갔는지도 알 수 없었다.

뒤쫓으려고 한다면, 위층이다.

무슨 회의를 한다고 해도, 3학년인 우리 반으로 향할 것이 틀림없다. 그렇게 생각하고 나는 왠지 모르게 계단 쪽으로 시선을 향했다.

그러자.

그곳에 공중에 정지한 여학생의 모습이 있었다. 마치 하늘을 날고 있는 것 같은 자세이기는 했지만, 완전히 스톱 모션 상태인 그녀는 내가 잘 아는 그녀였다.

"센조가하라…."

"여기서 발이 미끄러진 센조가하라 씨를 받아 내지 않는다는 선택도 있었다고 생각해요. 뭐, 길가에 쓰러진 빈사의 미녀를 구하는가 마는가 정도로 절박한 선택 상황이 아닌 건 분명하죠. 낙하하는 사람의 몸을 받아 내는 것은 보통은 위험하기도 하고요. 받아 내는 방법에 따라서는 자신만이 아니라 상대도 다치게 만들 수도 있고. 만약 피했다고 해도, 이 무렵의 센조가하라 씨에게는 체중이 거의 없으니까 아마도 다치시지는 않지 않았을까요? 그 왜, 질량이 가벼운 작은 동물이나 곤충이 높은 곳에서 떨어져도 의외로 무사한 것하고 같은 상황이죠."

"……."

"하지만, 아라라기 씨는."

"받아 낼 거야. 몇 번이라도. 센조가하라가 떨어져 내려온다면."

그 녀석은 말해 주었다.

그때, 자신을 받아 준 것이 아라라기 군이라서 정말 다행이라고. 그러니까 나도 같은 생각을 하자.

그때 센조가하라를 받아 낸 것이 나여서 정말 다행이라고. 그것은 어쩌다 보니 조우한 일이었고, 우연의 산물일 뿐이었지만, 그렇다면 그 어쩌다 보니 조우한 우연을 운명이라고 부르는 것도 마다하지 않겠다.

사명이라고 부르는 것조차도.

"…만약에."

하치쿠지가 낙하 중, 낙하 정지 중이라는 극히 이상한 상태에 있는 센조가하라를 곁눈으로 보면서 계단을 오르며, 특별한 의미를 품은 느낌도 없이 말했다.

"만약에 이때, 아라라기 씨가 센조가하라 씨를 받아 내지 않았더라면… 그렇죠, 여기서 가령 가벼운 부상을 입었다고 해도, 뭐, 큰일은 없었다고 하죠. 그리고 그 뒤에도 그분은 퉁명스럽고도 거만한 태도를 유지하며 살아갔다고 하죠. 그리고 조금만 더 있으면 이 마을에는 그 사기꾼이 오시는 거죠?"

"사기꾼…. 카이키 데이슈."

"네. 센조가하라 씨와 인연이 있는. 어쩌면 운명적인 대결이 있었을지도 모르겠네요. 여름방학에 실현되려 했던 운명적인 대결은 아라라기 씨가 방해했다는 모습이 되었지만…. 만약에 그때, 아라라기 씨가 방해하지 않았더라면, 남자친구가 끼어들지 않았더라면 어떤 전개가 되었을까요?"

"어떤 전개라니…."

"전에 사귀던 사이란 요소가 작용하지 않았을까요?"

센조가하라 씨는 숨기려고 하는 것 같았지만, 그 두 사람의 과거에 무슨 일이 있었는가 하는 것 정도는 아라라기 씨도 눈치채고 계시겠죠, 라고 하치쿠지는 말했다.

나도 하치쿠지를 따라서 센조가하라를 지나쳐 간다.

정지해 있다고는 해도, 보기에도 위험한 자세인지라 안아서 이동시켜 두는 편이 좋아 보인다는 기분도 들었지만, 과연 어떨까. 건드리면 그 순간 밸런스를 잃고 무너져 버릴 것 같다는 생각도 들고….

"그 경우에, 갈라섰던 남녀가 재결합했을지도 모른다고 생각하면… 인생이란 건, 연애란 것은 정말로 마음대로 안 되는 법이네요."

"네가 연애 같은 얘기를 하지 마. 설득력이 없어진다고."

"어라라. 그건 저의 연애 편력을 듣고 싶다는 말씀으로 들리는데요? 최근의 초등학생이 얼마나 발전했는지 모르시는 것 같네요."

"뭐, 그건 기꺼이 알고 싶은 일은 아니지만…. 너의 연애 편력 같은 건 전혀 듣고 싶지 않아."

"어떠신가요? 아라라기 씨. 만일 센조가하라 씨와 카이키 씨의 러브 로맨스를 방해해 버렸을지도 모른다고 상상하면."

"상상한다고? 그런 건 역시나 꼴좋다는 생각밖에 안 들어."

초대 권속인 그 남자하고는 사정이 조금 다르다.

뭐, 이것은 센조가하라와는 할 수 없는 이야기지만….

"센고쿠 때의 일로 카이키에게는 확실히 신세를 진 것 같지만…. 그것과 이것은 이야기가 별개야. 전혀 다른 이야기야. 그 녀석하고는 만나지 않는 편이 좋았다고, 진심으로 말할 수 있어."

"허어. 물론 그런 사람도 계시겠지요. 누구나와 사이좋게 지낼 수는 없겠죠. 그러면 마지막으로 이름이 열거된 센고쿠 씨와의 장소를 돌아볼까요. 레츠 본 보야주예요."

"레츠 본 보야주라니…. 의미가 전해지는 만큼 수정하기 힘드네. 응… 어라? 칸바루는?"

"네?"

"아니, 그러니까 칸바루…. 칸바루 스루가."

浪白공원에서 시작된 목적지를 알 수 없는 이 논스톱 투어는 이른바 지옥에서의 심판, 정파리경* 같은 것이라고 생각하고 있었는데.

생전의 행실을 비춘다는 그 거울이다(출전·하네카와 츠바사).

그러니 봄방학 이후로의 내 행실이라고 할까, 나에게 일어난 사건들, 나를 덮친 사건들을 돌아보는, 말하자면 작은 순례의 여행이라고 생각하고 있었는데.

봄방학의 키스샷 아세로라오리온 하트언더블레이드로부터 시작하는 골든위크의 하네카와 츠바사, 그리고 연휴가 끝나고 난 뒤의 센조가하라 히타기.

하치쿠지 마요이는 이미 여기에 있으니 순서를 건너뛰는 것은 이해가 안 되는 것도 아니지만, 그러나 만일 시간 순서대로 거슬러 올라간다면 센고쿠 나데코보다도 먼저 만나야 할 것은 칸바루 스루가일 텐데.

염라대왕은 정파리경을 보고 죄인의 죄를 재판한다고 하니까, 요컨대 지금 아비지옥의 모습이 이렇게 얌전한 것은 어디까지나 형이 미결이기 때문이며, 요컨대 지금의 나는 아직 재판 중

※정파리경(淨玻璃鏡) : 지옥의 염마청에 있다는 거울로, 죽은 이의 얼굴을 비추면 생전에 지은 죄가 하나하나 나타난다고 한다.

인 몸이기에 아비지옥을 가득 채우고 있다는 불길의 심판을 받지 않고 있다… 라는 해석을 멋대로 하고 있었는데.

이 해석이 올바르다면 나는 순례의 여행을 마치자마자 2천 년 동안 불길 속을 떨어진다는 형벌에 처해지게 되므로, 빼 준다면 그것은 그것대로 바라던 바이기는 하지만…?

"아, 네, 맞아요. 칸바루 씨 말이군요, 예외예요."

"예외?"

"패스라고 해야 할까요, 한 번 휴식이라고 해야 할까요…. 그 왜, 칸바루 씨의 경우에는 다른 분들하고 약간 케이스가 다르잖아요."

"케이스가 다르다…?"

그런 표현을 쓸 수 있는 것은 오히려 하치쿠지가 다음에 향하자고 제안해 온 센고쿠 나데코 쪽이 아닐까?

칸바루는… 그녀의 왼팔에 있는 괴이는 괴이로서는 굳이 말하자면 스탠더드한 것이고….

"아뇨, 아뇨. 괴이 현상이 어떻고는 이 경우에는 생각하지 않아요. 아라라기 씨와 어떤 관계인가가 문제예요. 그도 그럴 것이, 칸바루 씨의 경우에는 아라라기 씨가 관계성을 회피할 방법이 없잖아요?"

"…그렇다는 얘긴?"

"칸바루 씨는 처음부터, 타고난 적극성을 발휘해서 멋대로 당신을 스토킹하기 시작했고, 그런 데다 멋대로 당신을 죽이려 들었잖아요. 그런 건, 같은 시추에이션이 몇 천 번 찾아오더라도 그에 걸맞은 대응을 할 수밖에 없겠죠."

하치쿠지는 어이없다는 듯 말했다.

아니면 당신의 선택지에는 '얌전히 죽어 준다'라는 선택지가 있었나요? 라고 말하는 듯하다. 흠, 그것도 그러네.

실제로는 스토킹이라든가 죽이려 들었다든가, 그 녀석의 행동은 그런 표현으로 정리될 수준이 절대 아니었다고 해도, 칸바루처럼 커뮤니케이션에 능숙한 쪽에서 팍팍 밀어붙이는 타입의 관계성은 초기 선택지를 다소 비튼다고 해도 이후의 변화는 기대할 수 없다.

주도권이 칸바루 쪽에 있으니까.

물론 만약 내가 센조가하라와 사귀는 길을 선택하지 않았다고 한다면 칸바루의 스토킹도 필시 시작되지 않았겠지만, 몇 번이나 발이 미끄러진 센조가하라를 받아 낸다는 결의를 표명한 이상, 칸바루와의 관계성은 말하자면 가족과의 관계처럼 바꿀 수 없는 것이다.

그런 의미에서는 센고쿠가 마지막이라는 것도 납득이 갔다. 카렌이나 츠키히를 만나고 다닌들, 의미가 없으니 말이야.

다만 그렇게 말해도 이 흐름으로 칸바루만을 건너뛴다는 것은 왠지 모르게 납득이 안 가네. 조금 다르겠지만, 중요한 친구를 뜻하지 않게 따돌려 버린 것 같은 기분이 든다.

"하지만 뭐, 역시 칸바루 씨의 퍼스널리티는 아라라기 하렘 중에서는 특이하죠. 생각해 보면, 아라라기 씨가 그 사람과 어째서 그렇게 사이가 좋아질 수 있었는지 신기하다고나 할까요.

대인 쇄국의 아라라기 씨하고 대인 택스 헤븐tax heaven인 칸바루 씨 사이에 대체 어떠한 연결고리가 있는 걸까요."

"대인 택스 헤븐이라니…."

천국이라….

그러나 근본적으로 칸바루는 그렇게까지 근본이 밝은 녀석은 아니다. 그 녀석은 그 녀석대로 여러 가지 사정을 안고 있다. 품고 있다.

그렇지 않다면.

원숭이에게 소원을 빌지는 않았을 것이다.

"자라 온 환경도 특수하다고 하자면 특수하니까."

"그랬던가요."

"응. 이야기한 적 있었잖아? 그 녀석의 부모님은 야반도주를 했었고, 도망친 곳에서…."

그래서 유소년기의 칸바루는 칸바루 가 사람으로서도, 가엔 가 사람으로서도 자라지 않았다. '집'을 모른다. 이모인 가엔 씨와의 단절의 이유도 그 부분에 있었고.

작년 8월, 가엔 씨는 자신의 일에 칸바루를 끌어들였지만, 그때도 그녀는 자신의 정체를 조카에게 밝히려고 하지 않았다.

"흠. 마음대로 안 되는 법이네요. 칸바루 씨 정도의 멘탈리티나 피지컬리티를 가지고 있더라도 인생이 생각대로 돌아가지 않으니, 그렇다면 생각대로 살고 있는 사람은 실제로 세상에 어느 정도나 있을까요?"

"글쎄다…. 그 정도까지 이야기가 커져 버리면 일개 고교생의 몸으로서는 너무 무거운 의논이 되는데. 하지만 많든 적든, 다들 스트레스를 안고 살고 있지 않을까?"

그러나 이 감각에는 '위쪽에 있는 녀석도 그 나름대로 괴로워하고 있었으면 좋겠다'라는, 시샘과도 같은 바람이 섞여 있음을 부정할 수 없다.

다만 가령 그렇다고 해도 '우와, 100억 엔을 더 벌어야 하는데 일이 잘 안 풀리네~. 괴로워~. 스트레스가 쌓이는구먼.' 하는 이야기를 하는 인간의 고민과 동조하는 것은 어렵겠지….

"그 이야기를 하자면 아라라기 씨가 품고 있는 고민도 상당히 사치스러운 것이라고 생각되지만요. 당신은 수험생으로서 복에 겨운, 그렇다기보다 파격적인 대우를 받고 있으니까요."

"하긴, 그건 그렇지. 찍소리도 못 하지."

"뭐, 그 부분은 되살아난 뒤에 생각해 주세요. 시간은 듬뿍 있으니까요."

그렇게 말하며 하치쿠지는 층계참에서 빙글 회전해서, 더욱 위층으로 올라간다…고 생각했는데, 어느새 우리가 오르고 있는 계단은 나오에츠 고등학교의 그것이 아니라.

자연에 둘러싸인, 험한 산속의 계단이 되어 있었다. 최근에 한해서 말하면, 나에게는 학교의 계단보다도 많이 오르내렸던 계단.

키타시라헤비 신사로 향하는 길고 구불구불한 계단이다.

텔레포테이션이라기보다, 이렇게 되면 워프라고 해야겠네. 공간이 뒤틀려 있는 것 같다. 판타지라기보다, 좀 더 본격적인 환상문학 같은 장면 전환이다. 이미 그런 것에는 위화감이 느껴지지 않기 시작했다.

마비되었다기보다 익숙해졌다고 할까.

지옥에 익숙해졌다는 것도 이상한 이야기지만. 그렇지, 나는 그 6월, 이 계단에서 센고쿠 나데코와 지나쳤다. …만약 이것이 정파리경 운운하는 뭔가가 아니라고 한다면, 가엔 씨에게 베여서 죽었던 내가, 죽은 그 순간에 주마등처럼 이제까지의 인생을 돌아보고 있는 것뿐인지도 모른다.

후회와 함께.

돌아보고 있는 것뿐인지도.

…그렇지.

시노부에 관해서도, 하네카와에 관해서도, 센조가하라에 관해서도, 물론 하치쿠지에 관해서도, 나는 같은 시추에이션과 몇 번을 조우한다고 해도 몇 번이고 같은 일을 반복하겠지만, 하지만 좀 더 잘 할 수 있지 않았을까 하는 마음은 도저히 부정할 수 없다.

"충분히 잘 하고 있다고 생각해요, 아라라기 씨는. 적어도 저에 관해서 말하면."

"그렇게 말해 주면 조금은 마음이 가벼워지네. 하지만 적어도 센고쿠에 관해서 말하면 나는 실패했어."

"그랬죠. 그 문제의 해결에 하필이면 천적인 사기꾼의 도움을 받게 되었다는 것도 상당한 굴욕이었죠."

"응, 그래서…."

그렇게.

이야기를 하며 계단을 계속 오르고 있자, 아니나 다를까, 라고 할까, 예정조화라고 할까, 생각하던 대로 정상 쪽에서 센고쿠가 내려왔다.

모자를 눈까지 깊이 눌러쓴, 웨이스트파우치를 한 작은 몸집의 여자 중학생. 빠른 걸음으로 서둘러, 마치 도망치는 것처럼 산을 내려가려 하고 있다. 실제로 이때 그녀의 심경으로서는 그런 느낌일 것이다.

도망치는 것 같군.

도망치고 싶은, 마음일 것이다.

…다만 내가 이 계단에서, 재현된 것이 아니라 진짜 이 산의 계단에서 센고쿠 나데코와 지나쳤을 때에는 그녀가 그녀라는 걸 깨닫지 못했다.

그녀의 괴로움을 이해해 줄 수 없었다.

가령 센고쿠에 대해 '좀 더 잘 할 수 있었다면'이라고 생각하는 점이 있다고 한다면, 어쩌면 그 부분일까….

"어떤 걸까요. 자신에게 요구하는 기준이 조금 높다고 생각하는데요. 만능이 아니니까요. 그 부분은 알아 두는 편이 좋을 거예요, 하네카와 씨처럼."

"하네카와 정도가 되면 겸허한 태도를 관철할 수도 있겠지만, 내 수준에서는 자기도 모르게 많은 것을 원하게 돼."

"이때, 센고쿠 씨는 친구와 다투신 뒤였죠?"

"응, 그런 이야기였어. 사기꾼이 박리다매한 '주술'이 그 원인에 있었다고는 해도….”

아니.

'주술'은 오히려 지엽적인 문제일까.

근본은 더욱 뿌리 깊게….

“만약 뱀의 저주를 걸어올 만한 녀석을, 친구라고 부를 수 있을 경우의 이야기지만 말이야. 오시노가 말했던가. '그러니까 나는 친구를 만들지 않는다'라고.”

“그것도 상당히 과격한 의견이지만요. 센고쿠 씨는 실패했지만, 초중학생 시절의 트러블 같은 건, 어른이 되고 나서 기억해 보면 좋은 추억 아닌가요?”

“글쎄다. 어린애 시절의 추억 같은 건, 오히려 어른이 되어도 계속 영향을 미치지 않던가? 그건 아직 내가 어른이 되지 않았기 때문인지도 모르지만. 적어도 오이쿠라와 잘 지낼 수 없었던 초중학교 시절의 일은 괴로운 추억일 뿐이야.”

“오이쿠라 씨요.”

“그래…. 그렇구나. 오이쿠라가 학교에 오게 된 것은 너하고 헤어진 뒤였지. 그 부분은 못 들었나? '그분'에게.”

“아뇨. 뭐, 나름대로는…. 다만 오이쿠라 씨는 저로서는 전혀 접점이 없는 분이니까요. 전해 들은 말만으로는 실감을 갖고 이해하기 어렵죠.”

알고 있는 것은 알고 있는 지식일 뿐이에요, 라고 하치쿠지는 그럴싸한 이야기를 했다. 그야말로 하네카와 같은 사람이 하면 딱 어울릴 것 같은 대사이기는 했지만, 어쨌든 하치쿠지의 경우에는 임시변통이란 느낌을 부정할 수 없었다.

…하지만 말 전하기 게임?

만일 가엔 씨로부터 직접 들었다고 한다면, 그런 표현이 되지는 않을 거라 생각하는데…. 사이에 또 누군가가 끼어 있다는 뉘앙스가 느껴지지 않는 것도 아니다.

행간을 너무 읽는 건가?

"생각해 보면 아라라기 씨의 가정환경도 꽤나 특수하죠. 그것도 들을 만큼은 들었어요. 부모님께서 불쌍한 아이를 집에 보호하는 경우가 잦았다든가, 그런 아이들과 함께 지내는 것이 많은 초등학생 시절이었다든가, 뭐라든가. 그런 환경이 아라라기 씨나 파이어 시스터즈의 정의감을 키운 것인지도 모르겠네요."

"…어쩌면 츠키히에게 센고쿠는 그런 상대였는지도 모르겠다는 생각이 들곤해. 뭐, 센고쿠는 가정환경에 문제가 있는 것은 아니겠지만…."

"전혀 문제가 없는 가정 따윈 없지 않나요? 집안의 일은 안에 있는 사람밖에 모르니까요. 말해 두겠는데, 아라라기 씨하고 여동생들의 관계도, 제삼자 기관에서 보면 엄청 비정상적이라고요."

"제삼자 기관에 심사받게 하지 마. 제삼자가 본다면, 정도의 표현으로 해 둬."

그렇게 주거니 받거니 하는 동안 센고쿠는 완전히 지나갔다. 센고쿠는 우리가 있다는 걸 깨달은 눈치도 없었다. 어디까지나 재현이므로 저쪽에서는 이쪽이 보이지 않는지도 모른다. 어땠더라,

실제로 지나쳤을 때는. 센고쿠 쪽은 나를 알아차렸던가? 깨달았다고 해도 그 시추에이션으로는 그 녀석 쪽에서 말을 걸어오지는 못했을 것이고, 또 나는 칸바루와 함께였으니까 말이야….

어쨌든.

여기서 센고쿠에게 말을 걸 수 없었다고 해도, '반복'이기는 한 것일까. 나는 이 다음 날이었던가, 서점에서 발견한 센고쿠의 뒤를 쫓게 되었다.

"…뭐, 실패하기는 했지만 그 이상 좋은 방법은 생각나지 않아. 나에게 직접적인 위해를 끼치는 일은 아니라고 해도, 긴급성이 높은 사안이었으니까."

"그랬죠. '만약에 인생을 다시 시작할 수 있다면'이라는 가정은, 해 보면 실은 같은 일을 마냥 반복하게 될 뿐인지도 모르겠네요. 잘되면 요즘 유행하는 루프물의 흐름을 타게 될 거라고 생각하지만요."

"아니, 조금 전이겠지."

"붐은 반복된다고요. 그야말로 무한반복, 루프죠. 역사는 계속 되풀이된다고도 하고요."

"나에 대해서만 말하고 있는데 너는 어떤 거야? 너였다면, 인생을 다시 시작할 수 있다면 어디쯤부터 다시 시작하고 싶어?"

"글쎄요. 아버지하고 어머니 사이를 회복시키고 싶다는 마음이 옛날의 저에게 없었던 것은 아니지만요. 다만 사이가 틀어진 두 사람을 화해시키는 것이 과연 옳은 일인가 하고 생각해 보니까 잘 모르겠더라고요. 일시적인 마음으로 헤어지는 것은 슬픈 일이지만, 일시적인 마음으로 재결합하는 것도 생각해 볼 문제죠."

"…그런 이야기를 하기 시작하면 인간관계 같은 걸 쌓을 방법이 없어지잖아."

"이혼할 바에야 처음부터 결혼하지 않으면 좋았을 텐데, 하고 딸로서는 불평을 하고 싶어지기도 하지만, 그런 말을 해 버리면 제가 존재하지 않게 되고요. 극단적인 얘기지만요."

"……."

"뭐, 인간은 지금 있는 무기로 싸울 수밖에 없다는 이야기인지도 몰라요. 아라라기 씨도 그때 그때, 상황과 상황에, 진심으로 전력을 다해 싸워 왔으니까, 그렇기에 이렇게 돌아보아도 몇 번을 루프해도 같은 일을 반복할 뿐인지도 모르겠네요."

최적의 수를 써 온 것은 아니라 할지라도.

최선의 수를 써 왔겠지요.

그렇게 말했다.

"게다가… 센고쿠 씨의 일에 관해서 말하면, 외부로부터의 간섭이란 것이 컸다고 생각해요. 흔들기의 반동이라고 할까요."

"…응? 외부로부터의 간섭이라니? 흔들기의 반동이라니?"

"아, 그 부분은 아라라기 씨로서는 제대로 파악할 수 없었죠. 그러면 너무 신경 쓰지 마세요. 단순히, 무리하려고 하면 반동도 있다는 이야기니까요."

"그렇다기보다."

나는 이상하게 생각하고 물었다.

"왜 산을 계속 올라가는 거야? 마지막이라고 말했던 센고쿠와

지나쳤으니까 이 동행이인의 목적은 전부 끝난 거 아니야? 순례의 마지막에 도착한 거 아닌가?"

"아뇨, 아뇨. 하치쿠지八九寺 마요이의 89개소 순례의 목적은, 말씀드렸다시피 아라라기 씨를 되살리기 위한 것이니까요. 여기에서 걸음을 멈출 수는 없어요. 굳이 말하면 지금까지가 잠시 딴 길로 샜던 거죠."

"잠시 딴 길로 샜다."

"길을 헤맸다고 해도 되겠지만요."

"......."

"걱정 마세요. 이것도 필요한 의식 같은 거예요. 세리머니라기보다는 이니시에이션이라고 말해야 할지도 모르겠지만요."

"되살아난다는 거 말인데, 요도 '코코로와타리'와 쌍을 이루는 칼인 '유메와타리'를 사용하는 것인 줄로만 알았는데, 아니었어?"

가엔 씨가 나를 베는 데에 사용한 요도 '코코로와타리'.

그것은 예전에는 괴이퇴치의 전문가가 사용했던, 괴이만을 죽이는 칼이다. 원래는 존재하지 않는, 존재할 리 없는 괴이를 베는 칼.

그것과 한 쌍을 이루는 것이 또 하나의 요도 '유메와타리'.

무리하게 말하자면, '괴이소생자'.

'코코로와타리'로 죽인 괴이를 '되살린다'라는 힘을 지닌 제2의 요도. 시노부에게는 그런 식으로 들었다.

가령 가엔 씨의 노림수가, 그 사람답지 않은 만행의 주안점이

나를 '죽인 뒤에 되살린다'라는 것에 있었다고 하면, 나를 되살릴 수단은 그 '괴이소생자'에 있을 것이라고 생각하고 있었는데.

물론 400년 전에 '어둠'에 삼켜졌을 그 칼을 어떻게 해서 가엔 씨가 휘두르는가 하는 문제가 이 추측에서는 전혀 해결되어 있지 않지만…. 그것에 대해서는 누군가에게 뭔가를 말했을까?

기억이 영 애매한데….

"아뇨, 그게 맞아요. 다만 그것은 현세 측의 의식이니까요. 지옥에서는 지옥의 방식이 있다는 얘기예요."

"그 표현은 멋지네…."

하고 있는 일은 단순한 산책이지만.

함께 걷고 있는 것뿐이다.

하치쿠지와 이렇게 걷고 있다는 것은 역시나 그리운 느낌이라, 어쩐지 현실감이 없기도 했다. 지옥이니까 현실감이 없다는 것은 당연하지만.

하지만 그렇다도 지옥감도 없네.

"뭐, 걱정하지 않으셔도, 되살아나기 위한 시련이라든가 넘어야 할 난관이라든가, 하는 게 있지는 않아요, 아라라기 씨. 뒤를 돌아보면 안 된다든가, 그런 빤한 계율 같은 것도 없어요. 되살아날 수 있는 것은 확실히 확정되어 있으니, 안심하고 느긋하게 있어 주세요."

"……."

"음. 왜 그러시나요? 시원찮은 얼굴이네요."

"시원찮은 얼굴이라니…."

그 이야기를 하자면 개운치 않은 얼굴이라고 해야겠지.

아니, 시원찮은 얼굴도 그렇게 틀린 건 아니다. 적어도 시원찮은 기분인 것은 틀림없으니까.

왜냐하면 이렇게 키타시라헤비 신사를 향하는 계단을 오르고 있으면, 흐릿했던 기억도 다소는 되살아나기 시작하기 때문이다. 내가 가엔 씨에게 토막 났던, 3월 13일의 이른 아침을.

그렇게 되면 흐름으로서는 이대로 키타시라헤비 신사까지 올라가고, 도착한 곳에는 가엔 씨가 기다리고 있고, 거기서 그녀에게 요도 '유메와타리'로 다시 썰리게 됨으로써 나는 소생할 수 있다든가… 그런 이야기일까? 다시 한 번 산산조각 난다니, 너무나 소름 끼치지만.

지옥의 방식이란 것의 자세한 내용이 신경 쓰인다.

"그리고 보니 말이죠."

그렇게 하치쿠지가 입을 열었다.

"오노노키 씨는 잘 계시나요?"

"음."

"같은 괴이니까요. 오히려 그분의 이야기 속에서 오노노키 씨는 언급이 적었지만, 저는 '어둠'에 관한 일에 대해 오오노키 씨에게는 신세를 졌으니 아라라기 씨하고 만나면 꼭 여쭤 보고 싶다고 생각했어요."

"오노노키…."

그리고 보니 그랬지.

하치쿠지와 오노노키의 접점은, 반대로 말하면 그 '어둠'에 관한 며칠뿐이었다. 다만 그런 행군을 함께하면 그곳에 인연이 생겨나는 법일까, 혹은 같은 세대 괴이 간의 심퍼시라도 있었던 것일까, 비교적 하치쿠지는 오노노키와 사이가 좋았던 인상이 있다.

시노부가 오노노키와 사이가 나쁜 것과 대조적으로.

…오노노키는 상당한 수준의 4차원 계열이므로 사이가 좋아졌다고 해도 방심할 수 있는 상대는 절대 아니지만. 애초에 몇 번이고 도움을 받았다고 해서 깜빡깜빡 잊곤 하는데, 처음 만났을 때 나와 그녀는 진심으로 적대하고 있었다.

적개심을 잃지 않은 시노부 쪽이, 근본적으로는 지극히 옳다.

그럼에도 불구하고 사실상의 동거생활을 하고 있는 내 쪽이 훨씬 비정상이라고 할 수 있다. 비정상이라는 말을 들어 마땅하다.

질책받아 마땅하다.

"뭐, 건강히 잘 있어. 건강하다고 해도 그 애는 죽어 있으니까. 그 표현이 별로 어울린다고는 할 수 없지만… 어쨌든, 건재해."

"그런가요. 그건 오노노키 씨를 후임으로 지명한 자로서 가슴을 쓸어내리고 싶은 기분이네요."

"오노노키가 너의 후임자였어?"

"네. 공인된 후임이에요."

분명 아라라기 씨와 재치 있는 대화를 나누곤 했겠죠, 라고 하치쿠지는 그리 농담도 아니라는 듯 말했다.

"그 험한 행군 중에, 저에게 무슨 일이 생긴다면 아라라기 씨를 맡기겠다고, 잘 부탁한다고 말해 두었어요."

"설마 그런 경위가 있었을 줄이야…."

오노노키가 반드시 그런 부탁을 들어줄 의리는 없겠지만, 그러나 만약 그 '소원'이 유효했다고 한다면 하치쿠지의 상상 이상으로 그 이후의 오오노키는 열심히 일했다는 이야기가 될 것이다.

대화뿐만 아니라.

"…그러고 보니 오노노키도 포함되지 않았네. 이 89개소 순례 때에는."

"시간문제도 있으니까요."

"시간문제냐."

"네. 하치쿠지P의 고심 끝에 내린 판단이에요. 뭐, 오노노키 씨는 애니메이션에서 상당히 클로즈업되었으니까 괜찮지 않을까요."

"그런 곳에서 밸런스를 잡아도 말이지…."

밸런스.

문득 입 밖에 낸 그 말이 마음에 걸렸다.

아니, 걸렸다는 것은 조금 다르다. 뭐라고 할까, '감이 딱 왔다'.

하치쿠지에게서 '되살아날 수 있다', '되살아날 수 없다'라는 이야기를 들을 때에는 오지 않았던 '감'이, 순례를 마치고 되살아날 때가 시시각각 다가와도 전혀 실감이 들지 않고 현실감도 없었던 '감'이, 그 말이 입을 타고 나오고 생각이 들었을 때, 새삼스럽게 뒤늦게 찾아왔다.

그렇구나.

나는 그것이 신경 쓰였던 건가, 밸런스.

"생각해 보면 정말로 복 받았죠, 아라라기 씨는. 예쁜 여자친구가 계시고, 자상하며 똑똑한 친구들이 계시고, 우수한 후배가 계시고, 기운찬 여동생이 두 분이나 계시고, 지금은 의지할 수 있는 동녀와 동거를 하고 계신다고 하니까요."

"……."

"동경하게 된다고요. 영요영화*의 극치라고요. 그런 입장에 계시는 분이 너무 자학적인 말씀은 하지 않는 편이 좋다고, 저 같은 사람은 생각하는데 말이죠. 겸손도 지나치면 비아냥거림이 되거든요. 그야말로 '100억 엔을 못 벌겠어. 죽고 싶어'라고 말하는 것 같은 상황이죠."

딱히 오노노키와 동거하고 있는 것을 부러워하는 사람은 없다고 생각하지만 말이야…. 뭐, 그래도 여러 가지로 복 받은 상황이라는 것은 사실이다.

그러나 그렇기에.

나는 밸런스를 원하고 있다고 생각한다.

마음의 밸런스.

밸런스 설계. 근본을 말하자면 그것을 제창했던 것은 오시노 메메였던가? 나는 세계를 방랑할 계획을 세우던 하네카와 츠바사가, 그 중년남자에게 좋지 않은 영향을 받았다고 걱정하고 있었는데 의외로 나 역시 그 녀석의 사상에 물들어 버렸는지도 모

※영요영화(榮耀榮華) : 권력이나 부를 얻어서 번성한다는 뜻. 호화롭고 화려하다는 의미.

른다.

"…올바른 일을."

"네? 무슨 말씀인가요? 아라라기 씨."

"아니, 언젠가 정의를 표방하는 파이어 시스터즈하고 그런 논의를 한 적이 있었다는 기억이 나서 말이야. 뜻밖에도 기억이나 버렸어. 여기는 지옥이니까 말이야. 생각하고 싶지도 않은 정의에 대해 생각하게 돼."

"흠. 뭐, 이제 곧 산 정상이니까 이야기하고 싶은 것이 있으면 어서 하세요. 아마도 그게 저와의 마지막 토크가 될 테니까요."

"뭐…?"

그러면 다른 이야기가 하고 싶네. 하지만 지옥에 있기에 떠올렸던 정의의 이야기였고, 하치쿠지의 의견을 들어 보고 싶은 참이니 나는 그대로 이야기를 계속하기로 했다.

"올바른 일을 한다는 것은 어렵다는 이야기야."

"어렵다. 그 경우에, 옳다는 것은 무엇을 가리키나요? 옳다, 옳지 않다의 기준도 상당히 가지가지인데요."

"이 경우는 그런 기준의 도마에 올리지 않아도 될 정도의, 심플한 올바름이어도 돼. 반대의견이 나오지 않을 만한 올바름이라도, 의외로 우리는 실행하지 못하고 실현할 수 없기도 하잖아? 상대화할 것도 없이…."

"호호오. 인간의 본질은 '악'이라는 얘기 같네요. 좋아해요, 그런 거."

"아니, 사춘기에 빠진 듯한 그런 대화 전개로 끌고 들어가고 싶은 것은 아닌데…. 뭐라고 해야 좋을까. 악 같은 것이 아니라, 그냥 우리는 미숙하다는 정도의 얘기야."

"미숙…인가요."

"그렇기에 파이어 시스터즈 같은 활동에 많든 적든 모두 힘을 쏟게 되는지도 모른다고, 생각했어. 아니, 파이어 시스터즈는 약간 극단적으로 가 버린 구석이 있지만…. 하지만 대부분의 사람은 올바른 일을 하기보다 잘못을 바로잡는 것에 기를 쓰잖아?"

"…올바른 일을 하는 것하고 잘못을 바로잡는 것은 다른가요?"

"비슷하면서도 다르다고 할까, 맞지도 않지만 아주 틀리지도 않았다고 할까…. 그야말로 잘못을 바로잡는 것처럼 정확히 말한다면, 이 경우에는 옳고 그름을 밝히는 게 아니라 죄를 밝히려고 한다고 할까."

"……."

입으로 말해도 전해지기 힘들겠네요, 라고 하치쿠지는 애매한 표정을 지었다. 확실히 그 표정의 의미 정도로 전해지기 어려울지도 모른다.

전해지기 어려운 것은 뉘앙스가 아니라, 분명 내가 말하고 싶은 내용이겠지만…. 정의나 악, 올바름에 대해서 이야기하고 있음에도 불구하고 결코 깊지 않은, 얕은 곳에서 참방참방하며 논의를 하고 있는 느낌이라, 오히려 진의가 전달되지 않는지도 모른다.

"요약하면 옳은 일을 하려 하기보다 그런 사람의 언동에 트집을 잡고, 비난만 하는 측으로 사람들이 향하기 쉽다는 얘기인가요?"

"으음. 뭐, 그런 느낌일까?"

조금 다르지만.

그러나 대충 그런 구석은 있었다.

거기서 중요해지는 것은 '잘못을 바로잡는다'는 행위는 사람을 '옳은 일을 하고 있다'라는 기분으로 만들어 준다는 점이다. 그러므로 구별이 어렵고, 애매모호해지기 시작한다.

본인만이 아니라, 주위까지도.

제삼자 기관의 심판을 거치더라도, '올바름'과 '바로잡음'을 확실히 분류할 수는 없다고 할 수 있다.

"어떻게 생각해? 하치쿠지."

"어떻게 생각하냐고요? 지금 그 이야기에서는, '아라라기 씨가 오래간만에 비뚤어진 소리를 하시는구나~, 통상운전이구나~, 건강한 것 같으니 정말 다행이야~' 정도밖에 생각 안 드는데요."

"네 안에서의 내 캐릭터 상이 조금 걱정되는데…."

"만약 비판적인 마음으로 그런 말씀을 하고 계신다면, '잘못을 바로잡는다'를 정의라고 잘못 받아들이고 있는 사람들의 '잘못을 바로잡는 것'으로 아라라기 씨는 정의를 휘두르고 있다는 모순을, 지적해야만 하겠네요."

성가신 소리를 해 왔다.

복잡해진다.

뭐, 정말로 그렇다고 한다면 확실히 상당한 자가당착이었지만, 그러나 다행히도 내가 말하고 싶은 주안점은 결코 그런 곳에 있는 것은 아니었다.

비판적이 아니라.

오히려 긍정적이다.

"잘못을 계속 바로잡아 가면, 미스를 하나씩 없애 나가면 언젠가 그것은 새하얀 올바름이 되는 걸까? 굳이 말하자면 새까만 올바름이 될 것 같지만. 어쨌든 따져 보면 내가 알고 싶은 건 그런 거야."

"……."

"하치쿠지. 네가 그렇게, 현세에 계속 머물러 있었던 것은 잘못이라고 할까, 해서는 안 되는 일이었던 거겠지. 그래서 자연의 섭리 같은 것으로부터."

'어둠'으로부터.

"보복을 당했던 거지. 하마터면 너는 천국도 지옥도 갈 수 없는, 방황하는 혼이 될 참이었어."

"그렇다기보다, 소멸할 참이었죠. 위태위태한 상황이었어요."

태연하게 말하지만, 그것은 정말로 위험한 상황이었다. 오노노키에게 은혜를 느끼는 것도 무리가 아닐 정도로.

"아~, 아니, 아니. 오노노키 씨에게 감사하는 것은 아라라기 씨하고 쪽~ 할 때에 목말을 태워서 협력해 준 것이 가장 크지만요."

"센스 없는 소리 좀 하지 마!"

일부러 언급 안 하려 하고 있었는데!

그것에 대해서는 왠지 모르게 모호하게 남겨 둔다는 암묵의 양해가 있던 거 아니었냐!

"그 사고방식은 그거네요. 성공하는 것보다 실패하지 않는 쪽이 출세 가도를 걷기 쉽다고 할까, 스텝 업으로 이어진다는 식의, 일본적인 사상이죠."

"……."

해외에서도 의외로 그렇지만 말이야.

"감점식 시험에 대응해야만 하는 수험생인 아라라기 씨가, 그런 사상에 치우치게 되는 것은 이해 못 하는 것도 아니고, 또한 저는 그 사고방식 자체를 부정하지는 않아요. 다만 그 방식이라면, 정말로 원하는 것은 손에 들어오지 않아요."

"손에 들어오지 않는다…. 정말로 원하는 것?"

"누군가에게 평가받는 것이 전제잖아요. 그래서는 남이 주는 것밖에 받을 수 없어요. 물론 그게 나쁘다는 것은 아니지만, 아라라기 씨처럼 자기 손에 감당 안 되는 것이나 분수에 어울리지 않는 것을 원할 경우에는 그 방식으로는 무리겠죠."

잔뜩 잘못하고.

잔뜩 실패해서.

다시 하고, 반복하고.

앞선 전철을 밟고, 발을 동동 구르고.

트라이 앤 에러를 반복하고.

요란한 비난 끝에….

"성공하는 수밖에 없지 않나요?"

"딱히 강조해서 내 이야기를 하고 싶었던 것은 아니지만 말이야. 하지만 뭐, 그런지도 몰라. 아니, 그래야 하겠지."

"'잘못을 바로잡는다'가 전부인 삶은 자기도 모르게 타인이나 세상에 잘못을 요구하게 될지도 모르니까요. 거기까지 가 버리면 확실히 위험한 사상이죠. 칭찬받을 수 없어요."

"흠⋯."

"자신의 이야기를 하고 계신 게 아니라고 말씀하셨죠. 그러면 어느 분의 이야기를 하신 건가요?"

"⋯⋯."

그런 말을 들으면 대답이 궁해진다.

정의의 사도, 파이어 시스터즈일까? 아니, 그 녀석들은 그런 논의의 대상도 되지 못한다. 생각이 없다.

그렇다면 오시노의 이야기, 였던 걸까?

밸런스를 중시하며 올바름과 잘못, 선과 악, 이쪽과 저쪽 사이를 중개하려고 했던 그 남자의⋯. 사람은 혼자 알아서 살아날 뿐이라고 잘라 말했던 그 남자에 대해 이야기하고 싶었던 걸까?

아니지.

아마도 지금, 내가 말하고 싶었던 것은.

이야기하고 싶었던 것은 그녀.

전학생.

오시노 메메의 조카.

오시노 오기다. 그녀에 대해서다.

어째서 지금까지, 그 이름이 뇌리를 스치지 않았던 걸까. 그

녀를 기억해 낼 수 없었던 걸까. 이상하지 않은가. 그녀야말로
나의 이 1년의 후반에서 가장 중요한 인물이었는데.

…오기도 역시 이 순례 여행의 예외일까? 하치쿠지로부터는
전혀 이름이 거론될 기미가 없지만.

뭐, 오기의 나에 대한 스탠스도, 센조가하라나 하네카와하고
는 상당히 다르니까 말이야. 그 애도 그 애 나름대로 소극적인
듯하면서도 꾹꾹 밀어붙이는 타입이니, 그런 의미에서는 취급은
칸바루와 같은 부류인지도 모른다.

…칸바루와 같은 부류?

생각해 보지도 않았지만…. 그렇구나, 오기는 칸바루와 같은
카테고리인가…. 칸바루의 신봉자라고 하니까, 그것은 그녀에
게 기쁜 일이겠지만.

이쯤해서 오기에 대해 깊이 이야기해 볼까 하고 나는 말을 어
떻게 꺼낼지 생각해 보았는데, 그러나 좋은 방법을 떠올리기 전
에 아무래도 타임아웃이 된 듯했다.

계단이 끝났다.

키타시라헤비 신사의 토리이를, 우리는 지났다.

토리이를 지났을 때, 또다시 다른 공간으로 유도된다…는 일
은 없고, 키타시라헤비 신사는 키타시라헤비 신사인 채였다.

다만 다시 세워지기 전의 키타시라헤비 신사였다.

한없이 너덜너덜해진, 썩어 문드러진, 메마를 대로 메마른,
모두에게 잊힌 상태의, 보기에도 무참한, 누가 알려주지 않으면
신사임을 알 수 없는 신사의 경내.

내가 칸바루와 함께 처음 이 신사를 방문했을 때와 거의 같은 상태라고 해도 좋다. 다른 것은 주위의 나무에 뱀들이 못 박혀 있지 않다는 점 정도일까.

조금 전에 센고쿠가 계단을 내려왔었던 이상, 그 주변이 완전 카피가 아닌 것은 하자일지도 모르겠지만… 뭐, 못 박혀 있는 뱀 같은 건 봐서 기분이 좋은 것이 아니므로 그 부분을 생략해 준 것이라면 다행이라는 기분이었다.

그렇지 않더라도 다시 세워진, 그렇다기보다 기초부터 신축되었다고 말하는 편이 좋겠지만, 어쨌든 지금의 키타시라헤비 신사에 익숙해졌던 만큼, 오래간만에 보는 이 황폐한 키타시라헤비 신사의 모습에는 그래도 여전히 오싹한 것이 있었다.

하치쿠지와 즐겁게 수다를 떨면서 풀어져 있던 기분이, 다시 긴장된다. 다른 공간, 다른 차원으로 이어지지 않았다는 것은 浪白공원에서 시작되는 영문 모를 산책로의 종착점이 이 키타시라헤비 신사라는 뜻인 듯하다.

비틀린 장소를 수정.

아니, 올바르게 되어 버린 만큼을 비튼다, 라는 영문 모를 소리를 하치쿠지는 했었는데, 슬슬 그 부분도 설명을 들어야 하는 것일까?

그렇게.

참배로 끝에.

무너진 본당 건물 앞, 새전함 부근에 누군가가 있었다.

누군가가 우리를 기다리고 있었다.

이제까지 보아 왔던 시노부나 센조가하라, 하네카와나 센고쿠와는 분위기가 다르다. 이쪽을 응시하고 있는 그 인물은 명백히 우리를 기다리는 눈치였다.

그러나 신사에 누군가가 있으리라는 것은 예상하고 있었다. 그것은 예상이 아니라 예감이었는지도 모른다.

혹은 데자뷰든가.

3월 13일.

이렇게 계단을 오르고 도착한 곳에서, 나는 문자 그대로 기다리고 있던 가엔 씨에게 산산조각이 났으니까. 아니, 한편으로 나는 아무도 없지 않을까 하고 생각하고 있었다.

지난달에 카게누이 씨와 만나려고, 약속대로 만나려고 약속 장소였던 키타시라헤비 신사를 찾아왔을 때, 나는 바람을 맞았으니까.

카게누이 요즈루.

그 폭력 음양사는 아직, 행방불명이다.

오노노키는 그런 성격이니까 그 일에 대해 특별히 코멘트다운 코멘트는 하지 않았지만—애초에 그 애는 성격 따윈 있지 않은 것이나 마찬가지다—약속이 어중간하게 끝나 버린 나로서는, 게다가 오노노키라는 그녀의 식신을 맡고 있는 몸으로서는 그녀의 안부를 신경 쓰지 않을 수 없었다.

그래서 나는.

지옥 속의 배경이라고 해도 이 키타시라헤비 신사에 누군가가 기다리고 있을 것이라는 예감도, 혹은 아무도 없지 않을까 하는 예감도 느끼고 있었다. 두 가지 예감이 전부 들고 있었다면, 그야 어느 한쪽은 맞을 것이란 이야기가 되겠지만, 그러나.

그러나 그래도 나는 충격을 받지 않을 수가 없었다. 그곳에서 나를 기다리고 있던 인물의 정체에, 놀라움을 금할 수 없었다.

오래되어서 내용물이 흘러나오려 할 정도로 뒤틀리고 삐걱대는 새전함. 그 위에 앉아 있던 사람은 가엔 이즈코가 아니었고, 그렇다고 카게누이 요즈루도 아니었다.

그녀들과 같은 전문가.

그렇지만 같지는 않은 전문가.

…죽었을 전문가.

산산조각이 나서 죽었을 인형사.

테오리 타다츠루였다.

"안녕. 아라라기 군. 기다리고 있었어."

007

"어…."

그렇게 자기도 모르게 뒷걸음질 쳤다. 뒷걸음질 치다가 하마터면 계단에서 굴러떨어질 뻔했다. 하치쿠지까지 뒤엉켜서 떨어지기라도 했다간 몸이 뒤바뀌어 버릴 참이었다.

"어, 어떻게 네가 여기에…."

너는 죽었을 텐데.

오노노키 요츠기의 '언리미티드 룰 북'을 몸에 맞고, 보복을 당하고, 살점 하나 현세에 남기지 않는 장절한 죽음을 맞이했을 텐데…. 그 경악에 나는 말을 잃었다.

그러나 생각해 보면 이 반응은 이상하다.

오버 리액션.

왜냐하면 여기는 지옥이다.

죽었다고 한다면, 내 쪽이야말로 죽었다. 죽은 그가 여기에 있다는 것은, 요컨대 죽은 그와 이곳에서 재회를 이루었다는 것은 아주 자연스러운 일이다.

전문가인 그가 과연 아비지옥에 떨어질까 하는 의문은 남지만, 그러나 그의 경우 전문가는 전문가라도 가엔 씨의 네트워크에서도 벗어난 외톨이 전문가였고…. 그가 칸바루나 츠키히나 카렌에게 한 짓을 생각하면 아비지옥조차도 미지근하다고 개인적으로는 생각한다.

그렇지만, 뭘까?

이 위화감.

지옥의 바닥에서 하치쿠지와 만난 것하고는 전혀 다른 위화감을, 그와의 재회로부터 느낀다. 위화감이라기보다는… 뭐랄까, 퍼즐의 피스가 예상하지 못한 의외의 형태로 들어맞았을 때 같은 이상한 납득(?) 같은….

아니.

결국, 영문을 모르겠다는 이야기지만.

"그런 얼굴 하지 마, 아라라기 군. 표정이 풍부한 것은 좋지만…. 뭐, 너하고는 여러 가지 일들이 있었지만 생전의 일이지, 좋게 좋게 넘어가자고."

표표하게 그런 말을 하는 타다츠루.

어쩐지 그야말로 생전과는 이미지가 다르다. 그때는 사태도 상황도 절박했으니까, 지금과 인상이 다른 것은 당연할지도 모르지만, 그러나 지금 상황, 지옥의 밑바닥이라는 것도 상당히 절박한 시추에이션이라고 생각하는데?

어째서 그는… 그렇다.

의문은 그 부분인가.

어째서 그는 이렇게나 **익숙**해져 있는 걸까.

내가 타다츠루와 현세에서 만난 것도, 맞선 것도 (신축된 뒤라고는 해도) 키타시라헤비 신사였는데, 그는 그때보다도 자연스럽게 그 새전함 위에 앉아 있는 것처럼 보였다. 무너져 가고 있어서 올라 서 있기에 적당한 새전함으로는 보이지 않지만….

"서로 지옥에 떨어진 몸이야, 사이좋게 지내자고. 뭐, 그런 거지. 농담이야."

그렇게 장난치는 듯한 말을 할 정도의 여유도 보이고 있다. 농담? 하지만 농담이라는 것은 어떤 의미지?

지금 대사의 어디가 농담이지?

어디까지가 농담이지?

뭐, 처음부터 끝까지 전부, 고약한 농담 같은 소리를 하고 있었지만…. 원래부터 오시노나 카이키의 대학 시절 서클 동료였던 만큼 의외로 유머 감각은 풍부한지도 모른다.

그것을 지옥에서 발휘하는 모습을 보는 건 견딜 수 없는 일이지만, 오시노나 카이키와 적지 않게 말을 섞어 봤던, 경험자의 몸으로서는 타다츠루에게 따져 물은들 생산적인 의미는 없다고 판단하지 않을 수 없다. 그렇다면 내 옆에 선, 초등학교 5학년생에게 도움을 청할 수밖에 없어 보였다.

"야, 하치쿠지."

"왜 그러시나요, 아아아기 씨."

"심플해서 좋지만 남의 이름을 적당히 붙인 RPG의 주인공 이름처럼 만들지 마. 내 이름은 아라라기야."

"실례했네요. 혀를 깨물었어요."

"아니야, 일부러야…."

"깨무러써요."

"일부러가 아냐?!"

"깨깨깨깨무러써요."

"그쪽도 적당히 붙이고 있는 거 아냐?! 어떻게 된 건지 설명해. 왜 저 녀석이 여기에 있는 거야. 테오리 타다츠루가 저기에 있다고. 네가 말했던 '그분'이란 게 혹시 타다츠루 얘기였어?"

"아뇨, 아뇨, 그건 가엔 이즈코 씨가 맞아요. 괜찮아요. 그 부분은 이신전심, 통하고 있어요, 우리는."

"…그러면 어째서."

다시 한 번 타다츠루를 본다.

타다츠루는 뭐랄까. 우리의 대화라고 할까, 혼란스러워 하는 모습을 사랑스러운 듯 보고 있었다. 그런 시선을 받을 일은 한 적이 없는데.

확실히 카이키가 금전욕으로만 움직이는 전문가인 것처럼, 타다츠루는 '미적 호기심'에 기초해서 움직이는 타입의 전문가라고 했는데, 그렇다면 내 공황 상태에서 혹은 하치쿠지의 여유로운 태도에서, 아니면 그런 두 사람의 대화에서 어떠한 아름다움이라도 찾아낸 것일까.

"'그 어른'이라는 것은 가엔 씨가 정답이지만, 그러나."

"또 '그 어른'이 되었다고."

"'그 어른'의 의지를, 곧 '그분'의 의지를 저에게 전달해 준 것이, 저쪽에 계신 타다츠루 씨예요."

"저… 전달?"

말 전하기 게임.

그렇게 말했다. 그런 이야기인가?

어, 하지만 어쩐지 그건… 시계열이 이상해지지 않나? 아니, 이상해지는 것은 시계열뿐만이 아니라, 좀 더 근본적으로 여러 가지로, 다양한 계열이 이상해지기 시작한다.

애초에 타다츠루는 가엔 씨의 네트워크 밖에 있는 전문가이니, 가엔 씨로부터의 전령을 하치쿠지에게 전하는 역할을, 떠맡을 입장은 아닐 텐데….

"그러니까 그런 얼굴은 하지 말라니까, 아라라기 군. 나는 그 선배하고는 달리 뭐든지 아는 것은 아니라서 전부 소상히 이야기할 수는 없지만, 내가 알고 있는 범위 내에서라도 괜찮다면 제대로 한 번 설명해 줄게. 네가 보기에는 동류일지도 모르지만

나는 오시노나 카이키보다는 어느 정도 친절하다고. 이해가 얽히지 않은 한에는."

"…이해가 얽히지 않은 거야?"

친근하게, 오히려 영합하는 듯한 말투로 나에게 그런 말을 던진 타다츠루에게, 오히려 나는 경계심이 강해졌다. 그러나 하치쿠지를 감싸는 것처럼 조금 전에 물러섰던 한 걸음을 다시 앞으로 내딛었다.

"너는 하지만 불사신인 괴이의 퇴치를 전문으로 하는 전문가잖아? 너에게 나는 존재 자체가 용납할 수 없는 적이야. 말하자면 불쾌한 해충 같은 거잖아?"

"불쾌한 해충이라는 표현은 조금 자학이 과한 게 아닐까? 뭐, 그 말을 받아 주자면 큰 틀에서 벗어나지는 않지만…. 그래도 아라라기 군. 그 부분의 걱정을 하고 있는 거라면 지금은 걱정하지 않아도 돼."

"뭐?"

"그도 그럴 것이 **지금의 너는**, 흡혈귀성을 전혀 띠고 있지 않으니까. 어떤 의미에서도 말이야."

평범한 인간이다.

지옥에 떨어진.

평범한 인간이다, 라고 타다츠루는 말했다.

"너에게서는 흡혈귀성이, **뺄셈** 되어 있어."

"뺄셈…."

아아…, 그런가.

조금 전에 하치쿠지가 했던 말은 그런 의미였던 건가. '곱해서 나눈다'뿐만 아니라 '뺄셈'도 되어 있다고 하는….

뺀 숫자는.

흡혈귀성이었나.

나 스스로 볼 때 나의 존재라는 것은 늘 자연스러운 그것이므로 현세에 있던 지옥에 있던 자신의 몸에 위화감 같은 것은 없지만, 괴이가 지옥에 떨어지는 법이 없다고 한다면 요컨대 여기에 있는 현재의 나에게는 흡혈귀 성분이 전혀 포함되지 않았다는 이야기다.

즉… 인간.

인간 그 자체이며, 그렇기에 전문가인 테오리 타다츠루가 퇴치하는 대상에 포함되지 않는다. 그런 이야기인가.

"……."

하지만 그렇다고 여기서 그를 신용하고 섣불리 다가가도 괜찮을까 하는 것은 전혀 다른 문제이기도 하다.

뭐가 어떻게 되어 있는지는 알 수 없지만.

적어도 그가 내 후배나 여동생에게 위해를 가한 남자임에는 변함이 없으니까.

"괜찮아요, 아라라기 씨."

그렇게 내 등 뒤에서 하치쿠지가 톡톡 하고 나를 달래듯이 두드리면서 말했다.

"기분은 이해하지만요, 여기서 멈춰 서시면 저의 투어 진행에 지장이 오니까 이대로 나아가 주세요. 아라라기 씨를 **인간으로**

서 되살려 달라고 하기 위해서는 필요한 일이라서요."

"……."

"그러지 않으면 모처럼 뺄셈한 의미가 없어서, 저는 오노노키 씨를 뵐 낯이 없어요."

왜 거기서 나오는 이름이 오노노키냐, 라고는 생각했지만, 그러나 생각해 보면 나하고는 유쾌하게 대화하고 있지만 근본적으로는 의외로 낯을 가리는 하치쿠지가 이렇게 말하는 것이다.

테오리 타다츠루.

대화하는 정도라면… 괜찮을까?

어쨌든 이대로 긴장 상태를 계속 유지해 봤자 이러지도 저러지도 못하니…. 투어의 진행이 어떻고 하는 것은 제쳐 두더라도.

앞으로 나아가지 않으면 앞으로 나아갈 수 없다.

나는 하치쿠지에게,

"앞으로 나오지 마."

라고 말하고 그녀를 보호하는 듯한 자세로 참배로를 걸어갔다. 지옥에서 신사라는 것도 어쩐지 엉망진창인 구도였다.

이제 와서 하치쿠지를 보호하려고 한들, 하치쿠지는 그의 지시를 받고 나를 데리러 왔던 것이니 별 의미가 없다는 기분도 들었지만, 나로서는 기분적으로 도저히 이렇게 하지 않을 수 없었다.

"마치 왕자님같네, 아라라기 군. 뭐, 여기는 백사를 모시는 신사니까 타는 것은 백마가 아니라 백사가 될지도 모르겠지만."

재치 있는 소리를 하고 있는 건지, 아니면 전혀 다른 의도가 있는 건지, 어쨌든 타다츠루가 그런 소리를 하는 것을 들으면서 우리는 거리를 좁혀 간다.

그 동안에 나는 그의 프로필을 조금 자세한 곳까지 떠올리려고 시도했다. 어쨌든 살해당했다는 쇼크가 컸고, 거기에 여기가 지옥이라는 쇼크가 더해져서 도무지 기억이 애매한 상태였던 터라 그런 행동을 해도 앞으로 이득이 있을지 어떨지도 모르겠지만, 그러나 뭐든지 알지는 못하더라도 알고 있는 한에서는 알고 있어야 할 것이다.

지금 있는 무기로 싸울 수밖에 없으니까.

사람은.

테오리 타다츠루, 전문가이자 인형사.

일을 할 때는 종이접기를 사용한다.

출신을 거슬러 올라가면, 카이키나 오시노의 서클 동료, 오컬트 연구회의 멤버이며 그 서클에는 그 밖에도 카게누이 요즈루, 그리고 서클의 우두머리로서 학생시절의 가엔 이즈코가 있었다.

그리고 그들은 재학 중에.

오노노키 요츠기라는 '인형'을 제작한다.

100년을 산 인간의 시체를 사용해서, 식신 동녀를 만들어 낸다. 그 소유권을 둘러싸고 특히 카게누이 씨와 타다츠루는 결렬되었다는 이야기였던가?

그 뒤에 타다츠루는 가엔 씨와도 절교하게 되었고…. 모두가 전문가로서의 길을 걷기는 했지만, 타다츠루만은 다른 멤버와 다른 방향을 향했다….

내가 그와 맞서게 된 것은 나 자신의 몸에 이변이 생긴 것과 때를 같이 했다. 시노부하고는 무관하게 내 몸이 흡혈귀화를 시작했던 그때….

그리고 그는 싸움 끝에 자신이 만들어 낸 인형에게 살해당했다. 자업자득이라고 할 수도 있겠지만, 그러나 인과응보라는 한마디로 정리하기에는 너무나도 장절한 죽음이었다.

어지간한 흡혈귀라도 재생할 수 없지 않을까 싶은, 마치 마츠나가 단조[*] 같은 죽음이었던 만큼, 이렇게 재회하는 것은 당혹스러울 뿐이었다. 만화 같은 것에서 흔히 나오는 대사지만, 이것이 '지옥에서 만나자!'라는 건가.

실현하고 보니, 당연하지만 별로 기분 좋은 것은 아니네….

다만 아무래도 단순히 죽은 원수지간이 지옥에서 재회했다는 것도 아닌 듯하다. 만약 이 재회가 가엔 씨의 계획이라고 한다면, 대체 어떻게 되는 걸까?

이제부터 해 준다는 설명으로 나는 정말로 제대로 납득할 수 있는 걸까? 집요할 정도의 반복이 되지만, 내가 지옥에 떨어졌다는 점에서 이미 나는 납득하지 않고 있지만.

가까이에서 이야기하는 것에는 그래도 역시 저항감이 있어서 나는 어느 정도의, 다섯 걸음 정도의 거리를 유지한 곳에서 발을 멈췄다. 하치쿠지도 그것에 따랐다. 타다츠루는 그것을 보고,

"요츠기는."

이라고 말했다.

※마츠나가 단조 : 일본 전국시대의 무장. 전쟁 중에 산성에 고립되자 폭약을 터뜨려 폭사했다.

"잘 있었어? 나를 죽인 것을 신경 쓰지 않으면 좋을 텐데."

"…낳아 준 부모 중 한 사람이니까 알고 있겠지. 그 애는 아무 것도 신경 쓰지 않아. 태연하게 아이스크림 같은 걸 먹고 있어."

"그렇겠지. 물론 나는 낳은 부모 중 한 사람…. 생산자 중 한 명이니까 알고 있어. 다만 이것은 노파심이라기보다는 부모의 마음이지. 아무리 시간이 지나도, 설령 빗나간 생각이라도 걱정하게 되는 법이야."

어쨌든 그 애는 사정을 몰랐으니까 말이야. 그렇게 타다츠루는 말했다.

사정?

"사정이라니…, 뭔데?"

"응. 명령에 따르기만 하는 식신이니까, 사정을 알리지 않아도 명령대로 움직이지. 그것이 그 애의 좋은 점이야. 이점이야. 다만 그것은 요즈루 녀석도 마찬가지지만. 그 녀석의 경우에는 세세한 사정을 고려하지 않는다고 해야 할까. 그런 언컨트롤러블한 존재를 어떻게 컨트롤할까 하는 부분이야말로 우리 가엔 선배의 실력을 보일 자리였겠지."

"…사정을 설명할 생각이 없는 거야?"

경박한 오시노하고는 비교할 수도 없는 단정한 차림새를 하고 있는 타다츠루였지만, 진의를 읽을 수 없는 그런 말투만은 어쩔 수 없이 그 전문가를 연상하게 만들었다.

그 녀석과 이야기하고 있을 때도, 이런 식으로 짜증만 났던 기분이 든다. 과거의 기억은 미화되어 가는 법이라지만, 그래서 전문가로서의 오시노에게 어느 정도 후한 점수를 주고 있는 나이기는 하지만, 그러나 그 점에 대한 기억만큼은 전혀 미화될 기미가 없었다.

"할 거야. 얼른 너를 되살리지 않으면 가엔 선배에게 혼날지도 모르니까. 화내면 무섭다고, 그 사람은."

"……"

"단적으로 말한다면 그 장면에서 **그렇게 요츠기에게 살해당하는 것이야말로**, 그때 나에게 주어진 진짜 역할이었다는 거야."

타다츠루는 말했다.

지극히 진지한 얼굴로 말했다.

"요츠기에게 살해당함으로써 **먼저 지옥에 떨어져서** 너를 되살릴 준비를 해 두는 것이, 프로 전문가로서의 내 역할이었어."

008

"……뭐?"

한순간 무슨 말을 들었는지 전혀 이해가 되지 않았고, 그 한순간이 끝난 뒤의 1초도, 1분도 무슨 말을 듣고 있는지 전혀 알 수 없었다.

간신히 타다츠루가 한 말의 의미를 이해할 수 있는 상황까지 오는 데 아마도 넉넉히 5분은 걸렸다. 타다츠루도 하치쿠지도, 그런 나의 느려 터진 이해 속도를 끈기 있게 기다려 주었다.

다만 기다리게 해 놓고서 미안하지만, 신나게 머리를 짜내서 내가 꺼낸 대답은,

"…죽은 척을 한 거야?"

였다.

내가 보기에도 상당히 실망이다.

죽은 척이고 뭐고, 여기는 지옥이다. 죽은 척으로 올 수 있을 만한 장소는 아닐 것이다.

다만 상식이나 경위와 대조해 본 결론이라는 점을 고려하면, 대부분의 인간의 대답은 이것과 비슷해지지 않을까. 갑자기 이렇게 복잡하게 뒤얽힌 이야기를 들은 직후에 곧바로 멋진 답을 내놓을 수 있는 녀석은 그리 없을 것이다.

있더라도 하네카와 정도일 것이다.

"죽은 척…이라는 것은 조금 다르지."

그렇게.

성실하게 채점해 주는 타다츠루.

오히려 성격이 나쁘다고도 할 수 있다. 뭐, 오시노나 카이키의 서클 동료에게 성격을 기대하는 쪽이 이상하지만.

"어쨌든 나는 실제로 죽었으니까. 다만 그 정도로 빗나간 것도 아니야. 의미로서는 죽은 척하는 것과 같은 것이니까. 곰과 만났을 때 같은 거니까."

"고… 곰?"

"악마라고 해도 좋겠군."

농담 같은 소리를 하면서 타다츠루는 다음 이야기로 넘어갔

다. 깊은 의미가 있는 말인가 싶었는데, 젊어 보이긴 해도 생각해 보면 그도 여유 있게 서른 살이 넘었을 터이니 단순히 재미로 말장난을 한 것뿐일지도 모른다.

악마라고 하면….

"무엇부터 어떻게 설명해야 할까…. 수다스러운 오시노나 말주변이 좋은 카이키하고는 달리, 나는 그다지 남과 대화하는 일이 없거든. 인형을 상대로 혼자 놀기만 하던 어린애였으니까."

"……."

"뭐, 그래도 열심히 노력해서 알기 쉬운 부분부터 설명하자면 말이지. 인간으로서 이야기할 때에, 나라는 개인은 상당히 옛날 단계에서 이미 죽어 있었어."

그렇게 선뜻 말했다. 내용과 함께 생각하게 되는 그 어조로 보면, 말이 서툴다고 할 정도는 아니지만 설명이 서툰 것은 사실인 것 같다.

인형과 같이 놀기만 했기 때문에 인형사가 되었다고 한다면 그런 슬픈 에피소드도 없겠지만, 그것은 제쳐 두고….

"이미 죽어 있었다? 어… 그건."

"그때, 요츠기가 죽인 나는, 내가 조종하는 **인형**이야. 인형사와는 친숙한, 대리라고 할까, 대역이라고 할까."

"……."

"응? 이 부근에서 조금 더 깊은 질문이 올 거라고 예상하고 있었는데, 입을 다물어 버렸군. 역시 피겨와 이야기하는 것처럼 되지는 않는 건가."

인형으로 혼자 놀고 있었다는 것과 피겨와 이야기하고 있다는 것은 비슷한 듯하면서 인상이 상당히 다른 이야기가 되는데, 그것도 역시 접어 두고, 내가 여기에서 입을 다문 것은 당연히 할 말을 잃었기 때문이다.

여기서 곧바로 타다츠루가 말하는 것처럼 리액션을 취할 수 있다고 생각되고 있었다면, 미안하지만 그것은 너무 기대한 것이다. 사람은 예상하지 않은 사태와 직면하면 대개의 경우 몸도 꼼짝 못 하고 입도 열 수 없게 되는 법이다.

다만.

만화나 애니메이션, 텔레비전 방송 같은 작금의 엔터테인먼트를 사랑하는 극히 흔한 고교생 중 한 명으로서 그럴 가능성을 이제까지 한 번도 생각한 적이 없었다는 것은 어리석다는 비난을 듣더라도 반론하기 어려운 일이었다.

대역으로 세운 인형.

인형사의 전형적인 수법이 아닌가.

그렇다면 그가 그 자리에서 하고 있던 것은 죽은 척…이 아닌, **살아 있는 척**?

살해당하기 위해서 살아 있는 척을 하고 있었다는 이야기?

"오노노키는… 그걸 몰랐다고, 말했었지?"

"응, 그래. 요츠기만이 아니야, 요즈루도 몰랐어. 그 녀석의 경우에는 알려고도 하지 않았다고 말해야 할지도 모르지만. 강함만을 추구하던 요즈루는 꾀죄죄한 나에게는 그렇게까지 흥미가 없었겠지. 슬픈 사랑이었지."

"사랑?"

"그래, 옛날이야기니까 신경 쓰지 마. 아저씨의 과거 이야기, 일방적인 연애담 따윌 젊은이가 들어 봤자 지루할 뿐이니까. 카이키 녀석은 거짓말쟁이니까 어땠는지는 확실치 않지만, 나의 이 수법을 알고 있던 것은 가엔 선배와 그리고 오시노 메메뿐이야."

"……."

뭐든지 알고 있는 가엔 씨와.

꿰뚫어 본 것 같은 남자, 오시노뿐.

그렇게 들으면 그런 타인의 비밀 같은 사정은 눈치챌 것 같은 두 사람이기는 했지만… 문제는 타다츠루가 **어느 시점부터** 그런 비밀을 가졌는가 하는 점이다.

그것은 나에게 무관계한 일이 아니다.

그의 전문가로서의 입장이 어떠한 그것이었는가가 근본적으로 뒤집어지는 그 사실을 듣게 되면, 요컨대 2월 13일, 딱 한 달 전의 밤에 일어난 그 사건의 의미 역시 근본적으로 달라지게 되니까.

그 유괴사건이, 협박사건이.

그 결투가, 그 비극이.

이것으로 어떻게 다시 쓰여질 수 있지?

"인형이 인형을 파괴했다. 그것은 단지 그것뿐이야. 그래서 아라라기 군. 조금 전에 요츠기에 대해서 언급했는데, 만약 네가 그 일로 내 죽음에 간접적으로 관여해 버린 것에 고뇌하고 있었다면, 그 번민은 여기서 해소해도 좋아."

"…그런 간단한 얘기가 아니잖아."

아니, 솔직히 고백하면 그런 기분이 없는 것은 아니다.

그 사건의 목적이 가령 그곳에 있었다고 한다면, 간접적인 건 고사하고 나는 타다츠루의 죽음에 직접적으로 관여하고 있던 것이 된다.

그것을 고뇌하고 있지 않았다고 말한다면 거짓말이 될 것이고, 그때 산산조각 난 것이 인형이었다는 말을 듣고서 안도하는 정도는 아니어도 어딘지 모르게 김이 새 버린 느낌이 든 것도 부정할 수 없다.

하지만 그렇다면 왜 그런 짓을 했는가 하는 의문, 그리고 그래도 결국 너는 지옥에 있지 않느냐는 질문의 대사는, 씻어 내기 어렵다. 그것이 불식될 때까지는 고민은 고민인 채로, 나의 내부에 계속 가라앉아 달라붙어 있을 것이다.

"그렇다면… 대체 어떤 거야? 그 삼류 연극은. 어떤 의미가 있었던 거야? 나의 소중한 사람을 세 명이나 유괴해서, 그때 너는 뭘 하고 싶었던 거야?"

"삼류 연극인가. 나로서는 십팔번이었는데 말이야."

타다츠루는 미소 지었다.

"죽거나 되살아나거나, 는 말이지. 어느 관점에서 보면 흡혈귀 이상으로 특기라고도 할 수 있어."

"특기…."

"뭐, 엄밀히는 되살아나지 않았지만. 인형에 빙의해서, 매체를 거쳐 현세로 회귀하고 있을 뿐이니까. 내 본체는 이미 이쪽에 있어."

이쪽.

그렇다는 것은 지옥에서의 발언인 이상, 이른바 '저세상'이란 것이 그렇다는 말이겠지. 그렇기에 나중의 지시어가 복잡해지지만, 하지만 그의 행동이 너무나도 이쪽에 익숙해져 있는 느낌으로 보인 것은… 그 부분이 주된 이유였나. 본체가 늘 이쪽에 있다면 그에게 '이승'은 이쪽이니까.

"아아, 하지만 말해 두겠는데, 나는 아비지옥의 주민이 아니라고. 지옥에 떨어진 것보다도, 지옥에 떨어질 만한 녀석으로 여겨지는 것 쪽이 실제로 침울해지지."

"뭐, 그 마음은 나도 조금 전에 직접 체감한 참이지만…. 지금도 절찬 체감 중이지만."

"평소의 나는 천국에서 유유자적하게 지내고 있어."

"……."

고민하던 마음이 단숨에 날아가 버릴 뻔했지만….

하치쿠지 같은 아이가 그만큼 감동적으로 성불한 뒤에 지옥에 떨어졌다는 것도 상당히 침울해지는 기분이었지만 그렇다고 행복 가득한 천국의 존재를 상정해 버리면 그것은 그것으로 살아갈 모티베이션이 깎여 나가는 느낌이 있었다.

그렇다면 섣불리 살아서 죄를 범하기보다는 얼른 죽는 편이 이득 아니냐는 이야기가 될지도 모른다. 타다츠루도 어디까지 진심으로 하는 말인지는 알 수 없지만.

"…언제부터? 어느 시점부터 너는 그런, 유유자적한… 뭐랄까, 이 세상과 저 세상을 왔다가 갔다가 하는 생활을 하고 있는 거야?"

"생활이 아니라, 노동이야."

타다츠루는 대답했다.

"출장 같은 거지. 단신부임이라고 말해도 괜찮겠지만. 걱정하지 않아도 대학생 시절에는 아직 건전한 육체에 건전한 혼이 깃든, 분명한 인간이었다고. 인형사가 된 것은… 요츠기라는 인형을 만들고, 그 사람들과 결별한 뒤의 일이야."

"개인적인 사정도 얽혀 있는 것 같으니까 어디까지 물어봐야 좋을지 모르겠는데…. 네가 인형사가 된 것은 오노노키를 만든 것, 그리고 오노노키를 카게누이 씨에게 양보하게 된 것이 그 동기야?"

"동기라고 말하면 마치 범죄동기 같아서 좀 그렇지만. 뭐, 그렇다고 말해도 허언이라고 할 정도로 사실에서 벗어나지는 않아. 내 주장으로서는. 가엔 선배나 요즈루는 또 다른 의견을 가지고 있을지도 모르지…. 어이쿠."

그렇게 거기서 타다츠루는 하늘을 올려다보았다.

따라서 나도 위를 올려다보니, 특별히 뭔가가 보이는 것도 아니었다. 하늘의 상태는 낮과 밤의 딱 경계라는 느낌으로, 이른바 해 질 녘, 땅거미가 지기 시작할 즈음이다.

구름 한 점 없는 하늘, 새 한 마리 없는 하늘.

그래서 타다츠루가 무엇을 보려고 했는지 알 수 없었다. 하지만 그는 그곳의 하늘에서 뭔가를 발견했는지,

"재촉받고 있는 것 같군. 내가 어째서 인형사가 되었는지 자세히 설명하고 있을 짬은 없어 보여. 그것에 대해서는 극장판 스핀 오프를 기다려 달라고 하는 수밖에 없군."

그렇게 말했다.

스핀 오프는 제쳐 두고 극장판을 노리지 마.

얼마나 장대한 과거 편을 펼칠 생각이야.

"그러니까 지금은 단적으로 설명하도록 하지. 만약 너무너무 신경 쓰인다면 되살아난 뒤에 가엔 선배에게 물어봐. 그 사람은 뭐든지 알고 있으니까, 어쩌면 나보다도 자세히 알려 줄 수 있을지도 몰라. 알려 줄지 어떨지는 별개지만…. 대학을 그만두고 이 길에 들어온 나였지만, 어쨌든 가엔 선배에게 미움받고 있는 몸이라 좀처럼 생각대로 되지 않았어. 장사가 궤도에 오르지 않았지. 거기서 내가 단락적으로 떠올린 것은, 지금 와서는 어리석었다고 생각하지만, 이른바 금단의 방법이었어. 전문가로서는 금지된 수, 라기보다는 금주禁呪에 가깝지."

"금주…."

저주.

그런 말도 어딘가에서 들었다.

"자기 자신의 괴이화, 라고 해야 할까. 당연히 이 발상의 근간에는 학생시절에 만든 인형, 오노노키 요츠기의 존재가 있었어. 백 년 사용된 인간의 시체를 괴이화 할 수 있었던 것처럼, 테오리 타다츠루라는 인간의 시체도 역시 괴이화 할 수 있지 않을까 생각했던 거야."

나는 테오리 타다츠루라는 인형 괴이를 만들려고 했어.

내 시체를 사용해서 내 인형을 만들려고 했어.

"…성공한 거야? 그게."

그렇다고 한다면 정말 엄청난 이야기다.

그것이 가능하다면 불로불사를 단신으로 만들어 낸 것이나 마찬가지 아닌가. 그야말로 예전에 인간이던 흡혈귀가 실존하는 세계관이니까 불로불사를 절대 불가능하다고 잘라 말할 수는 없다고 해도…. 인간의 괴이화를 이루어 냈다는 이야기는 적어도 인간이 한 일이라고는 생각되지 않는다.

무엇이 그를 그렇게까지 하게 만들었지?

미적 호기심?

"실패했어. 그 결과가 이 꼬락서니야. 나는 이 세상과 저 세상의 틈을 떠도는, 반인반요 같은 존재가 되었어. 아니, 틈새를 떠돈다기보다, 이 세상과 저 세상 사이에 끼어서 움직일 수 없게 되었다고 해야 할까."

"…설마 그것으로 원한을 품어서 불사신의 괴이를 용서할 수 없다고 말하는 건 아니겠지, 너는."

"그런 측면이 전혀 없다고도 할 수 없지."

"전혀 없다고도 할 수 없구나…."

"저라면 전혀 업다운도 할 수 없다고 잘못 말하겠지만요."

그렇게 내 뒤에서 하치쿠지가 발언했다. 너, 오래간만에 하는 발언이 그런 거냐. 굳이 이 자리에서 개그 농도를 유지하려고 하지 않아도 괜찮다고…. 지옥에 떨어져도 의리가 두터운 녀석이다.

"뭐, 실패라고는 해도, 인형을 통해서는 살 수 있고…. 그 뒤에 인형의 양산화에는 성공했으니까 불로불사라고 하면 불로불사, 괴이라고 하면 괴이지. 생령, 혹은 반령이라고 말해야 할까. 열심히 그 특이체질을 살려서 장사에 나서기로 했지."

"……."

그런 특이체질이 있었기에 그는 가엔 씨의 네트워크 밖에서도 지금까지 살아올 수 있었던 것…이라고 이해해 두면 되는 걸까.

"여기까지가 나, 테오리 타다츠루의 정체라는 것인데…. 이 정도면 괜찮을까? 아라라기 군. 아니면 나의 반생에 좀 더 흥미가 있나?"

"저기…."

솔직히 거기까지 흥미는 없다… 라고 본인을 눈앞에 두고 말하기는 역시 어려웠지만, 그러나 그의 특이체질에 대한 개요는 충분히 이해했다.

과연 그렇군.

물론 그가 인형사로서 완성될 때까지는 그 뒤에도 다양한 드라마가, 우여곡절이 있었을 것은 상상하기 어렵지 않았다. 그러나 나의 흥미, 문제의식은 그다음에 있었다.

"그러면 재확인하겠는데, 그때 오노노키에게 산산조각 나도, 너에게는 별일 없었다고 생각하면 되는 거지?"

"별일이 없었다고는 하지 않겠지만. 소중한 인형 하나를 잃었으니. 다만 생명이라는 의미에서 걱정은 필요 없어. 어쨌든 그 전부터 나는 반쯤 죽어 있던 것이나 다름없으니까."

"그러면 어째서 죽은 척을….."

아니, 살아 있는 척을.

뭐였을까, 그 삼류 연극은.

"그러니까 삼류 연극이 아니라고. 이미 말한 것처럼, 요즈루와 요츠기는 아무것도 몰랐고 말이야. 나로서는 리허설 없는 테스트 실전이라는 느낌이었어. 일단 거슬러 올라가면, 지난달의 일이었지."

타다츠루는 말했다. 시선은 아직 하늘을 올려다보고 있는 상태다. 거기에서 대체, 그는 무엇을 보고 있는 걸까?

"전문가로서의 나에게 한 가지 의뢰가 들어왔어. 아라라기 군, 네가 살고 있는 동네에 일어난 이변을 해결해 줬으면 한다는 의뢰였어."

갑자기 본론에 들어갔다…는 기분이 들었지만 생각해 보면 타다츠루는 처음부터 계속 그 이야기를 하고 있었을 것이다.

그는 이야기를 하기 위해서 이곳에서 나를 기다리고 있었으니까. 하치쿠지에게 나를 데리고 오게 한 것은 그 이야기를 하기 위해서일 테니까.

설마 나와 오래간만에 인사를 나누고 싶은 것도, 그때의 일을 사과하고 싶다는 것도 아닐 것이다. 다만 여기까지 이야기를 하고 있는 동안에 내 쪽에 있었던 앙금 같은 마음이 많이 흐려진 것도 확실했지만.

"내가 사는 마을에서 일어난 이변…? 그건 키타시라헤비 신사의… 아니, 그게 아니지. 지난달 시점에서 그것은 이미 해결되어 있었을 거고….”

보다 엄밀히 말하자면 해결한 것이 아니라 해결 상태에서 미해결 상태로 돌아갔다는 것이 되지만, 그 부분에 대해서 일부러 트집을 잡을 필요는 없을 것이다.

“그렇지. 그 의뢰의 내용은 좀 더 단순해서, 너나 구 키스샷을 표적으로 삼은 것이었어. 가엔 선배의 네트워크 내에서 너희들은 무해인증이 되어 있었지만, 나에게 그런 건 관계없었으니까. 오히려 네트워크로 보호되고 있는 괴이 따위, 나에게는 최우선으로 노려야 하는, 의뢰가 없더라도 노려야 할 대상이었지.”

“……..”

그런 이야기였지.

이 녀석은 나와 시노부를 표적으로, 그것을 위해 두 여동생과 후배 한 명을 인질로 삼는다는, 거의 생각할 수 없는 악랄하고 비인도적인 짓을 했었다. 그것이 삼류 연극이 아니었다고 말한다면 어떤 사정이 있더라도 적극적으로 들어 두고 싶었지만, 그러나 그 이야기라면 의뢰가 있었다는 건 지금까지 생각했던 대로 아닌가.

그 의뢰를 받고 나와 시노부를 퇴치하려고 움직였다는 것이라면 삼류 연극이 아니라 십팔번이었다는 그의 말에는 일절의 거짓이 없었던 것이 되는데….

“응, 그렇지. 그 말대로야.”

표표하게, 주눅 들지도 않고 끄덕이는 타다츠루.

트릭 밝히기를 즐기는 마술사 같기도 하다. 아니, 트릭을 밝히는 마술사는 마술사 실격이겠지만.

 "만약 사전에 손을 쓰지 않았더라면, 그대로 되었겠지. 아니 좀 더 심각하게 되었겠지. 너의 여동생들이나 후배가 과연 무사히 끝났을지 어떨지….."

 "…무서운 소리 하지 마."

 "이 이야기를 하면서 무서운 건 나야. 설마 칸바루 스루가가 가엔 가의 딸이었을 줄이야…. 아무것도 모르고 위해를 가했다면 어떻게 되었을까 생각하면 몸서리치지 않을 수가 없어. 먼저 물어봐 두길 정말 잘 했지."

 "……?"

 뭐, 칸바루는 가엔 씨의 조카이기는 하니까—그것을 모르니까 유괴했을 것이라는 게 우리의 추측이었지만—그래도 몸서리를 쳤다는 것은 조금 과언이란 기분도 든다. 가엔 씨는 상대가 조카라고 해서 귀여워할 만한 사람은 아니었고, 아니면 '딸'이라는 말로 봐서는 그가 두려워하는 것은 고인일 칸바루의 어머니일까?

 "먼저 물어봐 둬서, 라든가 사전에 손을 쓰지 않았더라면, 이라든가 하는 표현으로 보면 타다츠루, 너는 의뢰가 들어오기 전부터 이미 가엔 씨에게서 뭔가 들었다는 얘기야? 우리 마을에서 일어난 일에 대해서…."

 있을 수 있는 이야기다.

 가엔 씨가 스스로 나서서 일을 하고 있는 것 자체가 실은 상당히 드문 일인 듯한데, 어쨌든 그녀가 우리 마을에서 하려던 것은 마을의 평정이라고 할까, 통치라고 할까….

그것을 위해 그 위험한 전문가, 에피소드의 조력까지 얻은 그녀이니, 그때에 네트워크 밖에 있는 옛 지인의 존재, 테오리 타다츠루에게 이야기를 했다고 해도….

"아니, 그건 있을 수 없는 이야기지. 확실히 나는 현재 가엔 선배와 오월동주* 상태에 있기는 하지만, 나와 그 사람이 접촉한 것은 내가 사정을 들은 이후의 일이야. 나에게 어프로치해 온 것은, 나와 가엔 선배와의 사이를 중개한 것은 다른 사람이야."

"……."

중개.

그 말에 한 가지 직감을 얻었다.

그것은 수험생 특유의 감각 같은 것이긴 했지만, 그렇지만 신기하게 확신이 느껴지는 직감이었다. 백 가지 이론보다도 훨씬 강하게, 그 직감은 나에게 어떤 남자의 이름을 고하고 있었다.

"…오시노?"

나는 말했다. 자기도 모르게 저절로.

"너에게 먼저 사정을 들려준 녀석이란 거, 사전에 손을 쓴 녀석이란 건… 오시노 메메야?"

009

※오월동주(吳越同舟) : 서로 반목하면서도 공통된 이해관계로 인해 협력함을 이르는 말.

다른 가능성도 물론 있었을 것이다.

예를 들면 내가 파악하는 것만으로도, 사정을 알고 있는 사람이라면 카이키일 가능성도 있었을 것이다. 중개라는 말 하나에서, 그 행위에서 연상되는 것은 논리의 비약으로서도 조금 허들이 높다.

하지만 타다츠루는 "정답이다."라고 말했다.

"그래, 그 훤히 꿰뚫어 본 듯한 남자가. 가엔 선배 네트워크의 간부 클래스이면서도 네트워크 밖에 있는 나에게 접촉을 해 오다니, 여전히 자유분방한 남자라고 생각했지. 뭐, 그 남자만큼 간부라는 말이 어울리지 않는 녀석도 없지…."

"……."

그 이야기를 하자면 가엔 씨의 '관리자'도 상당히 어울리지 않지만 말이야. 그런 과장스러운 말보다, 단순히 옛날부터 오랫동안 알고 지낸 사이라고 말하는 편이 맞을 것 같다.

하지만 그렇게 말하자면 오시노와 타다츠루도 마찬가지로 오랫동안 알고 지낸 사이니까, 만나러 갔다고 해도 그렇게 이상한 이야기도 아닐 것이다.

시기적으로는 오시노가 이 마을을 떠나고 나서 그 뒤의 일이 되겠지만…. 구체적으로 그때 오시노는 타다츠루에게 무엇을 말했을까?

그 훤히 들여다본 것 같은 남자가.

사전에 어떤 수를 썼지?

"가엔 선배의 네트워크 밖에 있는 나이기에 할 수 있는 일이 있다고 말하더군, 그 녀석은. 반칙 같은 비기가 무엇보다 특기였던 그 녀석이었기에 할 수 있던 말이겠지만."

"……."

"다만 그 녀석은 지름길로 가려는 뻔뻔스러움과는 인연이 없었지. 쓸 수 있는 수만 쓰고, 들 수 있을 만큼의 보험만 든다는 스탠스니까, 오히려 주의를 기울인 곳의 대부분이 헛수고로 끝나는, 지혜의 낭비라고 할까, 불경한 정신의 대극에 위치하는 전문가였지. 그 녀석으로서는 나에게 순서가 돌아온다는 전개는 이중보험 다음의 레어 케이스였을 거야."

뭐, 그 부분은 이해한다.

내 경험으로 말하면, 그 녀석은 다른 시간 축에서 온 나나 시노부의 가능성까지 보조하고 있었을 정도다. 시험에 있어서 요행수를 노리는 자세와는 연이 없을 것이다. 그 경박해 보이는 겉모습과는 반대로, 의외로 성실한 남자였는지도 모른다.

"게다가 많은 것을 이야기하는 녀석은 아니니까. 구체적으로 말하는 녀석도 아니야. 내가 있는 곳에 만나러 온 것도 그 시점에서는 그냥 잡담을 하러 온 건가 하고 생각했어. 여전히 얼빠진 녀석이라고 생각했을 뿐이었지. 원래도 만일을 위해서 이상의 의미는 없었겠지."

"…오시노의 변죽 울리는 버릇에 대해서는 나도 여러 가지로 하고 싶은 말이 있지만, 그렇다는 얘기는 그때에 너는 그 녀석과의 잡담 중에 칸바루의 출신에 대해 미리 들었다는 얘기야?"

그러고 보니 오시노는 칸바루의 출신에 대해 신경 쓰고 있었다. 그 녀석에게 선배의 조카와 만난다는 것은 역시나 뜻밖의 일이었을 것이다.

칸바루의 어머니의 이름을 확인하기도 했었고.

"응. 게다가 말이지, 아라라기 군. 너의 이야기도 했었어. 너희들의 이야기, 라고 해야 할까."

"우리들…. 나하고…."

누구지? 이 경우에는… 시노부인가?

"뭐, 그래서 나는 의뢰를 받기 전에 이미 이 마을의 이런저런 것들을 파악하고 있었어. 알고 있었어. 그때는 오시노가 나에게 대체 무엇을 말하려 하고 있는지 알지 못했지만, 그러나 지금 생각하면 그 녀석은 너희들의 **안전성**을 어필하고 있었던 거겠지."

"……."

"그런 복선이었어. 너희가 인형 하나를 써 버릴 것까지는 없는 콤비라고, 오시노는 그런 말을 하러 왔던 거야. 참고로 나의 정체가 인형이라는 걸 그 녀석이 꿰뚫어 보았음을 안 것은 그때였지. 아니, 지금 생각하면 위협받은 것인지도 모르겠는걸? 내 친구에게 손을 대면 너의 정체를 까발리겠다, 라고…."

얄궂다는 듯이 웃는 타다츠루.

그런 이야기를 들어도 대답할 말이 궁하다고 할까, 뭐라고 말해야 좋을지 모르겠다. 그 녀석이 다가올 사태에 대비해서 손을 써 주었다니.

무해인증이 네트워크 밖에는 미치지 않는 것을 알고 있었기에, 외부에 대해서도 그런 식으로 나와 시노부를 보호하기 위한 수를, 그 녀석에게 그것은 마땅한 대가를 받은 일의 뒤처리가 될지도 모르겠지만, 그렇다고 해도 그 후한 애프터 케어에는 가슴이 뜨거워진다.

나로서는 할 수 없는 일, 할 수 없었던 일이다. 아니, 잠깐?

하지만 결국 이 녀석은 내가 사는 마을에 와서, 나와 시노부를 노리고… 으응? 미리 오시노가 전해 주었다는 정보가 밝혀졌는데, 그래도 아직 이어지지 않는데?

그 뒤에 대체 무슨 일이 있었던 거야?

"그러니까 보험이야. 그 녀석이 말했던 것은, 그러니까 대부분이 불이 붙지 않은 담배를 물고서 냄새만 풍기는 것이니까 지금 하는 이야기는 내 나름대로의 해석이 되겠지. 하지만 그것으로 괜찮다면 들어 줘. 이것으로 너의 의문은 대부분 해소될 거야. 미련 없이 되살아날 수 있을 거야."

"미련 없이 되살아날 수 있다니…."

"현세의 선물로 가지고 가 줬으면 해."

그렇게 말하는 타다츠루.

"그 녀석의 말은 이랬어. '아라라기 코요미와 오시노 시노부. 그들은 지금 기본적으로는 무해하다'―'손을 대지 않으면 아무런 문제도 없다'. '다만 기본에서 일탈하는 케이스가 없는 것도 아니다. 그것은 아라라기 군이 시노부하고 결탁해서 흡혈귀화를 반복한 경우다'."

"……."

"즉 아라라기 군이 구 키스샷 아세로라오리온 하트언더블레이드하고는 무관계하게 독자적으로 흡혈귀로서의 길을 걷기 시작한 경우에는, 시추에이션이 오시노가 신청한 무해인증에서 벗어나게 된다는 거지."

"그건···."

그건 그야말로.

지금의 내 몸에 일어난 일이었다. 어찌 이럴 수가.

그러면 이 사태도 역시 훤히 들여다본 것 같은 남자, 오시노 메메의 예상대로였다는 이야기가 되는 건가.

"예상대로가 아니라, 예상 중 하나였을까? 다만 그것에 대해서는 주의에 주의를 거듭한 복선이라기보다는, 오히려 확실히 걱정하고 있는 것 같기도 했지만."

"걱정이라니···. 내가 생각없이 시노부의 힘을 써 버릇할 거라고 걱정하고 있었다는 거야? 아니···."

그게 아니지, 그렇지 않다.

그런 가능성을 걱정하고 있었더라면, 그 녀석은 시노부를 나에게 맡기고 마을을 떠나지는 않았을 것이다. 오히려 그럴 가능성은 없다고 생각해 주었기에, 나를 믿어 주었기에 아무 말도 하지 않고 늘 그렇듯이 작별의 말도 하지 않고 그 녀석은 묵묵히 다음 마을로 여행을 떠난 거라고만 생각하고 있었는데.

"그래. 그러니까 케이스로서는 아라라기 군이 **그렇게 되지 않을 수 없는 상황**의 도래를, 그 남자는 걱정하고 있었어. 그 때문에 나를 찾아왔다고 봐야겠지. 물론 그 남자도 예지능력자는 아니야. 실제로… 그 뒤에 너희가 사는 마을을 습격한 이런저런 일들 중에는 오시노의 예상 밖이었던 일도 많았을 거야…. 네가 무리해야만 하는 상황에 몰린 사건의 발발에 대해서도, 결코 알고 있던 것은 아니겠지. 다만 그런 상황에서 네가 무리할 것을 꺼리지 않을 거란 걸 알고 있었던 모양이야."

"…알고 있어도 말이지."

저도 모르게 불평을 하게 된다.

나도 상당히 솔직하지 못했다.

"그런 전개가 되었을 때에, 나에게 어떠한 의뢰가 올지도 모른다… 라고 그 녀석은 말했어. 나를 끌어들이는 의뢰. **흡혈귀 퇴치** 의뢰가, 말이지. 그렇게 되면 오랜 원한을 잊고, 과거의 앙금을 버리고 가엔 선배와 접점을 가져 줘. 그때 가엔 선배는 너의 연락을 기다리고 있을 거야. 입장이 있는 가엔 선배 쪽에서는 움직일 수 없으니까…. 그때는 무슨 말을 하고 있는 건지 알 수 없었지만…. 실제로 그 말대로의 전개가 되었던 거야."

예지능력자는 아니더라도 투시능력자인가 싶을 정도로 앞날을 꿰뚫어 봤던 거지, 그 녀석은, 하고 타다츠루는 말했다. 아무래도 은혜를 입은 듯한 사람으로서는 이런 소리를 해서는 안 될지도 모르지만, 그 감상에는 완전히 같은 의견이었다.

"그러니까 내가 있는 곳에 그야말로 너희를 퇴치해야 한다는 의뢰가 날아들었을 때, 오싹했어. 그리고 동시에 이상하다는 생각도 들었지. 이 전개를 걱정하고 있었다면 어째서 오시노는 자신이 어떻게든 하려고 생각하지 않았을까. 사람은 혼자 알아서 살아날 뿐이라고 말하는 남자가, 마치 옛 친구를 의지해서 부탁을 하는 일을? 그 부분이 흥미로웠어. 그래서 여기서는 그 녀석의 계획에 동참해 주기로 했어. 나는 가엔 선배에게 연락을 취했지."

그리고 삼류 연극의 막이 열렸어.

그렇게 된 거야. 그러나 그것이 어떤 의미를 지녔는지, 아직 나는 알 수 없었다.

010

타다츠루가 언제부터인가 내리고 있던 시선을 다시 공중으로 향했다. 점점 해가 기울고 어두워지기 시작했으니 그것에 맞춰 샛별이라도 찾는 듯 보이기도 했지만, 이번에는 이끌려 올려다본 나도, 그가 무엇을 보고 있는지가 또렷하게 보였다.

아니, 또렷하게 보였다는 것은 과언이다. 아직 어슴푸레하게 보일 뿐이지만, 그러나 또렷하게 그것이 무엇인지 알았다.

공중에서…라기보다 하늘에서.

스륵스륵, 한 줄의 끈이 내려오고 있는 것이었다.

"끈이 아니라 실이라고 불러야 할지도 모르겠네요, 아라라기 씨. 저것이 마중이에요. 마중이라고 하면 사후 세계에서 데리러 온 것 같지만, 이 경우에는 현세에서의 마중이에요."

하치쿠지가 설명해 주었지만, 내가 연상하는 것은 마중이라기보다는 그거다. 실 이야기 나왔으니 말인데, 부처가 극락에서 지옥으로 늘어뜨렸다는 거미줄이다.

뭐, 거미줄도 우주공학에 이용될 정도로 상당히 튼튼하다고 들었으니, 그것이 못 미덥다고 생각되지는 않지만…. 칸다타*라고 하던가? 드리워진 거미줄을 타고 극락으로 가려고 했는데 다른 죄인도 달라붙어서 그들에게 "내려가."라고 말하자마자 거미줄이 뚝 끊어졌다느니 어쨌다느니 하는….

그런 의미에서는 인간이 시험받는 실이라고도 할 수 있다. 그것을 드리우고 있는 것이 가엔 씨인지도 모른다고 생각하면, 보다 강하게 그렇게 생각하게 되지만.

"정말로 시간이 없어요. 저 실을 놓치면 아라라기 씨는 정말로 아비지옥에서 영원히 불타게 되어요. 온몸에 89개의 눈이 있는 귀신에게 괴롭힘당하게 돼요."

"89개의 눈? 그건 너 아니야?"

"잘못 말했어요. 64개예요."

"어느 쪽이든 무서운데…."

상당한 양극단이다.

"그런 이유로 테오리 씨, 죄송하지만 이제 그 이야기는 이쯤에서 멈춰 주실 수 있나요?"

"아니, 잠깐, 하치쿠지. 그런 마무리가 있을 리 없잖아. 이렇

※칸다타 : 일본 설화의 등장인물. 칸다타는 생전에 나쁜 짓만 하다가 죽어서 지옥에 떨어졌는데, 하늘에 빛자 거미줄이 내려왔다. 칸다타는 바로 거미줄을 잡고 올라갔는데 지옥의 다른 죄인들도 거미줄에 달라붙었다. 거미줄이 끊어질까 걱정된 칸다타는 다른 죄인들을 마구 떨어뜨렸다. 거미줄을 내려 주었던 보살은 이것을 보고 거미줄을 끊어서 그를 떨어뜨렸다고 한다.

게 어중간한 곳에서 이야기를 끝낼 수 있겠어? 타다츠루. 네트워크 밖에 있는 너이기에 할 수 있는 일이란 것은 요컨대 그런 일이었어? 나나 시노부를 퇴치한다는 의뢰를 받는다, 받은 척을 한다는 거?"

하늘에서 실(?)이 신사까지 내려오기 전에 나는 최대한 많은 것을 타다츠루에게 들으려고, 그의 이야기를 앞지르듯이 말했다. 이야기를 듣는 측으로서는 별로 칭찬받을 행동은 아니겠지만, 이 경우에는 요행히 효과가 있어서,

"그런 이야기가 되는 걸까. 살아 있는 척에 받은 척. 오시노의 의도가 어디에 있었는가를, 내가 정확히 이야기하는 것은 어렵겠지만."

이라고 타다츠루는 대답했다.

"이렇게 되면 카게누이 요즈루가 네트워크 안에 있으면서도 가엔 선배에게 언컨트롤러블한 존재였던 것이 딱 맞춘 듯한 인선이 되는군. 그 녀석이라면 용서없이, 정말 인정사정없이 불법행위에 나서는 나와 대결해 줄 테니까. 그러니까 가엔 선배는 네 몸에 문제가 생기는 것을 기해서 그 둘을 **출근**시킨 거야."

"……."

'거울에 비치지 않게 된다'라는, 나의 육체를 덮친 이변을, 가엔 씨는 상담하기 전부터 파악하고 있었던 것처럼, 카게누이 씨와 오노노키를 파견해 왔다. 당시에 나는 그것을 가엔 씨의 '뭐든지 알고 있는 것'의 일환이라고 생각하고 그 천리안에 부들부들 전율했었는데, 트릭을 밝히고 보니 별것 아니었다. 미리 그

런 흐름이 그 시점에서 이미 그녀의 타임 테이블에 들어가 있었던 듯하다.

물론 타이밍이 너무 좋다는 것은 그녀답다고 말해야 하겠지만….

"하지만 무엇을 위해 그런 짓을…? 의뢰를 그냥 거절하면 안 되었던 거야?"

"거절할 이유가 없고, 또한 가령 거절했다고 해도 다른 전문가에게 의뢰가 갔을 뿐일지도 몰라. 여기서는 '적'의 계획에 동참해 두는 편이 좋다는 것이 나와 가엔 선배가 내놓은 결론이었어."

"저… 적?"

의뢰인…이 아니었나?

이 경우 타다츠루에게 나와 시노부의 퇴치라는 의뢰를 해 온 인물을 가리키고 있는 것일 테니, 그것을 적이라고 말할 수 있는 것은 어디까지나 나와 시노부뿐 아닐까?

"그렇지도 않아. 적어도 너희들의 마을에서 카이키 데이슈가 행방불명되었어. 그것에 대해 무감정하게 있을 수 있을 정도로 나도 가엔 선배도 차갑지는 않아."

"카이키가…?"

그러고 보니 가엔 씨가 그런 소리를 했던 것 같은데…. 정보가 뒤섞여 있어서 무엇이 진실인지 알 수 없다는 둥 뭐라는 둥.

나는 그 녀석이 죽여도 죽지 않을 녀석이라고 생각하고, 예전 동료인 가엔 씨나 타다츠루 쪽은 나보다 더욱 강하게 생각하고 있겠지만…. 다만 그런 사태가 일어났으면 역시 간과할 수 없을 것이다.

"계획에 동참해 두는 것이 좋다고 말하긴 했지만, 그 계획이 무엇인지 확실히 알고 있는 것은 아니야. 그것을 찾고 싶어서 하고 있는 일이야. 그리고 또한 동시에 너의 흡혈귀화의 진행을 멈추기 위해서 필요한 처치이기도 했어. 내가 이렇게 이쪽에 와서 너를 유도한다고 하는… 천덕꾸러기를 연기한 직후의 일이었으니, 그 부분은 거기 있는 하치쿠지에게도 협력을 받게 되었지만."

"협력해 드렸습니다."

그렇게 말하는 하치쿠지.

"(우정출연)이죠. 엔드 롤 맨 마지막쯤에 나오는 거 말이에요. 아라라기 씨하고 재회할 수 있다고 해서, 간절히 부탁해서 노 개런티로 캐스팅되어 열심히 노력했어요."

"이 일로 네가 개런티를 받았다면 그렇게 실망스런 일도 없을 거야…. 지옥에 떨어지는 것보다도 실망이야."

일단 죽여서 리셋하고 내 육체의 '인간' 부분만 되살린다는 건가. 그렇다면 사전에 말해 줘도 괜찮을 법 했지만, 말하지 않았다는 것은.

사전에 말할 수 없는 사정도 있었던 거겠지.

그 부분이 적에 대한 전략인가.

내 시점에서는 알 방법도 없지만.

"다만 요도 '코코로와타리'로 죽인 너를 요도 '유메와타리'로 되살리면, 흡혈귀로서의 네가 그대로 되살아날 수도 있어. 그래서는 도로아미타불이니까 그렇게 되지 않도록 지옥 쪽에서 나라는 전문가의 간섭이 필요해졌다는 거야."

그렇게 말하며 타다츠루는 새전함에서 뛰어내렸다. 눈을 뗀 것도 아니었지만, 착지할 때에는 그가 입고 있는 의상이 휙 하고 드레스 체인지 되었다. 표현하다 보니 드레스 체인지라고 표현해 버렸는데, 바뀐 의상은 아주 전통 일본 느낌이었다.

게다가 자리에 잘 어울린다.

그것은 칸누시* 차림이었다.

…그렇게 한순간에, 그것도 자의적으로 옷을 갈아입을 수 있다니, 영체라는 것은 상당히 편리한 시스템인 듯하다. 부럽다고는 생각하지 않지만, 유유자적하다는 것은 의외로 거짓말은 아닐지도 모른다.

"그 점을 수정하지 않고서는 적에 대해 손을 쓸 방법이 없다는 것도, 나와 가엔 선배의 공통된 결론이야. 그만큼 대립한 선배하고 이렇게나 의견이 맞는 것은 이상한 기분이었지만…. 뭐, 여기서는 순순히 중개인으로서의 오시노의 실력을 칭찬해 두지."

"…의문은 풀린 거야?"

여러 가지로 그 밖에도 물어보고 싶은 것이 있었지만, 현시점에서 가장 묻고 싶은 것은 그 부분이었다.

"오시노의 의도를 몰랐기에, 그 녀석의 계획에 동참하기로 했다고 말했는데, 그것이 결정적이었다고 말했는데, 그 일에 대한 결론은 나온 거야?"

※칸누시 : 신사의 신관.

"유감스럽게도. 다만 가설은 있어. 내 가설이라기엔 쑥스러운, 그것에 한해서는 가엔 선배만의 가설이야. 가엔 선배는 이렇게 생각하고 있는 것 같아. 오시노가 지금에 이르고서 모습을 드러내지 않는 이유. 우리가 보기에 안개 속에 숨어 있는 이유. 그것은 요즈루가 모습을 감추고 소식불명이 된 것과 같은 이유가 아닐까 하고."

"……?"

뭐지, 그건?

그래서는 토톨로지, 아무것도 말하지 않은 것과 마찬가지 아닌가?

카게누이 씨가 오시노와 마찬가지로 소식을 끊은 것은 들을 것도 없이 알고 있는 일이고… 응, 아니. 그게 아니다.

그것을 말하자면 카이키도 행방불명이다.

그렇다면 같다고 말해도 좋을 것이다. 하지만 카이키는 예외이며, 오시노와 카게누이 씨만이 같은 틀로 볼 수 있다.

거기에 활로가 있다. 적어도 가엔 씨는 그곳에 활로를 발견해 내려고 한 건가? 무엇과 싸우고 있었는가도 잘 모르는 현재 상황 속에서 그녀가 발견해 내려고 하는 해결책이란….

"가엔 선배의 생각과 내 생각은 그런 점에서는 역시 비뚤어져 있지만. 그래서 나는 그때 말했잖아? 오시노를 찾아라, 라고. 그 눈치라면 성과는 없었던 것 같지만."

"…친구가 찾아 주고 있긴 한데 말이야."

그렇다기보다 아직 오시노를 찾기 위한 수단을 가지고 있는 것은 하네카와 한 사람이라고 표현하는 쪽이 정확하다.

나나 센조가하라나, 그 부근의 커넥션은 이미 다 써 버렸다. 그 녀석이 어디에서 무엇을 하고 있는가, 애초에 살아 있기는 한지 전혀 알 수 없는 것이 현재 상황이다.

포기하지 않은 것은 그 녀석뿐이다.

있을 수 없는 가능성이라고 거의 단정하고 있었지만, 이렇게 되면 하네카와가 수색하는 해외 정도밖에 정말로 가능성이 남지 않는다….

"…하지만 요컨대 그 대사만은 연기가 아니었다는 건가. 오노 노키에게 죽은 것처럼 보이게 한다는 것은 연극이었다고 해도."

"그 대사만은, 은 아니야. 죽은 것은 인형이어도, 그때 했던 말은 대부분 진심이야. 나도 연기에 능숙한 건 아니니까. 인형 사이면서도 누군가에게 조종당하고 있는 것 같은, 캐스팅 보트가 누군가에게 쥐여져 있다는 굴욕은 맛보는 것은 그리 기분 좋은 일이 아니지, 역시. 기분 나쁜 역할을 떠맡았구나 하고, 너무 아귀가 딱딱 맞는 전개라고, 그런 식으로 생각했어. 다만 그 마음의 절반은 훤히 들여다본 듯한 남자, 오시노에게 향한 것일지도 모르겠지만."

"……."

"요즈루 녀석에게는 사과하고 싶다고 생각하고 있지만 말이야. 나는 미움받는 역할을 연기했지만, 그 녀석은 기분 나쁜 역할을 맡아 버렸어. 식신을 사역해서 나를 죽인 것을, 그런 녀석이라도 조금은 가슴 아파서… 가슴 아파서…."

말끝을 흐리는 칸누시.

뭐, 그 건에 대해서는 노코멘트다.

카게누이 씨의 멘탈리티에 대해서는 완전히 아마추어인 고교생으로서는 언급하기 어려운 부분이 있다….

그래도 굳이 정직한 마음을 말하자면, 그 사람의 경우에 자칫 오노노키보다도 신경 쓰지 않을 가능성도 있다는 정도였다.

"…그건 밝혀도 괜찮은 거야?"

"응?"

"오노노키하고 그리고…. 소식이 판명된다면 카게누이 씨에게도. 네가 인형사이며 실제로는 그때 죽지 않았다든가…. 죽은 척, 살아 있던 척을 하고 있었다는 것은. 분위기를 보기에 밝히고 싶지 않은 일이잖아?"

"그건 그렇지만 뭐, 이렇게 되어 버리면 어차피 들키게 되어 있어. 물러날 때라고 할까, 이제껏 쌓은 죗값을 치를 때라는 거지. 네가 사과를 전해 줬으면 좋겠는데."

"말도 안 되는 소리 하지 마."

왜 내가 사과해야만 하는데.

흔히 있는 대사지만 '그 녀석에게 사과해 줘'라는 건, 생각해 보면 말도 안 되는 부탁을 하고 있다고 생각하는데 말이야.

그야말로 대역이 아닌가.

"사과할 거라면 스스로 사과해. 너는 되살아날 수는 없어도 인형을 사용하면 마음대로 현세로 돌아갈 수 있잖아?"

"공교롭게도 그렇게 간단한 일도 아니야. 죽는다는 것은 역시

벌로서는 무거워. 지옥에 떨어져야만 할 정도로 말이야. 죄에는 벌을… 이란 말이지."

"……."

그러면 내가 생각하는 정도로 그 부분은 간단한 구조가 아니라는 이야기인가. 그곳에서 자신이 깃든 인형이 하나 산산조각났다는 것은, 당연하지만 타다츠루에게도 쓰라린 결단이라고 하진 않더라도 결코 쉬운 선택지는 아니었던 듯하다.

"요도 '유메와타리'로 인스턴트하게 되살아날 수 있는 너는, 그러니까 상당히 운이 좋다고. 가엔 선배가 너를, 제대로 그 부분의 설명을 하지 않고 참살한 것에 대해서는 너그럽게 봐달라고 후배로서 부탁해 두지. 너에게 사정을 설명하는 데는 지옥 쪽이 적합했거든…."

"…뭐, 변변한 설명도 못 들은 채로 희롱당하는 것은 늘 있던 일이지만. 다만."

"걱정하지 않아도."

뭔가를 말하려고 하던 나의, 걱정을 먼저 해소하려는 듯 타다츠루는 말했다.

"되살아난 너에게 가엔 선배가 말도 안 되는 일의 협력을 요청하는 전개가, 이후에 기다리고 있지는 않아. 가엔 선배가 나에게 말한 노림수에 거짓이 없다면, 인간으로서 되살아나는 것까지로, 너는 역할을 다하고 있을 거야. 이 지옥순례는 너에게 흡혈귀성을 빼기 위한 단기 입원이었다고 생각하면 돼. 갓 병에서 나은 너를, 가엔 선배도 마구 부려 먹으려고 하지는 않을 거야. 적과의 대결을 앞에 두고 우환을 제거하려고 하는 것이 가엔 선배의 계획이야. 아니, 악의가 있는 예측을 하자면, 요도 '코코로와타리'와 '유메와타리'의 시험베기라는 측면도 있었을지도 모르지만."

"……."

그 정도의 계획은 있을 것 같다…라기보다, 가엔 씨의 경우에는 그 정도의 계획이 있지 않으면 오히려 불안해질 정도다.

다만, 내가 말하려 했던 것은 전혀 다르다고는 할 수 없더라도 그런 것은 아니었지만….

새전함에서 내려온 칸누시는 그대로 느릿느릿한 페이스로 걸어서 하늘에서 내려온 실의 바로 아래로 이동한 뒤에 발을 멈췄다.

그리고 나에게 손짓했다.

"가죠, 아라라기 씨."

하치쿠지도 나를 뒤에서 밀었다. 그렇게 하면 나도 움직일 수밖에 없다. 그렇다, 움직일 수밖에 없다. 마음으로서는 딱 그런 기분이었다.

실은 이미 점프하면 잡을 수 있을 정도의 높이까지 내려와 있었다. 그렇다기보다 그것은 끈이 아니었고, 실도 아니었다.

그것은 하얀 뱀이었다.

뱀의 꼬리가 드리워져 있었던 것이다.

…이걸 쥐라는 건가.

머리 쪽이 아니라서 그나마 낫다는 느낌도 있지만, 그렇구나. 뭐, 여기는 백사를 모시는 신사고 말이야…. 거미보다는 뱀이어야 할지도 모른다.

"왜 그러시나요, 아라라기 씨. 무서워하시는 느낌이네요. 뱀에 잔뜩 겁먹으셨나요?"

"그야 겁먹지 않았다고 하면 거짓말이 되겠지만…. 뱀이란 건 정말 나에게는 트라우마처럼 되어 있으니 말이야."

"센고쿠 씨의 일 때문에 고민하고 있는 거라면, 그렇게까지 자학하실 건 없다고 생각하는데요?"

내가 여기서 말한 트라우마란 어디까지나 뱀의 독니에 신나게 물리고 신나게 빈사상태에 빠진 일에 대해서였지만, 하치쿠지는 그런 말을 했다. 내 마음의, 보다 깊은 곳을 건드려 왔다.

"결과로서 센고쿠 씨의 마음을 구한 것은 그 사기꾼 씨가 되겠지만, 그 사람의 관여가 없었다면 조금 더 시간이 걸리긴 했어도 역시 아라라기 씨가 센고쿠 씨를 구하지 않았을까요? 저는 그렇게 믿고 있어요."

"……."

"그러니까 그 일에 대해서는 공적을 가로채였다는 정도로 생각해 두시면 돼요. 괜찮아요, 제가 보증할게요. 아라라기 씨는 최강이에요."

딱히 강함을 겨루고 있다고 생각하지는 않지만…. 또한 애초에 이기고 지고의 문제나 공적 운운하는 문제도 아니지만. 하치쿠지에게 그런 말을 들은 것은 딱 좋은 마음의 위안이 되었다.

뱀을 움켜쥐어도 좋을 정도로는.

나는 손을 뻗어서 백사의 꼬리를 쥔다.

움찔하고 움직였다.

살아 있잖아!

"그 건에 대해서는 나도 그 설을 지지해, 아라라기 군. 오히려 '적'으로서는 그렇게 되기를 바라고 있었겠지. 센고쿠 나데코를 구하는 것이라기보다, 조금 더 시간이 걸린다는 점에서. 카이키의 개입으로 예정이 뒤틀려 버렸기 때문에 변칙적으로 나에게 순서가 돌아왔다고도 할 수 있어. 원래는 네가 센고쿠 나데코와 좀 더 장기간 싸울 예정이었을 거라고 생각해. 그 여자애를 구하려고 흡혈귀화를 계속할 예정이었다고 생각해. 내 출진은 오시노에게는 보험이었지만, 적에게도 역시 보험이었던 거겠지."

내 곁에서 타다츠루가 말했다.

이 거리에서 이야기하면 역시나 다른 긴장이 있다.

"…그러고 보니 아직 듣지 못했네. 어떻게 비틀어진 거야?"

"네?"

그렇게 말하는 하치쿠지.

"아니, 너의 길 안내가 필요했던 이유 말이야. 어째서 현세에서, 키타시라헤비 신사에서 토막 났을 내가 지옥의 그 공원에서 깨어난 거지? 어긋난 것을 수정한다, 수정해서 어긋나게 한다고 말했는데, 그건 결국 어떤 의미였어?"

"으음. 시간도 없고, 차라리 그건 설명 안 하는 게 나을까 하고 생각하고 있었는데, 그거 그렇게 신경 쓰이시나요?"

"신경 쓰인다고 할 정도도 아니지만…."

아니.

알고 있다, 나는 나중으로 미루고 있는 것이다.

이 백사를 올라가는 것을… 되살아나는 것을.

다음으로 다음으로, 계속 미루고 있다.

"하지만 신경은 쓰이네. 어긋남 운운하는 건, 뭐, 어떻든 상관없어. 그건 네 덕분에 수정할 수 있었다고 하니까. 하지만 그 공원의 이름을 알고 있다면 알려 줬으면 해. 너하고 처음에 만났던 공원이지만, 아직 제대로 된 읽는 법을 모른다고."

'浪白공원'.

'나미시로'인지 '로하쿠'인지.

어느 쪽도 아니라는 말을 들어 버렸지만, 솔직히 그 이외의 읽는 법은 떠오르지 않는다. 시험이라고 해도 이 발음문제는 난이도가 너무 높을 것이다. 그리고 굳이 읽는다고 하면 '로뱌쿠'라든가 '나미하쿠'라든가….

"시로헤비 공원."

그렇게.

대답한 것은 타다츠루였다.

"시로헤비 공원이라고 읽는 것이 맞아, 근본을 따지면."

"…엉? 시로헤비…라면, 백사?"

"한자의 충蟲변이 아니라 삼수변이야. '사蛇'가 아니라 '타沱'라고 쓰는 쪽의 뱀이지. 비가 세차게 쏟아붓는다는 뜻의 방타滂沱의 '타'. '시로헤비沱白'. 그것이 예전 그 일대의 지명이야. 어딘가에서 한자 '沱'를 '浪'으로 잘못 쓰기 시작했던 게 잘못 읽기 시작한 이유지."

"'沱'하고 '浪'……."

비슷하다…고 하자면 비슷할지도.

잘못 쓰는 경우는 없더라도 잘못 보는 경우는 있을 것 같다. 적어도 전자사전에서 쓰기 검색을 시도하면 나란히 후보로 열거되는 정도로는 '구성'의 조형은 유사하다.

일본어 이자성어 중에 앞과 뒤 글자의 발음이 뒤바뀌는 것은 종종 있는 일이고…. 애초에 왼쪽에서 오른쪽으로 읽는 것도 최근 들어서의 풍습이다. 시간이 지나는 가운데, 그 부분에서 뒤엉키는 것은 있을 법한 이야기라고 치고… 시로헤비?

한자로는 '白蛇'.

하얀 뱀이라니….

"키타化…시라헤비白蛇 신사."

"응. 그런 거야. 원래 키타시라헤비 신사는 그 자리에 있었던 거야. 그러니까 어긋난 거지. 이 신사가 이축된 신사라는 이야기는 들은 적이… 있을까?"

"아아, 그건….."

누구에게서 들었는지는 잊어버렸지만 그런 이야기였다. 그것이 확실히 접속미스이며 일그러짐의 원인이 되었다느니 어떻다느니 하는….

"그렇지, 접속미스도 이만한 게 없어. 바다의 신을 산에 데리고 온 것 같은 상황이니까. 엄밀히는 바다가 아니라 호수…지만."

"호수?"

"그래서 충변을 없애고 삼수변이라고."

그렇게 정리해 버렸지만, 나는 다른 부분이 마음에 걸렸다. 호수? 그것도 어딘가에서 누군가에게 들었던 것 같은….

하지만 그것을 기억해 내기 전에.

"그러면 슬슬 출발할까, 아라라기 군."

그렇게 타다츠루에게 재촉을 받았다.

"가엔 선배에게는 안부 전해 줘. 그리고 요츠기에게도. 이런 말은 요즈루에게는 도저히 말할 수 없지만 내 몫까지 요츠기를 귀여워해 줘."

"응, 알았어."

그리고 반사적으로 말도 안 되는 일은 가볍게 떠맡아 버렸을 즈음에, 나는 드디어 때가 임박하자 본심을 말하기에 이르렀던 것이다.

"…하지만 나 같은 게 되살아나도 괜찮을까?"

011

"으랏!"

얻어맞았다.

하치쿠지 마요이에게 얻어맞았다.

점프 한 번, 배낭을 짊어진 채로 도움닫기 없이 뛰어오른 하치쿠지가, 움켜쥔 그 주먹으로 내 뺨을 때렸다.

요령 없는 초등학생인 만큼 힘 조절이 전혀 없이 후려친 그 주먹의 위력은 상당해서, 적어도 뱀의 꼬리를 쥐고 있던 나를 날려 버리기에는 충분했다. 버티려고 반사적으로 움켜쥔 뱀의 꼬리가 찢기지 않을까 하고 생각했지만, 다행히 신축성(?)이 있었는지 내가 비틀거린 만큼 꼬리는 늘어났을 뿐이었다.

"지금 것은 제 몫이에요!"

착지와 동시에 하치쿠지는 말했다.

네 몫이냐.

그래서는 그냥 때린 것뿐이잖아.

타다츠루가 눈을 휘둥그렇게 뜨고 있다. 의외로 하치쿠지의 이런 액티브한 면을 몰랐을지도 모른다. 내숭을 떨고 있었던 건가.

"잠깐…, 하치쿠지."

"걱정 마세요. 저의 주먹은 무사해요."

주먹을 쥐었다 폈다 해 보이는 하치쿠지.

그 부분을 걱정하는 게 아니라고.

확실히 그 기세로 때리면 주먹 쥐는 법을 모르는 사람이라면 뼈가 부러질 수밖에 없었겠지만, 어쨌든 여기는 지옥.

모두가 불사신이다.

얻어맞은 나도, 뺨의 아픔은 대단치 않았다. 쇠몽둥이로 얻어맞아도 재생될 만한 환경이니, 초등학생의 주먹이야 말할 것도 없다.

그러나.

평범한 표현이지만 그 주먹은 몸보다도 마음에 울렸다. 뺨보다도 아픈 것은 가슴 쪽이었다.

"이 뒤에 센조가하라 씨의 몫, 하네카와 씨의 몫, 칸바루 씨의 몫, 센고쿠 씨의 몫, 여동생들의 몫, 부모님의 몫, 오이쿠라 씨의 몫, 치아라이지마 씨의 몫이 이어져요."

"얼마 전까지 몰랐을 오이쿠라까지 신경 써 주는 것은 개인적으로 고마운데, 하지만 마지막 녀석은 전혀 모르는데, 누구야?"

"그리고 오시노 씨의 몫하고 카이키 씨의 몫하고 카게누이 씨의 몫하고…."

손가락을 꼽아 가며 세는 하치쿠지. 한 번 펼쳐졌다고 생각한 손이 다시 주먹 형태를 만들어 간다.

그렇다기보다 카이키 몫까지 얻어맞게 되는 거냐.

"오노노키 씨 몫은… 되살아난 뒤에, 본인에게 맞아 주세요."

"오노노키에게 맞으면 흔적도 남지 않을 거 아냐. 그 애의 파괴력은 문자 그대로 굴지의 파괴력이라고."

"나 같은 게 되살아나도 괜찮으냐니, 어떻게 그런 말이 다 있나요?"

말하면서 쥔 주먹으로 진짜로 내 배를 때리는 하치쿠지.

퍽퍽.

그렇다고 해도 이번에는 어느 정도 힘을 조절하고 있었다.

…혹은 '제 몫'만 진심으로 때렸는지도 모르지만.

"그런 약한 소리를 듣는 것이 저여서 다행이었네요. 센조가하라 씨였다면 갱생 전으로 돌아가서 문구류가 난무했을 거예요."

"……."

퍽퍽퍽퍽.

맞는다.

사람 숫자는 이미 넘은 기분이 들지만, 나는 계속 얻어맞고 있었다.

"하네카와 씨였다면…. 늘 그렇듯이 가슴을 만지게 해서라도 고무시키셨을 테지만, 저는 그렇게까지 아라라기 씨의 어리광을 받아 주지는 않아요."

"아니, 늘 그렇듯이라니. 하네카와가 그런 짓을 한 적은 한 번도 없는데…. 과거에는 관례로서 그런 일이 있었던 것 처럼 말투를 쓰는 것은 그 녀석의 명예를 위해서도 내 명예를 위해서도 그만두지 않을래?"

그것에 가까운 일은 있었지만 말이야.

"뭔가요, 아라라기 씨. 무서워지셨나요? 되살아나서, 큰일을 겪고 싶지 않은 건가요? 지쳐 버리셨나요?"

간신히 때리는 손을 멈추고 물어본다.

큰일…. 그야 그런 일은 겪고 싶지 않다.

타다츠루는 내가 되살아나더라도, 가엔 씨가 말도 안 되는 일을 요청해 오지는 않을 것이라고 말했지만, 실제로 그런 일은 없을 것 같다고도 생각되고(남을 부리는 그 사람의 스킬은 비정상적일 정도로 높다), 또한 가엔 씨에 대한 것을 제쳐 두더라도, 되살아난 뒤에 내가 해야 할 많은 일들을 생각하면, 지긋지긋한 감정을 느끼지 않을 수 없다.

대학 입시도 그중 하나이지만.

이제 와서 되살아나도 시험 시간을 맞출 수 없고, 또한 이 지옥 체험으로 인해 암기과목 용으로 채워 넣었던 지식은 전부 날아가 버린 기분이 든다.

다만 그런 것은 아니다.

지긋지긋해도 그것에 두려움을 느낀 것은 아니다. 굳이 말하자면 '지쳐 버렸다' 쪽에 가깝지만, 그렇지만도 않다.

"그러고 보니 처음에 '이것으로 편해졌다'라는 말을 하셨죠. 그래서 이미 이 이상 힘든 일은 겪고 싶지 않으신가요? 컨티뉴에 NO인가요? 연속 코인 넣기 금지인가요?"

"아니, 팽팽히 당겨졌던 실이 끊어진 것 같은 기분은 확실히 있는데…."

그렇게 쥐고 있던 뱀의 꼬리를 바라보고, 그것이 이어져 있는 하늘을 올려다보고, 나는 말한다. 자신의 지금의 마음을, 올바르게 설명할 수 있을 거라고는 생각하지 않지만, 그래도 최선을 다해 말해 본다.

"…'간신히 죽을 수 있었다'라는 기분도 없는 건 아니야. 그래서 컨티뉴를 할 때에 주저해 버리는 마음이 없는 것도 아니야. 이제 와서 새삼스럽다고 할까, 권태감이라고 할까."

지옥이나 천국, 저세상의 존재를 알고, 살아 있는 의미가 흔들려 버렸다…는 이야기도 아니지만.

"즉 아라라기 씨로서는 이대로 유령이 되어서 모두의 활약을 하늘에서 지켜보는 포지션에 자리 잡고 싶다는 말씀인가요?"

"포지션이라니…. 아니, 그런 건 전혀 아니고."

"지옥의 괴로움을 모르기 때문에 그런 소릴 할 수 있는 거라니까요? 시간이 있으면 삼도천의 강가 일일체험이라도 해 보셨으면 좋겠어요. 되살아날 수 있다는 것만으로도 정말로 상당한 행운인데."

"……."

행운.

그렇다, 그거다.

처음에 입 밖에 냈던 말이, 그 말 그대로 진심이다.

아마도 나는 지금 '되살아나고 싶지 않다'는 게 아니라, '나 같은 것이 되살아나도 괜찮은가'라고 생각하고 있다.

그럴 자격이, 나에게 있는가 하고.

"뭐랄까…. 내가 아니라, 그 밖에 살아나야 할 녀석이 더 있을 거라고 생각하는데, 내가 되살아나도 괜찮을까 하는 기분일까. 되살아나고 싶지 않은 것은 아니지만, 하지만 끼어든다고 할까 가로챈다고 할까, 규칙을 깬다고 할까…. 해서는 안 되는 새치기를 하는 기분이 들어."

이제까지의 지옥순례에서 보아 왔던 대로다.

시노부를 구하는 것은 시시루이 세이시로 쪽이 나았을 것이다.

하네카와를 구하는 것은 그녀 자신, 블랙 하네카와로 문제는 없었다.

센조가하라에게는 카이키가 있었다.

하치쿠지는 그렇게 말해 줬지만, 센고쿠의 일도 내가 쓸데없는 손을 대지 않았더라면 애초에 친구 간의 분쟁으로 끝났을지도 모르는 일이고. 그렇지 않더라도 동세대인 파이어 시스터즈에게 맡겨 두는 편이 결과로서는 정답이었을지도 모른다.

칸바루가 말한, 두 번째라는 느낌.

그것을 나는, 이 반년으로 통감했다.

공적을 가로채 왔던 것은 어쩌면 나였을지도.

대타라고 말하면 자신에 대한 과언일지도 모르지만… '내가 아니어도 괜찮았다'라는 마음이, 완전히 심어져 있었다.

그렇게 생각하는 것이다.

그래도 나는 그녀들을 구하는 역할을 양보하지 않겠지. 첫 번째나 초대였던 그들에게 양보하지 않고, 같은 국면이 찾아오면 같은 일을 한다.

그렇다면 그런 무리한 일을 관철해서 도리를 거스르기 전에, 나는 지옥으로 물러나 있어야 하지 않을까, 하는 생각을 떨쳐 낼 수 없다.

한 번은 전설의 흡혈귀에게 목숨을 바치려고 했고.

한 번은 하네카와를 위해서 죽으려고 했던 나다.

센조가하라도 개심한 지금, 내가 죽어도 그 뒤에도 살아갈 수 있을 것이다. 그렇다면.

그렇다면 나는 내 분수를 알고.

이대로 얌전히, 죽어 있어야 하지 않을까.

"있어요."

그렇게.

하치쿠지는 말했다.

"되살아날 자격은, 있어요. 그 정도의 자격은 아라라기 씨에게는 있어요. 그도 그럴 것이 그 정도의 일은 해 왔잖아요! 네, 해 왔고말고요, 제가 잘 알고 있어요!"

"……."

"저와 헤어진 뒤에 반년간, 여러 가지로 괴로우셨다고는 알고 있는데, 그것으로 마음이 꺾일 당신도 아니겠지요. 당신이 되살아나지 않으면 누가 되살아난다는 건가요. 두말없이, 당신이 첫 번째예요!"

너무 약한 소리만 하고 있으면 싫어져 버린다고요, 라고 하치쿠지는 거기서 크게 심호흡을 했다.

그것은 긴 대사의 준비였다.

나도 그것을 들을 각오를 했다. 그것이 얼마나 엄격하고, 얼마나 가혹한 설교라 할지라도 받아들일 각오.

"아시겠어요, 아라라기 씨? 제가 아는 아라라기 씨는 소녀를 좋아하고, 유녀를 좋아하고, 동녀를 좋아하고, 스커트 안쪽 천을 좋아하고, 여자의 허리라인을 좋아하고, 커다란 가슴을 좋아하고, 사소하게 취급받는 것을 좋아하고, 커다란 여동생을 좋아하고, 쪼그만 여동생을 좋아하고, 숙녀를 좋아하고, 상반신 누드를 좋아하고, 블루머를 좋아하고, 학교 수영복을 좋아하고, 반장을 좋아하고, 남자 같은 말투의 여자를 좋아하고, 고양이 귀를 좋아하고, 스포츠 소녀를 좋아하고, 붕대 소녀를 좋아하고, 팬티를 좋아하고, 안구를 핥는 것을 좋아하고, 넙죽 엎드려 밟히는 것을 좋아하고, 야한 책을 좋아하고, 목말 태우는 것과 타는 것을 좋아하고, 연인에게 학대당하는 것을 좋아하고, 후배의 방을 정리하는 것을 좋아하고, 여자 머리카락을 자르는 것을 좋아하고, 같이 목욕탕에 들어가는 것을 좋아하고….”

“잠깐 기다려, 기다려기다려기다려기다려. 마음이 슬슬 뿌직하고 꺾일 것 같은데.”

각오 이상의 물량이 밀려왔다.

어떤 변태야, 그놈은.

죽는 쪽이 나은 거 아니야?

질타 격려를 하려고 하다가 더욱 되살아나고 싶지 않게 만들어서 어떡할 거야. 거기까지 말한 이상, 제대로 마지막에 뒤집어 주지 않으면 나도 좀처럼 생각을 바꿀 수 없다고.

부탁한다고, 이봐.

그렇게 생각했지만, 그러나 그 기대에 반해서, 하치쿠지가 그 긴 대사의 마지막에 가지고 온 것은, 생각 외로 골탕 먹이기라고 할까, 김이 새게 만드는, 깔끔한, 나로서는 당연한 듯한 취향이며, 당연하다고 해야 할 기호였다.

“살아 있는 것을 엄청 좋아하는 사람이었잖아요.”

하지만 그것으로 족했다.

당연한 것을, 당연하게 말해 주었다.

그것만으로 족했다. 그것만으로 충분.

너무나 당연해서 잊고 있었다.

몇 번이고 몇 번이고 죽을 뻔하고… 그때마다 구사일생으로 목숨을 건지는 것으로 완전히 잊어버리고 있었다.

살아 있어서 다행이라고.

늘 생각하고 있었으면서.

아무리 자학하더라도, 불쌍한 척하더라도, 살아 있는 것을 참을 수 있을 정도로─겸허하지 않았으면서.

"그렇지…. 살아 있지 않으면 소녀를 사랑할 수도 없는 법이니 말이야."

"아, 아뇨. 제가 말하고 싶었던 것은 그런 것이 아니지만요."

하치쿠지가 움츠러들었다.

밀고 당기기가 확실한 녀석이다.

하지만 뭐, 그런 것이기도 하겠지.

지옥이 있든 천국이 있든.

살아갈 의미는 결코 없어지지 않는다.

"살아 있을 의미가 흔들린다니, 잘도 말했네. 살아 있는 만큼, 충분히 의미는 있었잖아. 살아 있는 것을 좋아한다면, 그것만으로 족했어. 여러 가지를, 여러 사람을 좋아할 수 있었으니까."

"이 문맥으로 이야기하면 조금 어폐가 있을 것 같지만요."

"흠."

그렇게 나는 다시 뱀의 꼬리를 거머쥐었다.

양손으로 쥔다.

그리고 한참을 기다리게 했던 타다츠루에게,

"설마 이것을 기어 올라가라는 이야기는 아니겠지?"

라고 말했다.

"그런 현수능력은 나에게는 없는데 말이야."

"걱정하지 마. 되살아나기 위한 시련 같은 건 없다고 들었잖아? 내가 이쪽에서 신호를 보내면 저쪽에서 가엔 선배가 끌어올려 주는 이미지야. 너는 뱀 꼬리를 놓치지 않도록 단단히 쥐고 있으면 돼. 그래도 찬스는 한 번뿐이니까, 깜빡 손이 미끄러지지 않도록 주의했으면 하는군."

"…만약 손이 미끄러지면?"

비늘 방향이니까 미끄러지기 쉬워 보이기는 하는데.

"글쎄다. 낙하하게 될까. 화염 속을 2천 년 동안 계속 낙하하게 되는 걸까. 그러니까 두 손으로 단단히 잡고, 결코 놓지 마."

"알았어. …신세 졌어, 타다츠루. …타다츠루 씨."

"이제 와서 공손한 태도 취할 거 없어. 게다가 나도 불사신의 괴이가 사적인 원한을 지닌 적임에 변함은 없어. 네가 키스샷 아세로라오리온 하트언더블레이드를 계속 보호하려고 하는 한, 너는 내 적이야."

"……."

그래도, 라고 나는 말했다.

"이번 일에는 신세를 졌어. …너하고 이런 식으로 이야기할 수 있을 것이라 생각하지 않았으니까. 언젠가 시간이 있을 때에 조금 더 차분히 이야기를 하고 싶어."

"…목숨을 걸고 싸우는 동안에라도 괜찮다면."

"응…. 하치쿠지."

그렇게 나는 시선을 하치쿠지에게로 옮긴다.

"너는 이제부터 어떡할 거야?"

"네?"

장난치듯이 고개를 갸웃하는 하치쿠지.

"저 말인가요? 저는 이것으로 일이 끝났으니 아라라기 씨를 배웅하고 나면 삼도천의 강가로 돌아가서 돌을 쌓는 나날이죠."

"…돌 쌓기."

"핫핫핫. 그렇게 동정하지 마세요. 즐겁지는 않고, 솔직히 이런 걸 할 만한 일을 한 기억은 없다, 죄와 벌이 너무 융통성이 없다고 생각하지 않는 것은 아니에요. 하지만 인간 시절의 행위는 아니라고 해도, 저에게는 11년간 방황했다는 빚이 있으니까요. 그 속죄라고 생각하고 의무를 다하는 거예요. 죄를 다 갚아 보일 거예요. 괜찮아요. 그러는 동안 지장보살에게 구제받고, 행복하게 전생轉生하게 해 달라고 할 거예요."

속죄…라고 해도 11년간에 걸친 하치쿠지의 미아는 벌을 받아야 할 일은 아닐 터이다.

그렇다기보다 그 11년간 쪽이 삼도천의 강가보다도 훨씬 열 살 소녀에게는 지옥 같은 시간이 아니었을까….

"어쩌면 아라라기 씨와 센조가하라 씨의 아이로서 전생하게 될지도 모르겠네요."

"그건 좀 무겁네."

"무거운가요. 구체적으로는 5,000그램 정도인가요."

"아니, 신생아 체중에 대해서 이야기하고 있는 게 아니라…."

"뭐, 만약 제가 전생하는 것보다도 먼저 아라라기 씨가 지옥에 떨어졌을 때에는, 그때는 또 같이 놀아요."

"내가 지옥에 떨어지는 것을 전제로 이야기하지 마…."

이미 한 번 떨어진 이상, 그것은 대부분 결정사항처럼도 생각되지만…. 뭐, 죽으면 지옥에 떨어진다는 것이 결정되어 있다는 것은 반대로 살아갈 힘이 될지도 모른다.

"그러면."

그렇게 하치쿠지가 손을 흔든다.

"사실은 지난번처럼 쪽 하고 보내 드리고 싶은 참이지만, 오노노키 씨가 없어서 키가 모자라요."

"그러니까 그런 소리 하지 마…."

타다츠루가 미심쩍은 얼굴을 하고 있잖아.

내 품격이 의심받는다.

그것을 얼버무리려는 것은 아니지만, 이제 와서 새삼스레 재촉하듯이,

"좋아."

라고 나는 타다츠루에게 말했다.

"언제라도 보내 줘. 신호를. 그리고 나를."

"그래. 묻고 싶을 만한 것도 그럭저럭 있을 거라 생각하지만, 그 부분은 되살아난 뒤에 가엔 선배에게 보충해 달라고 해. 그러면 카운트다운에 들어간다. 10. 9."

타다츠루는 어디에서 꺼냈는지, 아니면 그것도 드레스 체인지의 일환인지, 오오누사*를 좌우로 흔드는 타이밍에 맞춰서 초를 세기 시작했다.

그런 일을 당하면 어쩐지 천상에서 드리워져 있는 거미줄이라기보다 리버스 번지점프 같은 기분이 든다. 의외로 이렇게 손에 쥐는 것이 아니라 허리에 매는 편이 좋았을지도 모른다.

뭐, 카운트다운도 읽는 법에 의해서는 굿의 일종이 되겠지만.

"8, 7, 6, 5, 4, 3, 2, 1… 이그니션."

마지막만은 어째서인지 로켓의 점화 발사코드 같았다. 실제로 나는 그 정도의 기세로 머리 위로 잡아당겨졌다.

정말로 손이 미끄러질 뻔했다. 발이 공중에 뜬다.

기억나는 것은 오노노키의 '언리미티드 룰 북'이었다. 아니, 그것으로 어느 정도, 익숙해져 있었기에, 떠오르는 그 순간의 쇼크에도 견뎌 낼 수 있었던 것이라 생각한다.

견뎌 내고.

그때, 하치쿠지와 시선이 마주쳤다고 생각한다.

"…아."

웃는 얼굴로 나를 떠나보내는 하치쿠지.

할 일을 다했다고 하는, 만족스러워 보이는 얼굴을 하고 있다.

일을 완수했기 때문일까. 하지만, 일?

노 개런티라고 말했다.

표현이야 어찌 되었든, 즉 하치쿠지는 아무런 메리트도 없는 데 이렇게 내 소생에 협력해 준 것이다. 그녀 자신이 되살아날 수 있는 것도 아닌데.

※오오누사 : 신사에서 신에게 기도를 올릴 때에 쓰는, 종이 등을 오려서 드리운 막대.

그렇다.

하치쿠지는 되살아나야 할 첫 번째는 나라고 말해 주었지만, 적어도 하치쿠지를 제쳐 두고 나는 되살아나 버린 것이다.

"하."

하치쿠지 마요이와 헤어지는 것은.

이것으로 몇 번째가 되는 걸까.

"하… 하치쿠지이……!"

그렇게 생각하는 것과 동시에, 발이 나가고 있었다.

두 발.

깊은 생각이 있었던 것도 아니고, 날카로운 예측이 있었던 것도 아니다. 거미줄의 설화에서 착상을 얻어서 그 반대를 하려고 했던 것도, 결코 아니다.

굳이 말하자면.

조금 내 다리가 길었던 것뿐.

"엥? 갸, 갸악!"

하치쿠지가 비명을 질렀다.

그야 느닷없이 몸통을 다리로 붙잡히면 소녀가 아니더라도 비명을 지를 만하다. 게다가 그대로 까마득한 천상을 향한 리버스 번지점프에 휘말려 들었으니 더욱 그렇다.

게다가 커다란 배낭을 짊어진 트윈 테일의 소녀를 다리로 얽은 나는, 그대로 상공으로 끌려 올라간다. 눈 깜짝할 사이에 키타시라헤비 신사가, 그리고 우리 마을이 항공지도처럼 변해 간다.

"아아, 아라라기 군, 하나만 더!"

그렇게.

아득한 지상에서 목소리가 들린다.

타다츠루의 목소리다. 이미 모습은 보이지 않지만, 어떻게 된 원리인지 목소리만이 들렸다. 보통 사람을 초월하는 성량의 소유자인지, 아니면 반인반요의 기술인지.

"하나만 더. 내 쪽에서야! 나에게 흡혈귀화한 너와 키스샷 아세로라오리온 하트언더블레이드의 퇴치를 의뢰한, '적'의 이름을 내 쪽에서 알려 주지!"

나는.

두 손으로 백사를 쥐고, 두 다리로 소녀를 안고서 그 이름을 들었다. 도플러 효과처럼 그 이름은 기묘하게 반향이 되었다.

"오기… 오시노 오기….'

012

후일담이라고나 할까, 이번의 결말.

떨어졌다기보다는 상승했고, 그러기는커녕 후일이고 뭐고, 하루도 지나지 않았다. 키타시라헤비 신사의 경내에서 눈을 뜬 내가 곧바로 시계를 확인하니, 내가 이곳에서 가엔 씨에게 베인지 1분도 경과하지 않았다.

3월 13일.

이른 아침 7시경.

"정말이지… 하치쿠지를 데려오다니…. 붙여 오다니. 코요밍, 너란 녀석은 언제나 내 기대를 까마득히 초월해 주는구나. 무사히 살아나면 방해받고 싶지 않으니 너에게는 이제 물러나 달라고 하려고 했는데, 이렇게 되면 더욱 기대하지 않을 수가 없겠어."

표표한, 귀에 익은 그 어조에 뒤를 돌아보니, 그곳에 있는 것은 나를 살해했던 실행범, 가엔 이즈코 씨였다.

다만 느긋한 어조 정도로 그녀가 처해 있는 상황은 안온하지 않았다. 그 목에는 손톱이 긴 손가락이 열 개, 왼손 오른손이 닿아 있었기 때문이다.

신사 본전의 계단 부분에 책상다리를 하고서 히죽히죽 웃으며 앉아 있는 가엔 씨 뒤에는 찰나의 순간 그녀의 목을 찢어 버릴 기세로 대기하고 있는, 장신에 흰 피부의 흡혈귀가 있었다.

너무나도 아름다운 금발금안.

고저스한 드레스에서 뻗어 나온 긴 팔다리.

철혈이자 열혈이자 냉혈의 흡혈귀.

괴이살해자. 600년을 산 괴물 중의 괴물.

키스샷 아세로라오리온 하트언더블레이드. 그 **완전판**이었다.

"우선 코요밍, 이 무서운 미녀에게 발톱을 거둬 달라고 부탁해 줄 수 있겠니? 너를 반드시 되살리겠다는 조건으로 나는 처형 집행 연기를 받고 있는데 말이야…."

아니, 애가 이렇게 화를 낼 거라고는 생각하지 않았어, 라고 그런 절체절명의 핀치에 처해 있으면서도 여유로운 태도를 보이는 가엔 씨.

시노부, 라고 말해야 될지 어떨지 알 수 없었지만… 뭐, 시노부도 일어난 나를 보더니.

"여어. 내 주인님아."

그렇게 극상의 처참한 미소를 지었다.

…그랬지, 나에게서 흡혈귀성이 완전히 '잘려 나갔다'고 한다면…. 필연적으로 오시노 시노부는 완전한 흡혈귀성을 되찾게 되는 건가. 페어링이 끊어진 것도 서로의 흡혈귀성을 한계까지 높인 것도 있지만… 역시 이렇게 되고 보니 완전한 시노부는 박력이 달랐다.

그림자에 기초한 페어링 운운하는 게 아니라.

주종관계 자체가, 완전히 끊어진 것이다.

그래도 아무래도 그녀는 나를 '내 주인님'이라고 불러 준 듯하지만…. 다만 거의 봄방학 이래가 될 완전한 키스샷 아세로라오리온 하트언더블레이드의 모습에, 내 쪽이 긴장해 버리게 되네.

긴장.

그것은 긴박이라고 바꿔 말해도 좋을지 모르지만.

"카…카캇. 왜 그러느냐, 너. 평소처럼 나의 갈비뼈로 장난치며 놀거나 하지 않는 거냐."

"아니, 그건 역시나 그림적으로…가 아니라. 그런 짓은 한 번도 한 기억이…."

"흠. 뭐, 쓸데없는 살생도 무익한 절상切傷도 하지 않고 끝났다…고 해야 할까. '유메와타리'의 발동을 보는 것은 처음이었지만…."

그렇게.

시노부는 가엔 씨의 목에서 손을 떼었다.

내가 되살아나지 않았더라면 정말로 가엔 씨를 죽일 생각이었다고 보인다. 역시 그냥 내버려 둘 수 없구나, 이 녀석은.

시노부는 그대로 성큼성큼 내가 있는 곳까지 걸어오더니, 어쩐지 가슴을 강조하는 듯한 모델 워크로 걸어오더니,

"멍청이. 걱정하게 만들다니."

그렇게 말하며 내 머리를 쓱쓱 쓰다듬었다.

…그러고 보니 시노부에게 머리가 쓰다듬어진 것은 이것이 처음이라는 기분이 들었다.

"게다가 걱정하게 만든 결과, 소녀 한 명을 지옥에서 유괴해 올 줄이야…. 말도 안 되는 짓을 하는구먼."

"아, 아니, 이건 자기도 모르게 손이 나갔다고 할지."

"이 세상에서 가장, 자기도 모르게 손이 나가서는 안 될 존재가 아닌가, 소녀는."

그런 말을 들으면 대답할 말이 없다.

뭐, 나간 것은 손이 아니라 다리였지만. 그렇게 나는 단단히 붙들고 있는 하치쿠지에게 시선을 떨어뜨린다. 리버스 번지점프의 충격에 견디지 못했는지, 소녀는 완전히 기절해 있었다.

역경에 약한 것은 여전한 듯하다.

그렇다고 할까, 어떡하지.

지옥에서 데리고 와 버렸어.

"저기, 시노부. 이거, 어떻게 생각해도 위험하지…?"

"당연하지 않나. 출두할 거라면 혼자서 가라."

"매정하게 굴지 말고. 그런 게 아니라, 이것으로 또다시 하치쿠지는 '어둠'의 발동조건을 채워 버린 게…."

"**그 부분**이 코요밍의 파인 플레이라는 거야."

요도를 허리 벨트에 두 자루 차고서.

가엔 씨가 다가왔다. 묘하게 어울리는 패션이다.

"원래 너를 저쪽으로 보낸 것은 너에게서 흡혈귀성을 없애는, 병소病巢 제거 이상의 의도는 없었는데 말이야. 코요밍의 미라클 덕분에, 이다음의 승부를 어느 정도 우위에서 진행할 수 있을 것 같아. 미아 소녀, 원하던 장기 말이야."

"……."

"장기 말이라는 표현은 실례였을까? 깊은 의미는 없지만 말이야. 뭐, 무기라고 바꿔 말해도 좋아, 싸우기 위한 무기라고. 그러니까 아무리 감사하다고 말해도 부족하겠지…. 하지만 이렇게 된 이상, 코요밍도, 그리고 '구'가 아닌 키스샷 아세로라오리온 하트언더블레이드에게도, 물론 하치쿠지에게도 나는 조금 더 협력을 요청해야만 할 것 같아."

우선은, 하고 그녀는 말했다.

"코요밍은 시험을 보러 가 줘."

"시, 시험 같은 거…."

아니, 흡혈귀와 유령소녀와 칼을 찬 전문가가 있는 신사에서, 이런 식으로 갑자기 일상으로 돌아가라고 해도….

"학생의 본분은 공부니까. 지금부터라면 늦지 않고 여유 있게 도착할 수 있을 거야. 힘내."

"뭐, 어쨌든… 노력은 하겠지만요."

내가 지옥에 있는 동안 이쪽에서는 시간이 전혀 경과하지 않았다는 것은 생각 밖이었지만, 늦지 않는다고 하면 어쩔 수 없다. 센조가하라나 하네카와에게 단련된 학력을 최대한 발휘하도록 하자.

컨디션이 좋다고는 말할 수 없지만—.

사람은 지금 있는 무기로 싸울 수밖에 없는 것이다.

"코요밍은 내일부터 움직여 주기를 부탁하지. 뭐, 졸업식까지는 전부 끝날 거야. 무기는 갖춰졌어. 오늘까지는 당하기만 하고 있었지만, 간신히 준비가 되었어. 결판을 내 보자고, 코요밍. 공교롭게도 내일은 화이트데이잖아. 예전에 백사가 군림했던 이 마을의 이야기를 끝내기에는 딱 좋은 타이밍이지?"

가엔 씨는.

어울리지 않은 호전적인 미소로 말했다.

"반격 개시야."

제6화 히타기 랑데부

001

센조가하라 히타기를 사랑하고 있다. 뻔뻔스럽게 그렇게 말할 수 있다. 어째서 그렇게 말할 수 있는가 하면, 그렇기 때문이다. 그 외의 말은 필요 없고, 그 외의 이유는 필요 없다. 일일이 설명하는 것이 바보 같아질 정도로, 그것은 명백한 마음이었다.

그러나 내가 그런 식으로 누군가를 생각하는 일이 있다니, 1년 전에는 전혀, 생각도 하지 못한 일이었다. 흡혈귀의 존재를 믿는 것보다도, 지옥의 존재를 믿는 것보다도 믿기 어려운 일이었을 것이다. 더 깊이 들어가서 말하자면, 용납하기 어려운 일이었는지도 모른다.

누군가를 사랑하는 나라니, 도시전설보다도 거짓말 같았다.

누군가를 좋아하게 되고.

누군가를 사랑하는 것을, 나는 두려워하고 있었다.

오해를 두려워하지 않고 말하자면, 나는 그런 사태를 부르는 것을 기피하고 있기까지 했다. 아직도 인간관계를 쌓는 것에 서투른 나이지만, 그러나 그것을, 의도적으로 타인을 계속 피하고 있었다는 표현을 고른다면 나름대로 순조롭게 해 냈다고 말할 수 없는 것도 아니다.

그러면 어째서 그런 식으로 누군가를 사랑하는 것에 겁쟁이였는가 하면, 이것은 간단명료한 이야기, 자신이 소중했기 때문이라고 생각된다. 그 소중한 나 자신을 잃는 것이 두려웠다.

　바뀌는 것이 두려웠다.

　바뀌어지는 것이 두려웠다.

　그런 것이라고 생각한다. 말해 두겠는데, 이 기분 자체에 대해서는 지금도 그렇게 바뀌지 않았다.

　사람과 사람이 관계한다는 것은 그런 일이라고 이해하고 있다. 누군가를 사랑한다는 것은 누군가를 미워한다는 것과 같을 정도로 그런 일이라고 생각하고 있다.

　애초에 자기애를 포기하지 않으면.

　자신 이외의 누군가를 사랑하는 것은 불가능하다.

　이 점에서는 오히려 나보다도 센조가하라 히타기 쪽이 강하게 그렇게 생각하고 있을지도 모른다. 그리고 그것으로 좋다고도 생각한다.

　그녀의 애정은… 아마도.

　자기 자신을 향하고 있기에는 너무 무겁다.

　나와 나누는 정도로 딱 좋다.

　자기 혼자 들어 올릴 생각이 없다면 두 사람이 달려들어도 들어 올릴 수 없다는 말이 있는데, 분명 그녀의 사랑은 그런 식으로 공유해야 하는 것이리라고.

　그렇게 이미지하고 있었는데, 문득 생각한다.

　나는 센조가하라 히타기를 사랑하고 있으면서.

　뻔뻔스럽게 그렇게 말하고 있으면서, 하지만 그만큼.

　언제부터인가 자기애를 잃어버린 게 아닐까. 과연 그 녀석을 사랑하는 것처럼 나는 자신을 사랑할 수 있는 걸까?

만약 그렇지 않다면.

나는 인간으로서 죽은 것이나 마찬가지일 것이다.

002

"데이트를 하겠습니다."

그렇게.

센조가하라 히타기는 말했다. 아니, 이래서는 이야기의 서두로서 조금 너무 갑작스러우므로, 무슨 말을 하고 있는지 전달되지 않을지도 모르므로 조금만 더 자세한 지문을 덧붙이도록 하겠다.

그것은 3월 13일.

즉 내가 생전의 행실 때문에 지옥에 떨어지고, 그리고 직후에 평소 행실의 덕이 있어서 부활했던 날, 더 말하자면 그런 노곤한 컨디션(여동생인 카렌이라면 이것을 베스트 컨디션이라고 단언할까)으로 지망하던 학교의 입학시험을 '일단 해답란은 전부 채웠다!'라는 느낌으로 끝마친 날의 저녁이다. 나오에츠 고등학교 입학 이래의 '입시'에 기진맥진하고, 이럴 줄 알았더라면 다시 한 번 지옥에 떨어지는 편이 낫지 않을까 하고 생각할 정도로 허둥지둥 귀가한 나를 아라라기 가 앞에서 기다리고 있던 것이 센조가하라 히타기였다.

내 여자친구였다.

참고로 이날 센조가하라하고 만나는 것은 이번이 처음이 아니다. 아침에도 한 번, 행동을 함께했다. 그렇다기보다 내가 쓸데없는 트러블에 휘말리지 않도록 그녀는 마치 SP처럼 나에게 찰싹 붙어서 시험 보는 학교까지 바래다주었다. 그때, 오른손을 항상 주머니에 넣고 있던 것은 결코 거기에 무기를 휴대하고 있기 때문은 아니라고 생각하고 싶은데…. 게다가 애초에 그녀가 보디가드로서 붙기 이전에 나는 가엔 씨에게 토막 났다는, 좀처럼 없는 트러블에 휘말려 있었지만, 그러나 센조가하라가 바래다준 덕분인지 어떤지는 몰라도, 내가 도중에 새로운 트러블에 휘말리는 일은 없었다. 앞서 말한 대로 해답란을 전부 채우는 정도는 가능했던 것이다.

생각하면 센조가하라는 하네카와와 함께 이 약 1년간 내 공부를 도와주고 있었고, 근본적으로 '졸업하면 족하다'가 입버릇이던 나의 대학 입시에 대한 모티베이션의 9할은 '연인인 센조가하라와 같은 대학에 간다'였으니, 그런 의미에서도 나는 그녀 덕분에 시험을 치를 수 있었다고 해도 작위적인 아부가 될 리 없다.

그러니까 아무리 피곤하더라도, 멘탈이 죽어 있더라도 집에 돌아가면 우선 센조가하라에게 전화를 하려고 생각하고 있었는데, 어찌 이럴 수가. 마치 선수를 치듯이 한발 앞지르듯이, 그녀는 우리 집 앞에 서 있었던 것이다.

나중에 들은 이야기에 의하면 센조가하라 자신은 이때 충견 하치공 같은 마음가짐이었던 모양이지만, 내가 보기에는 마치 산적이 매복하고 있었다는 느낌이었다. 이렇게 말하는 것도 그 눈에 깃든 빛이 어느 각도에서 봐도 '수고했어, 아라라기 군!'이 아니라 '너 이 자식, 돌아왔구나!' 하는 느낌을 낭랑하게 발하고 있었기 때문이다. 내가 우리 집 앞에서 잔뜩 겁먹은 것도 당연한 일이다.

뭘까, 아직 말하지 않았던, 아침의 지옥행에 대한 것이 어딘가를 통해 전해진 걸까…. 가엔 씨가 트위터에 끄적거린 걸까 (했을 것 같다). 걱정을 끼치면 안 되니까, 라기보다 이것은 단순히 야단맞을 것 같으니까 시험이 끝나고 나서 말하겠다고 마음먹고 아침 단계에서는 말하지 않았는데…. 뭐, 연인이라는 입장에서 보면 남자친구가 지옥에 떨어졌다는 것은 상당한 쇼크였을 테니, 그 엄격한 표정도 이해가 안 가는 것도 아니다.

단단히 결심하고,

'이제 한 번의 싸움이 남았어….'

라고 과감하게 해명한다는 이름의 사죄 플랜을 신중하게 짜면서 다가간 나에게, 센조가하라는 시선과 같은 수준으로 매서운 어조로.

혹은 옛날에 그녀의 스탠더드한 어조였던 인토네이션이나 악센트와 무연한 평탄한 어조로,

"데이트를 하겠습니다."

라고 말했다.

언젠가 들었던 대사이기도 했다.

그렇다, 6월에 센조가하라와 처음 데이트를 했을 때도 이런 식으로 그녀는 나에게 말문을 열었다.

"아니지. 이런 게 아니야."

그렇게 말을 이은 것도 기억하는 한, 완전한 재현이었는지도 모른다.

"아, 아니라니?"

허둥지둥하면서 대응하는 나.

언제까지나 신선한 대응을 잃지 않는 아라라기 군.

참 귀엽기도 하지.

"아니, 어쨌든 이런 제대로 된 등장이 오래간만이라, 내 캐릭터를 잊어버렸어."

"……."

오노노키 같은 소리를 하고 있네.

그 애의 경우에는 등장 기회가 있어도 자신의 캐릭터를 잃는다는, 보기 드문 타입의 조연이지만….

어느 쪽이 좋은 걸까.

등장 기회가 있는 조연과 등장 기회가 없는 주연.

"나는 어떤 녀석이더라?"

"무거운 대사구나…."

"확실히, 스테이플러와 커터나이프를 휘두르는 쿨 뷰티였던가?"

"거기까지 거슬러 올라가서 재현하게 되면, 입시를 마친 나로서는 지금부터 너라고 하는 난관에 대한 경향과 대책을 짜야만 하게 되는데…."

입시 화제를 언급해 버렸기 때문에 나는 여기서 센조가하라가 '아, 그런데 시험은 어땠어? 느낌은 괜찮았어?'라고 물어 올 거라고 생각하고, 이제 와서 네거티브한 말을 해도 소용없으므로 '할 수 있는 것은 다했어.'라고 대답하자고, 그리고 감사의 말을 하자고 마음속으로 시뮬레이션을 진행하고 있었는데, 그런 예상대로의 대화로 넘어가지는 않았다.

센조가하라는 마치 나의 입시 따위는 알 바 아니라는 듯이,

"데이트 해."

라고 반복했다.

반복했다고 할까, 어조가 바뀌어 있다. 하드해져 있다. 갱생 전의, 그야말로 스테이플러와 커터나이프를 휘두르고 있던, 지금이라면 약간 규제가 걸릴 것 같은 그런 캐릭터였던 시절에도 쓰지 않았던 포학한 말투였다.

데이트 해, 라니.

그냥 협박이잖아.

"캐, 캐릭터가 헤매고 있지 않아? 센조가하라 씨."

"내일이야."

내 딴죽은, 요컨대 연인의 영문 모를 수수께끼의 발언을 개그로 받아들여 주려는 배려는 간단히 무시되었고, 무위로 돌아갔다.

내일, 이라고 센조가하라는 말한다.

"내일 하루를 전력으로 활용해서 반년 분량의 데이트를 할 거야, 아라라기 군. 내가 무슨 말을 하는지, 알지?"

"아니, 유감스럽게도 전혀…."

남자친구와 여자친구 사이라고 해도, 좀처럼 이심전심이 되지는 않았다. 파트너십을 취할 상대로서 센조가하라는 아직 난이도가 높다.

그것은 대화에 질리지 않는 상대라는 의미이기도 하고, 원래대로라면 환영해야 할 사정이기도 하지만, 이렇게 자리가 긴박한 상황에서는 마이너스로 작용하는 액시던트 인자가 되는 것이었다.

"그렇다면 해설해 줄게. 부음성처럼."

"……."

나는 그다지 그쪽 방면에는 참전하지 않아서 모르겠지만, 부음성은 그다지 본편의 해설을 하지 않는다고, 소문으로 듣고 있는데….

그리고 가능하다면 현재 네가 해설해 주기를 바라는 것은, 내가 치렀던 시험의 답 맞추기이기도 하지만…. 도저히 그런 말을 꺼낼 수 있는 공기가 아니었다.

공기라기보다 냉기를 느낀다.

3월이라고는 해도 아직 싸늘하다….

그러나 센조가하라로서도 딱히 내 대학 입시에 대한 기억을 완전히 상실했던 것은 아닌지,

"우선은 수고하셨습니다, 아라라기 군."

이라고 여기서 간신히 나를 치하해 주었다.

치하해 준 것치고는 참으로 빈정거리는 듯한 느낌이 그곳에

있었고, 어쩐지 화가 나 있는 것처럼 생각되기까지 하지만….

"오늘까지 그렇게 노력했으니까, 설령 결과로 이어지지 않았다고 해도 부끄러워할 것은 없어. 너는 이미 다 해낸 거야."

"떨어지는 것이 전제 같은 진행은 하지 말아 줄래? 그거, 격려가 아니라 위로라고. 위로의 복선을 깔지 마. 아직 아무 말도 안 했잖아. 결과가 나올 때까지는 아직 끝난 게 아니잖아."

"아니, 이미 끝났어."

완고하게 그녀는 말했다.

센조가하라 안에서는 나아가야 할 방향이 완전히 결정되어 있어서, 그것에 관한 코스 변경은 내가 무슨 말을 하더라도 있을 수 없는 듯했다. 그렇다면 이쪽으로서는 구경하는 수밖에 없을 것 같다.

무슨 말을 해도 소용없을 때는, 사람은 입을 다물어야 한다.

"당신의 싸움은 여기까지."

"……."

"그리하여 최근 반년 정도 자숙하고 있던 데이트 활동을 재개하고 싶다고, 나는 소망하고 있어, 아라라기 군. 쌓인 포인트를 전부 쓸 거야. 공교롭게도 내일은 3월 14일. 화이트데이입니다. 데이트에는 안성맞춤인 애니버서리입니다."

"……."

"지금, 애니버서리는 싫다는 생각을 했지?"

왜 아무 말 하지 않아도 전해지는 거야.

이런 일방적인 이심전심이 어디 있어.

게다가 이것으로 간신히, 너덜너덜해진 나의 사고에도 이야기의 줄기가 보이기 시작했다. 그렇구나, 그렇게 되는 건가.

결코 센조가하라가 뜬금없는 이야기를 꺼낸 것이 아니다. 오히려 극히 정상적인 요구를 나에게 직접 호소해 온 것이었다.

입시 종료로부터 전혀 공백을 두지 않고 바로 요청을 해 오는 부분은 갱생 전으로부터 달라지지 않은 그녀의 기민성이라고 해야겠지만…. 그렇다, 작년 5월부터 사귀고 있었다고 해도, 가정교사나 이런저런 일로 함께 보낸 시간은 길다고 해도 실제로 나와 센조가하라는 이른바 데이트다운 데이트란 것을 몇 번밖에 하지 못한 것이었다. 그것도 대부분이 1학기 때였고, 구체적으로 말하면 내가 본격적으로 입시 공부를 하기 시작한 이래로는 단 한 번도 없었다. 2학기 이래로 우리는 고교생 커플로서는 상당히 스토익한 교제를 하고 있었다고 해도 과언이 아니다.

뭐, 그래서 가정교사인지 뭔지로 학교에서나 집에서 같은 장소에 함께 있는 시간은 길었지만, 어딘가로 놀러 간다든가 여행을 간다든가 하는 일은 일절 없었다.

나는 수험생의 입장으로서, 센조가하라는 질 나쁜 남자친구 겸 제자를 교도하는 입장으로서, 서로 인내하고 있었던 것이다. 굳이 말하자면 2학기 중반 이후에는 센고쿠에 관한 일이 있어서 내 목숨과 센조가라하의 목숨이 극한 위험에 노출되었다는, 데이트 같은 것은 바랄 수도 없는 상황이 오랫동안 이어지고 있던 것도 있다.

그 이변이 (마음에 들지 않는 사기꾼의 손에 의해) 해결되었다고 생각하자마자, 내 육체가 독자적으로 흡혈귀화하기 시작했고…. 숨 돌릴 틈도 없는 트러블의 러시로, 입시 공부 중에 휴식을 취할 여유 따윈 전혀 없었던 것이다.

"우리의 졸업식은 모레야, 아라라기 군."

센조가하라는 말했다.

"즉 이대로라면 우리는 꽃다운 고교생활을 데이트도 거의 해보지 못하고 끝마치게 되는 거야. 그런 건 너무 슬프잖아."

"뭐, 그렇게 이야기하자면…."

"3학기는 학교도 거의 쉬니까 말이지. 정말 눈 깜짝할 사이였지. 1월은 가고, 2월은 도망가고, 3월은 떠나간다는 말은 참 절묘한 말이야."

"확실히 3학기는 눈 깜짝할 사이였지."

"4월은 질주, 5월은 GO, 6월은 마중 가고, 7월은 없어지고, 8월은 빠르고, 9월은 구동, 10월은 조깅, 11월은 종주, 12월은 선생님도 뛴다는 말은 참으로 절묘한 말이야."

"잠깐, 12월만 옛 격언을 쓰는 건 반칙이잖아!"

"우리는 사귀고 있으면서 연인다운 일을 그리 하지 않은 채로 고등학교를 졸업해 버렸구나, 라고 언젠가 태어날 딸에게 어떻게 이야기할 셈이야?"

"질문이 무겁다고. 딸이라니."

"어라? 아라라기 군은 남자 쪽이 좋아?"

"아니, 아니. 첫째는 여자애, 둘째가 남자애 같은 얘기가 아니라."

"이미 이름도 정해 놨는데."

"본격적인 무거움이구나…."

예전에 체중이 없다는 고민에 시달리고 있던 그녀라고는 생각할 수 없을 정도의 중량급 발언이었다.

"참고로 물어볼까. 이름이 뭐야?"

"츠바사."

"무거워무거워무거워무거워무거워!"

하네카와도 분명 무겁다고 말할 거야!

여자 간의 우정을 발휘하는 방법이 잘못되어 있어!

"그러니까."

그렇게 센조가하라는 하던 이야기로 돌아갔다.

이 부근의 센스는 그녀의 독특한 점이다.

"내일 하루로, 단숨에 이 반년 분량의 데이트를 하는 거야, 아라라기 군. 이른바 다이제스트 판이야. 우리의 고교생활의 총집편을 집행하는 거야."

"총집편이라니…."

본편이 존재하지 않는 것을 어떻게 다이제스트할 거냐는 생각이 안 드는 것도 아니지만, 그러나 뭘 하고 싶은지는 알았다.

간단히 말하면 계속 자숙하고 있던 데이트를 입시가 끝난 지금 하고 싶다는 이야기이고, 그렇다면 화이트데이인 내일이야말로 알맞은 때라고 말하고 싶은 것이다.

"소재는 준비되어 있어, 아라라기 군."

"엉?"

여기서 '엉?'은 '소재는 대체 뭐야'라는 것보다 '그 표현은 대체 뭐야'라는 의미였지만 전자의 의미로 해석했는지 센조가하라는,

"아라라기 군의 육체, 아무래도 회복된 모양이잖아."

라고 발언의 의도를 설명해 주었다.

"…응? 아아. 아니, 그게….".

한순간 회복되었다는 말을 이해하지 못한 나였지만, 역시나 이것은 내가 한 번 지옥에 떨어지는 것으로 인간 상태로 돌아왔다, 그 불가역했을 흡혈귀화를 말하고 있음을 알았다.

자신의 몸이다, 모를 리도 없다.

하지만 센조가하라는 어떻게 안 거지?

"그도 그럴 것이, 대학까지 아라라기 군을 바래다줄 때, 아라라기 군은 도로 모퉁이 같은 곳의 거울에 제대로 비쳤는걸."

관찰력이 날카로운 녀석이다.

나중에 설명하려고 묵묵히 있었지만, 센조가하라는 센조가하라 나름대로 이제부터 시험에 임하는 나에게 당장 해야 할 이야기는 아니라며, 그 점을 캐묻지 않고 조용히 넘겼던 모양이다. 서로가 의외로 배려하는 타입이었다.

"요컨대 아라라기 군의 현안은, 입시에 대한 것도 육체에 대한 것도 끝났다는 이야기잖아? 완결되었다, 라는 이야기잖아? 그렇다면 나와 데이트하는 것에 주저할 이유는 없을 거야. 절絶데이트 상태를 해소한다면 지금이야."

"절 데이트 상태라니…."

잘도 그렇게 발음하기 나쁜 말을 가볍게 발음할 수 있구나.

첫 데이트 같은 것과 운율을 맞추고 있는 걸까.

하지만 현안이 끝났는가 아닌가를 말하자면, 그 두 건에 관해서는 확실히 끝나 있기는 하지만… 아니.

그런 이야기를 여기서 해 봤자 소용없다.

주저할 이유는 없다든가, 그런 이야기가 아니다. 나도 센조가하라와 데이트를 하고 싶다는 마음은 상당히 강하다. 건전한 고교생이면서도 그것을 줄곧 억제해 왔던 것이다. 뭐하다면 지금부터, 여기서부터 데이트를 하러 출발하고 싶을 정도다.

실제로 그렇게 청한다면 역시나 오늘은 쉬게 해 달라고 말할지도 모르지만(완전히 녹초 상태인 것에 더해, 지금의 나에게는 흡혈귀성이 전혀 없고, 즉 체력 회복이 현저히 느린, 즉 보통 상태다), 내일이라면, 요컨대 하룻밤 자고 나면 어디든 가고 싶다는 것이 본심이었다.

가엔 씨에 대해.

카게누이 씨에 대해.

하치쿠지에 대해.

키스샷 아세로라오리온 하트언더블레이드에 대해.

그리고 '그녀'에 대해.

해야 할 걱정은 실제로 아직 이것저것 많은 것처럼도 생각되고, 또 혹은 집에 돌아갈 때까지가 소풍이라는 것처럼 입시 결과가 나올 때까지는 수험생으로서의 마음가짐을 버려서는 안 된다는 스탠스도 있다고 생각되었지만, 고교생이라는 신분인 동안에 고교생다운 일을 하고 싶다는 마음은 소중히 하고 싶었다.

그렇게 결의하게 되면 나도 언제까지나 판단을 유보하고 있을 수 없다. 남자 중의 남자처럼 여자친구의 마음에 응해야만 할 것이다.

"그런 이유로, 나와 데이트를 하도록 해, 아라라기 군."

적절한 표현은 이것이었다고 간신히 기억해 낸 것처럼, 센조가하라는 다시 그렇게 말했다. 아니, 그 표현도 결코 적절한 것은 아니었지만, 내 안에서는 갓 사귀기 시작한 무렵이 떠올라서 기분이 상당히 들뜨기 시작했다.

"데이트를 하지 않으면 난 이 자리에서 혀를 깨물겠어."

"……."

순식간에 쭉쭉 내려간다….

"두 번 다시 나하고 딥 키스를 할 수 없게 될 거야."

"혀를 깨물면 아마 그런 정도로 끝나지 않을 거 아냐….'

하지만 옛날이었다면 여기서 깨물겠다고 위협하는 대상은 내 혀였을 테니, 그렇게 생각하면 정말로 센조가하라 히타기도 귀여워졌다고 봐야 한다.

단순히 둥글어졌다는 것은 아니겠지만, 그렇구나. 나도 센조가하라도 언제까지나 같은 위치에 서 있을 수는 없다.

졸업해야만 하고.

앞으로 나아가야만 한다.

애니버서리는 정말로 싫지만, 내일에 한해서는 그런 말을 하지 않겠다. 아마도 고등학교 생활 최후의 데이트가 될 테니, 노력해서 고등학생다운 행동을 하기로 하자.

"알았어, 센조가하라. 총집편이라기보다는 마지막 마무리야. 내일을 전부 활용해서 반년 분량의 데이트를 하자고."

"아, 미안해. 전부는 좀…. 난 밤에는 볼일이 있거든."

풀썩.

그렇게 무너져 내릴 것 같은 기분이었다.

"그러므로 아침 일찍부터 저녁까지 정도의 느낌으로. 괜찮아, 모든 플랜은 이미 여기에 있어."

그렇게 말하며 센조가하라는 자신의 관자놀이 부근을 톡톡 두드렸다. 머리가 좋아 보이는 몸짓이었지만 센조가하라의 데이트 플랜이라고 하면 나는 일말의 불안을 감출 수 없다.

그도 그럴 것이 첫 데이트 때에 말도 안 되는 짓을 했으니까 말이야…. 그렇다고 해도 이미 있다는 플랜의 변경을 제안하면 그녀의 마음을 무시하는 것 같아서 미안하고, 그렇다면 그 부근도 '귀여워져' 있기를 기대하지 않을 수 없다.

뭐, 그렇다면 내일 밤 이후로는 나도 예정대로 행동하기로 하자.

그렇다, 예정대로.

"알았어, 알았어…. 아라라기는 알았어. 그런데 밤에 있다는 용무란 건 뭐야?"

가벼운 마음으로 물어보았더니,

"그 왜, 내일은 화이트데이잖아?"

그렇게 센조가하라는 이제 와서 무슨 소리냐는 듯이 말하고는,

"그러니까 밤에는 아버지와 함께 식사를…."

그렇게 덧붙였다.

"……."

이것도 역시 받아들이기에는 참으로 무거운 대답이다.

003

"데이트? 내일? 이봐, 그런 건 좀 더 빨리 얘기해 줘야지, 갑작스럽잖아. 이쪽에도 예정이란 게 있으니까. 하지만 뭐, 어쩔 수 없지. 귀신 오빠를 위해서니까, 어떻게든 시간을 내 볼게."

"아니, 왜 따라온다는 전제야. 너는 대체 어떤 입장이야."

떠나간 센조가하라를 배웅하고, 드디어 아라라기 가에 들어와 어슬렁어슬렁 2층의 자기 방으로 돌아온 나를 또다시 기다리고 있던 것은 동거인, 현재 아라라기 가의 식객인 식신 동녀 오노노키 요츠기였다.

인형인 그녀는 여동생의 봉제인형이라는 설정으로 우리 집에 기거하고 있을 테지만, 최근에는 상당히 공공연히 돌아다니고 있는 눈치로, 오늘도 자유롭게 내 방에서, 내 침대 위에서 내가 사 온 만화를 나보다 먼저 읽으며 뒹굴뒹굴하고 있었다.

시간을 내고 뭐고, 그 눈치는 애초에 세상에서 제일로 한가한 동녀로 보이는데.

어쩐지 이상한 여자가 집 앞에서 귀신 오빠를 기다리고 있는 느낌이라 그냥 내버려 두었는데, 뭐였어? 라고 질문해 와서 있는 그대로 대답하긴 했는데…. 그러나 카게누이 씨가 그녀를 이 집에 둔 것은 그야말로 나의 SP로서의 역할을 부과한 것이었을 테니 집 앞에 이상한 여자가 있으면 내버려 두어서는 안 되었지만.

그렇다기보다 지금의 나에게는 오노노키에게 해야 할 말이 상당히 많았다. 일일이 데이트 결정의 보고를 하는 것도 이상한 이야기다.

그러나 무엇을 어디까지 이야기할지…. 가엔 씨는 특별히 입막음을 하는 눈치도 없었고, 타다츠루에 이르러서는 대신 사과해 달라는 말까지 들었는데…. 내가 여기서 오늘 아침 체험한 지옥순례를 전부 오노노키에게 자세히 밝히면 가엔 씨가 현재 세우고 있을 계획에, 지장을 가져오지는 않을까? 라는 불안은 어딘가에 남는다.

다만 그래도 당사자로서 타다츠루에 대한 이것저것은 오노노키는 알아 둬야 한다는 생각도 들고…. 그러면 어떡할까.

"응? 왜 그래? 귀신 같은 오빠. 줄여서 귀신 오빠. 내 얼굴을 빤히 보고. 내 얼굴에 뭐라도 붙어 있어? 물건에 붙어 생기는 츠쿠모가미인 만큼."

"아니, 그게…."

결심하고 나는 말했다.

오노노키가 너무 재미있는 소리를 하기 전에.

모든 걱정을 불식시키는 건 불가능하다고 해도, 내일의 데이트를 앞두고 역시 끝낼 수 있는 것은 먼저 끝내 둬야 할 것이다.

"오노노키. 진지한 이야기인데, 괜찮을까?"

"나는 언제나 진지해. 진지한 이야기 외에는 한 적이 없어. 진지함이 너무 심해서 진지노키라고 불리고 있어."

무표정한 국어책 읽기 톤으로 그런 말을 들어도 전혀 진지함이 느껴지지 않았고, 진지노키라는 말을 들은 시점에서 이미 진지하지 않았고, 그렇지 않더라도 애초부터 완전한 허언이라고 할 수 있었지만, 그 부분은 그냥 넘기고 나는 우선 간략하게 중요한 부분만, 오늘 아침에 키타시라헤비 신사를 방문했을 때부터 시작하는 일련의 어드벤처를 오노노키에게 이야기했다. 갑자기 전부 이야기하면 너무 긴 이야기가 되기 때문에, 어느 정도의 배려는 했다고 생각하지만, 정리해 보니 의외로 이야기 자체는 금방 끝났다.

나에게는 그야말로 2천 년처럼 체감되는 여행길이었어도, 사실상 한순간 벌어진 일이었고, 뭔가를 남에게 이야기할 때에는 그런 법일지도 모른다. 깊은 생각은 결코 시간에 비례하는 것이 아니었다.

"허어…."

게다가 오노노키의 리액션은 약했다.

모험담을 이야기한 보람이 없는 경청자였다.

"봉제인형에게 이야기를 하는 보람을 요구해도 말이지. 이쪽으로서도 귀신 오빠를 방임하고 있었더니 또 트러블에 휘말렸구나, 하는 감상 정도밖에 들지 않아."

"아니, 아니. 너의 제작자 중 한 명인 타다츠루의 이야기를 듣고서 뭔가 생각나지 않아? 잘 부탁한다고 말해 달라고 들었는데."

"딱히 별로. 말했잖아? 나에게 그런 인간적인 감정을 요구하지 마. 그 녀석이 원래부터 죽어 있든, 어떤 의미에서 불사신이든, 살아 있는 인형이든, 그것으로 내가 한 일의 의미가 변하는 것은 아니야."

오노노키는 어깨를 으쓱했다.

"귀신 오빠에 대한 의미는 말이지."

"……."

"뭐, 귀신 오빠로서는 여러 가지로 생각하는 바도 있을 테고, 구원받았다는 기분일지도 모르지만…. 그래도 굳이 감상을 말하자면 그렇지, 개인적으로는 좀 떠름한 이야기구나 하고 생각할 뿐이야."

"응? 떠름하다니?"

떠름하다는 말의 의미를 정확히는 알 수 없었지만(뭔가 떨어질 것 같다는 건가?) 그것이 그리 좋은 말은 아니라는 것 정도는 알 수 있다. 오노노키는 무표정해서, 즉 표정을 읽을 수 없으므로 대화에 높은 커뮤니케이션 스킬을 요구받는다.

"딱히. 어디까지가 가엔 씨의 계획대로였을까 하고 생각한다는 얘기야. 나는 가엔 씨하고는 언니를 통해서 접한 것이 대부분이니까, 그 사람의 치밀한 계획성을 진짜 의미에서는 모르니까 말이지…. 귀신 오빠가 핫치를 데리고 돌아오는 것조차도 실은 계획대로고, 놀란 척을 한 것뿐일지도 모른다고…."

"핫치라니."

모두 부음성에 너무 얽매여 있잖아.

그만두라고, 내가 모르는 곳에서 신 내는 거.

"뭐, 까놓고 말해서 지금은 부음성 쪽이 권수가 많아졌지만 말이야."

"그만둬. 까놓고 말하지 마."

"애초에 나는 지옥 같은 개념을 믿지 않고 말이지…. 단순히 귀신 오빠가 죽을 때에 보았던 환각이 아닐까?"

"환각? 임사체험이라는 얘기야? 하지만…."

"혹은 가엔 씨에 **의한** 환각…이라든가. 여러 가지로 생각하면 무서워지지 않아?"

"……."

무서워지기는 하는데…. 왜 일부러 무서워질 만한 소리를 하는 거지, 얘는. 나를 잔뜩 겁먹게 해서 뭐가 즐거운 거지.

"으음, 하지만 남이 잔뜩 겁먹고 있는 느낌은 기본적으로는 그것만으로 즐겁지 않아?"

"성격이 너무 나쁘잖아. 웃기는 소리 하지 마, 화낸다?"

"사람이 화낼 때라는 것이, 가장 즐겁지. 흥이 나. 설교를 들을 때는, 우와, 이 사람 화났구나, 이성을 잃었구나, 하고 얌전한 얼굴을 하면서 속으로는 웃는 얼굴이지."

"너 정도로 화내는 보람이 없는 녀석은 없겠구나!"

얌전한 얼굴도 웃는 얼굴도 없는 주제에.

무표정은 고사하고 사후경직인 주제에.

난감한 아이다. 게다가 난감한 얼굴을 해도, 분명히 속으로 즐거워하고 있겠지.

"어쨌든 반대로 말하면 언젠가 또 타다츠루를 만날 수 있을지도 모른다고 생각하면, 그것을 특별히 싫다고 생각할 정도도 아니야. 그러니까 알려 준 것에는 감사를 표하겠어."

"그런가…. 뭐, 감사를 표해 준다면 나로서는 고생한 보람이 있었네."

"정말 수고했어."

"그런 스페셜 땡스가 어디 있어."

"하지만 나에게 중요한 사실은 따로 있어."

그렇게 이야기를 전환한 오노노키. 확실히 그럴지도 모른다. 오노노키의 '제작자' 중 한 명인 타다츠루의 이야기를 한다면 마찬가지로 '제작자' 중 한 명이며 식신으로서의 그녀의 주인님인 카게누이 씨의 이야기를 하지 않을 수 없다.

그리고 그녀의 행방은 현재 불명.

지옥에도 없었다.

그렇다면 도저히 후련한 기분이 될 수는 없다… 라고 나는 오노노키의 심중을 추측해 보았는데, 그 추측은 완전히 빗나갔다.

오노노키는,

"키스샷 아세로라오리온 하트언더블레이드가 완전 부활했다는 이야기에 대해서 자세히 들려주실까."

라고 말해 왔다.

"그것은 나의 안전과 직결되는 이야기야."

"……"

"찌꺼기만 남은 유녀라고 생각하고 있어서 신나게 녀석에게 욕설을 퍼부어 왔는데, 완전체가 되었다면 태도를 바꿀 수밖에 없어. 귀신 오빠, 경어 쓰는 법, 알려 주지 않을래?"

과연.

확실히 잔뜩 쫄아 있는 녀석이란, 지켜보고 있으면 가슴을 두근두근하게 만드는 것이 있었다. 그것이 한창 버릇없는 나이 대의 식신 동녀가 되면 더욱 그렇다.

"그 그림자 속에, 하트언더블레이드 님은 드셔 있으신 걸까?"

"경어를 잘못 쓰고 있어."

정말로 경어 쓰는 법을 모르는 것 같다.

그림자 속에 있는가? 라고 물어보고 있는 듯한데, 뭐, 의미가 전해지면 세세한 언어상의 차이 따윈 어떻게 되든 상관없겠지.

이미 수험생이 아닌 입장으로서는 그렇게 생각한다.

"아니, 없어."

나는 대답했다.

조금 더 겁먹게 할까 하는 생각이 안 드는 것도 아니었지만, 너무 심술을 부려 봤자 소용없다.

"시노부는 하치쿠지하고 같이 가엔 씨 곁에 있어. 앞으로의 일에 대한 미팅이라고 할까, 디스커션discussion이라고 할까."

"데스티네이션destination이라고 할까."

"평범한 말의 의미까지 틀리지 마. 모르는 것은 최소한 경어 정도로 해 둬."

"의미를 틀리고 뭐고, 데스티네이션의 의미는 전혀 몰라. 운명적인, 같은 의미일까?"

"그건 데스티니destiny지."

데스티네이션.

목적지, 라는 의미다.

…입시 공부로 몸에 밴 이런 지식은 실생활의 어디에 쓰면 좋을까 하고 생각하고 있었는데, 의외로 쓸 곳이 있었다.

"앞으로의 일에 대해서, 라는 부분이 신경 쓰이네. 귀신 오빠, 평범한 남자애로 돌아왔는데, 뭐야, 아직 앞으로 뭔가 더 할 셈이야? 그것이 가엔 씨의 손바닥 위라고 해도?"

"아니, 딱히 그 건에 대해서 확실히 대답했다고 생각하지는 않는데…."

다만.

여기까지 와서 모르는 체할 수 없다고는 생각하고 있다. 게다가 앞으로 어떻게 하더라도, 하치쿠지나 시노부의 일을 처리하려면 가엔 씨의 힘을 빌려야만 한다.

계속 빌리기만 한다는 방법론은 가엔 씨에 대해서는 성립하지 않는다. 갚을 수 있는 빚은 최대한 갚아 둬야만 한다.

"…게다가, 카게누이 씨에 대한 것도 있고 말이야."

오노노키가 전혀 카게누이 씨에 대해 물어보지 않아서, 어쩔 수 없이 내 쪽에서 머뭇머뭇 그녀의 이름을 꺼냈다.

정말로, 신경 쓰게 만드네….

왜 인형을 상대로 신경을 쓰고 있는 것인지 수수께끼이지만, 그러나 카게누이 씨에 관해서는 나도 무관심하게 있을 수는 없다. 그러기는커녕 지금 최우선 관심사라고 말해도 좋다.

카게누이 요즈루.

그리고 오시노 메메는 지금 어디에 있는 걸까?

"오시노 오빠에 관해서 말하자면, 그저 평소대로의 방랑생활을 하고 있는 것뿐 아닐까? 나는 그렇게 생각하고 있는데."

"아니, 그렇게 낙천적인 태도를 취할 수 있는 단계는 이미 끝난 게 아닐까⋯. 그도 그럴 것이, 이만큼 열심히 찾고 있는데도 아직 발견하지 못했다니까? 그 하네카와가 찾아봤지만 찾을 수 없었다니까?"

"아아. 뭐든지는 오르는 그 여자애."

"뭐든지는 모르는, 이야."

"딱히 그 사람도 사람 찾기의 프로페셔널인 것도 아닐 텐데. 뭐, 귀신 오빠의 생각에 토를 달 생각은 없어."

오노노키는 그렇게 말하고는,

"참고로 언니에 관해서는, 나는 무사수행 여행을 떠났다고 추리하고 있어."

그렇게 말하고 다시 만화 읽기로 돌아가려고 했다.

아니, 그렇게 이야기를 끝내려고 하지 마.

태연자약에도 정도가 있다고.

시노부가 이 자리에 없다는 것을 알자마자 흥미를 너무 잃었잖아. 말해 두겠는데, 전성기의 그 녀석은 마음만 먹으면 텔레포테이션 급으로 한순간에 세상 어디라도 갈 수 있다니까?

"나는 자유라고. 말해 두겠는데, 나는 언니의 지시 없이는 아무엇도 할 수 없으니까, 이제부터 무엇을 하더라도 귀신 오빠의 힘이 될 수 없으니까, 그렇게 알고 있어."

"……."

말을 들을 것도 없이 딱 그 말대로이지만, 왜 일부러 그렇게 불유쾌한 표현을 고르는 거냐….

"그래도 꼭 부탁한다면 내일 데이트에 동행해 주지 못할 것도 없지만."

"왜 너는 그렇게까지 남의 데이트에 따라오고 싶어 하는 거야. 남의 연애를 방해하려고 하지 마. 오래간만의 훈훈한 에피소드니까."

엄밀히 말하면 훈훈한 에피소드를 기대하고 있는 참이지만…. 센조가하라 프로듀스의 데이트에 어디까지 바라야 좋을지, 불명인 것이 솔직한 심정이었다.

"에~. 하지만 남의 데이트란 건 엄청 웃기잖아. 남의 연애사만큼 웃기는 얘기는 또 없잖아."

"너의 현재 그 캐릭터는 일단 틀림없이 우리 여동생의 영향이라고 생각하니까, 무턱대고 나무랄 수만은 없겠지만…."

그러나 그런 성격의 소유주가 또 한 명 늘어난 현재 상황은 괴롭다기보다도 슬픈 느낌이 있었다. …오빠로서의 교육을 어떻게 잘못한 결과, 그런 여동생이 만들어져 버린 것일까.

두 사람 모두이지만, 특히 오노노키의 소유주인 쪼그만 쪽 여동생은 하루가 다르게 악화되고 있다고 할 수 있다.

"뭐라고 해야 하나. 옆에서 보고 있으면 아주 우습고 이상한 일에 기를 쓰는 사람이란 거, 아주 재미있지 않아? 너는 진지할지 모르겠지만, 나에게 그건 어떻게 되어도 상관없는 일이라니까? 라고 할 때가 나는 가장 흥이 난다고."

"카게누이 씨에게서 너를 맡고 있는 몸으로서는 너를 한시라도 빨리 여동생들로부터 떼어 놔야 하지 않을까 하는 생각이 들기 시작했어. …오노노키, 참고로 너는 무엇에 대해서라면 진지해질 수 있어?"

카게누이 씨는 전문가로서 불사신의 괴이를 전문으로 하고, 불사신의 괴이를 퇴치하는 것에 대해서는 상당한 진지함을 가지고 임하고 있고, 오노노키도 그것과 행동을 함께하고 있으니까 오노노키도 마찬가지로 불사신의 괴이에 대한 적개심을 가지고 있지 않을까 생각하고 있었는데…. 그녀 자신이 불사신의 괴이임을 감안하면 그곳에 모티베이션이 있다고는 생각하기 어렵다.

그렇다면 무엇이 이 아이를 진지하게 만들 수 있을까?

"하고 싶은 일이라든가, 원하는 것이라든가, 없어?"

"없어없어."

"한 번만 말해도 돼."

"나는 언니가 말하는 대로 싸우기만 하는 전투기계야. 그 부분은 귀신 오빠는 이미 통감하고 있을 거 아냐?"

오노노키는 만화를 읽으면서 말했다.

정말로 여동생을 상대하고 있는 기분이다….

"지금 귀신 오빠의 질문은 머그컵은 커피를 담았을 때와 홍차를 담았을 때, 어느 쪽이 기쁜가를 묻는 것하고 비슷해."

"……."

예시가 너무 서투르지 않냐?

하려고 하는 말은 알겠는데, 영문을 알 수 없다는 느낌이 있다고.

"어쨌든 이번의 나는 저회취미*를 관철하도록 하겠어. 열심히 춤추라고, 귀신 오빠. 가엔 씨의 손바닥 위인지 아니면 다른 누군가의 손바닥 위인지 그건 확실하지 않지만 말이야."

"…물론 나 개인으로서는 너를 귀찮게 할 생각은 원래부터 없지만 말이야."

그러나 이런 상황이니 한 가지 확인해 두고 싶은 게 있었다. 그녀의 의지를, 만약 인형에게 의지 같은 것이 없다고 말한다면 그 기능을, 여기에서 확인해 두고 싶었다.

"하지만 오노노키. 만약 이대로 카게누이 씨가 돌아오지 않는다면 어떡할 거야? 카게누이 씨가 너를 데리러 오지 않는다면."

받아들이기에 따라서는 잔혹한 질문이기도 했고 물어보면서 가슴이 아프기도 했지만, 그러나 언젠가는 물어봐야만 하는 일이기는 했다. 당사자인 오노노키는 새침한 얼굴로,

"그때는."

그렇게 국어책 읽기를 하듯 무뚝뚝하게 대답했다.

"이 집에서 계속 지낼 수밖에 없겠지. 당연하게도, 귀신 오빠가 결혼해서 집을 나가려고 한다면 그것을 따라가겠지."

※저회취미(低徊趣味) : 세속을 떠나 여유 있는 자세로 동양적 자연미에 만족하는 취향.

"말도 안 되는 라이프플랜을 세우지 말라고. 뭐가 '당연하게도'야."

"악연愕然하게도, 라고 하는 편이 나았을까?"

돌아보면서 깜짝 놀란 듯한 리액션을, 그러나 무표정으로 취해 보이는 오노노키. 참으로 기괴한 장면이다.

왜 그렇게까지 좋은 리액션을 취해 주면서 표정만은 계속 무표정이냐고. 포커페이스에도 정도가 있다고.

"게다가 귀신 오빠를 감시하는 게 지금의 나에게 부여된 임무이니까…. 그것이 해제될 때까지는 떨어질 수 없다고. 즉 언니가 이대로 돌아오지 않으면 귀신 오빠하고 나는 평생 붙어 있게 돼."

"평생…."

"이봐, 움찔하고 물러서면 곤란하다고. 그런 임무를 부여받아서 곤혹스러운 건 내 쪽이야. 맹수의 우리에 들어가 있는 기분이니까."

"그건 내 쪽도 완전히 같은 기분인데…. 마음이 맞는구나."

역시 카게누이 씨의, 한시라도 빠른 귀환이 기다려지는 참이었다. 그렇구나, 역시 언제까지나 이대로 있을 수는 없지.

나의 미래를 위해서도.

"그런데 귀신 오빠. 그런데 그런데 귀신 오빠. 입시 쪽은 대체 어땠어? 나름대로 신경을 써 주고 있었는데 말이야."

"신경을 써 주고 있었던 거냐…. 어쩐지 위에서 내려다보는 듯한 어투가 신경 쓰이지만, 뭐, 걱정해 준 것은 기뻐."

센조가하라는 결국 시험을 잘 보았는가에 관해서는 전혀 언급하지 않고 돌아갔으니 말이야. 그건 과연 신뢰라고 받아들여야 할까.

"뭐, 할 수 있는 건 했어. 너에게는 신세를 졌어, 고마워."

원래는 센조가하라나 하네카와에게 해야 할 대사를 어째서인지 오노노키에게 먼저 하게 되고 말았다. 뭐, 동거인으로서 오노노키는 수험생인 나에게 그럭저럭 신경을 써 주고 있었던 것 자체는 확실할 테니, 그녀에게 감사의 마음을 표하는 것은 결코 잘못된 것은 아니다.

"별말씀을. 흠, 그러면 얼른 답 맞추기를 시작할까. 어떤 문제가 나왔는가 말해 줄래? 검산해 줄게."

"……."

네가 그걸 할 수 있을 리가 없잖아.

전문지식에 대한 것은 접어 두고, 미안하지만 너의 학력은 겉으로 보이는 열두 살 레벨이라고 생각된다고.

"치른 시험의 답 맞추기는 그날 중에 하지 않으면 몸에 배지 않는다고."

"어디서 주워들은 얘기를 늘어놓지 마…."

"내년을 위한 준비는 하루라도 빨리 시작하는 편이 좋다고 생각해."

"내년에도 입시를 치르는 것을 전제로 하지 마."

이놈이고 저놈이고.

내 처신을 신경 쓰지 마.

"실제로 구체적으로는 어땠어? 아침에 그런 화려한 지옥순례를 한 귀신 오빠는 상당히 BAD한 컨디션으로 시험에 임하게 되었잖아?"

"부정하지는 않겠지만, 뭐, 그 점에 대해서는 시험을 볼 수 있었던 것만으로도 요행이라고 말해야 하겠지….."

"기념입시 같은 말을 하고 있네…. 입시를 치르는 건 공짜가 아니라고. 너무 부모님에게 폐를 끼치지 말도록 해."

"부모님 입장에 서서 쓴소리 하지 말라고, 네가. 다만 건방진 소리 같기는 하지만, 꽤 자신이 있기는 해. 수학 이외의 과목도 나름대로…."

"흐음."

"뭐, 센조가하라나 하네카와가 공부를 도와주었다고 하는 극히 복 받은 환경에서 공부를 하고서 전혀 성과를 내지 못했다고 하면 너무 꼴사나우니 말이야…. 그 녀석들의 얼굴에 먹칠을 하지 않을 정도로는 노력했어."

"진흙탕 레슬링도 그것은 그것대로 즐거운 법이지만. 발표는 졸업식 전이었던가, 이후였던가?"

"졸업식 이후야."

"흠. 그러면 데이트를 일찌감치 해 두는 건 좋은 생각일지도 몰라. 역시나 한쪽이 떨어지고 난 뒤에는 하기 힘들 테니까."

센조가하라는 그런 의도로 데이트 일정을 내일로 잡은 것이 아니라고 생각하고 싶은데….

"화이트데이이기 때문이라며? 그런 표면적 구실을 곧이곧대로 받아들인 거야?"

"아니, 표면적 구실이 아니지. 본심 중의 본심이잖아."

"확실히 세 배로 갚기를 요구하는 것이 여자의 여자다움이라고 말하지 못할 것도 없지."

"세 배로 갚기? 아, 그러고 보니 있었지, 그런 풍습이."

애니버서리 자체에 흥미가 없으므로 화이트데이의 자세한 내용은 잘 모른다. 하지만 확실히 나는 지난달에 센조가하라에게 본심 아닌 본심 초콜릿을 받았다.

세 배로 갚기.

고작 한 달로 생각하면 상당한 이율이지만, 그것이 룰이라면 굳이 거스를 수도 없을 것이다…. 그럴 기개는 없다. 그러나 그렇게 되면 나는 내일까지 뭔가를 사서 준비해야만 한다는 이야기인가?

"사탕이라든가 마시멜로 같은 것을 주면 되던가?"

"나는 아이스크림이면 돼."

"아니, 너에게서는 지난달에 초콜릿을 받지 않았어. 제로는 세 배를 하더라도 제로야."

"정말로 그래? 시험해 본 적 있어?"

"…저기, 그게…."

그렇게 새삼스럽게 물어보면 한순간 불안해지는 것은 수학을 좋아하는 이의 슬픈 습성이다.

뭐, 시험할 것도 없이 명백히 제로이지만 말이야.

"내일은 오전 중에 만나기로 했으니, 답례품을 사러 가려면 오늘 중에 갈 수밖에 없는데…. 역시나 지쳤으니까 쉬고 싶네."

"그렇지. 불쌍하게도 그런 상황에서 침대는 나에게 점령당했으니 말이야."

"그건 힘으로 밀어낼 수 있으니 문제가 되지 않아. …어떡하지. 여동생에게라도 부탁해서 대신 사 달라고 할까."

"그래서는 마음이 담기지 않지 않아? 역시 선물은 직접 골라야지."

"그렇게 말하면 그 말이 맞기는 한데…."

오히려 화이트데이의 준비 정도는 좀 더 전부터 해 두라는 이야기인지도 모르지만, 입시에 전념하라는 말을 했던 것은 센조가하라고 말이야. 여름방학 이후에 해방되었던 그 녀석도 최근 몇 달간은 상당히 억압되고 있었다는 이야기일까.

그것만 생각해도 답례에는 신경을 쓰고 싶지만… 자, 어디 보자.

"딱히 이건 과자에 얽매일 건 없지? 핼러윈도 아니니까."

"아이스크림에 얽매일 건 있을지도 몰라. 락토 아이스크림과 빙과의 차이를 엄밀히."

"그건 네 취향이야."

"하겐다즈 직매점이 없어진다니, 말도 안 되는 얘기 아냐? 컵도 좋지만, 하지만 그 맛있는 콘은 대체 어디에 가면 먹을 수 있는 거야?"

"나도 몰라…. 해외일까?"

그러나 생각하면 핼러윈도 어느 사이엔가 보급되어 있다. 나와 달리 그런 의식적인 애니버서리를 중시하는 오시노 쪽에서는 기뻐할 일인지도 모른다.

뭐, 오노노키에게 상담해도 그다지 생산적인 결론을 얻을 수 없을 것 같으므로 나는 그녀를 어떻게 침대 위에서 비키게 만들까, 스모 기술 48가지 중에서 어느 기술을 써서 던져 버릴까. 그런 계획을 하고 있는데, 갑자기 오노노키가 풀썩 엎드렸다.

만화를 읽고 있던 손을 놓고, 뚝 하고, 마치 전지가 끊어진 것처럼 큰대자로 침대에 푹 엎드렸다.

마치 보이지 않는 적에게 턱에 강렬한 일격을 얻어맞은 것처럼 쓰러졌다. 나는 스모를 하려고 했는데, 오노노키는 보이지 않는 적과 복싱이라도 하고 있던 걸까?

물론 그럴 리는 없다.

식신 괴이로서 평범한 인간보다도, 요컨대 지금의 나보다도 수백 배는 날카로운 감각기관을 지닌 그녀는 이 방에 다가오는 누군가의 존재를 나보다 빨리 알아차린 것뿐이었다.

요컨대 오노노키는 여기서 '봉제인형인 척하기' 모드에 들어간 것이다.

직후.

"오빠~!"

그렇게 마치 특수부대처럼 문을 박차며 내 방에 돌입해 온 것은 쪼그만 쪽 여동생, 즉 아라라기 츠키히였다.

일본 전통 복장의 초超 롱 헤어 소녀다.

갓 목욕을 하고 나왔을 때에는 요괴로밖에 보이지 않을 정도로 무시무시한 머리카락 길이…. 깜빡하면 자기가 자기 머리카락을 밟고 넘어질 수도 있을 정도다.

"또 내 방에서 인형 가져갔지! 아, 있다! 역시! 정말, 하지 말란 말이야, 멋대로 남의 방에 들어오는 거!"

지금 그야말로 내 방에 멋대로 들어온 그녀는, 그런 식으로 무턱대고 화를 냈다. 뭐, 여동생의 방에 멋대로 들어간 적이 없는 것은 아니지만, 이번에는 인형 쪽이 멋대로 내 방에 들어와 있었는데.

당사자인 오노노키는 완전히 인형인 척하고 있다.

의지 있는 인체에는 불가능한 자세로 엎어져 있다.

"침대 위에 눕히기나 하고. 이상한 짓에 쓰고 있던 거 아니겠지, 오빠? 나의 소중한 인형을."

"아니, 오히려 감당하지 못하고 있었다고 말해도 과언이 아닌데…."

"나는 그렇게 인형 같은 걸 가지고 있는 편은 아니지만, 이상하게도 그 인형에게는 심퍼시를 느끼거든. 그러니까 가지고 나가는 건 금지라고 몇 번이나 말했잖아."

"심퍼시라…."

뭐, 그녀 자신도 모르는 그녀의 사정을 알고 있는 입장에서 보면, 아라라기 츠키히와 오노노키 요츠기 사이의 공통항이란 확실한 것이어서, 그러니까 심퍼시를 느낀다면 그것은 정말로 감이 좋다고밖에 말할 방법이 없지만.

다만 그래도 또 그녀 자신은 잊고 있어서 모르는 현재 상황이지만, 츠키히는 한 번, 오노노키에게 죽을 뻔했으므로 본래 감을 작동시킨다면 그쪽을 향해 작동시켜야 한다고 생각하지만.

"하지만 츠키히. 인형, 인형, 하는데, 소중히 생각하는 인형이라면 하다못해 이름이라도 붙여 주는 게 어때?"

"응? 아니, 아니. 이름을 붙이면 정이 드니까 나중에 버릴 때에 망설이게 되잖아. 심퍼시를 느끼기에 심퍼시가 없어졌을 때를 생각해 둬야지."

"……"

이 여동생….

오노노키는 안 그래도 무표정하고, 게다가 지금은 '봉제인형 모드'를 유지하고 있으므로 무슨 생각을 하고 있는지는 확실치 않지만, 현재 소유자인 츠키히의 의도를 듣고, 왠지 흠칫 질린 듯 보이기도 했다.

보는 측의 감정이 들어가 있는지도 모르겠지만….

"뭐, 나에게서 하사받는 것이라도 괜찮다면 그때는 버리지 않고 오빠에게 줄 수도 있는데."

"그런 것도 하사한다고 표현하던가? 윗사람에게 주는 건데."

"오빠, 돌아왔구나."

그렇게 무작정 화를 냈던 츠키히는 여기서 갑자기 평정을 되찾았다. 이 부분의 격한 감정변화는 그 밖의 비슷한 이를 찾아볼 수 없는 독특한 캐릭터성이다.

"입시가 끝나고 이제부터는 마음대로 놀겠네! 오빠도 다음 달부터는 대학생인가! 이건 축하할 일이네! 축하 준비를 진행하자! 오늘 밤은 동네 여중생들을 모두 모아서 파티야!"

"긍정적이구나…."

의외로 이 여동생이 가장 오빠의 입시에 대해 신뢰를 두고 있는 듯했다. 만에 하나, 이상의 확률로 떨어졌을 때의 대미지를 헤아릴 수 없으므로 동네 여중생들 전원 집합 파티를 여는 것은 재고해 주기를 바라지만.

"카렌도 다음 달부터는 고등학생이고 말이야. 나는 혼자만 남겨지는 기분이 되어 버려. 아~아. 월반제도라도 이용할까~."

"그렇게 가볍게 이용할 수 있는 제도냐? 그거."

애초에 일본에는 없다는 기분이 든다.

츠키히의 학력이라면 가능할지도 모르지만.

"농담은 빼고, 어때? 오빠. 내일쯤부터 오래간만에 남매끼리 오빠의 진학 축하 & 카렌의 진학 축하로 신나게 논다는 건."

"흠. 나쁘지 않은 제안이지만, 유감스럽게도 내일은 선약이 있어서 말이야."

바로 30분 전에 성사된 선약이지만.

"하지만 이번 달 내의 언젠가라고 하면 시간을 내줄 수도 있어."

오노노키의 말투가 옮아 버렸다.

츠키히로부터 강한 영향을 받고 있는 오노노키의 영향을 받아서 츠키히에게 이야기하다니, 어쩐지 우로보로스의 뱀 같은 구도다.

"오~. 오빠도 마음의 여유가 생겼나 보네. 얼마 전까지는 여동생이 같이 놀자고 하면 그 자리에서 펀치였는데."

"그렇게까지 강렬한 오빠였나?!"

기억에 없다.

다만 두 여동생들, 옛날 정도로 사이가 나쁘지 않게 된 것은 확실하다. 역시 인간도 인간관계도, 언제까지나 똑같은 채로 있지는 않는다는 이야기일까?

특히 이 1년은 여러 일들이 있었다.

카렌과도, 츠키히와도.

특히 츠키히는 여름방학에…. 그렇게 나는 오노노키 쪽을 향했지만 그녀는 침대 위에서 죽은 듯이 움직이지 않는다.

죽은 듯이, 라고 할까. 죽어 있지만.

"그러면 이번 달 중 언제쯤이라는 걸로 하지."

"응. 플래닝은 맡길게."

분위기를 타고 말해 보기는 했지만 놀이의 플랜을 츠키히에게 일임하는 것에는 데이트 플랜을 센조가하라에게 일임하는 것과 같은 정도의 불안을 느끼지 않는 것도 아니었다. 센조가하라와 츠키히는 어딘가 통하는 구석이 있으니 말이야.

"대충 봐서, 오빠. 산하고 바다, 어느 쪽에 가고 싶어?"

"바다 속의 산에 가고 싶어."

"해저귀암성*이냐."

기분 좋은 딴죽이 들어왔다.

"그렇구나. 하지만 오빠, 내일은 센조가하라 씨하고 데이트인

※해저귀암성 : 도라에몽의 극장판 〈노비타의 해저귀암성(1983)〉. 주인공과 친구들 일행은 여름방학을 맞아서 산으로 갈까 바다로 갈까 고민한다. 그러다가 결국 도라에몽을 따라 바다 속으로 수륙양용 자동차 '버기'를 타고 드라이브를 떠나고, 그곳에서 침몰한 보물선을 발견하게 되면서 이야기가 진행된다. 국내명은 〈진구의 해저성〉.

가. 좋겠네~, 후끈후끈해서. 나 같은 건 로소쿠자와 군하고는 사귄 지가 오래되어서 안정되어 버렸다고 할까, 화이트데이에 어딘가 가자고 청해 봤는데 왠지 모르게 거절당했는걸."

"……."

여동생이 남자친구와 헤어지는 것은 시간문제로 보였다.

왠지 모르게라니…. 역시나 상대가 불쌍했다.

"근데, 어라? 선약 상대가 센조가하라라는 거, 말했던가?"

"말하지 않아도 대충은 알아. 3월 14일에 선약이라면 대개 상대는 연인이나 아인슈타인이니까."

"상대가 아인슈타인이면 큰일이잖아. 그 사건이 기념일이 되어 버리잖아. 만약 말이 통한다면 이야기해 보고 싶은 상대이기는 한데…."

병상의 아인슈타인이 마지막으로 남긴 말은 독일어라서 간호사가 알아들을 수 없었다는 에피소드가 있는데, 설령 언어상의 문제가 없었다고 해도 나 같은 녀석하고 말이 통할 거라고는 생각되지 않았다.

오이쿠라였다면 오일러와 이야기하고 싶다고 할 것 같다는 생각을 하면서 나는 "뭐, 정답이야."라고 대답했다.

"일단 너에게도… 너에게 물어봐 두고 싶은데, 츠키히, 화이트데이의 답례 선물이란 거, 뭘 받으면 좋겠어?"

"애정이 담긴, 돈."

"……."

상당히 탐욕스러운 여동생이었다.

참고가 안 되네.

다만 그건 진짜 답을 말하기 전에 끼워 넣는 전채로서의 신소리인 것도 아니고, 진심이 담긴 메인디시인지, 츠키히는 화제를 바꾸더니,

"좋아, 그러면 나는 내일은 나데코의 병문안을 가야지."

라고 말했다.

"퇴원은 했지만 걔, 아직 자택요양 중이거든. 학교에는 새 학기부터 갈 거래. 집에 혼자 틀어박혀 있으면 외로울 테니까 내가 가서 시끌벅적하게 만들어 줘야지!"

"…상당히 뻔질나게 다니는구나, 너."

나는 솔직한 감상을 말했다.

숨김없는 감상이다.

"솔직히 의외이지만. 친구라고 해도 너하고 센고쿠, 그렇게까지 사이가 좋은 이미지가 없었으니까."

"그렇지 않아~. 친우 중의 친우야~."

실실 웃으며 말하는 츠키히로부터 진지함은 전혀 느껴지지 않았지만, 그러나 그만한 사건을 겪은 센고쿠가 어떻게든 사회복귀를 할 수 있을 만한 곳까지 온 것은 틀림없이 츠키히 덕택일지도 모른다.

사기꾼의 공적이 아니고.

물론 나도 아무것도 하지 않았다. 할 수 없었다.

참으로 훌륭하다.

뭐, 이 여동생은 겉멋으로 파이어 시스터즈의 참모 역으로서

이 지역 중학생들로부터의 지지를 한 몸에 모으고 있는 것이 아니다… 라고 말해야 할까.

"요전에 비밀도 알려 줬고 말이야."

"비밀? 뭔데, 그건."

"비밀이니까 말할 수 있을 리 없잖아."

"……?"

"뭐, 나데코에 대해서는 나에게 맡기고, 오빠는 센조가하라 씨와 러브러브해 주면 돼! 알리바이 공작은 완벽해!"

"아니, 알리바이 공작을 부탁할 생각은 없는데…."

"전철을 많이 갈아타!"

"전철 시간표 트릭을 구사하라는 얘기냐…."

무슨 그런 데이트가 다 있냐.

하지만 철도 마니아라면 그런 놀이도 할지 모른다. 센조가하라가 철도 마니아인지 어떤지는 모르지만.

"참고로 카렌은 내일 어떻게 지내는데? 저기, 뭐시기 군."

"미즈도리 군."

"그래, 그 뭐시기 군하고 데이트야?"

"여동생의 남자친구 이름을 전혀 기억하려고 하지 않는구나…. 음, 아니, 카렌은 내일 도장에 간다고 말했어. 그건 진학 축하가 아니라 졸업 축하가 되는 걸까? 도장주인 스승님의 재치 있는 계획으로 100인 대련*을 시켜 준다고 하던가."

※100인 대련 : 百人組手. 혼자서 연속으로 100명과 차례대로 겨루는 것.

"왜 화이트데이에 그런 짓을 하는 거야, 그 녀석은."

색기의 조각도 없는 여동생들이네.

이렇게 되면 오빠가 혼자서 들떠 있는 것 같다.

카렌에 대한 것은 어떨지 몰라도, 츠키히가 센고쿠를 병문안 간다는 걸 생각하면 조금 마음이 괴롭다고 말하지 않을 수 없다….

"100인 대련은 전에도 한 적이 있는 모양이지만, 이번에는 전승을 노리는 것 같아. 전승하면 스승님과 진검승부를 할 수 있대."

"스토리가 있는 짓을 하는구나…."

그 녀석이 주인공이면 되는 거 아닌가.

나는 상황에 휘둘리기만 해서, 스토리도 거의 애드리브인, 즉 흥극의 배우 같은 느낌인데.

"뭐, 오빠도 카렌도 착실히 성장하고 있는 것 같아서, 앞으로 나아가고 있는 것 같아서 최연소 여동생으로서는 자랑스러울 뿐입니다."

츠키히는 그런 말을 했다.

"아~무것도 변하지 않은 것은, 나뿐인가."

004

그리하여 다음 날.

3월 14일.

화이트데이, 혹은 아인슈타인의 날.

고등학교 생활 최후의 데이트 날.

혹시 모르지만, 어쩌면 잊고 있을지도 모르므로 이것을 기회로 만일을 위해 주석을 달아 두자면, 어째서 내가 이렇게나 센조가하라가 세운 데이트 플랜에 대해 불안을 느끼는가 하면, 6월에 실행되었던 그녀가 플래닝한 첫 데이트에는 아버지가 동반되었다는 충격적인 내용 때문이다.

데이트 목적지까지 멀리 나가야만 했으므로 차를 운전하는 역할을 아버지에게 부탁했다는 것이 센조가하라의 변—이유였지만, 차 안이라는 밀실공간에서 연인과 처음 만나는 연인의 아버지와 세 사람뿐이라는 상황이 어느 정도의 압박면접이었는가는 굳이 말로 설명할 필요도 없을 것이다.

세 사람뿐이기는 고사하고 한 번은 센조가하라의 아버지와 단둘이 있게 되기까지 했고. 그때의 일을 떠올리면 지금도 등골이 오싹해진다.

물론 나쁜 일만 있었던 첫 데이트는 아니었고, 오히려 종합적으로는 좋은 추억이 되었다고 말해도 좋겠지만, 그러나 어딘가 트라우마가 되어 버린 것도 확실했다.

뭐, 그 센조가하라가 같은 플랜을 반복할 것이란 생각은 들지 않고, 만일 그런 서프라이즈를 설치했다고 해도 이미 그 뒤에 나는 아버지와도 몇 번인가 얼굴을 마주하며 대화도 나누었으므로 그때보다는 제대로 행동할 자신이 있었다.

그렇다, 성장했다.

나도 센조가하라와의 데이트를 금지하고 있던 반년 동안, 잠자고 있던 것이 아니다. 설령 이번에도 부녀동반일지라도, 뭐하다면 조부모가 함께하는 가족 동행 데이트라 할지라도, 태연히 극복해 내 보이도록 하자.

　센조가하라 히타기가 무슨 짓을 하더라도.

　그런 마음가짐으로 나는 3월 14일 오전 9시, 센조가하라 히타기의 현재 주거지인 연립주택, 타미쿠라 장에 도착했던 것이었다. 내가 소유하고 있던 자전거는 두 대 모두 폐차되었으므로 걸어서 갔기 때문에 상당한 여유를 두고 출발했고, 또 오노노키의 미행을 경계하면서 갔으므로 여기까지도 상당한 시간이 걸려버린 인상이 있지만, 오늘의 메인 게임은 여기서부터이므로 집을 나설 때까지의 경위는 생략하자.

　참고로 100인 대련에 임하는 카렌은 나보다도 훨씬 일찍 출발했고, 츠키히는 오후에 센고쿠의 집에 간다고 했다.

　아라라기 가의 남매가 동분서주하는 날이라고도 할 수 있다. 어쨌든 타미쿠라 장에 각오를 단단히 하고 도착한 나는, 그 연립주택 앞에 낯선 자동차가 세워져 있는 모습을 봐도 딱히 동요하지는 않았다.

　차량번호로 판단하기에, 렌터카다.

　"……."

　동요는 하지 않았지만 침묵은 했다.

　이거야 원…. 이번 데이트도 범상치 않은 전개가 될 것 같다, 라며 다시 한 번 마음의 준비를 한다. 하지만 그것을 받아들일 수 있는 포용력을 보여서, 요즘 들어 꼴사나운 모습만 보였던 나에게 센조가하라가 다시금 반하게 만들도록 하자.

다시 반하게 만들기 위해서는 전제로서 우선 반하게 만들어야 만 하지만, 뭐, 예를 들어 어떤 데이트를 세팅하더라도 그 정도 의 신뢰는 두고 싶었다.

그러나 실제로 센조가하라가 어째서 그날, 그때 그 공원에서 나에게 교제를 신청했는가는 지금도 이해하지 못하는 구석이 있 지만 말이야….

나는 태연한 얼굴로, 즉 아무것도 못 본 척을 하고 그 사륜구 동 차량 옆을 지나서 2층의 201호, 센조가하라가 사는 집의 문 을 노크한다(인터폰은 달려 있지 않다).

"멋진 오늘에 어서 와."

그런 수수께끼의 멋들어진 대사와 함께 등장한 센조가하라는 상당히 옷차림에 공들인 풍모였다. 백색을 기조로 한 토털 코디 네이트. 여름방학을 기해서 머리카락을 롱 헤어에서 쇼트커트로 바꾼 그녀였지만, 그러나 그 머리카락도 또 시간의 흐름에 맞춰 길어져서, 오늘은 오래간만에 보는 땋은 머리였다.

땋은 머리, 그것도 세 줄로 땋은 머리였다.

신선해!

"옛날의 하네카와를 의식해 보았는데."

"그러니까 너의 우정은 조금 무겁다니까…."

"아라라기 군적的으로도 내가 하네카와에 가까워지는 편이 기 쁘지 않을까 해서."

"그 발언도 무섭네….'

너무 깊이 들어가고 싶지 않다.

너무나도 딥한 세계관이다.

"오늘은 굴레를 벗어나서 즐겁게 보내고 싶어서 말이야. 발언에 대해서도 그럭저럭 프리덤, 노 퓨처를 빚어 내며 가고 싶어."

"프리덤은 좋지만 노 퓨처는 그만뒀으면 좋겠는데…. 우리는 이제부터 미래를 향해서 걸어 나가려고 하는 때이니까."

"그건 아라라기 군이 대학에 붙었을 때의 이야기잖아? 그렇지 않으면 우리는 과거를 향할 가능성도 있어."

"……."

특별히 아무런 트러블도 없이, 추천으로 대학 입학이 결정된 녀석의 빈정거림은 상당한 맛이 있었다.

"뭐, 어때. 이런 경쾌한 입시 조크로 즐길 수 있는 것도 합격 발표까지의 며칠 정도이니까."

"정말로 떨어졌을 경우에는 농담으로 끝나지 않게 되잖아. 입시 조크가 입시 쇼크가 되잖아."

"자, 출발이야. 밤 7시까지는 여기에 돌아와야만 하니까, 아버지하고의 약속에 늦을 수는 없으니까, 조금 서둘러야지. 일은 한시를 다투고 있어."

"저기, 밤에 아버지와의 디너 쪽을 오늘 메인으로 두지 말아 줄래? 그래도 괜찮기는 하지만 입 밖에는 내지 마."

"홋. 그렇다면 키스로 입을 다물게 해 봐."

"……."

정말로 입을 다물게 해 줄까….

그렇게 생각하긴 했지만 그 말의 뒤를 짚어 보면 이제까지의 추측과의 불협화가 일어난다. 돌아와야만 한다?

만날 약속?

그렇다면 이제부터 기다리는 것은 집 밖에 주차되어 있는 저 차로 센조가하라의 아버지와 동반해서 어디론가 외출한다… 라는 전개는 아닌가?

최악의 경우에 하루 종일 셋이서 외출하고 저녁을 먹는 단계가 되면 나만 퇴장한다는 케이스도 상정하고 있었는데… 그렇지 않아?

그러면 바깥에 세워져 있는 차는 완전히 무관, 이 연립주택에 사는 다른 사람의 것일까? 뭐, 그렇게 생각하는 것이 타당할 것 같지만, 그러나 그 부분은 센조가하라 히타기.

갱생했다고 해도 의외성의 여자다.

내가 상상하는 최악의 케이스를, 더욱 넘어선다. 집에서 나온 그녀는 자동차의 키를 빙빙, 하고 손끝으로 돌리고 있었다.

그렇다면 역시 이 자동차를 타고 외출한다는 건가. 그렇다면 이 키로 자동차를 모는 것은 대체 누구일까?

"자, 조수석에 타."

그렇게 말하며 센조가하라는 운전석에 올랐다.

운전석에 탔다.

그리고 안전벨트를 했다.

과연 교통법규를 지키는, 훌륭한 드라이버다. 아아, 확실히 키를 가지고 있는 것이 그녀였으니, 운전석에 앉는 것도 그녀일 것이다. 그런 것은 빨리 눈치챘어야 했다.

하지만! 하지만 말이지!

"에에? 에에에? 에에에에에?! 잠깐, 센조가하라, 잠깐잠깐잠 깐잠깐. 혹시혹시몰라서물어보는데, 혹시 오늘은 네가 자동차 를 운전한다는 거야?! 네가 핸들을 조작한다는 거야?! 드라이버 센조가하라 히타기?!"

"네."

곧바로 긍정했다.

명백히 그 이상의 대화를 이어 나갈 생각이 없는 대답이었지 만, 여기서는 아아, 그렇구나, 그러면 오늘은 안전운전으로 부 탁합니다, 라면서 물러설 것 같으면 이 정도의 오버 리액션으로 놀라지는 않는다.

어떤 의미에서 지옥에 떨어졌을 때보다 충격적이다.

운전? 네가?

그래도 그 뭐냐, 아버지가 운전한다는 전개 쪽은 받아들일 수 있는 마음의 준비가 되어 있었지만!

"왜 그렇게 당황하는 거야. 안전벨트는 제대로 매고 있다고."

"아니, 굴레를 너무 벗어난 거라고 말하고 싶은 것이다!"

동요한 나머지 어조가 이상해졌다.

단단히 했을 각오가, 안개처럼 흩어져 가는 것을 느낀다. 차 안에는 그 밖에 아무도 없고, 즉 데이트 자체는 단둘이 이루어 지는 듯했지만, 지금 와서는 제삼자의 등장, 즉 다른 드라이버의 등장을 절실히 바라는 심경이었다.

"무면허 운전으로 데이트라니, 얼마나 굴레를 벗어날 생각이야! 농담이겠지, 이건 어디까지나 나를 놀라게 하기 위한, 웰컴 드링크 같은 서비스 정신을 발휘해서, 지금부터 자동차에서 내리는 거지! 고등학생답게 건전하게 버스를 타고 외출하는 거겠지!"

"내가 농담을 싫어한다는 것은 아라라기 군이 가장 잘 알 텐데."

아니.

농담을, 그것도 악취미스런 농담을 몹시 좋아한다는 것이라면 아마도 내가 제일 잘 알고 있을 거라고 생각하지만….

"게다가 무면허 운전이라고 단정하면 불쾌해."

"뭐?"

"짠짜자잔~."

그렇게

스스로 효과음을 내며 센조가하라는 주머니에서 한 장의 카드를 꺼냈다.

그것은 운전면허증이라고 불리는 물체였다.

센조가하라 히타기.

그런 이름과 함께, 그녀의 얼굴 사진이 인쇄되어 있다. AT한정도 아닌 보통차 면허. 이것을 소지하고 있는 자는 도로교통법에 따른 공공도로를 운전해도 좋다는 의미의 카드였다.

"후훗, 놀랐어? 아라라기 군이 입시 공부에 열을 올리고 있는 동안, 나는 나대로 자동차 면허 취득을 위해서 열심히 시험공부를 하고 있었다는 얘기야."

"…………!"

깜짝 놀랐는가 하면 그야 놀랐다. 말이, 입시 공부로 채워져 있던 지식이, 전부 날아갈 정도의 충격을 받았다.

운전면허 취득이라니!

나 몰래 그런 짓을 하고 있었던 건가, 이 녀석!

"한 방에 합격."

빙그레 웃으며 자랑스럽게 말했다.

칭찬해 줘, 칭찬해 줘! 라는 마음이 온몸에서 흘러넘치고 있다. 아니, 나도 가능하다면 남자친구로서, 연인이 달성한 성과를 칭찬해 주고 싶고, 또한 입시에 관해서 싸우고 있었던 것은 나뿐만은 아니었다고 서로의 노고를 나눠 가지고 싶은 참이지만, 유감스럽게도 여기서는 상식 쪽이 앞섰다.

아니, 아니, 아니, 아니!

그렇다면 아직 무면허 운전 쪽이 낫다!

"너, 너, 너, 교칙을 알기는 하냐? 대체 무슨 생각이야? 그 속을 모르겠어."

"물론 알고 있어. 필기시험 만점이었으니까. 신호가 없는, 주로 유료자동차 전용도로를 말하지."

"아니, 나는 지금 도로교통의 기초지식을 시험한 게 아니야!"

그건 그 속, 이 아니라 고속. 고속도로잖아.

나오에츠 고등학교의 교칙에서는, 그렇다기보다 입시에 비중을 둔 학교라면 대개 그럴 거라고 생각하는데, 운전면허의 취득은 엄격하게 금지되어 있다.

확실히 고등학교 3학년이며 7월 7일생인 센조가하라는 현재 18세이고, 그것은 자동차 운전면허를 취득할 수 있는 나이이기는 하다. 하지만 그렇다고 해서 재학 중인 신분으로 그것을 취득하는 위험을 모르는 것도 아닐 텐데….

추천입학이 결정되어 있는 대학의 합격이 취소되기는 고사하고, 졸업도 위험해질 레벨의 만행이다. 어찌 이럴 수가, 이런 짓을 하는 녀석이 정말로 있는 거냐. 그리고 그런 녀석이 내 여자친구냐.

뭐랄까, 갱생했다, 갱생했다고 마냥 반복해 왔지만, 뭐랄까, 뭐라고 할까, 이 여자, 나 같은 건 발끝에 미치지도 못할 정도의 진짜배기 비행을 저지르고 있잖아.

"에~. 진짜로 노 퓨처잖아. 나만 대학에 가게 될 수도 있는 거잖아. 어째, 다시 생각해 보고 이리 보고 저리 봐도 정말 감탄스럽기까지 한데. 애초에 센조가하라, 너 왜 그런 짓을 한 거야?"

"하지만 3학기에는 학교에 가지 않아도 괜찮으니까, 너무 한가해서…?"

고개를 갸웃하면서 대답하는 센조가하라.

…소인은 한가하면 나쁜 일을 하려 한다, 라는 옛말이 가리키는 실제 사례가 내 연인인 듯했다.

"게다가 봐. 아라라기 군은 면허를 취득할 수 없을 테니, 앞질러 둘까 해서…. 뭐, 결과적으로 그건 쓸데없는 고민이 되어 버린 것 같지만."

"……?"

말하는 의미를 잘 알 수 없었다.

나는 운전면허를 딸 수 없다는 건 무슨 의미일까, 실례네… 라는 생각이 들었지만, 곧 그 의미를 알았다.

나는 바로 어제까지 육체의 흡혈귀화에 의해 사진에 찍히지 않는다는 증상이 나타나고 있었다. 즉 그것은 운전면허증의 발행이 불가능하다는 의미이다. 센조가하라는 그 부분에 센조가하라 나름대로의 신경을 써 주었다는 이야기인 듯하다.

그렇게 생각하면 야단치기 어려운 비행이었다…가 아니라, 그럴 리가 있냐.

정에 얽매일 거라고 생각하지 마.

애정에도 얽매이지 않을 거라고.

게다가 재학 중에 면허를 딴다는 것은 판단이 너무 빠르잖아…. 네가 졸업할 수 없게 되면 본말전도잖아.

"그때는 아라라기 군하고 헤어져서 칸바루와 사이좋게 지낼 거니까 괜찮아."

"나하고 헤어진다든가 하는 소릴 선뜻 하지 마. 그리고 아무리 칸바루라도 당황할 거라고. 너하고 같은 반이 되거나 한다면."

"그 애는 천진난만하게 기뻐할 것 같지만 말이야."

반성의 빛도 없이 그런 소리를 지껄이는 센조가하라. 그렇다기보다 그녀를 이 일로 반성하게 만드는 것은 불가능하다고 봐야 할 것이다.

내가 양보할 수밖에 없을 것 같다.

졸업식까지 앞으로 하루….

어떻게든 학교 측에 들키지 않고 지나가기를 기도할 뿐이다. 이런 스타트로 그것이 가능할지 어떨지는 알 수 없지만, 오늘은 이제 오늘을 즐기는 것만을 생각하자.

이것은 사고의 포기이기도 했지만, 포기하고 싶어질 만한 사고도, 세상에는 간혹 있는 법이다.

"아라라기 군. 너야말로 안전벨트 매는 것을 잊지 마."

"응, 알고 있어…. 나도 초보운전자 마크가 붙은 자동차에 안전벨트도 안 하고 탈 정도의 배짱은 없어. 평소에는 성난 황소라고 불리는 나도, 오늘만큼은 치킨이야. 할 수 있다면 차일드 시트에 타고 싶을 정도야."

나는 그렇게 말하다가 문득 깨닫고서,

"그런데 이번에는 목적지에 대해서 먼저 들려줄 수 있겠지?"

라고 질문했다.

"너를 신용하지 않는 것은 아니지만, 요전의 천문대 정도로 멀리 나갈 생각이라면 역시 전력을 다해 저지할 수밖에 없어. 그 핸들을 파괴하지 않을 수 없다고."

"렌터카니까 파괴하면 곤란해. 걱정 마, 그 정도로 멀리 갈 생각은 없어. 낮에 천문대에 가서 죽이고 있어 봤자 소용없으니까."

"죽이고 있어 봤자?"

"죽치고 있어 봤자."

"……."

프리덤한 발언이 하나같이 무섭네….

자포자기 상태인 것은 아닐까.

"그래서 목적지는 어디야? 데스티네이션은."

"플라네타륨."

좀 더 젠체하며 알려 주지 않을지도 모른다고 생각했는데, 간단히 센조가하라는 알려 주었다. 아무래도 그것은 내비게이션에 목적지를 입력해야 하므로 계속 감출 수 없다는 사정이 있었던 모양이었지만.

"플라네타륨?"

"그래. 천상의天象儀."

입시 영어에서는 들어 본 적도 없는, 플라네타륨을 번역한 이름을 말하면서, 그리고 센조가하라는 액셀러레이터를 밟았다.

그리하여.

공포의 드라이브 데이트가 시작되었다.

005

공포의, 이라고 명명해 보긴 했지만 다행히도 한 방에 합격했다고 자랑할 만할 정도로 센조가하라의 드라이빙 테크닉에 문제는 없었다. 적어도 조수석에 앉아서 보기로는.

문제는 없다.

그렇다기보다 완벽하다고 말해야 할까. 하네카와가 가까이에 있는 탓에 알기 힘들었지만, 그리고 첫인상이 너무 강렬해서 그렇게 생각하기 어려웠지만, 애초에 이 녀석은 이 녀석대로 상당한 스펙을 가진 완벽초인이었다.

기어를 척척 넣는 동작도 아주 자연스럽고.

오토가 아니라 수동기어 방식 차량을 렌트한 것에 강한 자기주장이 느껴지는 부분이, 결국 조심스럽고 겸허한 하네카와와의 차이라고 말해야 할까.

빈틈없다는 의미에서는 자세히 물어보면 그런 소리를 하면서도 운전면허증의 취득이 학교 측에 들켰을 때의 대책도 센조가하라는 전혀 하지 않은 것은 아닌 듯했다. 구체적으로는 유사시에는 '가난한 집안사정을 돕기 위해서'라는 대의명분을 주장할 생각인 모양이었다.

자신의 콤플렉스도 이용하는 그 굳센 모습은 솔직히 내가 보기에는 몹시 호감도가 높은 그것이었다…. 내 쪽이 다시 반해서 어떡하는가, 하는 상황이지만.

운전 중에는 별로 말을 걸지 않는 편이 좋을까 싶어 나는 조수석에서 조용히 있었지만, 센조가하라는 운전 중에 말을 걸어오는 것이 부담스럽지 않은지 (그 부분도 우등생이다) 오히려 저쪽에서 말을 걸어왔다.

"긴장이 풀어지니까 굳이 말하자면 말을 걸어 주는 편이 좋아, 왓슨 군."

"왓슨 군이라니…. 뭐, 조수석에 앉아 있기는 하지만, 그러나 너의 모험담을 기술하는 역할을 맡고 싶지는 않네. 너에게는 전혀 홈스 요소도 없고 말이야."

"뭐, 확실히 홈스는 내가 아니라 하네카와일지도. 아아, 그러고 보니 아라라기 군. 어젯밤에 하네카와에게서 전화가 왔어."

"어? 그랬어?"

"응. 졸업식에는 어떻게든 돌아갈 수 있을 것 같다는 이야기였어."

"흐음…."

하네카와 츠바사.

나와 센조가하라의 공통된 친구인 그녀는, 현재 해외 방랑 중이다. 전국 톱클래스, 라기보다 세계 유수의 두뇌를 자랑하면서도 목적 없이 대학에 진학하는 것을 탐탁지 않게 생각하고, 졸업 후에는 정처 없는 여행을 떠나기로 예정한 그녀는, 3학년에 등교 의무가 면제된 3학기 대부분, 정확히 말하면 2학기의 도중부터 그 사전 준비에 정열을 쏟고 있었다.

…사전 준비라니.

머리가 너무 좋아서 문제를 어렵게 만든 듯한 장래 계획의 위험함은, 어쩌면 센조가하라의 면허 취득 이상의 아나키즘이라고도 할 수 있었다.

그렇다기보다, 원래 가장 아나키스트였을 내가, 의외로 가장 입시명문교에 어울리는 진로를 걷고 있다는 것은 참으로 얄궂은 일이다.

무엇에 대해, 누구에 대해 얄궂은지는 알 수 없지만.

다만 하네카와의 여행길은 동시에 오시노 메메를 찾는 여행길이기도 해서, 그 의미에서는 거의 나를 위한 여행길이라고도 할수 있었고, 그렇다면 다른 사람도 아닌 내가 말릴 수도 없었다.

뭐, 센고쿠의 건에 대해서도 내 흡혈귀화에 대해서도 현재 어떻게 해결을 보았으니 오시노 찾기는 이제 하지 않아도 된다고 말하지 못할 것도 없지만….

다만, 타다츠루가 말하길.

앞으로도 오시노가 열쇠가 된다….

"이미 뭔가 상당히 오랫동안 하네카와하고 만나지 못한 기분이 드네. 해외에 있으니 민폐가 될까 싶어 별로 연락을 하지 못했는데, 뭐지? 이건 요컨대 너에게는 전화가 있었지만 나에게는 없었다는 얘기가 되는 건가?"

쇼크다.

졸업식 때 돌아온다는 이야기라면 알려 주었으면 했는데…. 왠지 모르게 졸업식에도 나오지 않는 것 아닐까 하고 생각했지만.

"그러네. 어째서 하네카와는 아라라기 군에게는 전화를 하지 않았던 걸까. 혹시 내가 아라라기 군에게는 내가 말해 두겠다고 말했기 때문일까."

"그것 말고는 생각할 수 없잖아."

"구체적으로는 아라라기 군에게는 전화하지 말라고 부탁했기 때문일까."

"그렇게까지 말했던 거냐. 그렇게까지 구체적으로 말한 거냐고. 왜 그런 짓을 한 거야."

"걱정하지 마. 아라라기 군의 흡혈귀화가 해제된 것에 대해서는 내 쪽에서 이야기를 해 뒀으니까."

"걱정은 하지 않지만 설교는 하고 싶어지네…. 직접 말하고 싶었는데 말이야. 입시를 무사히 마칠 수 있었던 것에 대해서도, 나로서는 하네카와에게도 감사 인사를 하고 싶었는데."

"그건 나도 말하지 않았으니까, 졸업식에서 만났을 때에 말해. …아아, 그렇지. 맞다. 하네카와의 전언을 모셔 두고 있었어."

"모셔 둬?"

수수께끼의 경어다.

경어의 사용법을 모르는 것은 오오노키뿐만이 아니라는 이야기인가. 아니, 뭐. 내가 하네카와에게 갱생된 것처럼 센조가하라를 갱생시킨 것은 하네카와의 공적이라고 말하지 못할 것도 없으니, 우리로서는 그녀를 아무리 높여도 다 높이지 못할 정도이기는 한데.

나에 이르면 갱생이라고 할까, 그 녀석에게 구성요소를 전부 교체당한 것 같은 구석이 있으니 말이지. 그렇게 생각하면 하네카와 츠바사, 상당히 무서운 여자다.

저런 녀석은 대체 장래에 어떤 어른이 되는 걸까.

"그래서, 그 전언이란 건 뭐야?"

"오시노 씨를 찾았대."

"흐음…. 뭐어어?!"

한순간 흘려들을 뻔했다.

운전하고 있던 것이 내가 아니어서 다행이다. 지금 내가 핸들을 쥐고 있었다면 틀림없이 자손사고를 일으켰을 것이다.

그것에 비해 센조가하라는 새침한 태도로, 지금은 한 손으로 핸들을 조작하고 있었다. 아니, 왜 너는 그 중대한 뉴스를 어제 바로 나에게 전하려고 하지 않았던 거야.

보도는 스피드가 생명이잖아.

"진짜로?"

"진짜야. 뭐, 정확히 말하면 오시노 씨가 잠복하고 있는 장소를 알았다는 이야기였던가…. 잘 기억이 안 나는데."

"부탁이니까 기억해 내 줘. 전력을 다해 줘."

잠복이라니, 또 범죄자 같은 표현을 쓰네…. 요컨대 아직 있는 장소를 알아낸 것뿐이고, 발견했다는 것은 아니라는 이야기인가. 그래도 충분히 굉장하지만.

"졸업식까지 데리고 돌아올 수 있을지 어떨지는 시간적으로 미묘한 모양이지만…. 뭐, 이제 와서 오시노 씨를 데리고 돌아와도 부탁할 일은 특별히 없으니까, 억지로 데리고 돌아올 건 없을지도 모르지만 말이야."

그런 소리를 하는 센조가하라.

아직 센조가하라에게는 어제 아침에 있었던 이런저런 일들, 나의 지옥순례를 설명하지 않았으므로 그녀로서는 그런 감각일지도 모른다.

데이트의 이른 단계에서 그런 설명을 해 두는 편이 좋을지도 모른다. 나는 아마도 가엔 씨의 일에 또 말려들게 될 것이라는 이야기를, 어떻게 부드럽게 설명하면 좋을지 갈피를 잡지 못하고 있는 상황이지만….

다만 말려들었다는 피해자 같은 표현은, 오시노라면 하지 않을 것이다. 내가 당사자인 것은 틀림없으니까.

그러나 오노노키에게 지적받고 보니, 가엔 씨에게 원래부터 나를 계획에 끌어들일 생각이 있었는지 어떤지는 분명 판단이 갈리는 부분이지만, 제아무리 가엔 씨라도 여기서 하네카와가 오시노를 발견한다는 가능성까지는 생각 못 하지 않았을까?

하네카와와 가엔 씨 사이에도 불화라고 할 정도까지는 아니어도 약간 긴박한 공기가 흐르고 있었다고 들은 적이 있는데, 과연 이것은 하네카와가 가엔 씨에게 한 방 먹였다는 모양이 되는 걸까.

물론 센조가하라의 이야기를 듣기로는 아직 오시노를 포착했다는 것은 아닌 듯하고…. 그렇다면 짐작이 틀렸을 수도 있을 것이다.

그 부분을 물어보니,

"그렇지. 아직 확실한 것은 아닌 모양이야. 다만 추리를 계속해 보니, 이제 오시노 씨의 거처는 두 곳으로 좁혀졌다고 말하고 있었어."

"두 곳…?"

"응. 흥미가 없어서 자세히는 물어보지 않았지만, 확실히 그렇게 말했어."

"……."

흥미를 가져 줘.

그렇게 생각하며 돌아보니, 애초에 센조가하라는 오시노 같은 성격의 사람을 싫어했다. 그렇다면 필요성이 없어졌다고 여겨지는 현재, 냉담하다고도 생각되는 그런 스탠스는 그녀로서는 당연한 것일지도 모른다.

두 곳…. 어디와 어디일까.

졸업식까지 데리고 돌아올 수 있을지 어떨지 알 수 없다고 말하는 것은 후보가 아직 둘이 있기 때문이라는 의미였던 것일까. 당연하지만 양쪽 다 꽝일 케이스도 있을 수 있고.

"추리를 거듭했다는 건가…. 확실히 명탐정답네."

게다가 발을 사용하는 타입의 탐정이다.

요즘 같은 때에는 보기 드문 타입이다.

"그것이 어디어디인가 하는 것은 말하지 않았다는 거지?"

"응. 하지만 오해하지는 마, 아라라기 군. 그건 명탐정풍으로 잘난 체한 것이 아니라 하네카와는 그냥 이야기하려고 했지만 내가 흥미가 없으니까 알려 주지 않아도 된다고 말했어."

"그런 말을 들었을 때의 하네카와의 리액션이 신경 쓰여서 견딜 수가 없어."

명탐정으로서 더없이 실망스런 일에도 정도가 있을 것이다.

전화할 상대를 잘못 골랐어, 하네카와.

나였다면 필시 좋은 리액션을 취해 주었을 텐데. 아니, 나는 나대로 시험(과 오노노키의 상대) 때문에 지칠 대로 지쳐 있었으니까 의외로 리액션은 센조가하라와 비슷했을지도 모른다.

내 시험의 결과도 역시나 해외에서는 알 수 없을 것이고, 하네카와로서는 신경을 써서 센조가하라부터 연락했고, 나에 대한 전화를 자제하라는 말을 들었다는 흐름일까. 그렇다면 하네카와는 지금쯤 내가 입시에 실패했다고 오해하고 있을 가능성도 있었다.

옛날부터 의외로 착각을 굳게 믿곤 하는 하네카와이기도 하다.

"뭐였더라. 반대였다고 말했어."

역시나 나의 낙심하는 모습이 심각한 것을 알아차렸는지, 센조가하라가 능력 있는 여자로서의 그 기억력을 최대한 동원해서 하네카와의 말을 일부이긴 했어도 떠올려 주었다.

"반대?"

"응. 어프로치 방식이 반대였다고, 뭔가 변죽 울리는 말을 했었지, 걔."

"네가 이야기를 제대로 못 들었기 때문에 결과적으로 변죽 울리는 얘기가 되어 버린 것뿐 아니야? …반대? 무슨 의미일까…."

추리소설인 해석을 한다면 등잔 밑이 어둡다, 같은 해석이어도 괜찮을까? 해외까지 찾으러 나갔지만, 의외로 오시노는 일본 국내, 게다가 이 마을 근처에 있었다든가 하는 추리인가?

아니, 그런 단순한 의미라고는 생각하기 어렵다.

그렇다기보다 그만큼 찾지 못했던 남자가, 실은 이 마을에 숨어 있었다는 이야기라면 나는 화낼 거라고…. 게다가, 그렇다면 하네카와는 곧바로 돌아와 주면 되는데, 졸업식에 맞출 수 있고 없고 하는 딜레마에는 빠지지 않을 것이다.

"디스 이즈 어 펜인가 뭔가 하고 말씀하셨는데."

"말씀하셨다니…. 디스 이즈 어 펜?"

뭐지, 그 구문은…. 입시 영어도 아니고.

으음.

여러 가지로 생각할 부분은 있고, 또 걱정도 있지만, 지금의 내가 할 수 있는 일은 없어 보인다. 하네카와의 자립성에 기대할 수밖에 없을까.

다만 이 일은 가엔 씨에게는 알리지 않는 편이 좋겠지.

뭐든지는 모르는 하네카와 츠바사.

뭐든지 알고 있는 가엔 이즈코.

양자의 접점은 될 수 있는 한 최소한으로 억제해 두는 편이 좋다는 것이, 아무것도 모르지만 우선은 쌍방을 알고 있는 나의 당면한 판단이다.

"뭐, 친구로서는 이중조난이 되지 않았던 만큼 다행이었다고 생각해야겠지. 하네카와라면 만에 하나는 없을 거라고 생각하지만, 역시 걱정되니까. 여자 혼자서 하는 여행은."

"그렇지. …아라라기 군, 그런데 미아가 되었을 때의 철칙이란 거, 알아?"

"미아가 되었을 때의 철칙? 미아를 찾을 때의 철칙이 아니라?"

지금 오시노의 상태, 혹은 카게누이 씨의 상태를 '미아'라고 평해도 좋을지 어떨지는 모르겠지만.

"응. 게다가 하네카와가 변죽 울리는 말을 했었는데…."

"그러니까 그 녀석의 발언이 변죽 울리는 느낌이 된 건 너 때문이라니까."

나는 말한다.

"미아가 되었을 때의 철칙이라면 '그 자리에서 움직이지 않는다' 아니었어? 그것이야말로 이중조난을 피하기 위해서."

"그래. 그렇게 말하고 있지만, 실제로는 그렇게 단순하게 말할 수 없다는 이야기였어. 일행과 떨어졌을 때는, 의외로 서로가 서로를 찾아다니는 편이 빨리 합류할 수 있는 경우도 있다든가 하는."

"응? 그런 거야? 효율이 나빠 보인다고 생각하는데."

"그야 서로 랜덤하게 찾아다닌다면 효율이 몹시 나쁘겠지만, 실제로 인간은 정처 없이 찾는 게 아니라 '상대가 어디 있을까'를 생각하면서, 요컨대 유추하면서 찾잖아? 즉 서로를 찾는 범위를 좁히며 수색하는 것이니까 서로 움직이는 편이 합류가 빠르다… 같은 얘기를 했어."

하지만 이것도 상대가 있는 곳에 대해서 엉뚱한 유추를 하지 않는다는 것이 전제인 이야기지, 라고 센조가하라는 말했다.

확실히.

그것이 불가능하니까 미아가 되는 것이라고 표현할 수도 있을 테고 말이야. 어프로치 방법이 반대라는 것은, 그렇다면 그런 의미일까?

뭐, 그것도 추리이고.

그리고 나 같은 녀석이 아무리 추리해 봤자, 하네카와의 사고를 따라잡을 수 있을 리가 없지만. 그야말로 이 자리에서 가만히 있으며 졸업식의, 하네카와의 귀환을 기다리는 것이 내가 할 수 있는 최대한도라고 해야 할까.

"그 밖에 어떤 이야기를 했어? 하네카와하고는. 오시노에 대한 것 외에 뭔가 말하지 않았어?"

"통화료가 비싸니까 그리 깊은 이야기는 할 수 없었지만… 그렇지, 오늘의 데이트 플랜에 대해 상담했어. 자백하자면 실은 우선 플라네타륨에 가면 좋을 것이란 얘긴 하네카와의 생각이야."

"그런 거야?"

"응. 내가 세웠던 당초의 플랜은 화산의 분화구를 보러 갈 예정이었지만."

"……."

화산 분화구에 흥미가 없는 것은 아니었지만, 그것은 하네카와에게 감사해야겠네… 말도 안 되는 계획을 세웠구나, 이 녀석.

"말하면 그만두라는 말을 들을 거라 생각해서 내가 자동차를 운전한다는 것은 말하지 않았어."

"가능하면 그 건에 대해서도 하네카와에게 상담해 줬으면 했는데…."

"하네카와가 여러 가지로 추천할 만한 플라네타륨을 알려 주어서, 그 안에서 셀렉트했어. 그러니까 걱정 없어, 아라라기 군. 그런 불안해 보이는 얼굴을 하지 않아도, 여기서부터는 그 정도의 서프라이즈는 준비해 두지 않았으니까. 제대로 하네카와의 검열을 받았으니까."

검열이라니….

데이트에는 전혀 어울리지 않는 말이지만, 그러나 하네카와의 체크를 받았다고 하니, 확실히 나도 조금은 마음이 편해졌다.

"상당히 야단맞아서 침울해지기도 했어. 야단맞으면 야단맞을수록 운전면허에 대한 것은 말할 수 없게 되어 갔어."

"마음은 알겠지만, 그 부분은 장래를 위해서도 너는 야단맞아 두었어야 했던 게 아닐까…."

"개인적으로 플라네타륨은 평소부터 간 적이 많은 장소이니까 나에게는 이벤트성이 떨어지지만. 하지만 아라라기 군하고 함께 가는 것도 나쁘지 않겠지."

"흠…. 하지만 말은 그렇게 해도 너에게는 재미없는 데이트가 되는 거 아니야?"

이전에 칸바루도 플라네타륨은 좋아한다고 말했지만, 그렇다면 발할라 콤비는 둘이서 함께 놀러 가기도 했을까 하고 생각하면서 그런 식으로 물어봤더니,

"뭐, 내가 플라네타륨에 갈 때는 놀러 간다기보다도 공부하러 간다는 측면을 띠고 있었으니까. 가끔씩은 아무런 준비 없이 가짜 별들을 바라보고 싶은 법이야. 의욕이 없는 것은 아니니까 그 점도 안심해."

라고 대답했다.

"공부하러 간다는 측면? …아, 그렇구나. 너 확실히 과학 계열 선택과목에 지학地學을 선택한다는, 우리 학교 학생치고는 상당히 아크로배틱한 짓을 했었지…."

내가 보기에 지학이란 무엇을 공부하는 과목인지 알 수 없을 정도이지만…. 어릴 적에 가족끼리 천문대에 다녔던 추억을 소

중히 하는 센조가하라로서는 천체란 것은 역시 특별한 애착이 있는 존재인 듯하다.

나도 별들에 대한 이야기가 싫은 것은 아니었지만, 센조가하라 정도로 진지하게 밤하늘을 보고 있는 것은 아니니 말이야….

"응. 그래서 원래 상정했던 데이트 코스의 화산 분화구라는 것도 노두露頭를 관찰할 생각이기도 했어."

"그런 '원래'가 어디 있어. 완전히 공부하러 가는 거잖아. 필드워크잖아. 입시를 마친 나에게 무슨 데이트를 권할 생각이었던 거야."

"하지만 재미있어. 확실히 하네카와 덕택에 데이트 코스는 번듯하면서도 건전하게 되었지만, 그 덕분에 재미가 사라져 버린 것도 부정할 수 없어. 나에게 휘둘리는 것을 무엇보다 더한 열락으로 삼는 아라라기 군으로서는, 어쩌면 자극이 부족해졌는지도 몰라."

"최소한 열락悅樂이라는 표현은 쓰지 마."

"오락娛樂?"

"그것도 좀 다르네…."

"낙락樂樂?"

"그렇게 말할 거라면 앞에 희희喜喜를 붙여야지."

"다만 플라네타륨은 과학관과 병설되는 편이야. 그러니까 지금 가는 장소에 공부를 하러 간다는 시각도, 이것대로 불가능하지는 않네. 뭐, 아라라기 군도 갑자기 공부를 그만두면 심장에 좋지 않을지도 모르니까, 최신예 과학을 접해 보는 정도부터 천천히 쿨 다운해 가는 편이 좋을지도 몰라."

"갑자기 공부를 그만두면 심장에 나쁘다는 발상이 나에게는 없었는데 말이야…."

과연 하네카와가 생각하는 데이트 플랜.

과학관이란 놀이와 공부를 겸비한 코스다. 고교생다움이란 대체 무엇일까 하고 생각하게 만들지 않는 것도 아니지만, 그러나 나나 센조가하라처럼 노는 데 서툰 사람에게는 실로 적절한 선택인지도 모른다.

그런 데다 센조가하라의 독자적인 어레인지(자동차 운전)도 더해져 있으니까, 걱정해 주지 않더라도 자극 부족은 전혀 아니었다.

아무리 센조가하라의 운전기술이 신뢰할 수 있다고 해도, 역시 익숙하지 않은 자동차인 만큼 긴장은 하게 되는 법이고 말이야.

"나는 평소에는 과학관에는 들르지 않으니까 그건 기대가 돼. 어떤 하늘을 나는 자동차가 있을까."

"과학관에 거는 기대가 크구나…."

확실히 하늘을 나는 자동차 자체는 존재하지 않는 것은 아닌 듯하지만.

"하지만 하늘은 날지 않는다고 해도, 요즘 자동차도 굉장하잖아? 이 자동차에 장비되어 있을지 어떨지는 모르지만, 위험을 감지하면 자동으로 브레이크가 걸린다든가, 센서가 전방향으로 작동하고 있거나, 그리고 자동운전이라든가."

"그러네. 충분히 미래의 자동차네."

버기네, 라고 덧붙이지 않아도 좋을 소리를 덧붙이는 센조가
하라.

해저귀암성.

"언젠가 내비게이션에 목적지를 입력하면 그것으로 그곳까지
데려가 주는 시스템도 만들어질지 모르겠네. 이착륙만 매뉴얼로
행하는 비행기처럼, 주차와 발진만 인력ㅅㄲ으로 하는 것 같은."

"입력과 인력인가. 그렇게 되면 한동안은 시험 보는 걸 사양
하고 싶은 나로서는 면허를 따지 않아도 될 것 같아서 한시름
덜겠는걸…."

가령 그런 자동차가 실현된다고 해도 법률의 정비가 좀처럼
따라오지 못하겠지만.

과학기술의 진보에 인간사회가 추월당해 가는 감각.

내가 스마트폰의 사용법 같은 것을 전혀 이해하지 못하는 것
도 그 한 가지 예라고 할 수 있다.

자동차도 최신 과학의 집약이므로 앞으로 나에게는 인연이 없
는 탈것이 되어 갈지도 모른다.

"무슨 소릴 하는 거야. 아라라기 군은 꼭 봄방학 동안에 면허
를 취득해 줬으면 해. 그리고 이번에는 아라라기 군이 나를 드
라이브에 데려가 줬으면 해."

모처럼 사진을 찍을 수 있게 되었으니까, 라고 센조가하라는
말했다.

"직접 운전할 수 있는데 나를 운전하게 만들려는 거야, 센조
가하라 씨?"

"여자로서는 역시 동경하게 돼. 남자친구가 모는 차의 조수석이라는 거."

어쩐지 여자애 같은 소리를 하기 시작했다.

"역逆하렘과 같은 정도로 동경하고 있어."

"그것도 여자애 같은 동경이기는 하지만, 그러나 그것하고 같다는 얘기를 듣는 것은 좀 어떨까."

"아라라기 군의 운전으로 언젠가 분화구에 노두관찰을 하러 가고 싶네."

농담이 아니라 진심으로 말하는 것일지도 모르지만, '그렇구나, 가고 싶네'라고 대답하기 어려운 동의 요구 방식이네.

"조금 알고 싶은데, 센조가하라, 지학이라는 건 어떤 걸 배우는 과목이야? 단순히 천체에 대한 것만 공부하는 것도 아닐 거 아냐?"

"엄밀히는 지구과학의 약자야. 요컨대 메인은 천체로서의 지구를 공부한다는 얘기가 될까. 나의 흥미는 어쩔 수 없이 우주 전체로 향해 버리지만. 언젠가 완전한 우주지도를 그려서 2대째의 이노 타다타카[*]라고 불리는 것이 나의 꿈이야. 내가 대학에서 하고 싶은 일이야."

"…2대 이노 타다타카라니."

"뭐, 이노 타다타카는 홋카이도는 잘 모르는 채로 전국 지도를 그렸다는 유감스러운 에피소드도 들은 적이 있지만, 그 부분

※이노 타다타카(伊能忠敬) : 일본 최초로 일본 전토의 실측 지도를 만든 인물.

은 나는 빠뜨리지 않고 가고 싶네. 우주 구석구석까지 남김없이 노두관찰을 해서 지도를 그리고 싶어."

"거기까지 가면 노두관찰이고 뭐고 아니잖아."

이노 타타타카가 아니라 이능력 대단하다, 라고 해야겠다.

…딱히 이노 씨도 대충대충 한 건 아닐 테고.

그러나 처음 들었는데, 내 여자친구는 우주비행사를 목표로 하고 있는 건가…. 정말일까, 이 자리에서만 하는 농담 같은데.

"그렇다기보다, 우주지도란 건 뭐야? 그런 게 있어? 흔히 보는 그거 얘기야? 태양 주위에 행성이 늘어서 있는 느낌의…."

"그건 아니야. 그건 이미지 그림이야. 그런 게 아니라 우주 전체를 그리는 지도…. 뭐, 지학을 선택하지 않으면 익숙하지 않으려나…."

"응. 들은 적이 없어."

"우주란 곳은 거의 진공이고, 그 안에 드문드문 은하나 별들의 집단이 배치되어 있어. 왠지 모르게 확률적으로는, 진공 속에 균등하게 별들이 흩뿌려져 있는 것처럼 여겨지곤 하지만 실제로는 그렇지 않고, 별들은 덩어리를 이루듯이 한데 몰려서 존재하고 있어. 그것을 그림으로 그린 것이 우주지도야. 후후. 별도 인간처럼 외로움을 많이 타는 걸까?"

"교훈 같은 이야기를 들어도, 그 우주지도 자체를 본 적이 없으니까 전혀 와 닿지 않는데."

"참고로 우주지도는 세계지도나 일본지도처럼 사격형이 아니라."

부채 형태를 하고 있어.

그렇게 센조가하라는 평담하게 말했다.

부채.

扇.

오기.

그 말에 나는, 반응하지 않았다.

006

"네, 네. 안녕하세요, 아라라기 선배. 오시노 오기예요. 그러면 오늘은 별자리에 대한 공부를 하죠."

오기는 생글생글 웃으면서 손에 들고 있던 레이저 포인터로 반구형 돔에 비추어진 가득한 별들을 가리켰다. 어째서 나오에츠 고등학교 1학년생, 내년부터는 2학년인 그녀가 과학관 직원으로서 플라네타륨에서 일하고 있는 거냐고 미심쩍게 생각했지만 곧 이것은 꿈이라는 걸 깨달았다.

자동차의 기능에 의지하지 않고 과학관의 주차장에 멋지게 세로주차에 성공한 센조가하라와 함께, 무사히 병설 플라네타륨에 들어왔다. 하지만 역시나 어제부터의 피로 때문인지, 그리고 오늘 아침에 일찍 일어난 것도 문제였는지, 데이트 중인 남자에게 결코 있어서는 안 될 일이지만, 아무래도 나는 새까맣게 어두워진 플라네타륨 안에서 노를 젓듯이 고개를 까딱까딱 하며 꾸벅꾸벅 졸아 버린 것 같다.

노를 젓는다는 표현을 살린다면, 플라네타륨인 만큼 우주선을 저어 버렸다는 이야기가 될까. 이런, 꿈속에서도 아직 자고 있다니, 전혀 재치 있게 둘러댈 수 없다.

"잠들지 말아 주세요~, 아라라기 선배. 분필을 던질 거라고요. 분필은 가지고 있지 않으니까, 레이저 포인터를 던져 버릴 거예요~."

그러지 말았으면 좋겠다.

그런 것을 맞았다간 의식을 잃고 잠에서 깨 버린다고….

"핫하~. 그리고 깨어난 뒤에 생각하는 거군요. 센조가하라 씨와 데이트하고 있는 지금이 현실인가, 아니면 저하고 느실난실하던 조금 전까지가 현실이었나. 나는 인간인가 나비인가가 헷갈리는, 호접지몽이라는 거군요."

오기는 꿈속에서도 통상운전이었다.

"자, 그러면 견식을 깊게 만들어 볼까요."

꿈과 현실의 구별이라는 이야기를 하면, 아마도 지금 현실에서도, 현실의 플라네타륨에서도 비슷한 이야기를 할 수 있을 것이다.

그것이 얕은 잠 속에서 들리고 있으니까, 이렇게 꿈에 영향이 나타나는 것인가. 뭐, 그렇다면 깨어났을 때 센조가하라에게 핑계를 댈 수 있을 정도의 해설을, 오기에게 기대하고 싶은 참이다.

"아시다시피 지구에서 보는 모든 하늘에는 88개의 별자리가 있어요. 〈세인트 세이야〉하고 마찬가지죠. 제대로 전부 말할 수 있나요?"

아니, 터무니없는 소리 하지 마.

세인트 세이야에서도 88명 전원은 나오지 않잖아.

"그렇죠. 게다가 일본에서 사는 아라라기 선배가 보면 남쪽 하늘, 남반구의 별자리는 어렵겠죠. 저의 라이벌인 하네카와 선배는 어쩌면 지금쯤 오스트레일리아 부근에서 보고 계실지도 모르겠지만요."

그렇게 오기는 즐거운 듯 말했다.

웃는 얼굴이기는 하지만, 하네카와하고의 대립을 지금은 감추려고도 하지 않는다.

"아니, 정말. 남반구에는 익숙하지 않은 별자리가 많이 있으니 재미있어요. 그쪽에는 카멜레온자리 같은 것이 있으니까요."

카멜레온자리?

그거 참 대단하네….

"그리고 이젤자리라든가, 돛자리라든가…."

레이저 포인터로 각각의 성좌를 가리키는 오기. 상당히 내비게이터 역할이 익숙해져 있다. 원래 이런 식의 연설에 능통한지도 모른다. 누군가에게 뭔가를 설명하는 것을 좋아하는지도 모른다.

아니, 이것이 꿈이라고 한다면 내가 무의식 속에서 오기를 그런 식으로 생각하고 있었다는 이야기일 뿐이겠지만….

별난 별자리…. 아니, 남반구에서는 당연한 별자리겠지만, 오

기는 그렇게 단속적으로 느릿느릿, 별로 알려지지 않은 별자리의 이름을 열거해 나간 뒤,

"물뱀자리라는 것도 있어요."

라고 말했다.

물뱀.

삼수변의… 뱀.

"이쪽에서 말하는 바다뱀자리일까요. 이건 아시겠죠, 바다뱀자리. 88개 별자리 중에서 최대의 별자리예요."

돔 안의 밤하늘의 모습이 일변했다.

일변해서, 낯익은 하늘이 된다.

바다뱀자리 부근을 가리키는 오기.

"뭐, 별자리의 크기를 어떤 식으로 측량할까 하는 것도 어려운 문제죠. 입체적으로 파악하면 비교적 이리저리 흩어져 있으니. 다만 바다뱀자리의 이 존재감은 키스샷 아세로라오리온 하트언더블레이드를 연상시키네요."

별자리의 설명에 괴이의 설명이 섞이기 시작했다.

이것이 현실에 링크되어 있다고는 생각되지 않는다. 설마 과학관의 플라네타륨이 내가 잘 아는 흡혈귀, 어제 완전부활을 이뤄 낸 철혈이자 열혈이자 냉혈의 흡혈귀의 이름을 이렇게나 간단히 고해 올 리도 없다.

이것도 오기라면 그런 이야기를 할 것이라는, 내 무의식 속의 인상일까? 그렇다면 어느 종류, 현실과의 링크가 강해졌다고도 할 수 있겠지만….

"애초에 바다뱀자리 말인데, 바다뱀이라고는 해도 이건 전설 상의 히드라를 말하는 거예요. 아시나요? 히드라. 불사신이라고 해도 과언이 아닌, 잘라도 잘라도 계속 재생하는 괴물이에요. 일본에서 말하는 야마타노오로치 전설 같은 것일까요? 그 히드 라를 퇴치한 것은 스사노오노미코토가 아니라 유명한, 용맹스러 운 헤라클레스였지만요."

헤라클라스가 아무리 목을 베어도 계속해서 벤 자리에서 재생 하던 것이 그 바다뱀이었어요. 그렇게 오기는 이야기했다.

즐거운 듯 이야기했다.

불사신인 괴이를 쓰러뜨리는 법이라면 카게누이 씨가 자세히 알겠지만, 그렇다면 영웅 헤라클레스는 대체 어떻게 그 바다뱀 을, 히드라를 퇴치했던 것일까? 설마 쓰러뜨리지 못하고 싸움은 헛수고로 끝났다는 결말은 아닐 것이다.

"아뇨, 퇴치법은 극히 정통파였어요. 이 방법으로는 키스샷 아세로라오리온 하트언더블레이드는 쓰러뜨릴 수 없겠지만요. 히드라의 아홉 개의 머리를 순서대로 베고, 베인 자리를 불로 지져 막아서 재생할 수 없게 한 거예요. 그렇게 해서 순서대로 모든 목을 베어 버리고, 헤라클레스는 바다뱀을 퇴치했어요."

확실히 정통파다.

벤 자리를 불로 지진다.

오기는 키스샷 아세로라오리온 하트언더블레이드에게는 통하 지 않는다고는 말했지만, 실제로 통하지 않을지도 모르지만, 그 러나 '태워서 퇴치한다'라는 것은 흡혈귀에 대한 올바른 대처일 것이란 생각도 든다.

불사신인 괴이는.

불로 태워야 한다.

내가 사방팔방 불밖에 없다고 이야기되는 지옥, 아비지옥에 떨어진 것처럼.

"전설의 흡혈귀를 쓰러뜨리는 것은 전설의 영웅밖에 할 수 없을지도 모르겠네요. 여담이지만요."

그렇게 오기는 덧붙였다.

"이 바다뱀과 헤라클레스의 싸움이 있었을 때, 바다뱀 편을 들며 헤라클레스를 공격했던 것이 게자리의 게예요. 그 커다란 집게발로 헤라클레스를 베려고 했죠."

게자리⋯⋯게?

"물론 사마귀의 도끼가 아닌 게의 집게발이 전설의 영웅인 헤라클레스에게 통할 리가 없었고, 간단히 격퇴당했지만요. 으직, 하고 짓밟혀 버렸어요. 그 충격으로 게는 납작해졌다나 뭐라나."

다만 헤라클레스에게 도전한 그 용기를 여신에게 칭찬받고, 게는 하늘의 별자리로서 그 이름을 남기게 되었던 거죠. 그렇게 오기는 말했다.

말하면서 게자리를 크게 보여 주었다.

이러한 융통성이 발휘되는 부분이 플라네타륨의 장점일 것이다. 실제 별자리에서는 한 번에, 혹은 한 계절에 볼 수 있는 별자리의 숫자가 한정되어 있지만 플라네타륨이라면 조작 한 번으로 남반구의 하늘이든 북반구의 하늘이든, 여름의 별자리든 겨

울의 별자리든, 늦은 밤의 별자리든 새벽녘의 별자리든 마음대로 볼 수 있으니까.

"작은 무기로 커다란 적에게 도전하는 자세는 그야말로 센조가하라 선배 그 자체네요. 눈을 뜨면 그런 쪽 에피소드를 센조가하라 선배에게 이야기하고 꼭 인기를 얻어 주세요."

인기를 얻어 달라니….

확실히 흥미로운 에피소드이기는 했지만 그러나 어쨌든 게가 짓밟힌 이야기를 듣고 센조가하라가 기뻐할 것이라고는 생각되지 않는다….

현실의 플라네타륨과 이 꿈이 어디까지 이어져 있는지는 확실치 않지만, 만약 게자리에 대한 이런 해설이 현실에서도 이루어지고 있다고 한다면, 센조가하라는 과연 어떤 마음으로 그것을 듣고 있을까. 뭐, 딱히 그녀는 게의 괴이에게 사로잡혀 있었던 것뿐이지 게를 좋아하는 것도, 게에게 강한 애착이 있는 것도 아니겠지만.

하지만 7월 7일생인 센조가하라는.

게자리…이기는 했다.

다만 그것을 암시적으로 받아들이는 것은 조금 억지가 심하다고 볼 수 있다. 내가 기억하는 한, 센조가하라가 키스샷 아세로라오리온 하트언더블레이드… 즉 오시노 시노부의 편을 든 적은 한 번도 없다고 해도 좋다.

반대로 시노부가 미아가 되었을 때도, 센조가하라만은 시노부 찾기에 참가하지 않았을 정도다. 갱생 전에도 갱생 후에도 아이가 싫다는 자세는 일관되어 있는 그녀다.

가령 시노부가 위기에 빠져 있는 현장과 조우해도, 센조가하라가 짓밟힐 리스크를 범하면서까지 그녀를 도울 것이라고는 생각되지 않는다.

"그러네요. 저는 잘 모르지만, 센고쿠와 대립했을 때 몸을 바쳐 센조가하라 선배가 감싼 것은 어디까지나 아라라기 선배이지 하트언더블레이드는 덤이었을 뿐이니까요."

그렇게 오기는 고개를 끄덕였다.

"흥미로운 부분이죠. 그때의 뱀신, 요컨대 키타시라헤비 신사에 군림하고 있던 센고쿠 나데코와, 현재 완전부활을 이룬 키스샷 아세로라오리온 하트언더블레이드가 대결했을 경우, 어느 쪽이 이겼을까. 순당하게 생각하면 세계도 멸망시킬 수 있는 괴이살해자 쪽이겠지만, 불사신성이라는 의미에서는 뱀신도 뒤지지 않으니까요. 이쪽은 바다뱀이 아니라 육상의 뱀이지만요."

뱀 대 바다뱀.

양쪽 다 독을 지니고 있으니, 그것은 말 그대로 고독蠱毒 같은 이야기지만…. 오기는 그것이 완전히 꿈의 카드인 것처럼 이야기하지만, 다만 그것은 꿈의 카드라기보다 불사신 간의 소득 없는 진흙탕 싸움밖에 되지 않는 것처럼 생각되기도 했다.

영원히 끝나지 않는 동족상잔 같은 것이다.

"그러네요. 바다뱀자리가 아닌 뱀자리 쪽도, 히드라는 아니어도 불사신성의 상징이니까요."

그렇게 또 돔의 야경이 전환된다.

레이저 포인터로 표시된 것은 뱀자리다.

"어쨌든 이 뱀자리라는 것은 하늘의 88개 별자리 중에서도 유일하다고 해도 좋을, 별난 특징을 가지고 있으니까요. 뭔지 아시나요? 아라라기 선배."

모른다.

나는 그렇게 생각했다.

하지만 이것이 꿈이라고 한다면, 생각하면 내가 모르는 지식을 오기가 설명한다는 것은 기묘한 이야기다. 수면학습으로 듣는 현실의 플라네타륨의 방송내용으로서는 이야기가 괴이 쪽으로 너무 치우쳐 있는 것 같기도 하고.

그런 프로그램이었던가?

뱀자리의 특징.

결코 지학을 선택하고 있다고는 생각되지 않지만, 오기는 알고 있는 걸까.

"저는 아무것도 몰라요."

오기는 음험하게 미소 지으며 말했다.

"당신이 알고 있는 거예요. 아라라기 선배. 알고 계실 거예요, 사실은. 자, 이런 식으로."

그렇게 오기는 레이저 포인터의 빛을 크게 좌우로, 방향으로 말하면 크게 동서로 흔들었다.

"뱀자리는 동서로 나뉘어서 존재하는 단 하나의 별자리예요. 뱀으로서 **토막 나** 있어요."

그렇게 말했다.

"상반신이 서쪽에, 하반신은 동쪽에, 떨어져서 존재해요. 요컨대 이것은 겉으로 보기에도 불사신이죠. 몸이 두 동강 나도 살아 있다니⋯. 뭐, 아라라기 선배도 자주 몸이 두 동강 나시는 것 같지만요."

두 동강은 고사하고 어제도 잘게 토막 났던 참이다. 그것은 제쳐 두고, 뱀자리가 하늘에서 양단된 형태로 존재하고 있다는 것은 처음 들었고, 놀랄 이야기이기도 했다.

어째서 그런 형상으로 하늘에 올라가 버린 것일까. 그곳에도 게자리 같은 에피소드가 있는 것일까?

게가 납작해졌던 것처럼, 뱀이 두 동강 난 전설이라든가⋯. 나의 그런 의문에 호응하듯이 오기는 "네."라고 말했다.

"사실을 말하면, 절단된 그 사이에는 다른 별자리가 그려져 있어요. 이것은 분명 아라라기 선배는 알고 계시겠지만, 뱀주인자리예요."

뱀주인자리.

13성좌의 그것인가.

옛날에 그 이야기를 했다가 칸바루를 대폭소하게 만들었던 것을 잘 기억하고 있다. 그렇다기보다 기억에 생생하다. 지금도 가끔씩 칸바루가 그 화제를 꺼내며 나를 언짢은 기분으로 만드니까 말이야.

"뱀주인이 뱀의 상반신과 하반신을, 왼팔과 오른팔로 각각 들고 있다는 구도가 되는 거예요, 전체적으로는. 전설 느낌이 결여된 세세한 뒷사정을 얘기해 버리자면, 원래 뱀자리가 있었던

곳에 뱀주인자리가 끼어들었다는 모양이에요."

뱀으로서는 아주 민폐죠, 라고 오기는 말했다. 확실히 그래서는 주인으로서 부린다기보다는 깔아 눌러 죽인 것이나 다를 바 없지 않은가.

아니, **그래도 죽지 않았기에 그야말로** 불사신성인가. 신으로서 칭송받을 정도의 신비성을 띠고 있는 생물이며.

생물이며, 괴물인가.

그렇게 말하면 동서로 분단되어 있다는 뱀자리의 특징은 지식이 부족해 몰랐던 나이지만, 뱀주인자리에 대한 지식은 다소 가지고 있었다. 그렇지, 확실히 그 뱀주인은 의학의 성인이라 불리는 아스클레피오스였던가?

"그렇죠, 역시나 아라라기 선배. 박식하시네요."

그런 오기의 말은 약간 빈정거림이 느껴졌지만, 어쨌든 정답이었던 것 같다.

"그러니까 뱀주인이라고는 말해도, 굳이 말하면 아스클레피오스는 뱀에게 배웠다는 부분이 있지요. 아스클레피오스는 죽어가는 뱀의 부활극을 보고 의학의 길을 본격적으로 걷기 시작했다는 흐름이니까요."

그런가.

거기까지는 몰랐다.

"그것이 영향을 주어서… 라는 경우도 있어요. 불우하다고 해야 할까요. 재능에 눌려 죽었다고 해야 할까요. 아스클레피오스의 의술은 아주 세련되어서, 종국에는 죽은 사람도 되살릴 수 있는 레벨에 달했어요. 죽은 사람을 되살린다는 것은 말하자면 궁극의 재생의료이지만요. 이것은 너무 지나쳤어요."

지나쳤어요.

그렇게 오기는 요점을 반복했다.

"룰 위반. 세상의 이치에 반한다고 해야 할까요…. 명왕 하데스의 분노를 사서, 아스클레피오스는 벼락을 맞고 문자 그대로 하늘에 불려 갔던 거예요. 그 남자는 불사신인 뱀을 본 것 때문에 목숨을 잃었다고 해도 좋을지 몰라요. 이렇게 되면 마치 선악과善惡果 같네요…."

선악과.

낙원에서 추방되는 것과 별자리가 되는 것은 어느 쪽이 낫다고도 할 수 없지만….

하지만 의사로서의 본분이라는 의미에서는, 재생의료는 결코 세상의 이치에 반하지는 않는다고 생각하지만…. 명왕 하데스는 대체 어째서 그렇게 화가 났던 것일까?

괴이성의 불사신과 의료의 불사신은 또 다른 것이라고, 실제로 지옥에서 부활을 이룬 직후인 나는 생각하지만….

"그야 죽은 사람이 전부 되살아나면 명계가 텅 비어 버리게 되니까요. 아라라기 선배가 떨어진 지옥에도, 아무도 없었던가요? 하지만 아무도 없으면 그곳은 지옥이 아니라 고스트 타운이 겠죠."

뭐, 벼락에 맞은 아스클레피오스 자신이 불사신은 아니었지만, 사람을 되살릴 수 있다는 것은, 불사신을 양산한다는 것은 상당히 큰 죄예요.

오기는 문득 거기서 기억났다는 듯이,

"오노노키 요츠기도."

라고 덧붙였다.

"사후에 되살아난 한 명이지만요. 그 애를 되살린 당사자는 전부 그 반동으로, 그 몸에 저주를 받게 되었으니까요."

응? 무슨 이야기지?

저주?

카게누이 씨가 땅 위를 걸으려고 하지 않는 것은 저주의 일종이라고 타다츠루가 말한 것을 들은 기억이 있는데….

"뭐, 저주를 받는 것과 벼락을 맞는 것, 어느 쪽이 좋은가 하는 이야기이기도 해요. 하지만 그렇게 되면 어떤 걸까요. 아라라기 선배를 지옥에서 부활시킨 가엔 씨는 이후에 대체 어떤 보복을 받게 될까요. 아라라기 선배는 그 사람의 생각대로 되는 현재 상황을 별로 흔쾌히 생각하지 않으실지도 모르겠지만, 하지만 그 사람도 결코 리스크를 짊어지지 않은 것은 아님을 잊지 말아 주세요."

어째서 오기가 그런 이야기를 하는 것일까.

오기가 가엔 씨를 비호하는 것 같은 말을.

물론 그 이야기를 하기 시작하면 내가 지옥에 떨어졌던 것이나 가엔 씨가 그것을 부활시켰던 것을 오기가 어떻게 알고 있는가 하는 이야기가 되기 시작하지만….

"핫하~."

그렇게 웃은 오기는 레이저 포인터를 주머니에 집어넣었다. 그리고 내 자리로 천천히 다가온다.

그리고 내 옆자리에 앉으려고 한다.

현실의 플라네타륨은 오전 중부터 거의 만석사례였지만, 꿈속의 손님은 나 혼자뿐이었다. 그렇기 때문일까, 오기는 내 옆자리에 앉으려고 했다.

"오기. 앉으려면 왼쪽에."

"음? 어째서요?"

"그곳은 센조가하라의 자리니까."

"어라라. 이건 좋지 않네요. 뭐, 걱정 마세요. 저는 메인 히로인 자리를 위협할 생각은 티끌만큼도 없어요. 여동생 캐릭터 정도라면 목표로 해도 좋겠지만요. 하지만 카렌은 어떨지 몰라도 츠키히하고는 경쟁하고 싶지 않을까요."

그렇게 말하면서 재촉받은 대로 나의 왼쪽에 앉는 오기. 플라네타륨의 직원 역할은 아무래도 이제 끝인 듯하다.

"그런데 아라라기 선배는 무슨 자리였던가요?"

그렇기 때문일까. 그렇게 천체 에피소드라기보다는 단순한 잡담 같은 이야기를 던져 왔다. 뭐, 나로서도 그 정도의 격의 없는 이야기 쪽이 편하다.

"음…. 어디 보자, 황소자리인가 양자리였다고 생각하는데."

"애매하네요."

"별점에 흥미가 없으면 보통 이런 법이야. 의외로 자기 혈액형도 깜빡하는 녀석이 있잖아."

"그런가요? 아라라기 선배는 별로 점은 믿지 않으시나요?"

"글쎄다⋯. 원래부터 부정적이기는 했지만, 하지만 괴이의 존재나 지옥의 존재를 인정하면서도 점만은 인정하지 않는다는 것은 앞뒤가 안 맞는다는 느낌도 드네⋯."

"핫하~. 그건 추리소설에서 말하는 초능력 탐정은 인정하는데 초현실적인 현상은 인정하지 않는 것 같은 모순을 품어 버리는 걸까요."

오기는 그녀다운 미스터리로 예시를 들었다. 뭐, 그 예시가 가장 알기 쉬울지도 모른다.

"아라라기 선배니까 분명 지옥에 떨어졌을 때에는 사후 세계가 있다면 살아 있는 의미가 없어진다든가 하는 생각을 하시지 않았나요?"

"거기까지는 생각하지 않았지만⋯. 뭐, 비슷한 생각은 했었지. 하지만⋯."

"네. 그런 게 아니라고 생각했기에 되살아날 수 있었겠죠? ⋯ 뭐, 어리석은 자는 대부분 구질구질하게 살지요."

제가 보기에는 잘못을 더 큰 잘못으로 덮은 것이나 다를 바 없지만요, 라고 오기는 내 왼편에서 돔에 비쳐진 밤하늘의 별들을 올려다보며 말했다.

"수치의 덧칠하기가 아닌 잘못의 덧칠하기예요."

"⋯⋯."

"다만 그 잘못의 덧칠하기로 가엔 씨는 저를 꾀어 들이고 있겠지만요. 훤히 보이는 수작이지만, 그 덫에는 반응하지 않을 수가 없어요. 본능에 호소해 오는 것과 비슷한 거죠. 역시나 전문가, 다양한 생각을 하네요."

쿡쿡, 하고 웃는 오기.

그 몸짓은 고등학교 1학년 여학생 그 자체였다.

하지만 그녀는, 그녀의 정체는.

테오리 타다츠루는 말했다.

지옥의 밑바닥에서 나에게 알려 주었다.

그는, 나나 시노부의 퇴치를 의뢰했던 클라이언트의 이름을.

"아라라기 선배. 올바름이란 무엇이라고 생각하나요?"

지금은 완전히 별 하늘 이야기에서 벗어나서.

나에게 그렇게 질문해 오는 오기.

아니, 어디까지나 이것은 꿈속의 대화이며, 실제 그녀와 대화하는 것은 아니지만, 하지만 실제 그녀란 뭐지?

나는 오시노 오기의 무엇을 알고 있지?

오시노 메메의 조카.

전문가 집안.

칸바루 스루가에게 소개받은, 전학생.

"아뇨, 너무 진지하게 생각하지 않으셔도 괜찮아요. 올바름의 의미 따위, 획획 바뀌는 법이니까요. 정의는 반드시 승리한다고 말하지만, 실은 꽤 많이 패배하고 있고요. 그렇다고 해서 이기면 정의라는 말도 생각 외로 천박하죠. '올바름'이라는 말이 미묘하니 '옳음' 정도로 억제해 두면 의논도 하기 쉬울지 모르겠지만요."

하지만 그런 말을 들어도 나는 알 수 없었다.

올바름이라든가 혹은 옳음이라든가, 잘못이라든가 착오라든가, 평소에 그런 것을 생각하면서 살고 있는 것이 아니니 말이야. 하지만 그렇기에 나는 지금 같은 상황에 처해 있다는 측면은 어찌하더라도 부정할 수 없다.

내가 만약 평소부터 철저하게 올바름이라든가 혹은 현명함이라든가, 아름다움이나 멋있음을 중시하는 판단만을 해 왔더라면, 이런 복잡한 상황에는 절대 처하지 않았다.

그쪽이 나았을 것이라고는 생각하지 않지만.

만약 그랬다면…이라고 생각하지 않는 것은 아니다.

"올바른 일을 한다는 것은 어려우니까요."

그렇게 말하는 오기.

"특히 '옳은 일만을 한다'라는 것은 아주 어려워요. 올바른 일을 하려고 하면, 그것에 부속해서 잘못된 일, 올바르지 않은 일도 해야만 하게 되거나 하죠. 정의를 추구한 나머지 부정에 손을 대는 사례는 신문을 뒤적이면 얼마든지 실려 있지요. 정의는 반드시 이긴다는 말에 편승하다 보면, 그렇죠, 이기기 위해서는 반드시 어딘가에서 질 필요가 있다는 이야기예요. 모든 싸움에서 전부 이기다니, 있을 수 없죠."

그것은 가엔 씨도 했던 말이었다.

장기로 예시를 들었다. 그 어떤 장기 기사라도 어떤 초심자를 상대하더라도 장기 말을 하나도 잃지 않고 이기는 것은 불가능하다든가 하는 이야기였다.

그렇게 말한 직후에 그녀는 나를 토막 냈으니, 나야말로 가엔씨의 '패배한 곳'이었다고 생각했지만….

"그러니까요, 아라라기 선배. 올바른 내가 있다고 올바른 일을 해야 하는 것은 아니에요. 결국, 올바른 일을 하려고 하면 반드시 그곳에 잘못이 동반된다면 결과적으로 플러스마이너스 제로가 되어 버리니까요."

그러면 어떡하면 좋은 걸까.

나는 완전히 올바르게 여기까지 헤쳐 올 수 없었지만, 그런 만큼 올바름에 대한 강한 동경이 있었다.

이를테면 카게누이 씨처럼.

혹은 파이어 시스터즈처럼.

자신의 올바름을 믿고, 똑바로 그것을 관철하며 살아가는 모습에, 전혀 동경을 느끼지 않는다고 하면 거짓말이 된다.

"그러네요…. 네, 그러니까 카게누이 씨나 파이어 시스터즈가 실천하는 삶의 모습은 그 사람들 자신은 정의를 자칭하고 있지만, 결코 '올바른 일을 하고 있다'는 것은 아니에요. 그 사람들은 올바른 나이기 위해서 올바른 일을 하고 있는 것이 아니라."

잘못을 바로잡는다.

부정을 바로잡는다.

그런 삶을 선택한 거예요.

오기는 그렇게 말했다.

그것은, 하치쿠지와 지옥에서 했던 이야기의 연장선이었다.

연장선이며, 연장전이었다.

"규명하다, 혹은 밝히다… 라고도 표현하지만요. 요컨대 적의 적은 우리 편이란 얘기는 아니지만, 악의 적이 됨으로써, 악의 반대말이 됨으로써 스스로 정의를 자임한다는 이야기일까요. 한 걸음 잘못 내딛으면 자기 마음에 들지 않는 것에 불평하고 있을 뿐이라는 상황이 되어 버리지만, 그래도 정의감에 취하는 건 가능해요."

정의감에 취하는 건가.

그야말로 파이어 시스터즈에게 내가 자주 하던 말이지만…. 확실히 그녀들의 정의로서의 활동은 사기꾼을 대표 사례로 하는 '나쁜 녀석'의 퇴치, 혹은 '나쁜 짓'의 뒤처리에 전념하는 경우가 많다.

카렌이나 츠키히, 그리고 카게누이 씨의 성격적으로 정의라는 것은, 그리고 올바름이라는 것은 전혀 없다.

그런 의미에서의 올바름을 가지고 있던 것은, 예전의 하네카와 츠바사라는 이야기가 되겠지만, 그렇게 되면 확실히 오기가 말한 대로 하네카와는 그 올바름을 유지하기 위해서 블랙 하네카와라는 괴이를 만들 수밖에 없었던 것이다.

올바르기 위해서.

잘못되지 않을 수 없었다.

그 틀림을 바로잡는 것은 나에게는 불가능했지만, 오히려 나는 하네카와가 잘못을 잘못인 채로 유지하는 것을 선택했지만, 그렇다면, 역시 그때의 나는 올바르지 않았다는 이야기가 되는 것이다.

오기 왈.

"그리고 저도 역시 잘못을 바로잡는 타입의 올바름을 추구하는 사람이에요. 룰 위반을 한 사람에게 퇴장을 명령하는 것이, 저의 역할이에요."

룰 위반.

퇴장.

그 말에 뭔가를 연상하려 했지만, 그러나 꿈속이기 때문인지 내 사고는 제대로 정리되지 않았다.

확산한다. 안개처럼 흩어진다.

"다만 저도 귀신은 아니니까요. 흡혈귀도 아니고 지옥의 악귀도 아니니까요. 한 번이나 두 번의 부정으로 퇴장을 명령하지는 않고, 시간적인 유예를 주고는 있지만요. …아라라기 선배. 슬슬 프로그램이 끝나요. 눈을 뜨시는 편이 좋을걸요?"

그 말을 듣고 반사적으로 시계를 본다.

꿈속에서 보는 시계에 어느 정도의 신빙성이 있는지는 알 수 없지만, 확실히 프로그램 개시 시각부터 30분이 경과하려 하고 있었다.

"관내가 밝아졌을 때에 곤히 자고 있는 상태라면 센조가하라 씨가 실망하실 거예요. 모처럼의 데이트에서 졸다니, 차여도 이상하지 않아요. 그러니까 슬슬 일어나죠."

그렇게 말하며 오기는 손을 뻗어 와서 내 몸을 가볍게 흔들었다. 여자치고는 상당히 거리낌 없는 스킨십을 취해 주는데, 그러나 그것은 나를 깨우려는 배려이니, 주의할 일은 아닐 것이다.

"사랑하는 상대와의 데이트를, 이후에도 열심히 즐겨 주세요. 하지만 모처럼이니까 아라라기 선배. 올바름이란 무엇이라고 생각하느냐는 제 물음의 답은, 시간 때우기 삼아 생각해 두세요. 현실 세계에서 만났을 때에 그것에 대해 이야기를 하죠."

응, 알았어.

일어났을 때 기억하고 있으면 말이야.

나는 마음속으로 그렇게 대답했다.

그리고 겸사겸사라는 듯이—답을 전혀 기대하지 않은 채로—나는 오기에게 물었다.

그런데 너는 정말로 뭐 하는 사람이야?

"그것도 또 만났을 때에 이야기하기로 할게요. 아라라기 선배와 놀았던 이 몇 달은 상당히 즐거웠지만, 아쉽게도 즐기는 것이 저의 존재의의는 아니니까요. 뭐, 하지만 지금 말할 수 있는 한도 내에서 굳이 말하자면."

저는.

우주의 법칙이에요.

오기는 천연덕스럽게, 그러나 장대한 대답을 했다.

우주지도.

부채 모양.

새까만 진공에, 편향된 은하.

"이것도 깊이 생각하지 마세요. 지옥에서 되살아나고, 지금은 완전한 인간으로 돌아온 아라라기 선배하고는 의외로 저는 이 이상 관여하지 않게 될지도 모르니까요. 잘하면."

그러니까.

부탁이니까, 가엔 씨의 감언이설에 넘어가지 마세요, 라고 오기는 말했다.

"완전체가 된 키스샷 아세로라오리온 하트언더블레이드나 성불했으면서 또다시 이 세상에 돌아온, 길을 잃고 돌아온 하치쿠지 마요이를, 지금이야말로 '버린다'라는 올바른 판단을 하시기를, 저는 진심으로 기대하고 있어요, 아라라기 선배."

007

눈이 떠졌다.

눈이 떠졌다?

아차, 껌뻑껌뻑 졸아 버렸다. 아무리 지쳤다고 해도, 그리고 편안한 플라네타륨이라는 환경이더라도, 데이트 중에 잠을 자다니 말도 안 된다고.

아무리 나라도, 아니, 설령 나라고 해도.

아무래도 프로그램이 막 끝난 타이밍에 깨어날 수 있었던 것 같지만, 그러나 무엇이 투영되고 있었는지, 어떤 별자리가 돔에 비추어졌는지 전혀 기억에 없다.

꿈도 꾸지 않고 잠들어 버렸다.

부끄럽다.

이 경우 내 오른편에 앉은 센조가하라에게, 어떻게 행동해야 할까. 제대로 깨어 있었던 척하며 말을 맞춰야 할까, 아니면 솔직하게 잠들어 버렸던 것을 이야기하고, 오래간만의 데이트를 망쳐 버린 것을 사과해야 할까.

정하지 못한 채로 나는 센조가하라 쪽으로 몸을 향했는데,

"……."

센조가하라도 잠들어 있었다.

자는 숨소리도 내지 않고 자고 있었다.

한순간, 죽은 것이 아닐까 하고 생각할 만한, 생체반응이 결여된 잠든 모습이다. 그러고 보니 센조가하라가 진짜로 자는 모습을 보는 것은 나에게 이것이 처음 겪는 경험이 되는데, 이 녀석은 이런 식으로 자는 건가….

솔직히, 무섭다고.

잠자는 숲 속의 미녀 같은 느낌과 백설공주 느낌은 전혀 없지만, 그러나 그렇게 말해도 괜찮지 않을까 싶을 정도로 가사상태처럼 보인다.

그렇다기보다, 설마 정말로 죽어 있는 건 아니겠지….

"센조가하라…."

"안 자."

번쩍, 하고.

전조도 없이 그녀의 좌우 두 눈꺼풀이 동시에 열렸다.

기상이라기보다 각성이란 느낌으로 일어났다.

1초 만에 기동하는 컴퓨터 같다.

"전혀 자지 않았어. 전혀 자지 않았어. 눈을 감고 생각에 잠겨

있었을 뿐이야."

"……."

빤히 보이는 핑계지만, 그런 진지한 얼굴로 말하면 정말로 그랬는지도 모른다고 생각해 버리게 되네….

하지만 작은 목소리로 부른 것만으로 깨어난다니, 잠을 너무 얕게 자잖아.

뭐, 그녀가 과거에 했던 경험을 생각하면, 그리고 늘 위기감에 시달리면서 살아왔던 시간의 길이를 생각하면 그 야생동물 같은 잠버릇이 완전히 사라지지 않은 것도 이해가 안 가는 것도 아니지만.

"미안해. 사실은 자고 있었어."

역시나 완전히 얼버무릴 수 없다고 생각했는지, 센조가하라가 솔직하게 사죄했다. 그러나 사과할 수 있게 된 부분은 당시에 비하면 정말로 솔직하다.

옛날에는 사과할 바에야 죽겠다는 녀석이었으니 말이야.

캐릭터가 너무 강하잖아.

지금도 믿기지 않는 것은, 내가 센조가하라와 사귀는 걸 결심한 것이 그 당시라는 점이지만….

뭐, 센조가하라가 잠들어 주었던 덕분에 내가 졸아 버린 것이 상쇄되었다는 느낌도 있으니, 굳이 말하자면 감사하고 싶은 기분이었지만…. 하지만 여기서 나만 마음이 편해지고 센조가하라만 죄책감에 시달리는 것도 뭔가 아닌 이야기이므로,

"괜찮아, 나도 잠깐 졸아 버렸으니까."

라고 자백했다.

잠깐이라고 할까, 사실은 완전히 잠들어 버렸지만, 그 정도로 축소하는 정도의 귀여움은 관대히 봐주었으면 하는 부분이다.

"그래. 서로 많이 지쳐 있던 걸까. 역시나 큰일이 있은 다음 날에 데이트라는 건 너무 성급했어."

그렇게 센조가하라는 기지개를 켰다.

결코 시트의 착석감이 좋았던 것도 아닌 듯하다. 나도 흉내를 내며 기지개를 켰다.

"긴장이 풀어졌다는 것도 있다고 생각해. 아라라기 군의 입시와 육체의 흡혈귀화, 두 문제 전부 같은 날에 해결되었다고 하니까."

"그렇…구나."

그것에 관해서 나보다 걱정하고 있던 것은 센조가하라 쪽이었는지도 모른다. 생각해 보면 센조가하라에게는 최근 반년 간 상당히 걱정만 끼치고 있다.

몹쓸 남자친구다.

확실히 나는 5월, 계단에서 미끄러져 떨어져 온 센조가하라를 받아 내서, 그녀가 계속 품고 있던 고민을 해결하는 데에 일조할 수 있었는지도 모르지만…. 그것을 센조가하라는 은혜로 느끼고 있는지도 모르지만, 그러나 덧셈 뺄셈으로 말한다면 내 쪽이 훨씬 센조가하라의 신세를 지고 있는지도 모른다.

세 배 보상을 받고 있는 것은 내 쪽인지도 모른다.

그렇다면 그렇게나 균형이 맞지 않는 커플도 없을 것이다. 마시멜로 정도로는 전혀 보답이 되지 않을 것이다.

"어떡할래? 아라라기 군. 플랜은 무너져 버리지만, 둘 다 자 버렸다면 다시 볼까?"

"아니…."

나는 고개를 저었다.

"앞으로도 얼마든지 올 기회는 있으니 나중으로 하자. 그것보다 오늘은 네가 생각한 데이트 플랜을 완수하는 쪽에 주력하자."

앞으로, 라는 점을 강조해서 말해 보았다. 그 의도가 통했는지 어떤지는 모르지만, 센조가하라는 "그렇지, 지금부터라면 다음 회차 좌석을 잡을 수 있을지 알 수 없으니까."라고 말하며 선뜻 일어섰다.

바로 수 분 전까지 잠들어 있었다고는 생각되지 않는 빠릿빠릿한 움직임이다. 나도 본받아야 한다며 그녀 뒤를 따랐다.

"그래서 이제부터는 어떤 예정이 있어?"

"차 안에서 말한 대로, 병설 과학관에서 현대의 최신예 과학을 공부하는 거야. 하늘을 나는 자동차가 있을지 어떨지는 제쳐두고, 여러 가지 체험학습도 가능한 모양이니까."

"흠. 뭐, 확실히 공부하는 자세를 잃어서는 안 되겠지…. 대학에 들어가고 나서도 공부는 계속해야만 하니까."

"그래. 우주비행사가 되기 위해서."

센조가하라는 미소를 지으며 말했다.

미소를 지으며 말하면 어디까지가 진지하게 말하는 것인지 정말로 알 수 없게 되지만…. 다만 아직 합격이 결정된 것은 아니지만, 드디어 대학생이 되면 그런 것도 고려해야만 할지도 모른다, 라고 생각했다.

'장래'라는 거다.

내 경우엔 하고 싶은 일이 있어서 대학에 가는 것이 아니므로, 그것을 찾기 위한 4년간이 되겠지만…. 그러나 미래를 몇 번이나 잃을 뻔했던 이 1년을 생각하면 분명 꿈같은 4년이라고 말해야 할 것이다.

"아라라기 군은 장래의 꿈이 있어?"

내 속마음을 간파했는지, 플라네타륨에서 밖으로 나오면서 센조가하라가 그런 질문을 던져 왔다. 장래의 꿈.

낯간지러운 말이다.

"아니, 그런 건 그다지…."

"동경하는 직업이라든가."

"없네. 야구선수가 되고 싶다고 생각한 적도 없고…. 직업에 대한 동경심 같은 것을 그다지 키울 수 있는 환경에서 자라지 않았으니까."

"뭐, 아라라기 군 부모님의 직업은 상당히 특수하니까 말이야. 나도 남 이야기는 할 수 없지만. …하네카와처럼 오시노 씨를 동경한 끝에 요괴 퇴치의 전문가가 된다는 건 개인적으로는 그만뒀으면 하는 바람이야."

센조가하라는 조심스럽게 그런 주장을 했다.

뭐, 어쩔 수 없을 것이다.

센조가하라는 요괴 관련 전문가에 대해서는 다섯 번에 걸친 괴로운 기억을 가지고 있으니, 어찌하더라도 그쪽 방면으로 불신감을 금할 수 없는 것이다.

사회복귀에 임할 때 오시노의 힘을 빌리기는 했지만, 그러나 그것과 개인적인 감정은 별개라는 이야기겠지.

"뭐, 그것도 있지만, 나의 천사인 하네카와에게 악영향을 주었다는 점에서, 오시노 씨는 용서하기 힘들어. 하네카와가 사전 조사라며 떠나 버려서 올해 후반은 하네카와하고 는실난실하는 일도 거의 없이 끝나 버렸어."

"……."

그것은 엉뚱한 원한이….

나의 천사라니.

게다가 졸업 이후에 해외를 방랑한다는 장래 설계에 대해서는 어떨지 몰라도, 재학 중에 사전답사를 간다는 하네카와의 행동에 대해서는, 오시노에게 책임이 있다고는 말하기 어렵다.

그것은 오시노 씨이기는 해도, 어느 쪽인가 하면 오시노 오기의… 그렇다.

지금 와서는 명백하다.

오시노 메메의 부재와 마찬가지로, 하네카와 츠바사의 부재기간을 틈타듯이 수많은 일들이 일어나고 있다는 것은.

"하네카와에 관해서는 이미 늦었다고 해도, 가능하면 아라라기 군은 그런 삶을 선택하는 걸 바라지 않아."

"뭐…, 그런 삶이 나에게 가능하다고도 생각하지 않지만."

왠지 모르게 대답이 애매해진 것은 앞으로 괴이와 평생 무관하게 살아간다는 것이 나에게는 극히 어렵다는 것… 아니, 그렇다기보다는 분명 불가능하리라고 생각하기 때문이다.

오시노 시노부에 관한 문제가 있는 만큼.

그 녀석과의 관계성을 생각하면 나는 괴이와의 인연을 끊을 수는 없다. 설령 사후에 지옥에 떨어지게 된다 할지라도.

"그런 삶을 아라라기 군이 살게 될 바에야, 아라라기 군은 일하지 않아도 돼. 내가 평생 먹여 살릴게."

"…그런 걸 사회에서는 기둥서방이라고 부르지 않던가?"

"그리고 나는 포용력 있는 여자라고 불리는 거야."

"아니, 아마도 그렇게 좋게 불리지 않을 텐데? 나도 상당히 구제불능이지만 너도 구제불능이라는 평가를 받게 될 거라니까?"

"좋잖아. 기둥서방에 건어물녀 커플, 어울리잖아?"

"설령 어울린다고 해도…."

'짚신도 짝이 있다'란 느낌이 가득하잖아.

흐음.

그런가.

대학 입시라는 목적을 (만일) 달성했다고 해도, 역시 그 뒤에도 여러 가지로 생각해야만 할 일들을 생각해야만 하는 건가. 인생에 있는 것은 체크 포인트뿐이고 골 라인 같은 건 없구나, 하고 새삼 생각한다.

그렇기에 계속 승리하는 것은 어렵고, 어딘가에서 져야만 한다… 응? 뭐지, 이건?

가엔 씨의 말?

아니, 아니지. 조금 전에 꿈을 꾸었을 때 봤던 것 같은…. 하지만 어떤 꿈을 꿨더라? 꿈도 꾸지 않고 잤을 텐데….

"과학관을 한 바퀴 돈 뒤에는 점심이야. 뭐, 이건 패스트푸드는 아니지만 가볍게 먹는 정도라고 생각해 줘. 왜냐하면 점심을 너무 든든하게 먹으면 밤에 회식할 때에 지장이 생기니까."

다시 데이트 플랜을 설명하기 시작하는 센조가하라.

주목해야 할 밤에 있을 회식이란 아버지와의 회식이며, 센조가하라는 그것을 위해서 남자친구와의 런치를 적당히 때우겠다고 당연하다는 듯 생각하고 있다는 이야기다.

…뭐, 그것도 어쩔 수 없다.

그렇다기보다, 나로서는 응원해야 할 일이다.

6월의 첫 데이트 시점에서는 아직 어색했던 센조가하라와 센조가하라의 아버지의 관계가 그렇게까지 좋은 방향으로 진행되었다면, 다소 중요도 낮게 다뤄지는 정도는 남자친구로서 기꺼이 참을 수 있다.

어제 츠키히도 말했지만, 나 자신이 그다지 사이가 좋다고는 말할 수 없었던 여동생들과 같이 외출할 수 있을 정도로까지 관계가 개선된 것을 나쁘지 않게 생각하고 있었으니, 잘 알 수 있다. 가족이 화기애애하게 지낼 수 있는 것의 소중함은.

센조가하라도 그랬으면 좋겠다.

특히 어머니를 이미 잃은 그녀다. 아버지와의 인연은 소중히 해야 한다. 아니, 말은 그렇게 해도 유감스러운 기분을 완전히 불식하기는 어렵지만.

그렇게까지 마음이 넓어질 수는 없다.

그러므로 오후의 플랜에는 점심을 가볍게 든 것을 만회할 수 있는 내용을 기대했다. 밤에 회식이 있으니 너무 지쳐서도 안 되므로 오후의 내용은 적당히 조절해 두었다는 말을 듣는다면, 아무리 나라도 남의 눈을 꺼리지 않고, 주위에는 눈길도 주지 않고 폭발할 참이었다.

그러나 고교생인 동안에 고교생다운 데이트를 체험하고 싶다는 센조가하라의 희망에 거짓은 없었는지,

"오전에는 공부 플랜이었으니까 오후에는 놀이를 메인으로 두었어."

라고 설명했다.

"자동차로 일단 마을까지 가서 전반은 볼링, 티타임을 가진 뒤에 후반은 노래방이야."

"오오…."

마음에 들었다.

볼링은 둘째 치고, 노래방이라는 것은 너무나 센조가하라의 이미지가 아니어서 당황해 버렸다.

"응. 뭐, 볼링은 내 제안이지만, 노래방이란 건 하네카와의 어드바이스를 받아들였어."

"어드바이스."

"듣기로 하네카와의 이야기에 따르면, 아라라기 군은 하네카와하고 노래방에 자주 갔다며? 그 부분은 뭐랄까, 여자친구로서 아무리 하네카와가 상대라고 해도 지고 싶지 않다는 마음이 있

어서."

"……."

그렇다면 그것은 결코 어드바이스를 받아들인 게 아닌데….

그런 마음을 가지고 노래방에 가자는 제안을 받으면, 순수하게 즐기기 다소 힘들어지는데…. 뭐, 센조가하라의 노래라는 것도 들어 보고 싶으니 좋다고 치자.

"볼링이란 건? 너, 볼링 같은 거 하는 녀석…이었어?"

"고교생이 되고 나서는 하지 않았지만, 중학생 때에는 칸바루나 육상부의 쫑파티 같은 것을 할 때에 하곤 했어. 예술적인 스코어를 기록했지. 그러니까 오래간만에 초심으로 돌아가 보려고. 아라라기 군은?"

"응?"

"볼링. 하이 스코어는?"

"아니, 볼링 자체가 초심자고, 아마도 해 본 적은 없다고 생각해…. 그러니까 가능하면 가르침을 받았으면 하던 참인데 말이야."

"알았어. 지면 벌칙이네."

"내가 초심자라고 판명되자마자 벌칙을 설정하지 마."

"패자는 승자의 명령에 절대 복종."

"벌칙이 무거워!"

정리하면.

오늘 센조가하라가 세웠던 데이트 플랜은 '차량 이동 → 플라네타륨 → 과학관 견학 → 점심(가볍게) → 차량 이동 → 볼링

→ 이동 → 티타임 → 이동 → 노래방 → 해산'이라는 시간표였던 듯하다. 식사는 가볍게 때우지만, 속이 묵직해질 정도로 **빡빡한** 하드 스케줄이었다.

"사실은 좀 더 가고 싶은 곳도 하고 싶은 일도 하나 가득 있지만…. 어쩔 수 없어, 애정은 무한해도 시간은 유한한걸."

아버지와의 회식을 그 뒤에 넣고 있음에도 불구하고, 자신이 세운 그 하드 스케줄에 불만이 남아 있는 듯한 센조가하라는 그런 식으로 중얼거렸다.

"뭐, 괜찮을까. 고교생으로서의 데이트는 이것으로 끝이지만, 앞으로 얼마든지 데이트를 할 수 있으니까. 매일 낮 매일 밤, 아침부터 밤까지, 밤새도록, 마음껏 데이트할 수 있으니까. 그렇지? 아라라기 군."

"……."

그렇게 듣고 내가 이렇게 대답하지 않을 수 없었다.

"응, 그렇지. 물론이야."

하지만 그러나 입으로 말한 정도의 확신을 이때의 내가 가지고 있었던 것도 아니다. 앞으로 있을 일에 대해 생각하면.

오시노 오기에 대해서 생각하면.

확실한 것은 아무것도 말할 수 없었다.

008

플라네타륨에서 잠들어 버렸다는 있을 수 없는 실수를 저지르기는 했지만, 그 뒤에는 커다란 실수 없이 센조가하라와 나는, 적어도 나는 즐거운 시간을 보내는 것에 성공했다.

과학관에 관해서 말하면 초기단계부터 기대치가 비교적 0에 가까웠기 때문도 물론 있겠지만, 의외로 즐길 수 있었다는 것이 솔직한 감상이었다. 이런 시설은 그 성질상, 고교생이라기보다는 초등학생(혹은 가족 관람)을 대상으로 하는 내용이 많으므로 센조가하라나 나 같은 18세는 즐기기에 가장 어중간한 나이 대가 아닐까 하는 불안도 있었지만, 그러나 역시나 하네카와의 어드바이스를 받은 데이트 플랜이라고 해야 할까, 상당히 내용이 충실한 과학관이었다.

이렇게 되면 더더욱 플라네타륨에서의 수면이 억울해지는 느낌이었지만, 그것에 관해서 말하면 센조가하라의 귀중한 자는 얼굴을 볼 수 있었다는 것만으로도 나는 그 어떤 밤하늘의 별보다도 나은 것을 보았다고 해석해 두자.

물론 내가 혼자서 멋대로 충실함을 느꼈다는 이야기는 아니고, 센조가하라도 꽤나 재잘거리고 있었다. 뭐, 이공계열 여자다운 행동이라고도 할 수 있었지만, 옛날에는 절대 속을 털어놓지 않는 녀석이라고 할까, 사람들 앞에서나 공공장소에서(그러기는 고사하고 남자친구인 내 앞에서조차) 재잘거린다는 일 자체가 없었던 그녀이므로, 그런 모습을 볼 수 있다는 것 자체가 나에게는 커다란 기쁨이라고 할 수 있었는지도 모른다.

"다시 한 바퀴 돌까?"

그렇게 플라네타륨과는 다른 자세로, 꽤나 강하게 말해 온 것에는 역시나 NO를 말하지 않을 수 없었지만…. 플랜을 세우고 온 것치고는 그 플랜을 그다지 지키려고 하지 않는 센조가하라의 스탠스는 즉결즉단, 판단의 빠름을 장점으로 하는 그녀의 일장일단, 있어야 할 단점이라고 말해야 할지도 모른다.

그 자리의 분위기를 우선해서 거기에 편승하는 것도 가능했을지도 모르지만, 건전한 고교생으로서는 하루를 폐관까지 과학관에서 보낸다는 것은 지나치게 건전하다고밖에 생각되지 않았으므로 그 부분은 어떻게든 설득했다.

오늘은 이제 빤한 대사, 라기보다 정석 중의 정석 대사가 된,

"앞으로도 얼마든지 올 수 있으니까."

라는 말에 센조가하라도 물러났고, 그리고 점심식사.

점심식사라고 해서 여기서도 기대의 허들을 낮게 설정해 두었는데, 이것은 센조가하라의 작전이었을까, 꽤나 괜찮은 분위기의 가게에 들어갔다.

패스트푸드는 아니라고 들었지만 딴죽을 걸 부분으로서는 약간 여성 취향의 카페였다는 정도일 뿐(손님 층은 나 이외엔 전부 젊은 여자였다), 식사는 맛있었고 가격도 아주 리즈너블했다.

참고로 데이트 중에 발생한 비용의 지불은 완전히 더치페이였다. 이것에 관해서는 오늘에 한한 이야기는 아니고, 남자로서 내가 전액 부담해야 하는가 하는 식으로 생각되지 않는 것도 아니었지만(센조가하라의 가정사정도 가미해서 생각하면 더욱 그렇다), 그러나 센조가하라는 상대가 누구든, 빚을 지는 것을 좋

지 않게 생각하는 타입의 자아를 가지고 있었다.

아무래도 눈치를 보기에, 그 성격에는 어떤 사기꾼과의 교제 방식이 영향을 주고 있는 듯했다. 의외로 하네카와가 오시노에게 받고 있는 것 이상의 영향을, 그녀는 그 전문가(비슷한 인물)로부터 받고 있는지도 모른다.

그것은 반면교사라는 의미이겠지만.

어쨌든 1엔 단위까지는 아니어도, 센조가하라와의 비용 부담은 절반이었다. 렌터카 비용이나 기름 값을 생각하면 총 비용은 그녀 쪽이 많을지도 모른다.

그것은 내가 기둥서방이 될 전조일지도 모른다고 생각하면, 정신을 바짝 차려야겠다고 결의하지 않을 수 없게 만드는 전개다.

뭐, 현재 센조가하라에게 건어물녀 이미지는 없지만. 어쨌든 흥미 없어 보이는 듯하면서도 여자는 역시 이런 가게를 파악해주고 있구나 하는 생각이 드는 카페 식사였다.

그리고 오후.

놀이 파트.

전반부, 볼링 파트…. 무시무시하게도 그 도박은 실행되었지만, 그러나 결과부터 말하면 내가 이겨 버렸다.

"너 이 자식…, 설마 아라라기 군이 나에게 거짓말을 할 줄이야…. 전혀 초심자가 아니잖아…."

원한 어린 소리를 내뱉었다.

센조가하라에게 원한 어린 시선을 받고 보니, 이것은 이것대로 표정이 풍부해진 그녀를 흐뭇하게 생각하게 되지만(사람이 화를 내는 것을 볼 때가 가장 흥이 난다고 말했던 오노노키의 말이 떠오른다), 역시 기본적으로는 옛날이 생각나서 무서워졌다.

딱히 거짓말을 하고 있는 것은 아니지만.

내가 초심자, 그러기는 고사하고 볼링의 문외한인 것은 거짓 없는 사실이며, 그럼에도 불구하고 이겨 버렸을 뿐이라는 이야기…. 아니, 솔직히 그렇게 노려볼 줄 알았더라면 차라리 지고 싶었다고.

필요 없어, 너에 대한 명령권 같은 거.

그렇다기보다, 그것에 관해서는 센조가하라의 자멸이라고 말할 수 있었다. 아무래도 그녀의 과거 기억이 미화되어 있었던 듯하다.

'예술적인 스코어'라느니 뭐라느니.

미화, 조금 더 엄하게 말하면 좋았던 일만 기억하고 있었다고 말해야 할까.

아니, 실제로 1프레임부터 5프레임 부근까지는 멋진 실력이었다. 개인용 볼링공을 가지고 있지 않은 것이 신기할 정도의 퍼펙트 피칭이었다.

뭐라고 하는지는 자세히 모르겠지만, 스트라이크라느니 터키라느니, 어쨌든 열 개의 볼링핀을 한 번에 전부 쓰러뜨리는 결과가 게임 중반까지 이어졌다.

너 아마추어를 상대로 기합 잔뜩 넣고 하는 거냐! 하고 딴죽을 걸면서도, 뭐, 이렇게까지 멋진 기술을 구경할 수 있었으니 명령 하나 정도를 들어주자는 너그러운 기분이 되어 있기도 했지만(참고로 나는 센조가하라의 뒤편에서 특별히 좋지도 나쁘지도 않은, 굉장하지도 않고 재미있지도 않은, 아주 평범한 스코어를 계속 기록하고 있었다), 그러나 6프레임 이후로 그녀의 플레이는 일전했다. 일변했다.

간단히 말하면, 센조가하라 히타기의 스코어는 6프레임 이후로 전부 가터였다.

막바지에 가서는 볼이 레인 끝까지 가지 못하는 게 아닐까 싶을 정도의 비실거리는 투구를 하고 있었다. …그렇다.

요컨대 센조가하라는 지쳤던 것이다.

팔이 저린 듯했다.

원래부터 스프린터였으니까 지구력이나 내구력이 부족하다…는 점도 있을지 모르지만, 근본적으로는 근력 부족이었던 듯하다.

도중에 왼손으로 던진다는 재치를 발휘하려고도 했지만, 공은 그 재치로는 제대로 구르지 않았다.

그 결과, 수수하게 숫자를 쌓아 가고 있던 내가 그녀의 스코어를 추격하고, 최종적으로는 추월했다는 시합 전개였다.

메이크 미라클이라고 할까.

각본 없는 드라마는 딱히 야구만의 전매특허는 아니었던 것 같다.

"좋아. 패배를 인정하겠어."

역시나 그 칸바루의 직계 선배인 만큼, 상당히 지기 싫어하는 성격을 보인 센조가하라였지만, 그래도 이제부터 (면허 취득이 학교 측에게 들키지 않는다면) 대학생이 되는 몸으로서 최종적으로는 스스로 패배를 받아들였다.

"뭐든지 명령해도 돼. 자, 어떤 야한 요구를 해 오려나? 기대는 높아지기만 해."

말도 안 되는 소리였다.

참고로 센조가하라가 이겼을 경우에는 어떤 요구를 할 생각이었는가를 참고삼아 물어보았더니,

"당연히 야한 요구를 할 생각이었어!"

라고 버럭 화풀이를 하듯 말했다.

그러면 그거, 어느 쪽이나 너에게는 마찬가지잖아, 라고 말하지 않을 수 없었다. 언젠가 예전에도 이런 일이 있었던 듯 없었던 듯한 기분이 들면서도, 그러면 티타임까지 팔짱을 끼고 걷자는 부근에서 타협했다.

과학관을 벗어날 즈음부터 일관되게, 오늘의 테마는 '건전'인 듯하다.

티타임.

영국풍으로 말한다면 애프터눈 티.

가격 이야기부터 하는 것은 미안하지만 예상 밖으로 점심식사보다도 이쪽이 비쌌다. 원래 그렇다고 하면 그런 것인지도 모르지만, 그래서인지 센조가하라로서는 이쪽이 메인이었던 듯하다.

우아하게 차를 마시면서, 예쁘게 생긴 과자를 즐기면서, 이 타이밍에 나는 어제 있었던 사건의 상세한 설명을, 어째서 진행되고 있던 흡혈귀화에 제동이 걸렸는가, 불가역했을 진행이 가역이 되었는가를 센조가하라에게 고백했다.

물론 말할 수 없는 일도 있어서 모든 것을 밝힐 수는 없었지만, 이야기할 수 있는 대부분의 사정은 여기서 공유했다.

"흐음…. 설마 시험 당일에 그런 어드벤처를 벌이고 있었을 줄이야. 의외라고 할까, 아라라기 군답다고 할까… 대체 무슨 짓이냐고 해야 할까…."

역시 가볍게 분노를 산 모양이다.

뭐, 자신의 제자가 그런 분방한 자세로 입시에 임하고 있었다는 말을 듣고 기분 좋을 가정교사는 없을 것이다.

그러나 바로 어제, 하고 많은 곳 중에서 지옥에 떨어졌던 사람에게 너무 엄한 소리를 하는 것도 좀 뭐하다고 생각했는지,

"수고하셨습니다."

라고 말하는 선에서 멈춰 주었다.

동정받아도 그것은 그것대로 대응하기 곤란하지만.

게다가 수고하셨습니다, 라고 격려를 받았지만, 아직 모든 것이 끝나지는 않았다는 사실도 고해야만 한다. 가엔 씨의 상세한 계획은 아직 듣지 못했지만, 나는 거기서 어떠한 역할을 해야만 할 것이다.

"그러네. 금발 로리 노예나 하치쿠지에 대해 생각하면, 분명 그렇게 되겠지. 특히 하치쿠지에 관해서 말하자면, 사실상 가엔 씨에게 인질을 잡힌 것이나 마찬가지인걸."

그 표현은 좀 그렇다고 생각하지만(로리 노예라는 표현도 좀 그렇다고 생각하지만), 그러나 그런 말을 듣고 보니, 딱 그 말대로였다.

그것도 당연하다고 말해야 할까.

"뭐, 빌리고 갚기의 문제로 말하면 아라라기 군은 현재 빌린 상태일 테니, 그것을 갚아야만 하겠지. …내가 아무리 싫어도 오시노 씨에게 대금을 지불했던 것처럼."

정말이지, 얼마나 싫은 거야.

너무 싫어하잖아.

오히려 옛날보다도 싫어진 것처럼 생각된다. 하네카와가 사전 답사를 하러 가 버린 것이 그렇게나 쓸쓸한 걸까.

그렇다면 이젠 칸바루하고가 아니라 하네카와와 콤비를 짜고 있는 것이나 다를 바 없잖아. 어떻게 된 콤비야.

"하지만 빌리고 갚고의 문제는 어디까지나 빌리고 갚고의 문제고…. 알 수 없는 것이 있어. 대체 가엔 씨라는 그분은 뭘 하고 싶은 거야? 어떠한 목적으로 움직이고 있는 걸까. 업무로 하고 계시는 거잖아?"

새삼스레 물어 오니 대답이 궁해지는 질문이었다. 물론 답을 모른다는 것은 아니다. 가엔 씨의 목적, 이라기보다 목적의식에 대해서는 그녀에게서도 그녀의 주위 사람들에게서도, 몇 번씩이나 들었다.

다만 그 목적의식이 너무 높아서.

어떤 의미에서는 너무 고상해서, 나 같은 녀석으로서는 잘 이해가 되지 않는 구석도 있었다. 단적으로 말하면, 괴이로 넘치는 이 마을의 평정을 꾀하고 있다는 것이 되는데, 그렇지만 그래서는 마치 정의의 사자다.

정의.

올바름.

그리고 올바름 때문에 생기는… 잘못.

희생.

…뭘까. 최근에, 그것도 아주 최근에 그런 이야기를 했던 것 같은데?

"내가 위기관리 의식을 가지고…, 리스크 매니지먼트 정신으로 일상에 임하고 있던 시절의 경험에서 말하자면, 세상 속이란 목적을 모르는 사람이 제일 무서워. 어떤 사람이라도, 어떤 요인要人이든 어떤 악인이든, 하려고 하는 목적이… 그 욕구나 욕망이 확실히 정해져 있다면 대처할 방법도 있겠지만."

단순히 우리 어린애들하고는 시점이 다른 어른일지도 모르겠지만, 이라고 센조가하라는 걱정스러운 듯 입을 열었다.

아직도 걱정을 끼치고 있다.

그렇다는 사실은 나로서는 괴로운 일이었다.

그녀의 마음을 아프게 하고 있다는 사실이, 나의 마음을 아프게 한다. 그렇다고 해서 괴이와 관련된 일에 대해서는 가능한 한 비밀을 갖지 않는다는 약속을 하고 있으므로 감출 수도 없고.

나 같은 녀석과 사귀게 되어 버렸기에 큰 폐를 끼치고 있다… 라는 표현을 하면 자학적인 게 뒤집혀서 피해망상처럼 되어 버릴 것 같지만.

"가엔 씨가 무엇과 싸우고 있는지는 확실치 않지만…. 어쩌면 그건 아라라기 군을 상대로 싸우고 있는지도 모르겠네."

응.

그건 무슨 의미일까?

"아니, 의미라고 말하기보다는 직감인데…. 눈앞의 일밖에 보이지 않는 아라라기 군의 자세하고 가엔 씨의 거시적인 스탠스는 어쩐지 대립할 것 같아서. 대립… 조금 더 엄격하게 말한다면 적대, 일까."

…그렇게 말하자면 그것은 부정할 수 없는 가능성…이라기보다 이미 일어난 사실이었다. 당초 신이 없는 텅 빈 키타시라헤비 신사에 시노부를 신으로 앉히려던 가엔 씨의 방침에, 나는 반기를 들었다. 그 결과, 무관계한 중학생이었던 센고쿠를 말려들게 만들었으니, 그것을 나와 가엔 씨와의 적대의 구조라고 판단한다면 완전한 아라라기 코요미의 패배, 그것도 꼬리를 말고 도망친 패배인데….

그러나 그렇다고 해서 이번에도 또 그런 일을 가엔 씨가 꾀하고 있다고 한다면… 완전체가 된 키스샷 아세로라오리온 하트언더블레이드를 그 신사에 앉히려고 꾀하고 있다면, 역시 나는 마찬가지로 반기를 들게 될 것이다.

…그럴 가능성은 크다.

애초에 키타시라헤비 신사의 전신은 그 '浪白공원', 게다가 그 무렵의 지명이 시로헤비…였다면.

그것은 물뱀을 의미하고.

또한 바다뱀이 히드라를 의미한다면, 그것은 암시나 부합이라기보다는 단순한 역사를 드러내고 있으며….

그렇다면.

으음…. 아니, 바다뱀이 히드라를 의미한다는 지식은 어디에서 입수한 것이었더라? 바다뱀과 히드라는 전혀 다른 생물일 텐데…. 무슨 이야기지?

"뭐, 나는 아라라기 파니까 그 부분에 대해서 많이는 이야기하지 않겠지만. 하지만 격려할 생각으로 말해 두자면, 대부분의 사람은 가엔 씨의 조감하듯 전체를 보며 생각하는 방식 쪽을 지지할지도 모르지만, 그런 사고방식이 필요한 것과 같은 정도로 사람에게는 단기적 시점도 필요하다고 봐. 오늘의 밥을 먹지 않고 내년의 정월맞이를 생각하다니, 그런 건 망상이라고 해야 해."

격려라기보다는 위로 같은 말이었지만, 그런 말을 들으니 마음이 든든해져서 긍정적인 기분으로 대결에 임할 수 있을 것 같기도 했다. 내가 무엇과 대결하는지는 아직 망양해서 확실하지 않은 부분이 있지만.

"그러면 홍차도 마셨으니 노래방에 갈까, 아라라기 군. 말해 두겠는데, 음식 주문 같은 건 하지 마. 아버지와의 데이트에 지장이 생기니까."

드디어 아버지와의 밤 예정도 데이트가 되어 버렸다. 무슨 이런 더블데이트가 다 있냐. 더블데이트라고 할까, 거기까지 가면 단순한 더블 부킹처럼 생각되기도 한다.

"나로서는 더블헤더이지만 말이야."

센조가하라는 여자치고는 드물게 야구용어를 사용했지만, 그러나 우리가 향하는 곳은 배팅 센터가 아니라 노래방이다.

센조가하라와 어둡고 좁은 방에 단둘이 있다는 시점에서 조금 허둥지둥하게 되는 점에서 나도 초심을 잃지 않았다는 기분이 들었지만, 그것이야 어쨌든 여기서 주목하고 싶은 것은 센조가하라의 가창력이다. 참고로 세계적인 체어맨으로 소문이 자자한 하네카와는 노래를 엄청 잘 한다.

CD를 듣고 있는 것으로 착각했었다.

공부를 퍼펙트하게 처리하는 것뿐만 아니라 유희까지 자기 뜻대로 자유롭게 구사하는 하네카와를 보고, 이 녀석하고는 어설픈 마음가짐으로 놀 수 없겠구나 하고 뼈저리게 깨닫게 되었다.

뭐, 하지만 단순한 데이트에 그 레벨을 기대하는 것은 혹독하고, 또 센조가하라도 하네카와하고 노래방에 간 적은 있을 테니 그것과 경쟁하겠다고 생각할 리는 없을 것이다.

그렇게 방심하고 있었는데, 섣부른 마음가짐으로 놀 수 없는 것은 오히려 센조가하라 쪽이었다. 명백히 익숙지 않아 보이는 손놀림으로 리모컨을 조작하더니 노래방 기계를 '채점 모드'로 했다.

왜 스스로를 궁지로 몰아넣는 짓을 하는 거야…!

객관적인 숫자를 내려고 하고 있어!

…기계 채점과 감각적인 노래의 잘 부르고 못 부르고는 의외로 일치하지 않는 법인 듯하므로 일괄적으로는 말할 수 없지만…. 그래도 숫자로 결과가 나와 버리면 옆에서 수습하는 발언을 하기 어렵다고.

그런 생각을 하고 있는데.

"두 시간 대결해서, 종합 점수에서 진 쪽이 이기는 쪽에게 절대 복종이야."

또 그런 조건을 내걸어 왔다.

내가 대립하고 있는 사람은 너였냐.

그렇게나 승부를 좋아하는 녀석이었던가⋯. 그렇다기보다 조금 전의 볼링 대결에서 질리지 않은 건가, 이 여자는.

그 도전적인 자세에서는 배워야 할 것이 있어 보였지만, 그러나 이렇게나 도전장만 내던져 오는 일정을 데이트라고 불러도 괜찮은지 어떤지는 의문이었다.

밤에 예정된 아버지와의 데이트의, 연습 상대가 되어 있는 것은 아닐까 하는 의문도 끓어오르기 시작하지만, 어쨌든 나로서는 센조가하라로부터 도전받은 리벤지에, 응하지 않을 수도 없었다.

부담이라고 할까, 약점이 있으면 정말로 약하구나.

그것은 반해 버린 약점이라고 말해야 할지도 모르지만.

"선공은 나야. 잘 들어 보라고."

마이크를 손에 드는 센조가하라.

어쩐지 그 자세는 자포자기해 버린 사람으로도 보인다.

"무슨 소릴 하는 거야, 아라라기 군. 나의 도전을 받는 용기는 높이 평가해 주겠지만, 후회하게 될 거야. 내가 대체 애니메이션 판 주제가를 몇 번이나 불러 왔는 줄 알아?"

그건 애니메이션 판 설정이다.

유감스럽게도 활자에는 반영되지 않았다.

역시나 이 책까지는 애니메이션화 되지 않으니 말이야.

참고로 센조가하라의 선곡은 진실이 담겨있었다. 지장이 있을 지도 모르므로 곡명은 비밀로 하겠지만, 큰소리를 떵떵 친 것치 고는, 확실히 음조나 페이스에 무리가 없는, 부르기 쉬워 보이 는 곡을 선택하고 있었다.

얼마나 나를 절대 복종시키고 싶은 거냐고.

볼링에서 진 것의 울분도 더해져 있는 듯한 기분이 안 드는 것 도 아니다. 그리고 그 결과는.

"82점."

평범했다.

아니, 나는 지금까지 채점 모드를 사용한 적이 없었으니까 82 점이 평범한지, 아니면 좋은 점수인지 나쁜 점수인지 판단할 수 없었지만.

그러나 당사자인 센조가하라가 보기에는 상당히 보람 없는 결 과였는지 깜짝 놀라고 있었다.

"거짓말…. 82점이라니, 낙제점이잖아. 태어나서 처음으로 80점대 초반을 받았어."

우등생….

82점이 낙제점이라니, 대체 무슨 시험이냐.

"아라라기 군은 고교생활 대부분을 이런 기분으로 보내 왔던 거야…? 80점대 초반을 받으면 이런 기분이 드는구나. 믿을 수 없어. 이해해 주지 못했어. 좀 더 상냥하게 대해 주었어야 했는 데. 나는 아라라기 군에게 얼마나 지독한 소리를 해 왔던 거람."

지독한 소리는 지금 하고 있다.

어쩌면 지금까지 중에서 가장 지독한 소리를 하고 있는지도 모른다…. 80점대 초반조차도 고교생활 전체에서 나는 거의 받은 적이 없었지만.

진짜 낙제점만 받고 있었다.

뭐, 노래방 기계에 의한 기계 채점은 제쳐 두고, 센조가하라의 가창력에는 특별히 손댈 만한 부분은 없었다. 뭐든지 어색하지 않게 소화해 낸다는 점에서 그녀의 재능은, 역시 하네카와에게 결코 뒤지지 않는 것이다.

그러므로 그대로의 감상을 전했더니,

"존휼* 따위 필요 없어."

이라는 뜻밖의 거절을 당했다.

모르는 단어로 거절당했다. 존휼이라는 건 무슨 뜻이지?

어쨌든 승부에는 진지해지는 센조가하라 씨였다. 이어서 나의 순서였지만, 그 부분은 지금 생략해도 좋을 것이다.

자신의 가창력을 자기 입으로 이야기하는 것 정도로 눈꼴사나운 이야기도 없을 테고, 결과적으로 점수만을 기계처럼 표시하면 될 테니까.

82점.

이었다.

데이트 중인 커플 입장에서 동점이란 나름대로의 맛이 있으

※존휼(存恤) : 위문하고 구제함.

므로 그 사실에서 훈훈한 의미를 찾아내는 게 가능했을지도 모르지만, 실제로 나는 뭔가 말하려고 했지만 진지한 얼굴로 이를 갈고 있는 센조가하라의 얼굴을 보니 아무 말도 할 수 없게 되었다.

승부에 대한 자세가 너무 진지하다….

아니면 승부를 제쳐 두고 제자인 나와 점수가 일치해 버린 것 자체가 화가 난 것일까.

어쨌든 나와 센조가하라의 가창력은 기계의 판단에 맡기는 한, 비슷비슷하다는 이야기인 듯하다.

첫 번째 턴에 그치지 않고, 두 번째 턴 이후의 결과도 물론 깨끗하게 계속 무승부가 이어지지는 않았지만, 큰 차이 없는 비슷비슷한 점수를, 우리는 쌓아 나가게 되었다.

이것이 스포츠였다면 앞서거니 뒤서거니 하는 호각의 승부라고 말할 수 없는 것도 아니겠지만, 어쨌든 하고 있는 행동은 노래방 승부이므로 전개로서는 참으로 헛된 일일 뿐이었다. 오차로 결판이 나 버린다는 갑갑함이다.

그래서 오차의 결과.

이긴 것은 또다시 나였다.

3점 차였다. 접전에도 정도가 있는 법이다.

"말도 안 돼…. 내가 아라라기 군에게, 하루에 두 번씩이나 지다니…."

그런 대사에서 나는 상당히 연인으로부터 멸시당하고 있었다는 것이 판명되었다. 뭐, 한심한 모습만 보이고 있었으니 그야 그럴 것이라고 할 수도 있겠지만.

나는 그렇다면 차라리 비긴 걸로 해도 좋다고 제안했지만, 그러나 센조가하라는 승부의 화신으로서 자신의 패배를 양보하지 않았다.

"자, 뭐든지 명령하도록 해."

그렇게 말했다.

참으로 미련 없이 깔끔하다.

그러니까 너의 그 깔끔한 태도는 자포자기와 종이 한 장 차이라니까….

"선공을 선택하면 시간상 내가 노래한 곳에서 시간이 끝나게 될지도 모른다는 얌체 같은 생각을 하고 있었던 것에 천벌을 받은 거구나."

아무렇지도 않게 악랄한 계획이 폭로되고 있었다.

그야 정말로 천벌이 내린 것이 아닐까.

신은 보고 계시는 것이다. 아니, 신도 그런 초라한 계획을 일일이 보고 싶지는 않겠지만.

게다가.

그 이야기를 한다면 이 마을은 현재 신이 부재중인 마을이었는데. 어쨌든.

데이트 종료의 시간이었다.

고교생활 마지막 데이트.

오후에 두 번 연속으로 승부를 하고, 그것도 내가 2연승했다는 결과로 끝나 버렸으므로 분위기가 약간 험악하게 되어 버리긴 했지만, 예정대로 마쳤다는 의미에서는 순조로웠다고 할까, 성취감과 만족감은 있었다.

"기다려, 아라라기 군. 뭘 다 끝난 것 처럼 넘어가려는 거야. 정리하지 마. 아직 나에게 명령을 내리지 않았잖아. 나를 절대 복종시켜 보이란 말이야."

…….

뭐, 약속은 약속이니 말이야.

이런 것을 질질 끄는 것도 바보 같은 이야기다.

그렇다고 해서 '팔짱을 낀다' 이상의 요구이면서도 건전해지려면 내 어휘력 안에서 찾는 것은 상당히 어려울 것 같다.

"주차장까지 공주님 안기로 가는 것은 어떨까?"

절대 복종하는 측에서 제안이 있었다.

그러니까 그렇다면 너는 이기나 지나 똑같은 거 아니냐는 의문이 있지만, 그러나 그 정도가 타당한지도 모른다.

"확인해 두겠는데, 내가 아라라기 군을 공주님 안듯이 안는 게 아니라, 아라라기 군이 나를 공주님을 안듯이 안아 드는 거라니까?"

당연하지.

반대라면 공주님 안기라기보다 여왕님 안기가 아닌가, 어떻게 되어 먹은 벌칙게임이냐…. 아니, 공주님 안기라도 충분히 벌칙게임이지만.

다만 입는 대미지는 센조가하라 쪽이 클 것 같으므로 됐다고 치자.

"무겁다고 말하면 죽일 거야."

오래간만에 센조가하라의 입에서 '죽인다'라는 단어를 들었다. 좀처럼 로맨틱해질 수가 없네.

센조가하라의 체중은 제쳐 두더라도, 흡혈귀성을 완전히 상실한 지금의 내 완력에는 조금 불안이 있었기 때문에 떨어뜨렸다간 큰일이므로 목에 팔을 두르라고 말한 뒤에 주차장까지 수백 미터를 우리는 공주님 안기 자세로 이동했다.

"과연 아라라기 군. 평소부터 유녀를 안는 데 익숙할 만하네."

그 표현은 오해를 부른다.

그만두었으면 좋겠다.

"하지만 시노부가 출렁출렁하는 사이즈가 되었다면, 앞으로는 안아 주기도 업어 주기도 목말도 간단하지는 않겠네. 아라라기 군도 몸을 단련해 둬야겠네."

역시나 완전체인 시노부를 그런 식으로 들어 옮길 일은 없다고 생각하지만…. 상상해 봤더니 정말 걸작이었다.

그런 이야기를 하면서, 그리고 호기로운 시선을 뒤집어쓰면서 나와 센조가하라는 오후에 렌터카를 세워 둔 주차장에 도착했다. 그 주차요금 정도는 내가 냈다.

"후우. 부끄러웠어."

운전석에 앉자마자 센조가하라의 발언.

그것이 공주님 안기의 감상이냐.

그야 그랬을 거라고 말하지 않을 수 없지만….

"지옥을 봤어."

그렇게까지 말하기냐.

뭐, 지옥보다도 지옥적이었다고 말해도 좋다.

그리고 지금이야말로, 남은 것은 귀가하는 것뿐이었다. 센조가하라가 운전하는 모습을 보니, 면허를 따라는 말을 들은 것과는 상관없이, 나도 면허를 따 볼까 하는 기분이 들었다.

즐거운 듯 운전하는 모습인 것은 운전이 즐거운 게 아니라, 이후에 기다리는 그녀의 예정인 아버지와의 데이트에 설레고 있는 것뿐인지도 모르지만….

다만 면허가 있더라도 자동차가 없으면 마음대로 외출할 수 있을 리도 없을 테지만…. 렌터카를 일일이 빌리는 것도 좀 그렇고….

남은 것은 귀가하는 것뿐…이라고는 해도, 그러나 돌아가기 전에 말해 둬야만 하는 것이 있었음을, 나는 아슬아슬하게 떠올렸다.

이것은 당초에 오늘 센조가하라와 만나자마자 말해야 한다고 생각하고 있었던 것이고, 또한 처음에 말해야만 했던 일이지만, 유감스럽게도 센조가하라 히타기의 면허 취득이라는 사건에 압도되어서 말할 타이밍을 완전히 놓쳐 버렸던 것이다.

저쪽에서는 아무 말도 하지 않고 있으니, 이대로 말하지 않고 끝내는 것도 가능하지 않을까 하는 사심도 한순간 마음을 스쳤지만, 물론 그럴 수는 없다.

"센조가하라."

갑자기 나는 말을 꺼냈다.

"중요한 이야기가 있어."

"결혼 신청이라면 OK야."

"아니, 그렇게까지 중요한 이야기는 아니야. 그리고 너무 간단히 승낙하고 있잖아. 실은 밸런타인데이에 받았던 초콜릿의 답례 말인데… 준비하지 못했어."

어떤 식으로 말할지도 다양하게 생각했지만, 결국 이런 일은 정직하게 말할 수밖에 없었다.

"미안해. 준비할 시간이 없었어. 생각하는 동안에 지나 버려서 말이야…. 노력하면 기성품 마시멜로 같은 것으로 때울 수 없었던 것은 아니었지만, 그것도 좀 그렇다 싶어서…. 생각에 잠겨 있던 중에 생각이 너무 많아져서, 행동으로 옮길 수가 없어서…."

오늘 틈을 봐서 살까 하는 생각도 있었지만, 그럴 틈이 없었다. 애초에 센조가하라의 빈틈을 찾으려 하다니, 무모한 이야기다.

유일하게 있었다고 한다면 플라네타륨 안에서였는데…. 하지만 그때는 나도 잠들었다.

"그래서 2, 3일 정도 기다려 줄 수 없을까? 물론 그 분량의 이자는 얹어 줄 테니까."

"뭐야, 그런 것에 고민하고 있었어? 그런 건 전혀 신경 쓰지 않아도 괜찮아. 이자라니. 아라라기 군이 애니버서리를 싫어하는 것에 대해서는 잘 이해하고 있으니까."

이쪽이 잔뜩 각오한 것과는 반대로, 센조가하라의 반응은 아주 담백했다.

"기대하지 않았다고 말하면 표현이 좋지 않지만, 뭔가 있을 거라 생각하고 있던 것은 아니니까, 오늘 하루, 데이트를 해 준 것만으로도 충분해. 마음이 내키면 뭔가 주는 정도로 족해. 나는 답례를 기대하고 초콜릿을 만든 것은 아니야."

빌리고 갚는 것에 까다로운 센조가하라의 의견이라고는 좀처럼 생각되지 않았지만, 그러나 본래 선물이란 그런 것인지도 모른다.

"애초에 아라라기 군이 애니버서리를 싫어했기 때문에 나는 아라라기 군하고 지금의 관계를 쌓게 된 것이니까. 기억해? 아라라기 군하고 내가 사귀게 된 것은, 어머니날이었잖아?"

"응, 그러고 보니…."

그건 기억하고 있다.

그러나 새삼 떠올려 보면 애초에 그날, 나는 어머니날을 기념하고 기념하지 않고의 문제로 여동생과 싸움을 하고 집에서 뛰쳐나와 있었다.

지금 생각하면 유치한 짓을 해 버린 것인데… 그다음에 공원, 시로헤비 공원에서, 센조가하라와 우연히 만났던 것이었다.

그리고 그 뒤에, 센조가하라에게 고백을 받았다.

그렇구나.

그래서 어머니날에 대한 꺼림칙한 마음이 있었기에 센조가하라와 사귀게 되었다는 표현은 확실히 성립하고, 동시에 인간관계의 기묘한 연결 같은 것도 느끼지 않을 수 없었다.

여동생과의 싸움이 그렇게까지 중요성을 띠게 될 줄이야….
지금 여동생과 어느 정도 사이가 좋아진 현재 상황을 생각하면
어째서 옛날부터 이 녀석들과 사이좋게 지내지 못했을까 하고
문득 반성하게 되기도 하지만, 그러고 있었더라면 그날 센조가
하라, 혹은 하치쿠지와 만나는 일도 없었던 것이다.

정말이지 기묘하다.

올바름을 관철하려 하다 보면 잘못이 불가피하다고 한다면,
잘못이 있었기에 올바름에 도달한다는 일도 있는 것인가.

…이것도 어딘가에서 들은 사고방식인데?

"괜찮아, 나는 남자친구에게 애니버서리를 강요하는 성가신
여자는 되지 않아…. 기념일 따위, 나 혼자 기억하고 있으면 되
니까. 아라라기 군이 떨어지던 나를 받아 준 것이 5월 8일이었
다든가, 고백해서 사귀게 된 것이 5월 14일이었다든가, 첫 데이
트와 첫 키스가 6월 13일이었다든가, 처음으로 딥 키스를 한 것
이…."

"충분히 성가시잖아!"

성가시다고 할까, 무섭잖아.

센조가하라로서는 단순한 암기력 문제일지도 모르지만.

"아쉬운 것은 1학년 때부터 같은 반이었던 것치고는 아라라기
군의 첫인상이란 것이 없다는 점이지…. 오이쿠라하고 자주 싸
우고 있었다는 것밖에 기억나지 않아. 어떻게든 기억을 개변해
서 그 시절부터 나는 아라라기 군만을 좋아했다는 것으로 하고
싶은데, 좋은 방법이 없을까? 일기를 위조할까?"

"나는 1학년 때의 너를, 잘 기억하고 있지만 말이야…. 귀한 집 아가씨 같다고."

"뭐? 오로지 나만을 바라보며 좋아했었다는 거야?"

"그렇게까지 말하지는 않았는데…."

뭐, 과거는 바꿀 방법이 없으므로, 그것도 미래에 기대한다는 부분이다. 어쨌든 불평을 듣는, 야단맞는 정도라면 낫지만, 선물을 준비할 수 없었던 것으로 센조가하라를 상처 입혀 버릴지도 모른다는 우려를 품고 있었던 만큼, 안도했다.

"화이트데이의 선물은 아버지에게 받을 거니까 괜찮아."

그런 발언에 조금 불안을 금할 수 없었지만, 그래도 그것을 포함해도 여전히 트러블로 발전하지 않고 넘어가서 다행이라고 말할 수 있을 것이다.

마음이 내키면, 이라고 해도 물론 신경을 쓰지 않는 것은 아니므로, 유예를 받을 수 있었던 것에는 감사한다. 사실 하네카와에게도 의리 초콜릿을 받았으므로 나는 그 답례도 생각해야만 하지만(의리 초콜릿에도 세 배 갚기일까?), 하네카와가 졸업식에 돌아온다면, 그때까지 센조가하라 몫을 준비해야만 하니까, 유예가 생겼다고 해도 어디까지나 하루 이틀 정도이지만.

"음."

그렇게.

내가 긴장을 푼 순간의 일이었다.

센조가하라가 거기서 뭔가를 번쩍 떠올린 것 같았다. 번쩍 떠올려 버리면 그녀의 움직임은 어쨌든 신속해서, 곧바로 브레이크를 밟더니 차를 갓길에 세웠다.

다만 무엇을 떠올린 것인지는 조수석에서는 알 수 없다. 느닷없는 노도와 같은 전개에, 나는 숨을 삼켰다.

"아라라기 군."

센조가하라는 말했다. 어조가 변해 있었다.

낮고, 낮고, 낮고, 낮다.

조금 전까지의 여유로운 느낌이 제로다.

"용서 못 해."

"엉?"

"어떻게 연인 간의 3대 이벤트 중 하나인 화이트데이에, 연인을 위해 아무것도 준비하지 않다니, 나에 대한 애정을 의심하지 않을 수 없어."

"어? 어어?"

"사귀기 시작하자마자 그런 식으로 여자에 대한 배려를 하지 않게 되는 남자가 있다는 얘긴 들었지만, 설마 그게 아라라기 군이었을 줄이야. 실망이야, 낙담을 감출 수 없어. 오늘 하루, 아라라기 군은 대체 어떤 서프라이즈를 준비해 주는 걸까 하고 두근두근 울렁울렁하고 있었는데, 아무런 준비도 없었다니, 김이 새는 것도 이만저만이 아니야. 나는 크루저 한 척 정도는 선물해 줄 줄 알고 있었는데."

"그, 그건 기대가 너무 메가 사이즈 아니야?"

"아~아, 자살할까~."

핸들 위에 축 엎드리는 자세를 취하는 센조가하라. 이 정도로까지 연출이 들어가면 단순한 촌극으로밖에 보이지 않게 된다….

박진감 있는 삼류 연극을 나에게 보였던 타다츠루를 본받으라고 말해 주고 싶다.

무엇을 떠올리면 그런 수준 낮은 원맨쇼를 시작하게 되는 걸까…. 그렇게 생각하면서도 뭐, 계속 내버려 둘 수도 없어서,

"미, 미안해. 그러니까 사과하고 있잖아."

라고 대답했다.

"자살은 하지 말아 주세요. 그, 그러면 어떡하면 용서해 줄 거야? 크루저는 준비할 수 없지만, 할 수 있는 것이라면…."

뭐, 어째서 일단 용서한다는 말을 한 것을 번복했는지는 이상해서 견딜 수 없지만, 기본적으로 이 일에 관해서는 전면적으로 내가 잘못한 것이 틀림없으므로 베짱이처럼 고개를 계속 꾸벅꾸벅 숙일 뿐이었다.

"할 수 있는 일을 하겠다고 말한 거야? 지금."

달라붙는 센조가하라.

노리던 대로라고 말하는 듯하다.

오늘 중에서 가장 기뻐 보이는데 말이야….

여기서 가장 기뻐한다니, 오늘 하루는 대체 뭐였던 거냐.

"절대 복종이라고 말했어?"

"아, 아니, 말하지 않았습니다만…."

"……."

"말했습니다. 말했습니다. 절대로 복종한다고 바로 이 입으로

말했습니다."

참고로 "……"일 때의 히타기의 얼굴은 울 것 같았다. 이렇게까지 표정이 풍부해지면 이젠 표정 연기 연습 같네.

그러나 그렇구나. 센조가하라는 그렇게까지 나를 절대 복종시키고 싶었던 건가. 볼링에서도 노래방에서도 이루지 못했던 시도를, 이때를 기회로 치고 들어오는 듯했다.

팔짱을 끼는 것은 둘째 치고, 공주님 안기에 관해서 말하면 너의 바람이 이루어진 것이나 다를 바 없다고 생각하지만…. 그렇게까지 해서, 한 번 용서한다고 말했던 발언을 취소하면서까지 나에게 하고 싶은 요구가 있다는 건가…. 무서운 집념이다.

야한 요구를 할 생각인가?

아니, 그건 지금 생각하면 단순한, 그 자리 한정의 농담이었겠지만….

"그래. 과연 아라라기 군. 그 넓은 도량, 내가 반한 남자야. 새삼 반했어."

"……"

오늘, 연인을 다시 반하게 만들겠다는 목적은 아무래도 마지막의 마지막에 와서 달성할 수 있었던 것 같지만…. 상황에 따라서는 마지막이 말 그대로 끝장이 날지도 모른다고 생각하면, 그것을 단순히 기뻐할 수 있을 것 같지는 않다.

"뭘 요구받을지 모르는데도 평생, 내 소원에 절대 복종해 준다니."

"평생?!"

평생 절대 복종하게 만들 만한 소원은, 이미 소원이라고 말할 레벨이 아니지 않나? 노예계약이라고 할까, 백지위임장이라고 할까, 어쨌든 말도 안 되는 결정권을 센조가하라에게 넘겨 버리게 되는…. 아, 아니, 믿는 거다.

센조가하라 히타기를, 자신의 연인을 믿는 거다.

그녀는 이미 옛날의 그녀가 아니다.

말도 안 되는 요구를 해 올 리가 없을 거야!

평생 따르라고 말하고 있는 시점에서 이미 상당히 말도 안 되는 요구이기는 하지만….

"으, 응. 평생이구나. 알았어. 나는 뭘 하면 되는데?"

"이름으로 불러."

평생.

그렇게 센조가하라는 말했다. 그 표정은.

그저, 발갛게 달아올라 있었다.

"나를, 이름으로."

"…어? 부르고 있잖아. 센조가하라라고."

"그게 아니라, 성씨 말고. 이름만으로."

"……."

그것은.

첫 데이트 때, 달성할 수 없었던 일이었을 것이다. 그리고 고등학생인 동안에 달성하고 싶었던 일일 것이다.

연인사이로서.

그렇기에 볼링이나 노래방에서 벌칙게임을 설정하려고 했던 건가. 그것을 말할 계기를 만들려고 계획했던 건가.

확실히 고등학교 생활 중의 아쉬움이며.

확실히 이제 와서 새삼스럽게 부끄러우니까.

이런 계기라도 없으면 할 수 없는 말이었는지도 모른다. 평생, 절대 복종.

평생, 그 이름으로 부른다.

이쪽으로서도, 바라던 일이었다.

소망하던 일이었다.

"히타기."

고마워, 코요미.

내가 무엇을 말할 것도 없이, 히타기도 이쪽의 마음을 알아차리고, 나를 그렇게 불러 주었던 것이다.

009

후일담이라고 할까, 이번의 결말.

히타기를 자택까지 바래다주고―그렇다기보다 나는 조수석에 앉아 있었을 뿐이므로 사실상 나를 히타기가 바래다준 것이나 마찬가지지만―그리고 완전히 주위가 어두워진 가운데, 아라라기 가까지 걸어서 돌아왔던 나는, 거기서 데자뷰를 체험하게 되었다.

어제도 이런 일이 있었다, 라는 감각.

조금 더 말하자면 아라라기 가의 현관 앞에 매복하며 나를 기다리는 인물이 있었던 것이다. 어두워서 인상착의 판별은 되지 않았지만, 그러나 물론 그곳에 있는 사람이 조금 전에 헤어진 히타기일 리는 없다.

뭘까, 나를 걱정해서 집에서 나온 오노노키일까, 아니면 여동생들일까 하고 생각하면서 다가가 봤더니.

새까만 형체는… 오시노 오기.

오기였다.

"여어, 아라라기 선배. 기다리고 있었어요. 기다리다 목 빠지는 줄 알았어요. 하마터면 정말로 빠질 뻔했다고요."

그런 말은 그녀의 삼촌을 쏙 빼닮았다. 경묘하면서도 경박하다고 할 수 있는 히죽히죽하는 웃음도, 꼭 닮았다.

"어떠셨어요? 센조가하라 선배와의 마지막 데이트는 즐거우셨나요? 일단 배려해서 현실 세계에서의 개입은 피해 두었지만요."

감사받고 싶네요, 라고 말하며 오기는 어깨를 으쓱했다.

"감사는 해…. 다만 마지막 데이트라는 표현은 오해를 부를 수 있겠는걸. 어디까지나 고교생활 마지막 데이트야."

"그런가요. 네, 그렇다면 좋겠네요. 두 분에게 미래가 있다면 좋겠네요."

"……."

"아뇨, 아뇨. 진심으로 그렇게 생각하고 있다니까요? 부디 곡해하지 말아 주세요. 저는 이래 봬도. 다만 그러기 위해서는 몇 가지 불안요소도 있지 않을까 하고 어리석은 생각을 하게 되어서 말이죠…. 어쨌든 이것으로 미련은 없겠지요."

핫하~, 하고 말한 뒤에.

오기는,

"저기요, 아라라기 선배."

라고 말을 이었다.

"한 가지, 참고삼아 여쭙고 싶은데요. 당신, 이제부터 어떡할 생각인가요?"

"…응? 무슨 의미야?"

"아뇨, 말 그대로의 의미예요. 깊이 생각하지 마세요. 올바름이란 무엇인가, 라는 물음의 변화형이라고 할까, 변화구라고 할까, 거기서 이어지는 연장선상이기도 한데요."

"연장…."

"그리고 연장전일까요."

올바름이란 무엇인가.

그렇다.

그런 질문을 받았다. 나머지는 다음에 만났을 때에, 라는 말도 들었다.

대체 어디에서 들었을까.

현실 세계에서가 아니라고 한다면, 꿈속일까?

아니면 지옥일까?

"…오기. 너는 나를 퇴치하려고 한 거야? 그런 일을, 전문가에게 의뢰했어?"

"어라, 누구에게 들으셨나요. 그런 헛소리를. 하지만 그건 슬픈 오보네요. 해명하고 싶은 참이에요. 제가 아라라기 선배를 해치는 짓을 할 리가 없잖아요."

오기는 말했다.

전혀 동요하는 눈치도 없이 태연하게 말한다.

"그러니까 말했잖아요? 아라라기 선배가 옳은 판단을 해서, 가엔 씨의 감언이설에 넘어가지 않고, 빠져 주기를 기대하겠다고요."

"…말했던가."

하긴.

말했다고 한다면 말했겠지.

게다가 설령 말하지 않았다고 해도, 여기서 할 대답은 정해져 있었다. 그것이 옳든 잘못되었든, 답은 하나였다.

"하지만, 없다고. 시노부나 하치쿠지를 버리는 선택지는, 나에게는 없어. 선택의 여지는 없어. 내 마음에 여유는 없어. 올바름이 뭔가 하는 건 모르겠지만 내가 선택해야 할 길은 알고 있어."

"그렇게 결론을 서두르지 않으셨으면 하는데요. 하지만 뭐, 그러네요. 저로서도 밑져야 본전으로 물어본 것뿐이에요."

그렇다고는 해도 아쉽네요.

그렇게 그다지 아쉽지도 않다는 듯이 말하는 오기.

"저로서는 아라라기 선배에게는 이쯤에서 용퇴를 부탁드리고 싶었지만요. 너무 그것을 재촉하는 것도 주제를 넘어 버리는 걸까요. …저기요, 아라라기 선배. 한 가지, 당신이 착각하고 계실지도 모르는 것을 정정하도록 할게요."

"착각? 착각이라니… 뭔데?"

"저는 '어둠'이 아니에요."

"——!"

놀라움…은 감췄다고 생각한다.

하지만 평상심을 유지하는 것은 어려웠다.

발언의 내용 자체보다도, 오기 쪽에서 그런 말을 해 왔다는 것이 나에게는 충격이었다.

이제까지 충분히, 날카로운 발언이 많은 후배이기는 했지만, 이 발언은 명백히 깊이 들어와 있다.

마치 선전포고처럼.

싸움을 고하는 신호처럼.

그러나 당사자인 오기는 특별히 중요한 발언을 했다는 자각은 없는지,

"그런데 아라라기 선배."

라고 간단히 화제를 바꾸었다.

앞선 발언은 내가 잘못 들었던 것은 아닐까 하고 생각하게 될 정도의, 솜씨 좋은 화제전환이었다.

"저에게는 없나요?"

"음…. 어… 없냐니, 뭐가?"

"화이트데이의 답례요. 그 왜, 초콜릿을 드렸잖아요. 고디바의."

"고디바…?"

그렇게 비싼 것을 받았던가?

기억이 없지만…. 그러나 오기 본인이 주었다고 말하고 있으니 분명 내가 잊고 있는 것뿐이겠지. 초콜릿을 받은 것을 잊다니, 이것은 남자로서 너무나 한심하다고 해야 할 것이다.

"핫하~. 그 눈치를 보니 준비하신 게 없는 모양이네요. 유감이에요."

이것은 정말로 유감이라는 듯 말하는 오기.

그 분위기에 가슴이 아프다.

"그러면 저도 센조가하라 선배처럼, 답례 대신에 소원을 하나 들어주실래요? 어떠신가요?"

어느새 그런 커플 사이의 약정을 알고 있었는지는 알 수 없었지만, 그런 말을 들으면 거절하기 어렵다. 그 내용이 어떻든, 소홀히 하기는 어려울 것이다. 하지만 만약 여기서 용퇴를 부탁받는다면 나는 물론 일축할 생각이었다.

하지만 오기가 말한 것은 그것과는 전혀 종류를 달리 하는 소원이었다. 아니, 그 선상에서는 있었는지도 모르지만, 그러나 선을 뻗은 방향이 내가 생각했던 것과는 완전히 정반대였다.

"아라라기 선배는 지옥에 떨어지고, 데이트도 해서 이미 미련은 없을지도 모르겠지만, 저는 현재, 이 마을에서 못 다한 일이 한 가지 남아 있어요."

"…못 다한 일?"

"못 다한 일. 다하지 못해서 미련이 남은 일…. 그걸 하기 위해서 저는 태어났어요. 저는 확고한 목적과 목적의식이 있어요."

의외일지도 모르겠지만요, 라고 말하는 오기.

나는 묵묵히 들었다.

그녀의 목적을. 목적의식을.

"그것을 완수하기 위해서라면 죽어도 좋고, 그것을 완수한다면 죽어도 좋다는 목표가, 아라라기 선배에게는 있나요? 저에게는 있어요. 앞으로 딱 하나, 있어요. 그러니까 뭐가 어떻게 되더라도 그 일을 해야만 하는 거지만요…. 그렇기에 전문가들의 관리자, 가엔 이즈코가 덫을 치고 있다면 그 부분이겠죠. 네, 알고 있어요. 알고 있어도, 그 덫에 걸릴 수밖에 없어요. 그 반격을, 저는 달게 받을 수밖에 없어요."

"……."

"즉, 저는 이제부터 정면으로 얼버무리지 않고, 뭐든지 알고 있는 누나하고 싸우게 되는 거지만요. 아라라기 선배. 그때는 제 편이 되어 주시지 않겠어요?"

저를 구해 주세요.

오시노 오기는 새침한 웃는 얼굴로 그렇게 말했다.

제7화 오기 다크

001

오시노 오기가 있어 주었기에 지금이 있다. 그 수수께끼의, 정체불명을 정체불명으로 감싼 듯한 그녀가 우리 마을에 있어 주었기에 나는, 그리고 우리들은 지금에 다다랐다.

지금이 있고, 다음이 있다.

그런 식으로 생각할 수 있을 때가, 언젠가 분명 올 것이다. 지금은 아직 무리지만, 그녀가 했던 것을 생각하면 그녀가 저지른 일을 생각하면 도저히 그런 날이 올 것이라고는 생각하기 어렵지만, 그래도 앞으로 나는 그런 식으로 그녀를 떠올릴 것이 틀림없다.

나는 그런 녀석이고.

그녀는 그런 자다.

오시노 오기.

그녀는 내 청춘의 상징이라고, 나는 그녀를 떠올린다.

그렇다. 장래, 고교시절의 아라라기 코요미를 회상할 때, 우선 맨 처음에 떠올리는 것은, 센조가하라 히타기도 하네카와 츠바사도 칸바루 스루가도 아닌, 오시노 시노부나 하치쿠지 마요이도 아닌, 오시노 오기의 웃는 얼굴일 것이다.

무엇을 생각하는지 알 수 없고.

무엇을 재미있어 하는지도 알 수 없다.

목적도 경력도 알 수 없다.

생글생글하던 그녀의 웃는 얼굴.

그렇다고 해도 그녀가 대체 어째서 그렇게 웃고 있었는가는, 그것은 지금 현시점의 현재지점에서, 이미 명백하기도 했다. 그녀에게는 나의 어리석음이 재미있었던 것이 틀림없다.

아무리 시간이 지나도 그녀의 정체를 깨닫지 못하는, 나라는 어리석은 자가 몹시 우스웠음이 틀림없다. 실제로 실소를 금할 수 없다.

나 자신부터 웃음이 나온다.

폭소하게 된다.

그렇다면 결국, 웃기는 이야기였는지도 모른다.

내가 보낸 청춘은.

내가 보낸 고교생활 최후의 1년간은.

전설의 흡혈귀와의 조우부터 시작된 1년간은. 괴롭기도 하고 슬프기도 하고 아프기도 하고 추하기도 하고, 어찌할 방법이 없기도 했던 1년간은, 그래도 언젠가 떠올렸을 때.

누군가에게 이야기할 때, 모두에게 전할 때.

이야기할 때는 웃는 얼굴로 이야기해야 할, 하잘것없는 자애에 가득 찬 웃기는 이야기였는지도 모른다.

"모른다? 아뇨, 알고 있을 거예요. 저는 아무것도 모르지만."

오기라면 분명 이렇게 말한다.

"당신이 알고 있는 거예요. 아라라기 선배."

그렇다.

나는 알고 있었다. 오시노 오기의 정체도, 처음부터 분명, 전부 알고 있었던 것이다.

우습게도.

002

눈을 감고 떠올려 보면 이 1년 동안 조우했던 다양한 초현실적인 장면이 수도 없이 뇌리에 떠오른다. 이 마당에 와서 새삼스럽게 그 전부를 다 열거할 생각은 없지만, 그러나 오늘, 즉 센조가하라 히타기와의 데이트를 마친 3월 14일 밤. 날이 저문 그 뒤에 내가 직면하게 된 광경은 초현실의 마지막 마무리로서, 정말 그것들에 뒤지지 않는 것이었다.

浪白공원―시로헤비 공원.

…이다. 오랫동안 읽는 법을 알 수 없었던 이 공원의 이름이 시대 속에서 발생한 오독誤讀과 오자誤字에 의해 '로하쿠'도 '나미시로'도 아닌 '시로헤비', 시로헤비 공원이었음을 안 것은 어제 지옥의 밑바닥에서였지만, 어쨌든 그 공원의 광장에서의 광경이다.

야구였다.

뭐, 인원수가 한참 부족하므로 야구가 아니라 어디까지나 그것은 야구 놀이라고 말해야 할지도 모르지만, 어쨌든 투수와 타자, 그리고 포수라는 역할 분담으로 세 인물이 베이스볼에 신을 내고 있었다.

공원에서 야구.

그것 자체는 지극히 건전한 광경이라고 말할 수 있겠지만, 그러나 플레이 중인 캐릭터와 도구가 너무 엽기적이다시피 했다. 리얼리티가 결여된 쉬르레알리슴※이었다.

투수가 가엔 이즈코 씨.

야구모자 같은 캡을 쓰고 있지만 운동선수의 정반대의 길을 가는 듯한 헐렁헐렁한 패션을 걸친, 그런데다 호리호리한 몸매인, 그러나 젊게 보여도 나이로 보면 공원에서 천진난만하게 놀 일은 없는 번듯한 어른 누나다.

타자가 오시노 시노부.

어제까지의 유녀 모습이라면 몰라도, 지금은 장신의 커다란 몸으로 고저스한 드레스 차림에 금발 롱 헤어의, 눈부셔서 오히려 눈을 돌리고 싶어질 정도의 절세미녀, 그것도 발에는 핀 힐을 신고 있는 그녀가, 금속 배트를 쥐고 외다리 타법으로 공을 기다리고 있으니, 수술대 위의 재봉틀이란 게 이러할까 싶은 구도였다. 재봉틀 위에 수술대가 얹혀 있는 것 같은 언밸런스함이다.

한 가지 착각했다. 어리석게도 착각했다.

배트가 아니다. 그녀가 지금 노를 젓듯이 쥐고 있는 긴 물체는, 금속 배트가 아니다. 커다란 일본도였다.

아마추어가 봐도 알 수 있는 훌륭한 칼.

※ 쉬르레알리슴(Surrealism) : 초현실주의.

이름은 '코코로와타리', 통칭 '괴이살해자'라고 한다.

그야말로 그것은 '귀신에게 쇠몽둥이'라는 속담 같은 상황이었다. 순정흡혈귀이며 그 성질을 완전히 되찾고 있는 그녀는 밤이 되어 건강하면서도 당당하게, 실로 상쾌하게 야간경기에 흥을 내고 있었다.

그렇다고는 해도 이 괴이의 왕, 어제 아침에 키타시라헤비 신사의 경내에서는 비교적 멀쩡하게 있었으므로, 귀중종貴重種이자 전설종이며 최강종인 흡혈귀, 철혈이자 열혈이자 냉혈의 흡혈귀의 완전체는 방어를 마음먹고 하면 태양빛에도 의외로 견뎌 낼 수 있는 모양이지만.

"헤이, 헤~이. 투수가 잔뜩 쫄아 있네요~."

그리고 어째서인지 포수라는 마누라 역할이면서도 투수에 대해서 공격적인 야유를 날리며 미트를 두드리는 것이 유일하게 연령적으로 공원에서 야구를 해도 이상하지 않은 소녀, 트윈 테일의 소녀, 하치쿠지 마요이였다.

스커트를 입고 있으면서 포수를 맡아서 무릎을 벌리고 쪼그려 앉아 있으므로 팬티가 그냥 훤히 보였다.

너무 무방비하다고 할까.

전혀 기쁘지 않은 팬티다.

애초에 근본적인 귀속으로서, 야구를 하고 있을 때 정도는 등에 메고 있는 배낭을 내려놓아야 한다고 생각했다. 아니면 저 배낭으로 불안정한 자세의 밸런스를 잡고 있는 걸까.

이 시점에서 이미 초현실은 초현실로서 완성되어 있었지만,

더욱 이것을 강화하는 것은 공으로서 사용되고 있는 것이 적당한 크기의 돌이라는 점이었다.

돌이라니.

돌을 던져서 칼로 치고 있는 건가….

무슨 그런 야구가 다 있냐.

야구라기보다 야외 검술시합 같은 스포츠였다.

어쩐지 선량한 일개 시민인 나로서는 목격한 순간, 재빨리 신고하고 싶어지는 광경이었지만 지인들이 섞여 있어서… 라고 할까, 지인밖에 없어서, 하다못해 못 본 체를 하고 발걸음을 돌릴까, 뭐하다면 센조가하라의 부녀 데이트에 합류할까도 생각했을 정도였지만.

"안 돼."

라며 수수께끼의 동녀.

오노노키 요츠기에게 붙들렸다. 옷자락을 살짝 잡는다는 귀여운 방식으로 말리면, 용맹함으로 이름을 날리고 있던 천하의 나라도 멈춰 서지 않을 수 없다.

그렇지 않더라도 오노노키는 귀여운 인형 같은 겉모습하고는 반대로 강력하면서도 강력하므로, 옷자락을 살짝 쥐는 것만으로도, 말뚝이 박힌 것 같은 제지력을 가지지만.

"결판을 내는 거잖아. 오늘 밤에."

"뭐, 그렇지…."

"언니가 없는 지금, 나는 아무런 힘도 될 수 없지만, 귀신 오빠의 싸움을 지켜봐 주는 정도는 해 줄게. 그러니까."

얼른 저 사이에 끼자, 라고 오노노키는 말하는 것이었다. 저 사이에 들어가려면 보통이 아닌 용기가 필요할 것 같았지만, 그러나 내용물은 둘째 치고 외견적으로는 자신의 절반 정도 신장의 여자아이에게 그런 말을 듣고서 망설일 수도 없었다.

나는 그라운드…가 아니라 공원의 광장으로 발을 내딛었다.

"오오! 네가 아니냐! 내 주인님아!"

처음에 깨달은 것은 시노부였다.

아름답고 아리땁고 미려하고 찬란하며… 어쨌든 미사여구를 아무리 늘어놓아도 따라잡을 수 없는, 스타일 발군의 금발 미녀가, 천진한 눈치로 나에게 손을 흔들며(그렇다기보다 칼을 흔들며) 그런 식으로 부르고 있어서, 부끄럽다기보다는 당황스럽다.

"늦었구먼! 기다리다 지쳤다. 시간이 남아서 지금 다 함께 크리켓을 하며 놀던 참이다!"

크리켓이었냐….

야구의 원형이라고는 하지만, 크리켓이 어떠한 스포츠인지 나는 전혀라고 해도 좋을 정도로 몰랐다.

"하!" "하하!" "하하하하!"

그렇게.

달려온 시노부가 나를 안아 들더니 빙글빙글 돌았다. 자이언트 스윙이라고 할까, 마치 어른이 아이에게 장난치는 듯한 행동이었지만, 지금의 나와 시노부의 신장 차는 그것이 가능한 정도의 차이인 것이다.

체격의 역전 현상.

그렇다기보다 너무 신났는데, 시노부.

봄방학 이래로 아주 흥이 오른 모습이라고 해도 좋다.

그때도 완전체로 돌아간 기쁨에서 오는 하이텐션이었다고 기억하지만…. 역시 기쁜 걸까, 완전체는.

그런 식으로 내가 시노부에게 문자 그대로 휘둘리는 모습을 하치쿠지와 오노노키가 뭐라 말할 수 없는 맛이 있는 표정으로 보고 있었다.

그녀들로서는 평소 나에게 당하고 있는 짓을 내가 당하고 있는 구도란, 단순히 꼴좋다는 생각 이상으로 서글픈 영상이었는지도 모른다.

무서운 선배가 더욱 무서운 선배에게 꾸벅거리는 모습을 본 느낌일까…. 그러나 그런 의미에서 이 취급은 시노부에게 있어 나에 대한 적절한 복수라고 말할 수 있을지도 몰랐다.

통쾌한 복수극.

당하면서 기분이 좋을 정도로.

뭐, 내가 평소부터 하고 있던 유녀 시노부에 대한 취급을 생각하면 이대로 업기나 끌어안기 풀코스를 당하게 되더라도 불평할 수 없는 부분은 있다.

그러나 완전체가 된 시노부는 겉으로 보이는 대로의 커다란 그릇인지, 한동안 마음껏 가지고 논 뒤에 나를 해방해 주었다.

외견 연령에 끌려간다고 말하고 있었으니, 나로서는 아주 쓸쓸할 뿐이지만, 역시 지금의 시노부는 유녀 상태와 똑같이 이야기할 수 없을지도 모른다.

…뭐, 외견 연령 27세인데 내용물이 그대로 유녀였다면 엄청 깨는 정도로는 끝나지 않겠지만.

그런 녀석은 없지만, 엄청 활달한 기분파 여자 사촌과 여름방학에 만난 듯한 느낌이었다.

"하, 하치쿠지…."

신나게 휘둘리고 농락당한 끝에 평형감각을 거의 잃으면서도, 나는 그곳에 있는 소녀에게 손을 뻗었다. 생각해 보면 지옥에서 억지로 납치해 온 직후에 하치쿠지는 정신을 잃고 있었으므로 현실 세계에서 그녀와 이렇게 마주하는 것은 실로 반년 만이었다.

눈이 돌아가고 있어서 늘 하던 끌어안기는 불가능한 것이 몹시 원통했다.

"아뇨, 그건 이미 지옥에서 신나게 했으니까 됐잖아요, 바라가키* 씨."

"아니, 멋져서 좋지만, 하치쿠지. 남을 히지카타 토시조의 소년시절처럼 말하지 말아 줄래? 이름값을 못 하는 것도 이만한 게 없다고. 내 이름은 아라라기야."

"실례했네요. 혀가 꼬였어요."

"아니야, 일부러야…."

"꾸여써요."

※바라가키 : 일본 막부 말기의 신선조 부장이었던 히지카타 토시조(土方歳三)의 소년 시절 별명. '건드리면 따가운 들장미처럼 난폭한 아이'라는 뜻.

"일부러가 아니야?!"

"쭈그렸어요."

"확실히 포수의 스타일이긴 하지만!"

다행히 이쪽 대화에 관해서는 공백이 느껴지지 않는 전개였다.

이것도 지옥에서 했으니까 말이야.

"이제 혀를 꼬고 깨물고 하는 베리에이션도 바닥나지 않았을까 했는데, 의외로 얼마든지 가능하구나…."

"아뇨, 하지만 역시 리얼 세계에서 하면 실감이 다르네요."

"현실을 리얼 세계라고 말하지 마."

왜 지옥이 가상 세계 취급이냐고.

서점을 리얼 서점이라고 하는 요즘 시대 감각이냐.

환영할 수 없다고.

"오노노키 씨도 오래간만이에요. 그때는 신세를 졌어요."

"음. 너의 귀환을 기쁘게 생각해."

오노노키는 그런 느낌으로 답했다.

어떠한 위치에서의 대답인지 모르겠다(위쪽에서인지 어떤지조차 불명이다). 그렇구나, 오노노키와 하치쿠지가 이렇게 같이 만나는 것도 딱 반년 만이 되는 것이었다.

그 당시에는 동녀와 유녀와 소녀가 모여 있다고 몹시 신났던 나였지만(무슨 이런 녀석이 다 있냐), 지금은 시노부의 컨디션이 급성장을 이루었으므로 그때와는 양상이 달라져 있지만.

…그런데 그런 것으로 말하자면 신경 쓰이는, 체크해 둬야 할 사항이 있었다. 원래 그것은 어제 단계에서 해 둬야 하는 확인

사항이었지만.

　나는 하치쿠지의 가슴으로 손을 뻗었다.

　달아났다.

　"왜 그래, 하치쿠지."

　"당신의 뇌야말로 왜 그러는 건가요. 왜 천천히 저의 성장 과정인 유방을 움켜쥐려고 시도하는 건가요."

　"아니, 지금의 너는 어떠한 컨디션일까 하고 생각해서. 저도 모르게 지옥에서 끌어내 버렸는데, 너도 나처럼 되살아난 거야? 아니면….."

　"아니면, 쪽이야. 코요밍."

　그렇게.

　우리의 촌극을 그때까지 어른스러운 태도로 지켜보고 있던 가엔 씨가 마운드 위에서—딱히 흙은 쌓아올려지지 않았지만—끼어들었다.

　위치적으로는 견제구가 날아온 듯한 기분이다.

　"유감스럽게도 하치쿠지의 경우에는 육체가 화장되었으니까. 아하하, 이것이 토장이었다면 조금 더 비참한 그림이 되어 있었을지도 몰라. 좀비라고 할까, 강시라고 할까…. 뭐, 지금 그 애의 컨디션은 네가 이 공원에서 처음 만났을 때와 같은, 유령 상태야."

　고스트다.

　그렇게 말하며 손에 들고 있던 돌을 그대로 지면에 떨어뜨렸다.

　"혹시나 하는 가능성도 있어서 그 부분은 낮 동안에 제대로 조사했어. 코요밍, 네가 센조가하라 씨와 러브 데이트를 하는 동안에 말이야."

"러브 데이트라니…."

엄청난 표현이네.

그렇게 달달한 느낌은 없었고 말이지.

조금 더 귀기 어렸고, 기기괴괴했다.

하지만 그렇구나. 역시나 그렇게 잘되지는 않는 건가. 아니, 생각하기에 따라서는 여기서 하지쿠지가 되살아나는 것이 좋은 일인지 나쁜 일인지 하는 이야기이기도 한가. 11년 전에 죽은 그녀에게는, 이제 와서 되살아나도 보금자리가 없다는 점에서는 유령인 지금과 아무런 차이가 없다.

오히려 육체에 얽매이는 만큼, 되살아난 쪽이 몸 둘 곳이 없었을지도 모른다.

그래도.

지옥보다는 낫다…고 봐야 할까?

"…하지만, 미안해. 하치쿠지."

그렇게 생각하면서도 나는 고개를 숙였다.

고개를 떨구었다, 라고 말해도 좋을지 모른다.

"생각 없이 데리고 와 버렸지만, 생각해 보면 나는 네가 반년 간 돌을 쌓고 있던 노동을 헛수고로 만들어 버렸어. 그대로 노력했더라면 지장보살이 와서 너를 전생시켜 주었을 텐데…."

그랬을 텐데.

내가 차마 볼 수 없었다는 이유만으로 하치쿠지를 탈주시키고 말았다. 그 벌을 받아야 한다면 내가 아닌 하치쿠지가 받게 되어 버리는데.

그 벌은 이번에는 자신의 잘못 때문도 아니다.

"괜찮아요, 아라라기 씨. 신경 쓰지 마세요. 그 부분에 대해서는 이미 가엔 씨와 이야기가 되어 있으니까요."

"응? 이야기가 되어 있어?"

가엔 씨하고?

그것은 곧바로 불안을 느끼게 하는 이야기였다. 나는 저도 모르게 가엔 씨를 돌아보았지만, 그녀는 장난치듯이 어깨를 움추릴 뿐이었다.

"도움을 받아 놓고 민폐라는 생각은 안 해요."

그렇게 하치쿠지는 말을 이었다.

"지옥은 그야말로 지옥이었으니까요. 실제로 하늘에서 구원의 실이 늘어뜨려졌을 때에는, 진짜로 아라라기 씨를 밀어내고 제가 그것을 타고 올라갈까 생각했을 정도예요."

"말도 안 되는 생각을 하고 있었구나."

칸다타보다 심하다.

뭐, 농담으로 하는 말이겠지만. 그런 말을 들어도 답답함을 완전히 불식하는 것은 어려웠다.

"뭐, 그런 이야기도 포함해서 브리핑을 개시하도록 할까. 코요밍도 와 줬으니까. 오늘로 모든 것을 끝낼 거니까, 재빨리 진행하자고. 우선은 코요밍. 성장한 너의 미녀 노예에게 명령해서, 내 후배의 식신을 괴롭히는 것을 멈추게 해 주지 않겠어?"

가만히 보니.

오시노 시노부가 오노노키 요츠기를 맥락 없이, 그것도 무의미하게 몰아붙이고 있었다. 여름에 뒤집어썼던 수많은 폭언의 앙갚음을 하는 중인 듯했다.

전언철회.

완전체가 되든 어른이 되든, 어떻게 되더라도 내 파트너의 성격은 상당히 음습한 듯했다.

003

오월동주라고 하면 과언이겠지만, 오합지졸이라는 느낌은 부정할 수 없었다. 그러나 모여 있는 면면의 무시무시함을 생각하면 본래 다사제제*라고 말해도 좋은 조합이기도 하다. 그런데 아무리 노력해도 잡다한 느낌이 생겨나 버리는 것은 서로, 서로 엇갈리게, 조합이 나쁘기 때문일 것이다.

오시노 시노부—해외에서 날아온 전설의 흡혈귀의 완전체.

하치쿠지 마요이—지옥에서 부활한 유령.

오노노키 요츠기—주인이 행방을 감춘 식신 시체 인형.

가엔 이즈코—괴이퇴치의 전문가. 그 관리자.

그리고 나, 아라라기 코요미는 인간이었던 흡혈귀였고, 지금

※다사제제(多士濟濟) : 여러 명의 선비가 모두 뛰어남을 이르는 말.

은 인간이었다. 이해관계가 있는 듯 없는 듯한, 의식이 일치된 듯 안 된 듯한… 뭐, 객관적으로 보면 이상한 녀석들이 공원에 모여 있는 것으로밖엔 보이지 않을 것이다.

"결계를 쳐 두었으니까 괜찮아, 그 부분의 배려는 빈틈없이 해 두었어. 외부인 진입 금지. 한동안은 전세 낸 상태야."

그렇게 가엔 씨는 명랑하게 말했다.

결계인가…. 그 표현에도 꽤 익숙해졌네.

일동, 광장에서 벤치로 이동했다.

가엔 씨는 무릎에 오노노키를 얹고 있다.

무표정해서 알기 어렵지만, 오노노키는 약간 불편해 보였다. 인형에게 마음이 있는지 어떤지는 확실치 않지만, 그 마음을 나는 잘 알 수 있었다.

지금, 마찬가지로 성체인 시노부의 무릎 위에 안겨 있는 나로서는.

…어쨌든 내가 지금까지 신나게 시노부에게 해 왔던 일이므로, 이 자세를 거절할 구실을 찾을 수 없지만, 그러나 이제 고등학교를 졸업하려고 하는 나이이면서 이렇게 연상의 여성에게 안겨 있다는 것은, 낯간지럽다기보다 부끄럽다고 할까. 그만둬, 하치쿠지, 그런 눈으로 보지 마, 하는 느낌이었다.

시노부 쪽은 당연하다는 듯이 나의 몸통에 팔을 둘러서 단단히 홀드하고, 나를 떨어뜨리지 않도록 하고 있다. 내 머리 위에 자신의 턱을 얹은 모습이다.

가엔 씨가 오노노키를 안고, 시노부가 나를 안고, 그리고 하치쿠지만이 혼자서 벤치에 앉아 있었다. 뭐, 이 자리에 있는 것이 다섯 사람이므로, 두 사람씩 짝을 지으면 한 사람이 남아 버리는 건 어쩔 수 없다. 이렇게 되면 나로서는 안겨 있는 내 무릎위에 하치쿠지를 올려놓고 안고 싶었지만, 오히려 그것을 경계하고 있는지, 열외가 된 것이 다행이라는 듯이 그녀는 조금 떨어진 곳에, 몸을 움직일 수 없는 나에게는 닿지 않는 위치에 앉아 있었다.

안 그래도 이상한 집단인데 그 배치도 극히 기묘해서, 분명 결계라도 치지 않고서는 곧바로 마땅한 기관에 신고가 들어가 버릴지도 몰랐다.

"자, 그러면 이제부터 누나가 어제오늘 열심히 노력해서 세운 계획을 너희에게 알려 줄게. 그것대로 움직여 주면 기쁘겠지만, 물론 강요는 하지 않아. 그 전에 확인해 두고 싶은데 말이야, 코요밍. 말한 물건은 가지고 와 주었어?"

"…가지고는 왔어요. 그렇지만 가엔 씨, 어디까지나 원래 '그것'은 가엔 씨의 물건이었으니까 돌려주기 위해서 가지고 온 것이고, 당신이 뭘 생각하고 있는지는 알 수 없지만, 그 생각에 찬성해서 가지고 온 것은 아니라는 것은 알아 주세요."

나는 그렇게 말하면서 꺼낸 긴 봉투를 가엔 씨에게 건넸다. 사실 몇 번이나 찢어 버릴까 했던 물건이지만, 그럴 수 없었다. 그럴 배짱도 없었고, 또한 실력도 없었던 것이겠지.

혹은 완전체가 된 지금의 시노부라면 그 봉투의 내용물을 '먹는다'는 행동도 가능할지도 모르지만. 그러나 그것도 터무니없는 이야기다.

어쨌든 '그것'에 봉인되어 있는 것은.

'신'이니까.

"응. 코요밍은 그걸로 됐어. 나는 너의 그런 이치가 통하지 않는 미라클에 기대하고 있는 거니까."

뭐든지 알고 있는 누나는, 그런 식으로 알고 있었다는 듯한 말을 하면서, 봉투의 내용물을 꺼냈다. 부적이다.

뱀 그림이 그려진 부적.

단순한 부적이 아니다. 그 효과는 보증되어 있고 실증이 끝났다. 예전에 극히 평범한 중학생, 센고쿠 나데코를 뱀신으로까지 끌어올린 영험한 부적이니까.

여름방학이 끝났을 무렵의 사건을 마무리한 직후, 가엔 씨가 나에게 맡긴 한 장, 나는 그것을 마음대로 다룰 수 없었다.

일부러 쓰지 않았다고 표현하면 멋질지도 모르지만, 실제로는 겁에 질려서, 잔뜩 쫄아 버렸다고 표현하는 것이 맞다.

"응, 확실히…. 좋은 보존 상태네. 소중히 보관해 준 모양이야."

가엔 씨는 꺼낸 부적을 그대로 자신의 주머니에 밀어 넣었다. 취급이 난폭하다. 소중히 다뤄 주지 않는다. 뭐, 전문가인 그녀라면 그것을 두려워하지는 않겠지만…. 아니, 전문가이기에 그런 것에는 좀 더 경의를 보여야 하는 게 아닐까?

정말로 모르겠네, 이 사람의 스탠스.

"흠."

그렇게 시노부가 숨을 내쉰다.

조금 기분이 상한 눈치이기도 하다. 어린 몸이었을 무렵, 시노부는 저 부적에 쓴맛을 보았으니 그것을 떠올린 것인지도 모른다.

그렇게 생각했지만 아무래도 그렇지 않은지, 그녀는,

"정말이지…. 듣고 보니 그 말대로구먼. 깨닫지 못하는 쪽이 어떻게 되었어. 어쨌든 상당히 옛날 일이었으니까. 게다가 떠올리고 싶은 일도 아니었어."

라고 잘 알 수 없는 소리를 했다.

아무래도 오늘, 내가 히타기와 데이트를 하고 있는 동안에 가엔 씨와 '이야기가 되어' 있는 것은 하치쿠지뿐만이 아닌 듯하다. 이렇게 되면 외부자 느낌이 안 드는 것도 아니다.

열외가 되어 있는 것은 오히려 나인가.

오노노키도 같은 감상인 것은 아닐까 하고 생각했지만, 그녀는 어디까지나 무표정이었고, 오히려 멍하니 있는 것으로도 보였다.

어떻게 되든 상관없는지도 모른다.

"안심해라, 내 주인님아. 우리도 모든 것을 들은 건 아니야. 요점만 들었을 뿐이고, 특별히 이 전문가가 이제부터 어떻게 움직일 생각인지 같은 세세한 이야기는 너와 합류하고 나서 이야기하기로 되어 있다."

그렇게 내가 품고 있던 소외감을 읽은 듯한 말을 하는 시노부. 이미 페어링이 끊어지고 육체적으로도 정신적으로도 링크가 끊어져 있음에도 불구하고.

"그러네. 낮 단계에서는 내 군략도 아직 건설단계였으니까 이야기할 수 없었다는 점도 있어. 하치쿠지나 시노부로부터 사정을 듣고, 플래닝이 끝난 것이 방금 전이었고 말이야."

가엔 씨는 그렇게 말하지만, 아쉽게도 그것은 믿을 수 없었다. 이제부터 이야기하겠다는 '어제오늘 세운 계획'이라고 해도, 정말로 그런지 어떤지 의심스럽다.

사실은 8월 단계부터 그녀는 그럴 생각이었다는 말을 들어도, 이제는 놀라지 않는다. 내가 그런 식으로 생각하게 만든 것은, 오기였던가?

오시노 오기.

"오시노 오기."

라고.

가엔 씨는 입을 열었다.

"그것이 우리가, 지금부터 마주할 '적'이야. 싸워야 할 상대야. 퇴치해야 할 대상이며, 미워해야 할 대상이야. 그렇지? 코요밍."

"……."

적, 이라고 확실히 들어 버리면 거기에 위화감을 품지 않을 수 없었다. 내 안에서 그녀는 역시 한 명의 후배라는 이미지를 벗어나지 않는다.

타다츠루에게 무슨 말을 듣더라도.

게다가… 본인에게 어떻게 듣더라도, 다.

"놀라지 않는 듯하구먼, 내 주인님아. 역시 처음부터 알고 있었느냐?"

그렇게 시노부가 나를 뒤에서 꼭 안으면서 말해 왔지만, 이것은 유감스럽게도 꽝이었다. 과대평가다. 나는 오기를 의심한 적따위 한 번도 없다.

다만.

어쩌면 알고 있었는지도 모르지만.

아무것도 모르는 나는.

오기에 대해서는 알고 있었는지도 모른다.

등 뒤에 시노부를 느끼면서, 그렇게 생각한다.

"……."

그렇게 침묵을 유지하는 것은 오노노키.

가엔 씨라고 하는 자신의 주인의 선배에 해당하는 인물의 무릎 위에 안겨 있는 지금, 자기 신분을 생각해서 가만히 있는 것인지도 모르지만…. 다만 오노노키는 그러한 성격이 아닌 것 같다는 생각도 든다.

특히 나의 분방한 여동생의 캐릭터성에서 강한 영향을 받은 지금의 오노노키라면, 설령 가엔 씨의 무릎 위에 얹혀 있다고 해도, 우리의 이야기에 개의치 않고 헤살을 놓을 것 같았는데.

"다만 여기가 중요한 포인트인데…. 오시노 오기라는 이름은 어디까지나 편의상의 이름임을 잊어서는 안 돼. 아주 대충 붙인 가명이야. 아니, 가명이라는 표현은 정확하지 않지만, 이름으로 묶이는 것을 피하기 위해 설정된, 유저 ID 같은 거야."

이름으로 묶인다?

그것은… 들었던 이야기다.

키스샷 아세로라오리온 하트언더블레이드가, 그 존재를 잃었을 때, 주어진 새로운 이름이 오시노 시노부였고, 그 이름에 의해 그녀는 꼼짝 못 하게 속박되었다고 했던가. 그 속박 자체는 다시 존재를 되찾은 지금도 아무래도 유효한 듯했지만….

"오시노 오기의 본질은 정체불명이기는 하니까 말이야…. 정체를 잃는 것이야말로 그 여자가 지닌 유일한 그 여자다움이니까. …아니 '그 여자'라는 표현도 이 경우에는 대명사로밖에 의미다운 의미를 지니지 않지만."

"…마치 알고 있는 사람처럼 오기를 말하고 계신데, 가엔 씨는 오기를 만난 적은 없으신가요?"

나는 물었다.

예전부터 묻고 싶었던 점이었다.

이제까지의 경위를 생각하는 한, 게다가 오기의 이야기를 듣기로는 두 사람 사이에 직접적인 접점은 없었을 것이다.

물론 뭐든지 알고 있는 가엔 씨라면 그런 식으로 오기를 이야기하는 것이 마땅한지도 모르지만, 어쩐지 자신의 지인에 대해서 자신 이상으로 잘 아는 듯이 이야기하게 되면 뭐라고 할까, 조금 기분이 나빠지는 것도 부정할 수 없다.

이 감정은 어느 쪽인가 하면, 비뚤어진 마음에 가까운지도 모르지만.

"없어. 저쪽이 피하고 있으니까… 라고 하기보다, 나처럼 자기 직분의 본질에서 벗어나지 않게 살고 있는 자 앞에 저런 존재는 나타날 수 없으니까."

"......?"

"다만 만난 적은 없지만, **모르는 사이는 아니야**. 그 부분도 포함해서 내가 코요밍에게 설명해야만 하는 것이 많이 있지만, 우선은 순서대로 갈까. 시간도 없고, 한 번밖에 설명하지 않을 거니까 잘 들어."

그렇게 말하고 가엔 씨는 조금 작은 태블릿을 꺼냈다. 늘 하듯이 그것에 써 가면서 플랜을 설명해 줄 모양이다.

8월의 일을 떠올린다.

그때는 키타시라헤비 신사의 경내에서 시노부의 첫 번째 권속에 대한 설명을 들었던가. 하지만 이번에는 그보다 한층 복잡하고 성가시고, 더욱 장대한 강의를 받게 될 것 같았다.

"디스커션은 짧게 마치고, 되도록 빨리 '현장'으로 향하고 싶은 참이야. 뭐, 세상이 그렇게 계획대로 돌아가지 않는다는 것은 나도 알고 있지만…. 하지만 기준이 되는 선은, 어딘가에 그어 둬야만 하니까."

"…한 가지, 확인해 두고 싶은데요. 그렇다기보다 확인해 주셨으면 하는데요. 오기가 오늘 밤 안에 움직일 거라는 확신이 있나요? 오기에게 어떠한 덫을 치더라도 그 애가 움직이지 않으면 소용없잖아요?"

"움직이겠지. 그건 확신이 있다기보다, 단순한 사실이야. 오늘 밤밖에 없어. 여기서 움직이지 않는다면, 오히려 그 여자답지 않다고 말할 수 있지. 위협은 소멸하겠지만…."

망설임 없이 대답하는 가엔 씨.

그 근거는 전해져 오지 않았지만, 요컨대 중요한 것은 아무것도 말하지 않았지만, 그러나 그래도 추궁할 마음이 들지 않을 정도의 당당한 태도다. 가엔 씨의 가장 뛰어난 점은, 그 지식량이나 정보량이 아니라, 스스로에 대한 그 자신감이 아닐까 하고 생각되었다.

반론을 허락하지 않을 정도의 강렬한 자부심.

느슨한 분위기와는 모순된다.

…뭐, 이 일에 관해서는 질문을 던져 보긴 했지만 나에게도 확신이 있었다. 오기가 오늘, 3월 14일에 움직일 것이란 점에는 흔들림 없는 확신이 있다.

그도 그럴 것이.

본인이 그렇게 말했으니까.

바로 조금 전에, 이곳에 오기 전에 아라라기 가의 문 앞에서다.

―아라라기 선배.

―제 편이 되어 주시지 않겠어요?

―저를 구해 주세요.

"……."

"응? 왜 그러는 거지, 코요밍? 복잡해 보이는 얼굴을 하고. 그렇게 부담 갖지 않아도, 딱히 어려운 이야기를 하려는 건 아니야. 대학 입시를 극복한 너에게는 오히려 쉬운 장문독해야. 복잡기괴했던 상황을 명백하게 설명하려고 하는 것뿐이니까. 답 맞추기라고 말하는 건 좀 뭐하지만, 말하자면 미스터리 소설의 수수께끼 풀이 같은 거야."

미스터리 소설의 수수께끼 풀이.

그것이야말로… 오기의 역할이다.

혹은 하네카와 츠바사의 역할일지도 모르지만, 그녀는 이곳에 없다. 하네카와 츠바사는 해결편에는 때를 맞추지 못했다.

오시노 메메의 발견까지의 단서를 발견했다는 것만으로도 상당한 명탐정의 소질이 있지만, 어쨌든 원래대로라면 후배 발견의 가능성은 가엔 씨에게 당연히 고해야 했는지도 모르지만, 어쩐지 그것은 꺼려졌다.

헛된 기쁨을 줄지도 모르기 때문에… 라는 표면적인 이유가 있었지만, 그러나 본질적으로는 가엔 씨를 경계하고 있어서 감춘 것이다.

딱히 오기의 편을 들자… 라는 것이 아니라.

"자, 그러면."

그렇게 말하며 가엔 씨는 미소를 지었다.

명탐정처럼 웃었다.

"그러면 우선 이 공원과, 키타시라헤비 신사의 관계부터라도 이야기하도록 할까. 지금의 비극에 이르는 기원부터. 키타시라헤비 신사의 전신, 시로헤비 신사를 덮친, **400년 전**의 비극부터…"

004

"그렇다고는 해도 지옥의 밑바닥… 같은 장소에서 미숙자인 타다츠루에게 어느 정도의 강의를 받았을 코요밍이라면, 어쩌면 어느 정도의 짐작은 하고 있을지도 몰라. 이 공원의 정식 명칭을 들은 것만으로도 감이 좋은 사람이라면 정답에 도달할 수 있는 법이야.

"다만 멋대로 억측해서 추측하다가 그것이 엉뚱한 미스로 이어져 버리면 이 중요한 갈림길에서는 감당할 수가 없으니까. 일단은 맨 처음부터 설명하도록 할게. 어쩌면 이 파트는 오시노 오기와는 관계가 없다고 생각할지도 모르지만, 일의 발생, 모든 것의 발단이기도 하니까, 나름대로 주의 깊게 들어 줬으면 해.

"400년 전.

"이라고 말하면 뭐가 있었을까?

"역시나 이 출제에 대한 해답을 틀릴 정도로, 코요밍도 멍청하지는 않겠지. 그래, 전설의 흡혈귀, 키스샷 아세로라오리온 하트언더블레이드가 일본을 찾아왔어. 지금이었다면 공항이 엄청난 인파로 북적댔을 대 이벤트겠지만, 공교롭게도 당시의 일본에는 공항이 없었지.

"그렇다고 해도 이것은 장난삼아 한 비유도 아니야. 실제로 그 여자는 그 대항해시대에 해로를 사용하지 않고, 까마득한 공로空路를 통해 찾아왔으니까.

"경위는 이미 본인에게 들었겠지. 본인이 이곳에 있으니까 그 입으로 다시 한 번 설명을 들어도 좋겠지만, 여기서는 여러 가지로 고생한 내가 그 영예를 양보받도록 할까. 우리 시노부로서도, 지금은 시노부 씨로서도 그다지 하고 싶은 이야기는 아닐 테니까.

"줄거리로서는… 당시 약 200살이었던 키스샷 아세로라오리온 하트언더블레이드는 지루함을 견디지 못하고 세계 각지를 도는 여행을 떠났어. 뭐, 200살 정도라는 것이 불사신인 흡혈귀가 가장, 사는 것에 지루함을 느낄 타이밍인 것도 관계가 있을까.

"그 여자의 보통내기가 아닌 점은, 세계 여행을 할 때 남극대륙에 갔다는 점이야. 뭐, 그러나 이것은 자멸의 길이기도 했어.

"왜냐하면 남극에는 그 여자라는 괴이를 인식할 수 있는 존재가 없었기 때문이야. 괴이는 인간에게 인식되지 않으면 존재할 수 없으니까. 남극대륙이라는 거대한 무인도 안에서는 장시간 존재하는 게 불가능했어. 아무리 예외적인 흡혈귀인 하트언더블레이드라도, 그 예외는 될 수 없었어.

"그래서 황급히 그 여자는 남극대륙을 탈출했어.

"레버 넣고 대 점프로 탈출했어.

"이때, 어울리지도 않게 초조했던 그 여자는, 착지점을 생각하지 않고 날았어. 보통은 그런 어리석은 짓은 하지 않겠지만, 뭐, 어쨌든 자신의 존망이 걸린 긴급사태, 에멀전시였으니까. 게다가 설령 분화구에 착지하더라도 절대적 불사신인 그 여자에게는 커다란 문제는 아니니까. 인간으로 예를 들자면, 당황해서 신발을 신지 않고 맨발로 밖에 나가 버린 정도의 얘기야. 어쩌면 반대로 잊은 물건을 가지러 돌아갈 때에 실내에 흙발로 들어가 버린다든가, 그 정도로 끝나는 '발 디딜 곳'의 문제일 뿐이었어.

"그랬어야 했지.

"아니, 실제로 그랬어. 하지만 착지되는 측에서는 감당할 수 있는 문제가 아니야. 감당할 수 있는 문제가 아니라고 할까, 가만히 쌓여 있던 것을 화려하게 흩뿌리는 결과가 되었어.

"그곳에 있었던 일본이라는 나라의.

"어느 지방에 모여 있던 물을.

"호수를 흩어 놓았어. 날려 버렸어.

"확률적으로는 엄청난 확률이었을 거라 생각해. 회전시킨 지구본에 다트를 던졌는데 그것이 우연히 일본의, 그것도 호수에 꽂힌 것이니까. 보통 생각하면 다트의 바늘은 바다에 꽂힐 것이고, 육지에 꽂힌다고 해도 아메리카 대륙이나 유라시아 대륙이라든가 그쯤일 텐데.

"뭐, 뽑기 운이 좋다고 해야 하나.

"과연 하트언더블레이드.

"더 말하자면 그 호수는 단순한 호수가 아니었어. 그 지방의 신앙을 한 몸에 모으고 있던, 신성한 호수였으니 정말 무시무시하지.

"말하자면 신역神域이었어.

"그것을 날려 버렸으니, 배반낭자杯盤狼藉도 이만한 게 없지만, 천벌을 받아 마땅한 짓이지만, 실제로 그 뒤에 상당한 벌이 하트언더블레이드에게 떨어졌으니, 세상이란 건 참 절묘하게 이루어져 있지.

"밸런스가 잡혀 있어.

"남극대륙에서 점프해서 마치 대륙 간 탄도 미사일처럼 지구를 반 바퀴 정도 돈 끝에 신성한 호수에 낙하한 하트언더블레이드는, 그 호수를 완전히 파괴했어.

"말라 버리게 만들었어.

"그 여자는 물론 생채기 하나 나지 않았지만, 났다고 해도 곧바로 회복했겠지만 착지되는 쪽으로서는, 착탄된 쪽으로서는 엄청난 민폐였어. 그렇게 조금 전에 말했는데 그러나 이 배반낭자는 오컬트적인 의미로는 벌 받을 짓이지만 실제적으로는 지역에 은혜도 주었어.

"착탄의 충격으로 피어오른 호수의 물은, 그대로 당시 가뭄 상태였던 현지에 내린 단비가 되었으니까.

"호수를 신앙하고 있던 현지 사람들이 보기에, 기적이 일어난 것처럼 생각되겠지. 매일 밤낮으로 반복하던 기도가 결실을 맺은 단비. 그리고 말라붙은 호수 바닥에는 보기에도 화려한 금발의 미녀가 등장했으니까.

"등장이라고 할까, 탄생이라고 할까.

"신이 현현하셨다고 생각해도 이상할 건 없어.

"오히려 그렇게 생각하지 않는 편이 이상하겠지.

"결과, 서양의 괴이인 흡혈귀, 키스샷 아세로라오리온 하트언더블레이드는 현지의 신앙을 가로채게 되었어.

"말하자면 신을 쫓아 버리고, 신의 입장을 가로챘어.

"하트언더블레이드는 괴이살해자라고 불리기 전에 이미 신 살해자이기도 했다는 것이니, 이렇게 이야기하면서도 충격이 한층 더하네.

"코요밍도 이 부근의 이야기는 이미 반복해서 들어서 질렸을지도 모르지만, 이 에피소드를 그런 시점에서 독해해 본 적은 있을까? 하트언더블레이드가 뜻하지 않게 신 취급을 받는 것으로 신의 자리에서 추방당한 누군가가 있다는 시점.

"느끼는 바는 있겠지?

"이봐, 시노부 씨. 그렇게 코요밍을 강하게 끌어안는 게 아니야. 그 애는 지금 평범하게 연약한 인간이니까 그렇게 조르면 몸통이 두 동강 나 버린다니까?

"딱히 나무라는 건 아니야. 옛날, 옛날, 한 옛날이야기니까. 무엇을 이야기하든 이제 와서 새삼스럽지. 굳이 말하자면 너는 신 취급을 당하면서도 신이 되는 것을 거부했다고 하는, 그, 괴이에게는 있어서는 안 될 강한 자아가 사태를 악화시켰지.

"사태를 악화시키고.

"'어둠'을 불렀다는 점을, 지적하고 싶네.

"그 결과, 하트언더블레이드는 현지에서 다시, 남극대륙으로 쫓겨 가게 되었지만…. 그 이후의 이야기는, 생략이야.

"지금 해야 할 이야기는, 신이 쫓겨나고, 가짜 신이 추방당한 뒤의 토지의 이야기. 즉 만들어져 버린, 신이 없어진 지방의 이야기야.

"은혜로운 단비는 내렸고, 또 그 뒤에도 가짜 신에 의해서 비가 계속 내린 지방이기는 했지만, 그것도 없어졌고, 그리고 '어둠'에 의해서 인구가 급감하고 황폐해질 대로 황폐해진 땅.

"뭐, 그래도 사람은 늘고, 사람은 생활해야만 해. 살기 위해서 신앙은 필요했어. 아니, 꼭 시대 탓이라고 말할 수도 없어. 지금도 살기 위해서는 뭔가를 믿어야만 하잖아?

"아무것도 믿지 않고 사는 것은, 나에게도 무리야.

"살아가는 이상.

"사람으로서 살아가는 이상, 뭔가는 믿어야만 하고, 누군가는 믿어야만 해. 뭐, 그것이 신인지 상식인지 악마인지 비상식인지는, 사람에 따라 달라지겠지만.

"코요밍, 네 경우에는 무엇일까?

"괴이를 알고, 흡혈귀를 알고, 지옥까지도 안 너는, 무엇을 믿으며 이후를 살아갈까. 무엇을 믿으면 살아갈 수 있을까?

"어쨌든 신앙해야 할 호수를 잃고, 신을 잃은 그들은, 새로운 신을 찾아야만 했어.

"아니.

"새로운 신을 만들어야만 했어.

"그것을 위해, 신사를 이축했어.

"장소를 바꿨어.

"그것이야말로 실책이었지.

"어쨌든 옛날이야기이니까 이것만큼은 타임 슬립이라도 하지 않으면 확실히 말할 수는 없지만…. 아무래도 신앙도 인구도 잃은 현지 사람들은 가까이 있는 토착신앙과 합류하는 것으로 살아남는 길을 찾은 듯해.

"그 토착신앙이라는 것은, 그때까지 믿고 있었던 호수신앙과는 어떤 면에서 대조적인 산간신앙이었어. 그래서 무책임한 미래로부터 무책임한 지적을 받을 수 있다면, 호수의 것을 산으로 가지고 가다니, 하는 짓이 정말 엉망진창이지. 무슨 그런 접목이 다 있담. 다만 호수를, 즉 하트언더블레이드를 신앙하던 주민은 거의 전부 '어둠'에 삼켜졌으니까.

"호수도 그때에는 말라 있었고 말이지.

"신이 사는 곳을 이축한 자들은 자세한 것을 몰랐겠지. 어떤 종류, 그곳에 전통도 전승도 두절되어 있었던 거야.

"사정을 잘 모르는 후진이 신앙을, 효과가 있었던 듯한 신앙을 재현하기 위해서 했던 노력을, 나는 어리석다고 비웃을 수 없어.

"게다가 완전히 빗나갔던 것도 아니야. 접목을 하기 위한 꺾쇠는 있었어.

"꺾쇠.

"축. 산과 호수를 연결하는 띠는 있었어.

"그건 띠가 아니라, 새끼줄이라고 말해야 할까.

"쿠치나와, 즉 뱀이야.

"말라붙어 있는 만큼 속을 터놓고 이야기하면, 호수에서 신앙되고 있던 신, 그 신체神體의 구체적인 모습은 **물뱀**이지. 그리고 산간지방의 작은 토착신앙에서의 신체의 모습은 **산의 뱀**이었어.

"물뱀과 산뱀.

"뱀의 연결.

"해천산천이라는 말이 있는 것은 알려나? 바다에서 천년, 산에서 천년을 산 뱀은 용이 된다는 전설이 있는데, 공교롭게도 그런 구도가, 여기에서 생겨나 버렸던 거야.

"다만 그 근방의 토착신앙도 적당히 스러져 있었거든. 합병하더라도 뱀처럼 가늘고 긴 신앙이 성립했을 뿐이었어. 역시 무리가 있었던 거야, 이치에 맞지 않는 접목은.

"비슷한 색깔이라고 해서 억지로 밀어 넣은 퍼즐 조각 같은 거지. 언뜻 보기에 성립하더라도, 역시 뒤틀린 느낌을 부정할 수 없지.

"그 뒤틀림은, 언밸런스함은 일종의 에어 스폿, 잡다한 것들이 바람에 흘러들어 쌓이는 공간을 만들어 냈어. 그런 부작용과 반작용이 있기는 하지만, 그 신앙은 현지에서는 그 뒤로 어찌어찌 약 400년에 걸쳐 이어졌다는 거야. 뭐, 아주 과장스럽게, 드라마틱하게 이야기해 보기는 했지만, 이런 사소한 잘못은 실제로는 흔히 있는 이야기지.

"어쨌든 인간이 하는 일이니까.

"미스는 있어, 당연해.

"그것에 일일이 흠을 잡고 있어서는 살아갈 수 없어. 미스가 거짓말이 아니라면, 거짓이 아니라면 넘어가 줄 수 있어.

"구체적으로 말하면 하트언더블레이드가 신인 척한 것은 '어둠'이 용납할 수 있는 일이 아니었지만, 호수와 산과의 연결에 관해서는 '어둠'의 담당 범위 밖이었다는 이야기일까.

"그렇게.

"이 부근에 대해 상세히 이야기하기 시작하면 끝이 없다고 할까, 퍼내도 퍼내도 바닥나지 않는 호수 같은 구석이 있지만, 그러나 옛날이야기는 이쯤 해 두지. 요컨대 코요밍.

"시노부의 레버 넣고 대 점프의 결과로 흔적도 없이 사라졌던 호수의 흔적이 이 시로헤비 공원이었고, 신앙이 이축된 산의 신사란 것이 키타시라헤비 신사였다는 얘기야."

005

정리하는 방법이 너무 빨라서 한순간 줄거리를 잃어버릴 뻔했는데, 확실히 그것은 타다츠루에게 이야기를 들은 시점에서 어느 정도는 예측하고 있던 내용이긴 했다.

뱀이 지닌 불사신성.

그 신앙을 마찬가지로 불사신성을 지닌 흡혈귀가 가로챈 것은 이치에 맞고 있다. 바다뱀의 정체는 히드라였고, 영웅 헤라클레스에게서 잘려도 잘려도 재생했다는 전설을, 어딘가에서 들은 기억도 있다.

정합성은 맞는다.

다만.

시노부가 내키지 않은 신 취급을 당하고 있었다는 이야기와 키타시라헤비 신사를 관련지어 생각했던 적이, 이제까지 나는 한 번도 없었던 것도 사실이다. 그렇다기보다 타다츠루에게 이야기를 들을 때까지 전혀 다른 삽화처럼 생각하고 있었다.

그도 그럴 것이 그렇게 되면 시노부는 400년 전에 한 번, 이미 이 마을을 방문했다는 이야기가 되니까. 그런 이야기는 들은 적이 없었다.

없었다?

정말로?

시노부의 첫 번째 권속. 시시루이 세이시로의 고향이 **이곳**이라는 이야기를, 8월 단계에서 나는 이미 듣지 않았던가?

그의 고향이 이곳이라고 한다면, 필연적으로 시노부가 400년 전에 일본에 왔던 지역도 이 부근이라는 이야기가 되는 이론이다.

하지만 분명 시노부 자신이 그런 말을 한 적은 한 번도 없었을 것이다… 라고 생각하며, 나는 나를 안고 있는 시노부를 돌아보았지만, 요염한 미녀는 앳됨이 사라진 표정으로,

"……??"

하고 고개를 갸웃거리고 있었다.

…고개를 갸웃거리지 말라고.

어설프게 앳된 모습이 남아 있는 만큼 바보 같다.

겉모습이 어른이 되어, 내용물도 마찬가지로 성장을 이뤘을 테지만, 그러나 근본적인 성격이란 그리 쉽게 변하지 않는 듯하다.

세 살 버릇 여든까지 간다는 그건가.

특히 이 녀석의 경우에는 뇌에 손을 찔러 넣어서 자유롭게 기억을 소거할 수 있다는 난폭한 기술을 사용할 수 있으므로(게다가 회복 가능), 안 좋은 일이나 잊고 싶은 일은 정말로 기억 못할지도 모른다.

"참고로."

그렇게 가엔 씨는 보충하듯이 말했다.

"어찌어찌 간신히, 그것도 점점 쇠락해 가면서도 유지되고 있던 시로헤비 신사, 곧 키타시라헤비 신사는 약 15년 전에 망했어. 이 부근은 전에 이미 이야기했지. 시노부 씨의 첫 번째 권속인 '그 남자'가…. '그 남자'의 '재'가 고향에 돌아오고, 결과적으로 신사의 경내에 모여 있던 '좋지 않은 것'을 신째로 먹어 버렸거든. 대역을 임명받고 있던 뱀신은 그곳에서 사멸했어. 흡수되어 '그 남자'의 부활에 일조하게 되었어. 다만 이것도 그 후의 간접적인 원인이 되지만."

"…이야기는 알았는데요, 곧바로 믿을 수는 없네요."

나는 솔직한 감상을 말했다.

아니, 사실은 이야기를 알고 있는지 어떤지는 자신이 없다. 나는 아직 아무것도 알고 있지 못한지도 모른다.

의문이 남는다는 것은 결코 아니다.

오히려 앞뒤는 맞고 있다고 생각한다.

하지만 그 앞뒤가 맞아 가는 느낌이 스멀스멀 기분 나쁜 것이다. 어쩐지 누군가의 손바닥 위에서 놀아나고 있는 것 같은 불쾌감이다.

오노노키에게도 들었지만, 가령 이것이 손바닥 위라고 하면 과연 누구의 손바닥 위라는 것일까. 가엔 씨일까, 아니면 오기일까, 다른 누군가일까?

"너의 기분은 짐작되지만, 코요밍, 그건 생각이 반대야. 네가 보면 자기들이 사는 마을에 예전에 하트언더블레이드가 일본에 왔다는 것은 믿기 어려운 우연으로 생각될지도 몰라. 하지만 나 같은 제삼자가 보면 하트언더블레이드가 예전에 일본에 왔던 마을이기에, 흔한 필연으로서 지금 같은 상황이 만들어졌다는 것으로 보여. 물론 그것도 일괄적으로는 말할 수 없겠지만."

"……."

그것도 전에 들었던가.

시노부가 이 마을을 찾아온 것은 재가 된 시시루이 세이시로가 불렀기 때문이라고. 그렇다면 확실히 그것은 필연이며 나와 시노부가 이 마을에서 만난 것도 역시 필연이 된다.

400년이나 지나면 역시나 마을의 모습도 일변하니까 설령 시노부가 주의 깊은 성격이었다고 해도 이곳이 예전에 찾아왔던 지역이라는 걸 깨닫는 건 무리한 이야기일까…. 호수의 흔적 따윈 전혀 없으니 말이야.

"그런 경위가 있었기에 권속인 그 남자의 일이 정리된 뒤, 나는 시노부 씨를 키타시라헤비 신사의 새로운 신으로서 자리하게 하려고 생각하고 있었어."

가엔 씨는 조금 전에 주머니에 찔러 넣었던 부적을 꺼내고 그렇게 말했다.

"원래부터 신앙되고 있던 불사신의 물뱀을 대체하던 것이 시노부 씨였으니까. 그 책임을 지는 의미에서도 적재적소라고 할까, 아주 알맞은 배역이라고 생각했어. 어쨌든 그 잡다한 것들이 모여드는 공간을 메울 수 없는 한, 이 마을에서의 소동은 언제까지나 연쇄되어 끝나지 않을테니까. 메메 녀석은 냄새나는 것에 뚜껑을 덮는 정도로 방치하기를 선택한 것 같지만 조사가 아니라 예방을 중시하는 전문가인 나로서는, 더 근본적인 공사를 하고 싶었어. 망한 신사의 재건에 기둥을 하나… 신을 하나 세우고 싶었어."

거절당했지만 말이야.

그렇게 장난치듯이 가엔 씨는 말했다.

장난치듯이 들어도 그 건에 대해서는 지금도 전혀 농담이 되지 않지만…. 내가 시노부를 신으로 만드는 것을 거절했기 때문에 생긴 피해의 크기는 헤아릴 수 없다.

"처음부터 그 정도로 자세히 설명해 주셨더라면…."

그렇게 말하려고 했지만, 설령 정성껏 자세히 설명을 들었다고 한들, 나는 그 부적을 시노부에게 사용하겠다고는 생각하지 않았을 것이다.

시노부가 신에 적합하지 않기 때문에…가 아니다.

어울리고 어울리지 않고로 말한다면 단기간에, 그것도 가짜라고는 해도 신을 맡았던 시노부라면 충분히 그 자질이 있다고 말할 수도 있을 것이다.

단순히 내가 시노부를 신으로 만들고 싶지 않았던 것뿐이다.

되고 싶어 하지 않는 시노부에게 그것을 강요하면서까지 얻을 수 있는 마을의 평정에 의미 따윈 없다… 라고 자기중심적인 이론을 세웠던 것이다.

그리고 그 자기중심적인 이론은 지금도 변하지 않았다.

정성껏 설명을 듣더라도 나는 억지를 쓰겠지. 이렇게 실제로 이야기를 들어도 전혀, '그러면 시노부에게 그 부적을 삼켜 달라고 하자'라는 생각은 전혀 들지 않으니까.

"그렇지? 코요밍."

"…하지만 그러면 어떻게 하는 건가요? 그렇다기보다…. 그렇다면 어째서 이제 와서 그런 이야기를 하시나요? 이야기해도 소용없다고 생각한다면…."

"그냥 말하자면 이야기해 봤자 소용없지 않기 때문이지만. 코요밍. 여기서 일단 휴식을 하고 서로의 의견을 확실히 표명해 보지 않을래?"

"표명? 서로의 의견을?"

"목적이라고 말해도 좋겠네. 목적의식이라고 말해도 좋겠고."

"……."

히타기가 어제 했던 이야기를 떠올린다.

목적을 알 수 없는 인간이 가장 무섭다고.

가엔 이즈코는 그야말로 딱 그것이다. 그 목적을, 그녀 쪽에서 이야기해 준다는 것일까?

그것은 바라지도 않았던 이야기였지만, 너무나도 바라마지 않던 이야기여서 경계심 쪽이 앞선다. 결코 적대하고 있는 것도 아니지만, 어째서 이렇게나 조마조마한 마음으로 대화를 해야만 하는 걸까?

가엔 씨는 나의 적이 아닐 텐데.

그러나 가엔 씨의 이어지는 설명을 듣고 조금 납득이 갔다.

그것은 이런 설명이었다.

"아마도 코요밍의 그것과 나의 그것은 서로 얽혀 있지 않아. 시노부 씨의 의식도, 그리고 하치쿠지 마요이의 의식도, 결코 통일되어 있지 않아. 이렇게 마주하고 이야기를 하고 있기는 하지만 우리는 결코 협정을 맺은 것은 아니야. 나로서는 네가 일으키는 미라클에 기대를 하고 코요밍을 플랜에 끼워 넣기는 했지만…. 그것이 새로운 재앙을 일으킬 위험성도 부정할 수 없어. 시노부 씨─당시에는 유녀 시노부를 어떻게 할지를 코요밍에게 맡겨 보았더니 그야말로 무관계한 여자 중학생이 신으로 떠받들어지게 되는 결말에 도달해 버렸던 것처럼 말이야."

"…그 이야기를 하시면 찍소리도 못 하겠네요."

요컨대 가엔 씨의 복안으로서는, 그녀 쪽이야말로 나라는 신용할 수 없는 인간의 목적이라고 할까, 심중을 알아 두고 싶은 듯했다.

아니, 뭐든지 알고 있는 그녀가 내 심중 같은 것을 모를 리가 없으니, 말하게 하고 싶은 것이겠지.

입 밖에 내는 말 정도는.

지키라고 말하고 싶은 것이겠지.

"그러면 말하겠는데요…. 저의 목적은…."

새삼스럽게 말로 하려고 하다가, 그러나 이 경우에 내 목적은 무엇이 될까 하는 문제에 직면했다. 뭐가 어떻게 되면… 나는 그것을 기쁘게 생각할까?

"우선… 하치쿠지와 시노부를, 어떻게든 하고 싶다고 생각하고 있어요. 특히 하치쿠지는, 이대로라면 '어둠'에 삼켜질지도 몰라요. 묻고 싶은데요, 성불이란 건 다시 할 수 있는 건가요?"

"다시 할 수 없는 것은 아니지만, 다시 해 봤자 또 지옥에 떨어지게 될 뿐이겠지. 도망죄도 더해져서 재판을 받을지 몰라. 아비지옥이라고까지는 할 수 없더라도, 삼도천 강가에서 끝날지 어떨지는 나로서는 보증할 수 없어."

그 부분에서 너는 어떻게 하면 만족할 수 있는가, 라는 문제가 되지. 가엔 씨는 그렇게 말했다.

물론 나로서는 하치쿠지가 다시 지옥에 떨어지는 것을 좋게 생각하지는 않는다. 생각할 리도 없다. 극히 나쁘게 생각한다. 그러나 그렇다고 해서, 그러면 어떡하지?

'어둠'에 삼켜지는 쪽이 지옥보다 낫다고 판단하면 되는 건가? 이 일에, 만족이라는 루트가 있다고는 생각할 수 없지만….

"뭐, 하치쿠지에 대해서는 나에게 복안이 있다고 말했잖아. 그러니까 다음에는 시노부 씨에 대한 걱정을 들어 볼까. 시노부 씨를 어떻게든 하고 싶다는 것은, 코요밍, 구체적으로는 어떤 의미지?"

"그러니까…. 지금, 이렇게, 이렇게 되어서."

그렇게 말하며 나는 등 뒤의 시노부를 보았다.

완전체인 오시노 시노부. 괴물.

오시노 시노부라고 해도 이미 이것은 사실상 철혈이자 열혈이자 냉혈의 흡혈귀, 키스샷 아세로라오리온 하트언더블레이드 그 자체다.

그렇게 되면 그것은 즉, 현재 그녀가 받고 있는 무해인증이 풀리게 됨을 의미하는 것이며, 다시 시노부는 흡혈귀 퇴치의 전문가들을 상대로 피바람 속을 걷게 될 것이다.

그것은 그런 생활에 질려서 자살을 바라게 되었던 그녀에게, 결코 바라던 것은 아니다… 라고 나는 멋대로 생각하고 있었지만.

그러나 이것에 대해서 시노부가 어떻게 생각하고 있는가는 모른다.

시노부 자신은 유녀의 모습으로 내 그림자에 봉인되어 있는 생활보다는 아직 그쪽이 낫다고 생각할지도 모른다. 그렇다기보다 보통은 그럴 것이다.

완전체로 돌아가서 기분이 좋은 것 같고.

다만 그것은 동시에 역시 위험하기도 하다. 어쨌든 완전체인 그녀는 열흘 만에 세상을 멸망시킬 수 있을 만큼의 무시무시한 영향력의 소유주이니까.

적어도 가엔 씨는 간과하지 않을 것이다.

게다가 가엔 씨보다도 문제가 되는 것은 지금 그 가엔 씨에게 안겨 있는 시체 인형, 오노노키 요츠기의 주인님, 카게누이 요즈루다. 불사신의 괴이를 증오하는 그녀에게 그런 낭보는 또 없을 것이다. 아니.

그러나 카게누이 씨는 현재 행방불명….

"오시노나 카게누이 씨의 소재를 알 수 없는 것도, 물론 신경이 쓰이고…."

오시노에 관해서는 하네카와가 이미 접촉했을지도 모르지만,

카게누이 씨에 대해서는 그럴 리 없다. 하네카와 카게누이 씨는 접점이 전혀 없기 때문에 역시 '아는 것만 아는' 그녀로서는 카게누이 씨를 찾아내는 것은 불가능하다.

"그 부분도 완전히 해결하지 않으면 코요밍으로서는 새로이 대학생활에 들어갈 수 없으려나."

합격했을 경우의 이야기지만.

그렇게 가엔 씨는 말했다.

"여전히 눈앞의 일만 보는구나."

그렇게 말하며 웃었다.

"부럽기도 해. 나도 상당히 자유롭게 살고 있다고 생각하지만, 그러나 어쩔 수 없이 입장은 있으니까. 그런 자유로운 소리는 할 수 없어. 내 목적은 이 마을의 평화야. 몇 번이나 반복하고 있는 것처럼, 영적으로 흐트러져 있는 이 마을을 평정 상태로 만들고 싶어. 그것 이외에는 없어."

"……."

너무나 장대한 목표는, 자칫하다간 인간적인 감정이 사라져 있는 것처럼 생각되는 법이지만―연작燕雀이 어찌 홍곡鴻鵠의 뜻을 알겠는가―가엔 씨가 하는 말은 말 그대로 딱 그런 느낌이었다.

그러나 이만한 이야기를 하고 있으니, 역시나 아무리 나라도 가엔 씨의 심중을 아주 약간 정도는 알 수 있었다. 그녀에게 마을 하나를 평화롭게 하는 것 정도는 아직 작은 목표일 것이다.

"그야 저도 자신이 사는 마을이 평화로우면 좋겠다고는 생각하지만요…. 다만 저는 그것을 목적으로 둘 수 있을 정도의 인물은 아니에요. 제가 생각할 수 있는 것은 기껏해야 가까이 있는 아는 사람들의 진퇴 정도예요."

"그것이 나에게는 위험하다고 말하고 있어. 하지만 그거라면 타협도 가능하지. 적어도 이번에는 말이야."

"……? 그렇다는 말씀은?"

"네가 신경 쓰고 있는 것은 가까이에 있는 사람들이라고 하는데, 결국은 타인에 대한 것뿐이라는 거야. **네가 자기 몸을 전혀 걱정하지 않는 이상**, 이번에는 나와 타협할 수 있어."

그렇게 말했다. 안도한 느낌이기도 하지만, 그러나 그 안도의 의미를 알 수 없다.

자기 몸?

이미 육체의 흡혈귀화라는 문제가 해결된 나에게는 애초에 자기 몸에 미치는 위기, 걱정은 없을 텐데….

"집요한 것 같지만 집요하게 느껴질 정도로 확인하겠는데, 내가 이 마을을 평화롭게 하는 것 자체에 너는 반대하지는 않는 거지? 오히려 조건이 갖춰지면 협력해 주는 거지?"

"…물론이죠, 그건."

"시노부 씨는?"

아직 내 대답은 도중이었는데, 가엔 씨는 거기서 대화의 상대를 나를 안고 있는 금발 미녀, 오시노 시노부로 체인지했다.

"너의 목적은? 시노부 씨, 너는 지금 무슨 생각을 하고 있지? 무엇을 어떻게 하고 싶어?"

"나는 주인님을 따를 뿐이다. 내 주인님이 너에게 협력하라고 말한다면 그렇게 할 뿐이고. 내 주인님이 너와 대립하라고 말한다면 그렇게 할 뿐이다."

시노부는 곧바로 그렇게 대답했다. 또렷하다. 나처럼 망설이지 않는다. 게다가, 어쩐지.

"어쩐지 시노부 씨, 성인이 되어서 코요밍에 대한 충성심이 업되지 않았어? 그것은 계산 밖이네…. 페어링이 끊어지고 주종관계도 끊어진 지금, 네가 코요밍을 죽인다는 가능성이 실은 가장 농후했는데 말이야."

그것이 가장 농후했냐.

그렇기에 그것을 막을 수단을 짜내고 있었다는 이야기겠지만, 밝혀지고 보니 무서운 이야기다.

"카카. 주종관계는 딱히 피에 의한 것만으로 맺어지는 것이 아닐 게야. 그렇다기보다 전문가. 말하자면 나의 희망으로서는 가능하다면."

시노부는 말했다.

나의 귓가에.

"유녀로 돌려놔 주었으면 하는데 말이다."

006

물어볼 것도 없이 하치쿠지 마요이와 오노노키 요츠기에게

이 회의에서의 목적은 없다. 있을 리도 없다. 하치쿠지는 완전히 휘말려 들어서, 말하자면 나에게 엮여 불똥이 튀어서, 억지로 연행되어 여기에 있는 것이고, 오노노키에 이르면 목적의식은 고사하고 의식이 있는지 없는지도 수상한 인형이다.

굳이 말하면 하치쿠지는 지옥으로 돌아갈 수도 없고, 그렇다고 이대로 이곳에 계속 머물러 있을 수도 없다는, 앞문에는 늑대, 뒷문에는 호랑이 상태, 이진=進도 삼진=進도 할 수 없이 오도가도 못 할 입장에서 벗어날 수 있다면 벗어나고 싶다고 말해야 할까.

말해야 할까, 라고 남의 일처럼 말하지만, 그러니까 그 책임은 거의 나에게 있지만….

"그러면 전원의 스탠스가 나온 참에, 이제부터의 구체적인 움직임의 설명에 들어가지. 코요밍의 목적과 나의 목적, 그리고 시노부 씨의 목적과 하치쿠지의 목적을 동시에 달성하기 위한 최저조건의 설명이야."

가엔 씨는 마치 정해져 있던 수순처럼 그렇게 말했지만, 그런 조건이 있다고는 생각하기 어려웠다. 최저조건이라고 하기에는 그 밖에도 조건은 몇 가지 있을지도 모른다고 해도….

"최저조건은 두 가지. 한 가지는 키타시라헤비 신사에 새로운 신을 앉히는 것. 그리고 또 다른 한 가지는 오시노 오기의 퇴치야."

퇴치.

그런 말을 확실히 듣고, 나는 조금이나마 긴장했다. 그 긴장이 얼굴에 나오지 않도록 주의했다고 생각했는데, 그러나 나를 안고 있는 시노부에게는 골전도로 전해졌을지도 모른다.

구해 주세요.

그렇게 조금 전에 오기에게 들었던 것이 전해졌을지도 모른다.

다만 지금 이 자리에서 시노부를 생각해서 말한다면, 문제시해야 할 것은 두 번째가 아니라 일단 첫 번째 조건 쪽이었다.

"가엔 씨. 시노부를 신으로 앉히자는 이야기라면…."

"그럴 생각이었지만 말이야. 그렇기에 당초에 코요밍에게는 되살아난 시점에서 물러나 주기를 바랐지만 말이야. 하지만 코요밍이 지옥에서 하치쿠지를 데리고 와 준 것으로 상황이 변했어. 거의 억지로라도 시노부 씨를 키타시라헤비 신사에 앉힐 필요가 없어졌어. 어떤 의미에서는 시노부 씨 이상으로 어울리는 신의 대리가… 아니, **신의 계승자**가 나타났으니까."

"신의… 계승자?"

"하치쿠지야."

그렇게.

가엔 씨는 조금 전부터 별로 대화에 참가하지 않고 있는 트윈테일 소녀를 가리켰다. 가리켜도 하치쿠지는 그리 놀라지도 않았다.

요컨대.

이야기가 되어 있다는 것인가, 이미.

그러나 처음 듣는 나는 물론 놀라지 않을 수 없다. 하치쿠지를?

하치쿠지 마요이를, 저 신사에?

"아, 아니! 그, 그런 건, 더 안 되잖아요! 하지만 하치쿠지는….'

"하치쿠지는?"

그렇게 다음을 재촉받아도, 나오는 말은 없었다. 그것은 안 된다, 있을 수 없다며 단정하긴 했지만, 구체적으로 무엇이 안 되고 어떻게 있을 수 없는지 묻는다면 금방 답이 나오지 않는다.

너무 의외라서 곧바로 반대해 버리긴 했지만…. 아니, 반대할 이유는 확실히 떠오르지 않지만, 찬성할 이유도 역시 떠오르지 않는다.

잃는 것이 두려워서, 과도하게 보수적이 되어 있는 것은 아니다. 그럴 것이다. 한 번 하치쿠지를 잃은 경험이 새겨져 있기 때문에.

시노부 자신은 하치쿠지에게 그렇게까지 애착이 있는 것은 아니겠지만, 그러나 그렇게는 말해도 사실상 자신의 후임 후보 선출의 이야기다.

무관심하지 않을 수 없었는지,

"뭐, 자격은 있는지도 모르겠지만."

그렇게 가부의 자세는 선명하지 않은 채로, 이야기에 끼어들었다.

"지옥에서 부활해 왔다는 시점에서 그 미아 계집애는 두말할 것 없는 하나의 기적을 이뤄 낸 것이고."

확실히 그렇다.

'사후의 부활'이라는 것은 명백한 기적이며, 기적을 일으키는 것이 신의 필요조건이라고 한다면 하치쿠지는 그것을 채웠다고 할 수 있다.

그러나 그렇다면 그런 조건은 나도, 어쩌면 오노노키도 달성하고 있는 것이고… 아니, 나나 오노노키가 신의 역할을 맡을 수 있다고는 전혀 생각하지 않지만, 그것은 하치쿠지도 마찬가지일 것이고….

"마찬가지가 아니야, 달라. 하치쿠지와 너나 요츠기는 부활한다고 말해도 조건이 달라. 너희들은 육체를 가지고 부활했지만, 하치쿠지는 유체야."

"육체를 가지고 있으면 신이 될 수 없다는 얘기인가요?"

"아니야. 센고쿠 나데코가 되었던 것처럼, 그렇지는 않아. 신에는 현인신이라는 형태도 있고. 다른 것은 **이곳에서 신이 될 수 없으면**, 하치쿠지는 '어둠'에 삼켜지게 된다는 점이야."

그랬다.

애초에 하치쿠지는 그 '어둠'에 쫓겨서 성불의 길을 선택한 것이다. 육체를 가지고 부활했다면 그나마 낫지만, 유체인 채로 현세에 계속 머물러 있다면 추격자가 따라붙는 것은 필연이다.

즉 3자택일이야, 라고 말하는 가엔 씨.

"①다시 한 번 지옥으로 돌아간다. ②'어둠'에게 삼켜진다. ③신이 된다. …이렇게 셋이지. 뭐, 신이 된다고 해도 어쩐지 호들갑스럽지만, 실제로는 괴이로서 잡 체인지를 하는 것뿐이야. 괴이란 모두 신 같은 것이니까. 이 점도, 너나 요츠기가 신격화하는 것하고는 의미가 달라. 키타시라헤비 신사에 모셔지는 것으로, 하치쿠지 마요이는 현세에서의 존재를 허락받게 돼."

시민권을 얻는다.

주민표를 얻는다…는 이야기다.

"그러니까 하치쿠지에게는 기본적으로는 무조건 이득이지. 물론 일은 해야만 하지만, 그러나 아무것도 없는 빈 공간의 관리만 해 준다면, 그것만으로 충분히 예방책이 돼. 나는 그것 이상 사치스런 요구를 할 생각은 없고, 무리한 요구를 할 생각도 없어."

"이렇다고 하시네요."

그렇게 하치쿠지가 짧게 말했다.

그 표정을 엿보기로는 이미 승낙은 끝나 있고, 게다가 의견을 바꿀 생각도 없는 듯했다. 하치쿠지가 그것으로 납득하고 있다면 나도 불평은 하기 힘들지만.

그렇다기보다 그런 이야기가 있다면, 그것은 하치쿠지를 억지로 지옥에서 납치해 온 나의 생각 없는 행위를 완전히 수습해 주고 있다는 아이디어이며, 감사는 할지언정 불평을 할 일은 아닐 터인데…. 어쨌든 문제가 하치쿠지에 대한 것인 만큼 신중론을 제창하지 않을 수 없다.

아마도 내 안에서 소녀 하치쿠지와 신이라는 단어가 잘 매칭되지 않는다는 점도 있다고 생각하지만…. 그렇지, 매칭되지 않는다고 하자면.

"하… 하지만 뱀을 모시는 신사죠? 달팽이의 괴이인 하치쿠지를 그곳에 모시게 되면 또 일그러짐이 생겨나는 것이…."

"그 부분이, 코요밍이 생각이 없었다는 게 믿기지 않을 정도의 미라클이지. 그 부분이 없었다면 나도 하치쿠지를 신으로 앉히려고는 생각하지 않았을지도 몰라. 억지든 뭐든, 키타시라헤비 신사의 신체가 될 수 있는 이유가 있어야만 했어. 같은 뱀이란 이유를 들어 호수의 것을 산으로 가지고 온 것처럼, 불사신성이라는 연관성으로 하트언더블레이드가 가짜 신을 자칭한 것처럼. 그것과 같은 정도이거나, 혹은 그 이상의 이유가 필요했어."

"그, 그렇죠? 그렇다면."

"달팽이."

가엔 씨는 말했다.

"핫, 뱀의 상위호환이야."

"…네?"

"아니, 상위호환이라는 표현은 아전인수가 지나쳤고 과언일까. 하지만 코요밍, 삼자견제라는 건 들어 본 적이 있지? 전문가가 아니어도 일반상식의 범위겠지?"

"삼자견제…."

가위바위보 같은 것을 의미하는 말이기도 하지만.

기본적인 뜻으로서는, 그야….

"뱀하고 개구리, 그리고 민달팽이…."

뱀은 개구리를 잡아먹고, 개구리는 민달팽이를 잡아먹고, 민달팽이는 뱀을 해친다는 의미의, 이른바 긴장상태를 의미하는 말…. 민달팽이?

어딘가에서 들어 본 것 같은데.

"응, 그래. 민달팽이 두부…. 카이키가 센고쿠에게 설치했던 가짜 괴이…."

"그래. **뱀에게 유효한 괴이**. 민달팽이."

그리고, 라고 가엔 씨는 말을 이었다.

"민달팽이와 달팽이는 근친종이지."

"아."

그렇다.

맹점이었다. 삼자견제 이야기가 나온 시점에서 가엔 씨가 말하고자 하는 바를 이해했어야 했다. 껍데기가 있는 것이 달팽이고, 껍데기가 없는 것이 민달팽이…. 달팽이에게서 껍데기가 퇴화한 것이 민달팽이라고 생각하면 대개의 경우 빗나가지 않는다.

그렇다면 달팽이는 뱀하고 관계가 없기는 고사하고.

달팽이는 뱀을… **억제할 수 있다.**

센고쿠처럼 폭주하지 않고, 센고쿠처럼 뱀에게 삼켜지지 않고, 오히려 뱀을 삼킬 수 있다.

"나메쿠지* 마요이라는 얘기네요."

고개를 끄덕이면서 하치쿠지는 말했다.

그것이야말로… 너무나도 절묘한 말장난이지만.

"물론 이상을 좇자면 뱀에 뱀을 연결시키는 것이 무엇보다 좋겠지만…. 하지만 어떤 의미에서는 그 이상의 이상을 얻을 수 있는 형태라고도 할 수 있어. 이른바 역습이지."

"……."

※나메쿠지 : 민달팽이의 일본어.

그런 식으로 들으면 이 시로헤비 공원에서, 즉 키타시라헤비 신사의 전신인 시로헤비 신사의 옛터에서 하치쿠지와 만났다는 것조차도 숙명적이란 생각이 들기 시작한다.

이것도 역시… 억지일까.

하지만 그런 아크로배틱한 억지를 수없이 거치고, 곡예 같은 경험에 곡예 같은 경험을 더하며, 간신히 지금의 우리들은 있는 것이 아니었던가. 기적적으로.

"굳이 말하자면 하치쿠지八九寺의 마지막 글자가 절을 뜻하는데 '신사'에 살게 된다는 것이 전문가적으로는 약점이지만…. 그 부분은 신불습합*이라는 것으로 넘어가기로 하지. 개명할 수도 없으니까…. 뭐, 하지만 하치쿠지의 옛 성은 츠나데綱手…였지?"

사소한 것에 신경 쓰지 않고 대범한 듯하면서도, 의외로 업무가 되면 세세한 부분을 따지기 시작하는 가엔 씨였다. 뒤집어 말하면, 아마추어인 내가 생각할 만한 문제점이라면 이미 숙고에 숙고를 더해서 완전히 고찰을 끝마쳤다는 이야기다.

게다가 지금, 가엔 씨는 '살게 된다'라고 말했다. 산다, 라고.

물론 나를 설득하기 위해서 일부러 한 말임은 명백했지만, 그러나 그 책략에는 걸려들지 않을 수 없다.

신사든 절이든.

11년간 길을 헤매 왔던 하치쿠지 마요이에게, 그 뒤에도 강가에서 돌을 계속 쌓는다는 수수께끼의 불우함을 맛보게 된 그녀

※신불습합(神佛褶合) : 불교가 신도와 융합된 것.

에게 살아야 할, 돌아가야 할 '집'이 생긴다는 것이 얼마나 큰 구원인지, 내가 이해하지 못할 리가 없다.

3자택일 문제라고 해도 선택의 여지는 없다.

그러면서 제4의 선택지를 찾을 시간도 없다.

그렇다면 내가 이러니저러니 이야기해 봤자 전혀 생산적이지 않은 것이다. 그러나.

"하치쿠지. 너는 정말로 그래도 괜찮겠어?"

그래도 그렇게 물어보지 않을 수 없었다.

이렇게까지 가엔 씨하고만 이야기하고, 직접 하치쿠지에게 물어보는 것을 피하고 있었지만, 끝까지 회피할 수는 없는 일이었다.

"네, 괜찮아요. 신이라니, 출세하는 거잖아요."

금발 미녀에게 안겨 있다고 하는, 약간 진지함이 결여되는 포지셔닝이라고는 해도, 나는 내 나름대로 진지하고 무게감 있게 물어봤다고 생각하는데, 하치쿠지의 답은 가볍고, 아주 태연했다.

출세라니….

"이거 신네했네요, 혀가 꼬였어요, 가 된다는 얘기네요."

"그런 식으로 말하면 개그처럼 되니까 하지 마. 개그로 받아내려고 하지 마, 이런 중대한 일을."

"2계급 특진 정도가 아닌, 엄청난 출세라고요."

"아니, 이해를 못 하는 거라고. 너, 아마도…."

그 대응이라면 걱정이 적중하고 있다는 느낌인데.

그러면 그런 나는 뭘 이해하고 있느냐고 물어볼지도 모르겠는데, 하지만 그 입장에 서는 것으로 어쩔 도리 없는 혹독한 처지에 몰린 사례도 두 가지 알고 있다.

키스샷 아세로라오리온 하트언더블레이드.

센고쿠 나데코.

이 사례들에 하치쿠지 마요이를 두고 싶지 않다는 것이 역시 나의 본심이었다. 아무리 그것밖에 해결책이 없다고 해도, 그렇다.

"알고 있어요, 제대로."

그러나 하치쿠지는 그렇게 말했다.

자신 있어 보인다고 할까, 이미 자부심이 있다는 태도였다.

"그런 거야…? 신이 된다는 행위의 책임이나 의미, 무게나 역할을 제대로 알고 있는 거야?"

"아뇨, 그런 건 전혀 알지 못하지만요."

"알지 못하는 거냐!"

"다만."

그렇게 그녀는 방긋 웃었다.

아주 하치쿠지다운 웃음이었다.

"그렇게 되면 앞으로도 아라라기 씨하고 즐겁게 놀 수 있다는 것만은 알아요."

007

하치쿠지와 앞으로도 놀 수 있다는 말을 듣고서 내가 여기서 반론을 그만두었다고 생각하지는 않았으면 하지만, 그러나 그 말에 감격해서 말을 잃어버린 것은 사실이었다.

그 침묵의 타이밍을 놓칠 가엔 씨가 아니었다.

"뭐, 이것으로 조건 중 하나는 채워진 것 같은데 말이야. 하치쿠지가 이 부적을 삼키면 키타시라헤비 신사에 새로운 신이 탄생하는 거야."

그렇게 첫 번째 조건에 대한 이야기를 정리하려 들었다. 아니, 그렇게 간단히 정리되기에는 너무나 중요한 이야기지만.

"응, 삼킨다고 할까. 하치쿠지 식으로 말한다면 '깨물어 넘기면'이 될지도 모르지만."

"그런 세세한 표현을 문제 삼고 있는 게 아니라…."

애매모호한 결론으로 넘어갈 것 같다는 상황이 싫은 것이다. 하지만 어찌하더라도 이 일에 대해 완전히 납득하기는 어렵다는 점도 알고 있다.

"코요밍이 하치쿠지를 제대로 '어둠'에 삼켜지게 만들고 싶다면야… 뭐, 그 부분은 코요밍의 판단에 맡기겠지만. 나로서는 수단의 문제야. 이것만큼은 코요밍이 대신해 줄 수 없는 일이야."

"그렇구먼…. 뭐, 어디까지나 나는 너의 판단에 따를 뿐이다만, 모처럼 지옥에서 데려온 네 취향의 아동이 '어둠'에 삼켜져서는 꿈자리가 사납지 않겠느냐."

시노부는 그런 말을 하면서, 안고 있는 나를 다리로 얽어 왔다. 내 몸을 축으로 가부좌를 트는 듯한 자세라, 어른이 하기에는 예의범절에 맞지 않을 테지만, 지금의 시노부가 하면 사나이다운 멋진 포즈가 되는 것이 어쩐지 반칙 같았다.

내가 시노부를 안고 있을 때는 절대 이렇게 스타일리시하지는 않았을 것이다.

뭐, 시노부에게 그렇게 타이르는 말을 듣게 되면 더더욱 반론하기 어려워지기도 한다. 애초에 반론의 근거를 지금 나는 완전히 잃고 있다. 시노부나 센고쿠가 신으로서 '실패'했던 것에는 그럴 만한 이유가 있었고, 그것을 전문가인 가엔 씨가 해설한다면, 이 단원에 준비는 충분하다.

"그래, 귀신 오빠. 이러쿵저러쿵 할 일이 아니야. 너, 남이 하는 일에 시끄럽게 트집을 잡으면 그것만으로 멋지다고 생각하고, 대안이 없으면 닥치고 있으라고. 할 수 있는 것은 할 수 있는 녀석의 발목을 잡는 것뿐이야?"

"아니, 오노노키. 너에게 들으니까 반론이 산더미처럼 나올 것 같은데 말이지."

입이 험하네.

폭발했을 때의 츠키히를 연상시킨다.

"8월에도 신나게 그런 소릴 했었잖아."

그렇게 험한 말투를 조금 수정해서, 나와 마찬가지로 가엔 씨에게 안겨 있는 오노노키는 (인형이라고 생각하면 복화술 같다) 말을 이었다.

"이렇게 우물쭈물 소꿉장난 같은 의논을 하고 있는 동안에 하치쿠지 씨가 '어둠'에 삼켜지면 어떡할 거야."

"아…, 그렇지."

딱히 오노노키의 말을 듣고 반론을 생각하고 있는 것은 아니었지만, 가엔 씨, 시노부, 그리고 오노노키의 순서대로 세 사람 연속해서 그 이름이 나온 것에서 떠오른 것이 있었다.

아니, 그것 자체는 줄곧 의식하고 있었지만, 이야기할 타이밍이 없었다. 이곳에 오기 전에 집 앞에서 오기와 만났던 것을 감추고 있기 때문에 연쇄적으로 그것도 입을 다물어 버렸지만, 그러나 그 점에 관해서는 오히려 좀 더 이른 단계에서 고해야 하는 사실이었는지도 모른다.

사실이 어떤가를 판단받기 위해서도.

늦게라도… 아니, 말하자면 지금─두 번째 조건 이야기로, 즉 오시노 오기를 대상으로 한 이야기로 가엔 씨가 이행하려고 하는 지금이야말로 의외로 가장 적절한 타이밍일지도 모른다.

"가엔 씨."

"왜 그래, 코요밍."

"저기…. '어둠'에 대한 거 말인데요. 어쩌면 우리는, 말도 안 되는 착각을 하고 있었는지도 몰라요."

가라앉은 목소리로, 나는 말했다.

"오시노 오기는 '어둠'이 아닌지도 몰라요."

"알아."

곧바로 대답했다.

가라앉은 목소리가 너무나도 공허하다.

볼드체로 힘을 줬는데, 바보 같잖아.

헛스윙 삼진이라기보다는 번트 파울 플라이로 아웃된 것 같은 기분이었다. 크리켓에도 그런 게 있을까?

"진짜로?"

그렇게, 놀라긴 했지만 상당히 경박한 느낌으로 놀란 것은 오노노키였다. 그렇게 말해도 오노노키는 원래부터 가엔 씨와 행동을 함께하고 있던 것도 아니므로 거기서 의견이 통일되지 않더라도 지극히 당연한 흐름이지만.

"아니었어? 말도 안 돼. 나는 그런 줄로만 알고 있어서, 난 이쪽저쪽에 그런 복선을 마구 깔아 뒀다고."

"……."

그렇다면 쓸데없는 짓을 해 왔다는 이야기가 된다.

의도적으로 복선을 깔려고 하지 마.

민폐 캐릭터성이라고 할까, 민폐 캐릭터였다.

그리고 시노부는 입을 다물고 있다.

아마도 시노부도 그런 식으로 생각하고 있던 측의 그룹에 속해 있다고 생각하지만…. 그것을 드러내지 않기 위해서 섣부른 소리는 하지 않는 작전일지도 모른다.

하치쿠지는 애초에 오기를 잘 모르므로—오기가 나오에츠 고등학교에 전학 온 것은 하치쿠지가 성불한 뒤다—별다른 생각이 있지는 않은지, 멀뚱히 있다.

"애초에 어째서 그렇게 생각하지? 오시노 오기가 '어둠'이라고."

"아니, 하지만…."

"아, 질문이 조금 잘못됐네. 오해하지 마, 코요밍. 나무라는 의미로 말한 것도, 비웃는 의미로 말한 것도 아니야. 오히려 그런 식으로 코요밍이 생각하는 것은 당연해."

그렇게, 그야말로 당연하다는 것처럼 말하는 가엔 씨. 이 대화의 흐름도, 그녀에게는 계산대로라고 말하는 듯하다.

하지만 이것이 계산대로라고 한다면 여기에 오기 전에 했던 오기와의 대화를, 곁에서 듣고 있었다고밖에 생각되지 않는데….

"그런 식으로 생각하는 것이 당연하다니, 어떻게 된 일인가요?"

"어떻게 된 일인가는 나중에 설명할게."

그렇게, 여기서도 가엔 씨는 절차를 우선했다.

"먼저 내가 묻고 싶은 것은 어느 단계에서 코요밍이 그런 발상에 이르렀는가 하는 점이야. 어쩌면 그것에 따라 대응이 변할지도 모르니까…. 이렇게 말해도 실은 대충 예상은 가지만."

"…특별히 언제라는 건 아니에요. 그 애의 언동을 보고 있으면 자연스럽게 그런 식으로…. 실제로 그 애는 하치쿠지를 찾고 있기도 했고요. 센고쿠와의 일에 관해서도, 타다츠루와의 일에 대해서도."

게다가, 맨 먼저.

오시노 오기, 최초의 사건.

전학 와서 처음으로 만났을 때의 오이쿠라 소다치를 둘러싼 일련의 일에 대해서도, 노골적이라고 말하면 너무나도 노골적이었다.

아니, 결국 나는 그런 정보들의 축적에서가 아니라 오히려 감각적으로, 그렇게 생각했던 것이다. 그도 그럴 것이, 그녀의 아주 시커먼 분위기는.

'어둠' 그 자체이지 않았는가.

룰을 중시하는 암흑.

밸런스를 신봉하는, 칠흑.

"하지만 제가 그런 생각을 하는 게 당연하다는 것은, 오기가 저에게 일부러 그렇게 생각하게 만들려고 했다는 건가요? 제가 미스 리드하게 만들도록…."

있을 수 있다.

그 정도는 할 만한 애다.

단순한 장난으로라도 할 것 같은 애다.

물론 단순한 장난으로 타다츠루에게, 우리의 퇴치를 의뢰하는 일은 없겠지만….

"아니, 그렇지 않아."

그러나 가엔 씨는 나의 추측에 고개를 저었다.

여기서도.

"그렇다기보다, 그 애 자신이, 처음에는 자신을 그렇게 생각했던 게 아닐까. 지금도 그런 임무를 그 애가 스스로에게 부과하고 있는 것은 확실해. 오시노 오기는 '어둠'은 아니지만, 그러나 '어둠'과 같은 일을 하고 있어."

같은 역할을 짊어지고 있어.

라고 말한다.

"'어둠'과 같은 역할…."

예전에 가짜 신으로서 숭배받던 키스샷 아세로라오리온 하트 언더블레이드를, 존재의의를 잃으면서도 현세에 계속 머물러 있던 하치쿠지 마요이를 덮친 '자연현상'.

'어둠'.

지역에 따라서는 블랙홀이라고도 암흑체라고도 불린 그것은, 말하자면 도리에 반한 괴이를 단속하는 현상이며, 개념이다.

8월, 그것이 하치쿠지를 습격했을 때에는 당황스러움이 앞서서 깊이 생각할 수 없었지만, 그 뒤에 미흡하나마 고찰해 보고, 결코 그것은 괴이에 대한 천적도, 하물며 제어기관도 아닐 것이라고 나는 결론 내렸다.

세상의 룰.

이를테면 중력이라든가, 작용반작용이라든가, 자연도태라든가 적자생존이라든가, 혹은 수식이라든가, 그러한 법칙 같은 것이며, 거스르지 못하고 따라야만 하는 것이며, 결코 공간에 떠오른 시커먼 뭔가에 '뭔가'가 있을 리는 없다고.

그렇다.

오시노 오기와 만날 때까지는 그렇게 생각하고 있었다.

실존하는 그녀와 만날 때까지는.

…결국 그것도 평소대로의 나의 착각, 나다운 넘겨짚기이며 나는 완전히 엉뚱한 곳에서 앞을 향하거나 뒤를 향하거나, 제자리걸음을 하고 있었던 것뿐이다.

"아니, 아니. 그렇게 자신을 비하할 건 없다니까. 그래서 말했잖아? 오시노 오기는 '어둠'과 같은 역할을 짊어지고 있었으니까, 말하자면 '어둠'과 마찬가지라고 생각했다고 해도 그렇게 빗나간 것은 아니야. 만일을 위해서 정리해 두자면…"

그렇게 말하며 가엔 씨는 하치쿠지를 본다.

"하치쿠지를 이 상태로 방치하게 되면 또다시 이 마을에 생겨날지도 모른다고, 조금 전까지 걱정하고 있던 '어둠'은 과장 없는 진짜 '어둠', 하트언더블레이드를 습격했던 것과 동일한, 8월에 하치쿠지를 덮쳤던 것과 같은 진짜 '어둠'이야."

그것에 비해 가령 하치쿠지를 키타시라헤비 신사의 신으로 세우고 모시더라도 역시 하치쿠지를 습격할지도 모르는 것이 '어둠'과 같은 역할을 짊어진, 오시노 오기야.

가엔 씨는 그렇게 말하며 하치쿠지에게서 시선을 돌리고 내쪽을 다시 보았다. 그러나 그런 식으로 똑바로 응시해 와도, 들은 이야기도 이야기의 흐름도 너무 갑작스러워서 곧바로 반응할 수가 없었다.

기껏해야 그 말을 반복할 뿐이다.

"모시더라도… 습격한다?"

에?

반복하고 간신히 의미를 이해하자, 그건 뭐지? 라는 기분이 들었다. 가엔 씨에게는 그것이 목적은 아니라고 해도 '어둠'을 피하기 위해 하치쿠지를 신으로 모신다는 이야기였는데, 모셔도 습격당한다면 모시는 의미가 완전히 상실되지 않는가.

무엇을 위해서, 라는 이야기인가.

당연히 나와 노는 것도 할 수 없지 않은가.

"아니, 그러니까 최저조건은 두 가지 있다고 말했잖아. 하치쿠지를 신으로 모시는 것**만**으로는 부족해. 그것으로 절반. 나머지 절반. 오시노 오기를 퇴치하지 않으면 이야기는 전혀 수습되지 않아."

"아까부터 퇴치, 퇴치라고 반복하고 계시는데요…."

끝내 참지 못하고 나는 말했다.

가엔 씨로서는 늘 사용하는 용어라서 그다지 깊은 의미 없이 사용하는 것일지도 모르지만, 그러나 설령 적대하고 있더라도, 설령 그 정체가 '어둠'이 아니든 뭐가 됐든, 자신의 후배를, 그것도 여자애를 그런 식으로 부르는 것은 나로서는 견디기 어렵다.

견딜 수 없다.

—제 편이 되어 주시지 않겠어요?

—구해 주세요.

그녀의 그 말들을 계속 마음에 두고 있었기 때문은 아니지만, 이것은 단순히 말 씀씀이의 문제다.

"그렇게 말하는 거, 그만해 주실 수 있을까요. 퇴치라는 표현을 쓰면 마치 오기가 괴이 같잖아요."

"그래."

이것에도 곧바로 대답했다.

"그 애는 **평범한**… 괴물이야."

008

정신이 들고 보니 시간이 경과해 있다.

그 경과도, 과연 가엔 씨의 계획대로인지 어떤지는 알 수 없다. 사태는 착실히 수습을 향하고 있고, 그러면서 진상도 계속 까발려져 가고 있음에도 불구하고, 그러나 나로서는 사태가 계속 악화일로를 걷고, 진상은 점점 알 수 없게 되어 가는 느낌을 금할 수 없다.

괴물.

평범한… 괴물.

세세한 말 씀씀이 이야기를 한다면 괴물인 시점에서 이미 평범하지 않을 테지만, 그러나 전설의 흡혈귀인 오시노 시노부의 완전체나, 인조괴이인 오노노키 요츠기, 이제부터 신으로 모셔지게 될 예정인 하치쿠지 마요이라는 이레귤러들이 모여 있는 이 자리에서는, 필요한 형용인지도 모른다.

그래서 그것은 그냥 넘어가기로 하고.

"오기가… 괴이요?"

아니.

말하자면 그것은 그렇게 부자연스러운 일도 아닌가…? 방금 전까지 그녀의 정체를 '어둠'이라고 반쯤 단정하고 있던 내가 말하는 것도 뭐하지만…. 그녀의 너무나도 신출귀몰한 모습은 확실히 괴물 같기는 하다.

적어도 그녀가 '어둠'이 아닌가 하는 의심을 품었다면, 마찬가지로 괴이일 것이란 의심을 품는 것은 전혀 눈꼴사나운 짓이 아니다.

괴물이라니.

마치 이제 와서 새삼스럽게 원점으로 돌아간 인상인데….

아무리 초심을 잊으면 안 된다고 해도, 하지만 괴물이, 즉 괴이가 고등학교에 전학 오거나 할까? 학교를 다니고 수업을 받고 공부를 할까?

"이봐, 코요밍. 딱히 너는 그 애가 학교에 다니고 수업을 받고 공부를 하는 장면을 목격한 건 아니잖아. 어디까지나 그 애하고는 학교를 중심으로 접점을 가지고 있었을 뿐이야."

"……."

그것은… 그렇지만.

잠깐만, 이렇게 되면 생각을 근본적으로 바꿔야만 하니까, 일단 냉정해지고 싶다. 가능하다면 일단 집에 돌아가서 한숨 자고 오고 싶을 정도였다. 물론 그럴 수는 없지만.

떠올려 본다.

지금까지 오기와 한 대화를. 하지만 기억은 겉돌기만 할 뿐, 전혀 제대로 된 내용이 떠오르지 않는다.

떠올리려고 하면 할수록.

기억이 희미해지는 것 같다.

아니, 이것은 지금 이때에 한정된 이야기도 아니다. 오기와 마주하고 있을 때는 언제나 그렇다. 그녀와 이야기하고 있으면 기억이 혼란해진다. 떠올리고 싶지도 않은 일을 떠올리게 되고, 그러는가 싶더니 생각하고 있었을 일을 잊게 되고, 있지도 않았던 기억이 심어지기도 한다.

완전히… 인간이 아닌 존재의 업이다.

하지만….

"오기가 가령 괴이라고 해도, 너무 정체불명 아닌가요? '어둠'이라고 말하는 편이 오히려 알기 쉽다고 생각되는데요…. 무엇을 근거로 가엔 씨는 오기를 괴물이라고 부르시는 건가요?"

"그렇다면 너는 무엇을 근거로 오시노 오기를 오기라고 부르는 거지?"

"네?"

친근하게 부르는 것이 기분 나쁘다는 의미일까.

지금은 확실한 대립구도가 성립된 상대를 그런 식으로, 어떤 종류의 허물도 없다는 듯 부르는 것은 그야말로 말 씀씀이가 잘못되어 있다고…. 그러나 그런 말을 들어도 호칭 같은 건 금방 바꿀 수 없고 말이야.

…히타기.

으.

어젯밤에 있었던 일이 떠올라서 살짝, 떠올리고 웃는 것이 아닌 떠올리고 낯간지러워져 버렸다.

"왜 얼굴이 빨개지는 거야, 기분 나쁘게."

오노노키는 이런 실수를 놓치지 않는다.

성격이 몹시 나쁘다.

너를 친근하게 부르는 것도 생각해 보면 원래 이상하지만 말이야…. 다만, 가엔 씨가 말하려고 하는 본분은 그 지점은 아니었는지,

"그 애가 오시노 오기라고 스스로를 소개했으니까 그것을 그

대로 받아들여서 그 애를 '오기'라고 부르는 것뿐이지 않아?"

그렇게 명랑하게 말을 이었다.

"…그 애가 저에게 가짜 이름을 댔다고 말하시는 건가요?"

"그러니까 가짜 이름이라고 할까, 가명이라고 할까…. 아니, 그런 의미조차 없는, 그냥 문득 떠올라서 적당히 붙인 이름이야. 그렇게 자기소개를 했을 때, 코요밍, 너는 웃더라도 괜찮았을 거야. 나였다면 대폭소했을지도 모르지."

"……?"

그런 말을 들어도 오시노 오기라는 이름의 어디가 웃기는 부분인지 나는 전혀 알 수 없었다. 기교奇矯한 이름이라는 점이라면 같은 성씨의 오시노 메메나, 그가 이름 붙인 오시노 시노부 쪽이 한자로 봤을 때는 꽤 재치 있다는 느낌인데….

"어울리지도 않게 감각이 무디시네요, 아라라기 씨."

거기서 하치쿠지가 설명을 하러 나섰다. 하치쿠지 안에서 나는 감이 좋은 캐릭터로 인식되고 있던 것은 의외라고 생각했지만 그러나 이 문제에 관해서만큼은 나는 좀 더 빨리 눈치챘어야 했는지도 모른다.

그만큼 '이름'에 대해서 하치쿠지와 티격태격 싸워 왔던 몸으로서는, 이라는 의미에서.

다만 오기에 대한 지식은 거의 이 자리에서 나온 화제 정도밖에 모를 텐데, 그것을 알아맞힌 하치쿠지는 과연 역전의 용사였다.

"추측하기론, 그 오시노 오기 씨라는 분은 칸바루 씨에게 소개받으신 거죠? 농구부의 예전 스타, 칸바루 씨의 팬으로서 그분에게 소개받았던 거죠?"

"응…. 그런 흐름이었어."

"팬. 요컨대 '부채'잖아요."

의식을 잃을 것 같은 천진난만함이었다.

확실히 그것은 가짜 이름이라는 엉뚱한 것이 아니다. 'AAAA'라든가 '가가가가'라든가, 혹은 '1234'라든가, 그런 의욕 없는 유저 ID처럼 성의 없고 애정이 결핍된, 듣는 이가 순식간에 거짓말이라고 알아차릴 수 있는 이름이었다.

오히려 엄청난 대담함은 있지만….

"어…. 하지만 그러면 성씨 쪽은 어떻게 되지? 오시노라는…. 아아, 그런가. 오시노라는 성씨도 그렇게 되면 거짓말인가…?"

"오시노라는 성씨에 대해서는 조금 더 복잡한 사정도 있어. 간접적인 사정이라고 해야 하겠지만…. 하지만 메메의 조카라는 말이 거짓인 건 확실해. 선배로서 내가 파악하는 한, 그 남자에게 조카 같은 건 없다…고 생각해."

물론 메메도 목석이 아니니까 생물학상의 혈연은 있겠지만, 내가 아는 한, 그 후배는 천애고아야.

그렇게 가엔 씨는 단언했다.

"그러면 오시노의 조카라고 자기를 소개하면 우리에게 신용을 얻을 수 있다는 생각이었던 건가요? 하지만 어째서, 뭘 하고 싶어서 그런 식으로 신분과 정체, 인품과 풍채를 위장하면서까지 오기는 우리 앞에 나타난 건가요?"

괴이.

…에는 그것에 상응하는 이유가 있다.

'어둠'과 달리, 앞뒤 가리지 않고 덤벼들지는 않는다.

그렇다면 오시노 오기라는 괴이는 어떠한 필연성을 가지고, 나오에츠 고등학교에 나타났는가. 우리의 생활을 그만큼이나 뒤흔들어 놓았나.

"오시노 오기가 오시노 오기가 아니라고 한다면, 그러면 그 애는 대체 뭔가요? 그 애의 정체는… 뭔가요?"

설명만을 요구하는, 완전히 꼴사나운 녀석이 되어 있지만, 그러나 오기가 괴이라는 말을 들어도 곧바로 받아들일 수는 없다.

납득하게 만들어 줬으면 한다, 나를.

"정체불명이라는 것이 지금의 그 여자의 정체야. 그렇기에 퇴치의 수단은 명확해. …당초의 플랜은 오시노 오기의 퇴치에 요도 '코코로와타리'를 사용할 생각이었어. 그러나 그것은 적절한 수단이라고는 할 수 없었어. 오히려 긴급피난적이라고 말해야 할까, 혹은 반칙적이라고 해야 할까. 하긴, 어떤 괴이라도 베어 버리는 칼이라니, 키스샷 아세로라오리온 하트언더블레이드의 첫 권속이 될 만하지…. 다만 그런 그 남자이기에 일그러진 결말에 도달해 버렸다는 얄궂은 상황은 부정할 수 없어."

"…오기를 괴이살해자로 베어 버릴 생각이었나요?"

"이봐, 그렇게 노려보지 마. 너는 대체 어느 쪽 편이야?"

그다지 함축된 의미가 있는 것도 아닌, 농담을 하는 듯한 투이기는 했지만, 그런 말을 듣게 되니 흠칫하게 되었다. 긴장된 기분을 바늘로 찔린 듯한 기분이었다.

다만 어느 쪽 편이냐고 들어도 가엔 씨의 편이라고는 잘라 말할 수 없는 느낌이기는 하다. 설령 어젯밤 오기와의 대화가 없더라도, 그렇다.

"괴이살해자로 괴이를 벤다. 본래 아무런 모순도 생겨나지 않는 이야기야. 전문가로서는 해야 할 일이야."

"…그것을 위해서 당신은 요도 '코코로와타리'를 만든 건가요?"

키타시라헤비 신사에서 토막 났을 때에는 어째서 그것을 가엔 씨가 가지고 있는지 의문이었지만, 그러나 지금 와서는 그 제조 공정은 명확했다.

첫 번째 권속, 시시루이 세이시로가 착용하고 있던 갑옷, 8월에 행방불명되었던 그것을 다시 두드려서 만든 것이다.

…그런 추측이 나의 어디에서 나왔는가는 알 수 없지만, 확신은 있다. 그러나 그렇게 되면 가엔 씨는 그 시점부터 오기를 베어 버리려고 계획하고 있던 것일까?

말도 안 돼.

괴이든 전학생이든, 오기가 우리 앞에 모습을 드러낸 것은 10월이었다. 그러니까 8월 시점에서 가엔 씨가 괴이살해자를 만들려고 할 이유는 없었을 것이다.

그 시점에서 오기는 퇴치될 만한 짓을 아무것도 하지 않았으니까.

"아니면 '뭐든지 알고 있는' 사람이니 8월 시점에서 가엔 씨의 스케줄 표에는 3월 14일, 오늘 여기서 회의할 예정이 적혀 있었다는 말씀이라도 하는 건가요?"

"설마. 이 나이에 스쿨 캘린더 같은 건 쓰지 않아."

엉뚱한 대답이었다.

딱히 스케줄 표가 1월 시작인가 4월 시작인가 하는 이야기를 하고 있는 건 아니다.

"뭐든지 알고 있다는 것은 예지능력하고는 달라. 친구의 기대에 부응할 수 없는 것은 아주 아쉽지만, 제아무리 나라도 8월의 사건이 있었을 때에 그 후의 전개를 전부 예상할 수 있을 정도로 초월해 있지는 않아. 오해받는 경우가 많지만, 나는 전지全知이기는 해도 전능은 아니야."

"…하지만, 그렇다면."

"오시노 오기를 베려고 생각했던 것은 아니야. 다만 오시노 오기의 등장은 예측하고 있었어. 그런 일도 있을 거라고 생각하고 있었어. 그래서 초대 권속인 그 남자의 갑옷을 회수해 두었어. 물론 최악의 사태를 예상한 행동이었지만."

"흠. 화재 현장의 좀도둑 같은 짓을 하더니만. 그래서 양이 좀 부족했었구먼."

그렇게 시노부가 언짢은 듯 말했다.

역시 귓가에서 갑자기 이야기하면 깜짝 놀라게 된다. 숨결이 온기를 가지고 전해져 오는 것 같아서 당황하게 된다.

"그런 말 하지 마. 그래서 다시 너에게 돌려줬잖아, 시노부 씨."

그렇게 가엔 씨는 말한다. 그 발언으로 보기에, 조금 전 크리켓에 사용했던 요도 '코코로와타리'는 시노부의 것이 아니라 가엔 씨가 만든 레플리카였던 듯하다.

나를 안기 전에 시노부는 그것을 아무렇지도 않게 삼켰는데, 그러면 지금 그녀 안에는 두 자루의 요도가 있는 것이다. 아마도 세트로 넘겨졌을 '유메와타리'도 포함하면 세 자루인가?

"이제 필요가 없어졌으니까. 코요밍의 협력을 얻을 수 있다면 강경수단으로 나설 필요는 없어졌어. 요괴 퇴치의 전문가로서 정당한 수단으로, 스탠더드한 방법으로 오시노 오기를 퇴치할 수 있어."

"…오기의 등장을 예견하고 있었다는 건, 무슨 의미인가요?"

정당한 수단, 스탠더드한 방법이란 것이 어떤 것인지를 묻는 것보다 먼저, 신경 쓰인 것은 그쪽이었다. 등장을 예견하고 있었다면 결국 그것은 당시부터 오기를 벨 생각이었다는 것과 마찬가지 아닌가?

"아니, 그건 단순한 경험에서야. 나는 오시노 오기와 같…다고 할 수는 없어도 그것과 **비슷한 괴이**를 예전에 본 적이 있거든."

그런 이야기인가.

그 부분은 과연 전문가의 관리자로서 경험이 풍부하다고 해야 할까. 나로서는 청천벽력이라고 말해야 할 일이라도 가엔 씨에게는 많은 사례 중 하나에 지나지 않는 것이다.

그렇게 생각했지만, 그러나 그렇지는 않았다.

"내가 **그것**과 조우했던 것은 초등학교 무렵이었어. 그래서 이상한 표현이 되는데, 이번 일은 그립기도 해."

"초등학생…?"

가엔 씨의 로리 시절 따위, 전혀 상상할 수 없는데…. 그러나 역시나 초등학교 무렵부터 관리자였던 것은 아닐 것이다. 설마 그 무렵부터 '뭐든지 알고 있는' 가엔 씨였던 것도 아닐 터이다.

"응. 엄밀히 말하면 경험한 것은 내가 아니라 내 언니였어. 가엔 토오에였어. 네가 잘 아는 칸바루 스루가의 어머니야."

나는 여동생으로서 언니의 체험을 가까이에서 보고 있었어.

의외로 그것이 나의 원초체험이었는지도 몰라.

가엔 씨는 정말로 그리운 듯 그렇게 말했다.

"내 언니가… 정체불명의 괴이와 조우했어. …그런데 코요밍, 내 언니에 대해서는 구체적으로 어느 정도 알고 있어?"

"아뇨, 자세히는…. 칸바루에게 '원숭이의 손'을 남겨 주신 것 정도밖에…."

칸바루하고는 그런 진지한 이야기는 그다지 하지 않으니 말이야…. 바보 같은 이야기만 하고 있다. 칸바루 가의 외아들과 야반도주했고, 칸바루를 낳고, 그 뒤에 교통사고로 세상을 떠났다…고 했던가?

그런 사실관계에 대해서는 어렴풋하게 들었지만, 그 사람 자신이 어떤 사람이었는가 하면, 전혀 모른다.

성격적으로 칸바루와 비슷할까. 칸바루와 비슷한 성격이라는 것을, 별로 상상하고 싶지는 않지만….

"'약이 될 수 없다면 독이 되어라. 그렇지 않으면 너는 그냥 물이다'."

그렇게.

가엔 씨는 목소리 톤을 바꿔서 말했다.

"친동생에게 그런 말을 하는 언니였어. 뭐, 솔직히 말하면 거북한 언니였지."

거북하다, 라는 가족에 대한 감상을 말했다.

처음 가엔 씨의 인간다운 부분과 접한 기분이 들었다. 다만 그런 말을 하는 인물, 건너 듣기에도 조금 무서운데.

그러나 마음속으로 동의를 표하는 것과 동시에,

"어떤 부분에서, 코요밍하고 닮았었지."

그런 말을 들어 버려서 나도 꼴이 말이 아니었다.

"내 언니는 귀신은 아니었지만 귀신 같은 사람이었어. 그래서 흡혈귀인 코요밍하고 비슷하다는 의미는 아니지만, 초등학생이면서도 이 언니는 위험하다고 생각했어. 위험인물이라고 통감하고 있었어. 뭐라고 해야 할까…. 괴물은 아니지만 괴물 같았지."

"……."

"자신에게 엄하고 타인에게 엄해. 엄하면 엄할수록 그것을 선善이라고 생각하고 있어. 그런 사람이었어. 뭐, 기회가 있으면 나중에 칸바루에게 자세히 물어봐. 유년기에 사별했다고는 해도, 그 애도 딸로서 느낀 바가 있을 거야. 하지만 그것은 뭐, 여담이야. 내 언니의 퍼스널리티를 소개하고 싶은 건 아니야. 지금은 그저 내 언니의 그런 성격은 코요밍을 연상케 한다고 말하고 싶은 것뿐이야."

자신에게 엄하고 타인에게 엄하다…?

그런 성격이었던가, 내가.

여기서 누구보다도 미심쩍은 얼굴을 하고 있는 것이 하치쿠지라는 것이 조금 우습지만, 가엔 씨는 그것에 대해서는 그 이상 말하지 않고,

"그렇기에."

라고 말을 이어 나갔다.

"그렇기에 코요밍은 언젠가 내 언니와 같은 길을 걷게 되지 않을까, 하고 예측했어. 염려했다고 말하는 편이 나을까. 8월에, 너와 함께 일을 했던 시점에서 말이야. 언젠가 코요밍은 언니와 같은 괴이와 조우하게 되지 않을까 하고. 뭐, 그 불안은 적중했던 거고…. 역시 만일의 대비는 해 둬야 하는 법인가 봐."

"…대비인가요."

그 레벨로 대비하면서 생활하다가는, 나였다면 정신적으로 피폐해져 버릴 것 같지만…. 그런 무방비한 나였기에 이런 상황에 처하게 된 것인지도 모른다는 생각은 든다.

"참고삼아 묻겠는데, 그때는 어떻게 하셨나요? 물론 요도 '코코로와타리' 같은 게 있을 리도 없었을 테고…."

"그래서 그때는 정공법이었어. 이번에도 같은 수를 쓰고 싶어. 내 언니와 같은 일을 코요밍이 해 줘야겠어."

"……? 제가 하는 건가요? 가엔 씨가 아니라?"

"너밖에 할 수 없어."

가엔 씨는 끄덕였다.

힘 있게.

"내가 해서는 의미가 없어. 시노부 씨가 하더라도…. 이것에
한해서는 메메나 요츠기가 해도 의미가 없어. 너밖에 할 수 없
고, 또 네가 해야만 해."

네가 혼자서.

해야만 해.

가엔 씨는 '혼자서'를 강조해서 말했다.

"사람은… 혼자 알아서 살아날 뿐이라는 얘긴가요?"

"그건 메메의 신조였지. 나의 신조는 아니지만…. 뭐, 이런 타
이밍에서 사용해 보면, 마음에 와 닿는 말이기도 해. 확실히 이
일에 대해서는 내가 도울 수 있는 것은 전혀 없다고 해도 좋아."

"……."

오기와 일대일로 대결해라, 라고 재촉받고 있다고도 받아들일
수 있는 가엔 씨의 발언이었지만, 그러나 갑작스럽게 그런 말을
들어도 당황스러울 뿐이다.

시시루이 세이시로와의 대결.

그런 것이라면 알기 쉽고, 또한 이 1년간 다양한 대결, 그것도
목숨을 건 대결을 나는 신나게 반복해 왔다. 잘난 체하는 것 같
지만 나의 자가채점으로는 쏟아지는 탄환의 폭풍 속에서 살아
남아 왔다고 말해도 과언은 아니다. 나를 지금 안고서 갈비뼈를
손가락으로 만지작거리기 시작한 요염한 미녀의 전신, 키스샷
아세로라오리온 하트언더블레이드와 사투를 벌인 봄방학부터
세어서, 헤쳐 나온 사지의 숫자는 헤아릴 수 없을 정도다.

그런 나이기에 오기와의 대결이란 말을 들어도 전혀 감이 잡

히지 않았다. 웃을 포인트를 알 수 없는 잡담을 들어 버린 기분이라, 전혀 내용이 느껴지지 않는다.

대결이라는 둥, 결판이라든 둥, 목숨을 건다는 둥…. 표현은 화려하지만 그러나 그 실정이 한없이 공허하다.

"흠. 예를 든다면 오프닝과 엔딩 파트가 온전히 들어가 있는 5분짜리 애니메이션을 본 것 같은 기분일까요, 아라라기 씨. 본편이 1분도 채 되지 않는다는."

"하치쿠지 씨, 중간에 끼어들지 말아 주세요."

예상 밖으로 알기 쉬운 비유였지만, 그런 이야기를 하고 있는 것은 아니다.

아마도 여기서 내가 품은 위화감의 이유는 그 정체가 어떻든 오기는 전혀 전투 타입의 고교 1학년생이 아니라는 점에 기인한다.

정체를 알 수 없기는 하지만, 귀여운 외모의 여고생을 커다란 일본도로 일도양단해서 죽인다니, 사건성이 너무 크다.

"그러니까 쓰지 않는다니까. 그건 이미 죽은 플랜이야. 코요밍 덕택에 사용하지 않을 수 있게 되었어. 나도 여고생의 형태… 라고 할까, 인간 형태를 한 것을 베는 것에는 부담을 느껴."

"……."

베었지.

당신, 인간 형태를 한 나를, 신역이라고 해야 할 신사 경내에서 원형을 알 수 없을 정도로 무참하게 토막 냈었지.

위트인 건지 원래 그런 성격인지, 지금은 좀처럼 판단할 수 없지만, 그러나 끝난 일을 이제 와서 다시 논의해 봤자 소용없다. 어째서 그 플랜을 '내 덕택'에 사용하지 않을 수 있게 되었는가는 몹시 흥미롭지만, 여기서 물어봐야 할 것은 조금 전에 듣지 못했던 '사용할 플랜' 쪽이다.

내가 혼자서 그 플랜을 실행해야만 한다는 것이라면 더욱 그렇다. 나도 할 수 있는 일과 할 수 없는 일이 있다.

할 수 있는 일 쪽이 오히려 적지만, 예를 들어 일본도로 오기를 벤다는 것과 같은 정도로 어려운 일을 요구받는 것이라면 아무리 하치쿠지나 시노부에 관한 문제로 고생하게 만들고 있다고 해도, 거절할 수밖에 없다.

"어려운 일을 부탁할 생각은 없어. 오히려 극히 심플해. 하는 것뿐이라면 누구라도 할 수 있어. 네가 하지 못하면 효과가 없다는 것뿐이야."

"…어쩐지 아주 변죽을 울리시네요. 간단한 것처럼 이야기하는 것치고는, 상당한 난제를 저에게 안기려고 하시는 거 아닌가요?"

"무슨 소릴. 십 몇 년인가 전에, 우리 언니가 한 일을 이번에는 네가 해 달라는 것뿐이야."

"그러니까 그렇게 간단한 것처럼 말씀하시는데요, 당신의 언니는 무시무시한 사람이었다는 이야기를 조금 전에 하던 참이잖아요? 자신에게 엄하고 타인에게 엄하고 귀신 같은 사람…. 그렇게 엄청난 사람과 같은 일을 제가 할 수 있을 거라고는 생각되지 않아요."

"아니, 아니. 어떤 의미에서 언니보다도 코요밍 쪽이 간단히 그걸 할 수 있을 거야. 어쨌든 너는 빈사의 흡혈귀를 구하기 위해서 자기 목숨을 던질 수 있었던 남자니까."

"……?"

이야기의 흐름을 좀처럼 알 수 없었다.

내가 봄방학에 시노부를 구했던 에피소드가 여기서 왜 튀어나오는 거지? 설마 그때와 마찬가지로 괴이인 오기를 구하라고 말하는 걸까? 그러면 너무나도….

―구해 주세요.

그렇게 간절히 부탁받지 않았던가.

하지만 가엔 씨가 그런 것을 말할 리도 없었다. 그런 무른 태도와 그녀는 극히 무연하다. 느슨한 누나 같은 풍모에 속아 넘어가서는 안 된다.

전문가로서의 그녀의 신조는.

엄격할 정도로 최적의 답을 요구할 뿐이다.

센고쿠 나데코가 키타시라헤비 신사에 모셔졌을 때, 일단 그녀는 그녀 나름대로 손을 써 준 모양이지만, 그것은 어디까지나 센고쿠가 신으로서 부적격했기 때문이라는 이야기에 지나지 않는다.

"정체불명의 괴이인 오시노 오기의 위협은 말이지, 궁극적으로는 정체불명이라는 그 한 점이 중점이야."

그리고 가엔 씨는 말했다.

내가 해야만 하는 일을.

"그러니까 그 정체를 까발리면, 와괴瓦壞돼."

"와괴…?"

"쌍소멸이라고 해도 되겠는데…. 여기서 중요한 건 그 여자는 스스로 있어야 할 모습을 위장하는 가짜라는 점이야. 어떻게 그럴 수 있나 싶을 정도의 **어마어마한 거짓말쟁이**라는 점이야. 그 거짓말이 폭로되면 어떻게 되는가…. 시노부 씨나 하치쿠지 씨는 잘 알고 있겠지."

알고 있다.

나도, 그것은 알고 있다.

"'어둠'…."

"…'어둠'…."

"…'어둠'."

그렇게 세 사람이 이구동성으로 말했다.

"그래. 자신의 모습을 위장한 괴이는, 어둠에 삼켜져. 특히 그 여자는 자신을 그 자체 '어둠'으로 위장했어. 그 룰 위반에 대한 제재는 몹시 치열하겠지. 자업자득이라는 거야. 최근 반년간 코요밍 주변에서 반복해 왔던 행위를, 떨쳤던 맹위를, 이번에는 그 여자 자신이 뒤집어쓰게 돼."

가엔 씨는 씩 웃었다.

싹싹한 누나에게는 있을 수 없는, 나쁜 계략을 꾸미는 표정이다. 그러나 그것은 자업자득이라기보다도 단순히 우스꽝스러운 라스트 신이라고도 할 수 있었다.

마치 옛날이야기의 결말 같다.

정체가 밝혀진다.

단지 그것뿐인데도 그 존재가 **끝나 버린다**. 정체불명을 으뜸으로 해 왔던 오시노 오기에게는, 그러나 필연적인 약점이기도 했다.

"뭐, 괴이라는 것은 본래 그런 존재야. 그래서 나는 오시노 오기를 '평범한 괴이'라고 부르지. 코요밍은 처음에 만난 괴이가 귀중종인 흡혈귀, 키스샷 아세로라오리온 하트언더블레이드였고 그 뒤에도 목숨을 건 배틀 전개를 수없이 반복해 온 데다, 카게누이 요즈루라는 보기 드문 폭력 음양사를 알아 버려서, 괴이란 것은 싸울 경우 어떻게든 된다는 위험한 사상에 물들어 버렸는지도 모르겠는데, 기본적으로 괴물이란 화化하는 것, '둔갑하는 것'이야. 여우나 너구리 같은 거야. 정체를 까발리면 소멸하지. 그것뿐이야."

"⋯⋯."

"괴이 현상을 과학으로 해명하면 단순한 미신이 되잖아? 그것과 마찬가지야. 우리 같은 전문가는 코요밍 같은 요즘 젊은이가 보면 골동품처럼 보일지도 모르지만, 사실은 조사한 도시전설을 풍류 없고 거칠게, 철저하게 해부해서, 무효화無效化해 버리는 것이 일이기도 해. 세상 속에는 아직 과학으로는 해명할 수 없는 일이 있다⋯ 라는 이야기가 아니라, 과학으로 해명할 수 없는 일을 점점 줄여 가는 것이 이 장사의 포인트야. 설명 불가능한 일을 설명이 되게 만들고, 누구라도 알기 쉽게 설명해 버리는 것이 밥벌이 기술이지. 그런 의미에서는 언젠가는 우리 같은 직종도 소멸하겠지."

문어가 자기 다리를 먹는 것 같은 일이지만, 하고 가엔 씨는 자조적인 느낌으로 말했다. 싸우는 것만으로 모든 것을 해결하려고 하는 건 난폭하다고, 오시노로부터도 꽤나 이른 단계에서 들었던 말을 나는 떠올렸다.

―사고방식이 난폭하구나, 아라라기 군은.

―뭔가 좋은 일이라도 있었어?

그런 소리를 들었다.

과연 그렇구나.

가엔 씨의 논리를 기준으로 말하자면, 내가 하는 것은 오기와의 일대일 대결 같은 것이 아니라, 일방적인 퇴치다.

뒷맛이 나쁘다는 점에서는.

커다란 일본도로 여고생을 일도양단하는 것과 크게 다르지 않다는 기분도 든다. 하지만 같은 정도로 확실하게, 그것은 이 마을의 현재 상황을 해결하기 위한 최적의 답이며, 베스트 플랜인 듯했다.

"가엔 씨의 언니는 그렇게 해서 오기와 비슷한 괴이, '어둠'이 아닌 '어둠' 비슷한 괴이를 퇴치하셨나요?"

"응, 그래. 언니는 전문가는 아니었고 당시 코요밍과 그리 다르지 않은 나이였지만, 독학으로 멋지게, 그 상황을 타개했어. 정말로… 강한 사람이야."

강한 사람이었어.

그렇게 과거형으로 고쳐 말했다.

"뭐, 그런 강한 사람도 교통사고에는 이길 수 없었다는 이야기지만. 이 부분은 하치쿠지에게는 거북한 이야기였으려나?"

"하아…. 하지만 뭐, 자동차는 편리하니까요. 그게 없었다면 현대사회가 돌아가지 않고요."

11년 전, 파란 신호에서 자동차에 치여 목숨을 잃었던 소녀, 하치쿠지 마요이는 장난치듯이 답했다.

정말로 장난치고 있네…. 트라우마 같은 건 없냐.

"코요밍. 지금 말한 '어둠' 비슷한 존재라는 단어는 즉흥적으로 떠올린 것일지도 모르겠는데, 실제로 요점을 잘 짚고 있어. 알기 쉬워서 최고야. 하지만 다만 '비슷한 존재'라는 말에서 열화판이라고 생각하고 있다면 그건 커다란 착각이라고 지적해 둘게. 오히려 진짜가 아닌 가짜이기에 진짜보다 성가셔. 불초한 후배, 사기꾼 카이키 데이슈가 말하길, 가짜 쪽이 진짜이려는 의지가 있는 만큼 진짜보다도 진짜답다."

"…하치쿠지를 키타시라헤비 신사에 모시면, 이 녀석 앞에 진짜 '어둠'이 나타나는 일은 없지만, 그러나 가짜인 '어둠' 비슷한 존재는 나타날지도 모른다… 라는 의미인가요?"

"그래. 내가 보기에 '어둠'보다도 '어둠' 비슷한 존재 쪽이 위험도가 높아. **그런 편의주의적인 해결은 용납하지 않겠다, 모두가 행복해지려는 답은 속임수일 뿐이다**, 라는 자세를 보이겠지."

"……."

"그래서 꼭 오늘, 오늘 밤 중에 결판을 지어야만 한다는 거야. 내 업무와 코요밍의 희망, 양쪽을 충족시키기 위한 두 번째 조건, 오시노 오기의 퇴치. 그것을 하지 않으면 첫 번째 조건이 무효화 돼… 라고 말한 것은 그런 의미야."

　—구해 주세요.

　—제 편이 되어 주시지 않겠어요?

　—구해 주세요.

　오기의 말이 어쩔 수 없이 반추된다. 무슨 생각으로 오기가 그런 말을 했는가는 알 수 없다.

　본심으로 한 말일까?

　아니면 그것은 '정체불명', '어둠' 비슷한 존재로서의 발언이었을까. 하지만 어느 쪽이라고 한들, 혹은 전혀 다른 의도가 있었다고 한들, 그 요청에 나는 응할 수 없었다.

　가엔 씨의 감언이설에 넘어가 버렸는지도 모른다. 어른의 화술에 속아 넘어간 것뿐인지도 모른다.

　하지만 어쨌든 하치쿠지가 삼켜지는 결말을.

　새로운 비극이 내 주변을 덮칠 가능성을.

　방치할 수 있을 리 없다.

　그 정도로 이 반년은, 여러 가지 일이 너무 많이 일어났다.

　무슨 수를 써서라도.

　무슨 일이 있더라도… 나는.

　오시노 오기를 퇴치해야만 하는 것이다.

　그녀가 어떠한 미소를 짓더라도…다.

　흘끗, 나는 시노부를 돌아보았다.

　시노부도 금색 눈으로 조용히 나를 바라보고 있다.

　예전에 나는 키스샷 아세로라오리온 하트언더블레이드로부터의 부탁을 거절한 적이 있었다.

구해 다오.

그렇게 간절한 부탁을 받고, 이렇게 대답했다.

나는, 너를 구할 수 없어.

그렇다, 응할 수 없었다.

그때와 같은 답을, 오기에게도 말하자.

"알았어요. 저는 오시노 오기를 구하지 않겠어요. 그러니까."

마음을 굳히고 나는 물었다.

"그러니까 알려 주세요, 가엔 씨. 수수께끼의 전학생, 오시노 오기의 정체를."

"그 애의 정체는."

곧바로 대답이 돌아왔다. 지극히.

가엔 씨는 뭐든지 알고 있었고.

나는 결국, 아무것도 몰랐다.

009

아라라기 츠키히는 괴이다.

아라라기 가의 막내딸이자 내년부터 3학년이 되는 중학생이자 파이어 시스터즈의 참모 역이자 헤어스타일을 자주 바꾸는 여자아이이자⋯ 불사조다.

자세히 분류하면⋯ 생물학상이 아닌 괴물학상으로 자세히 분류하면 두견새, '시데노도리'가 된다.

두견새는 현세와 명계를 오가는 새이며, 말하자면 불사성의 상징이기도 하다. 실제로 아라라기 츠키히는 불사신의 괴이로서는 흡혈귀 이상으로 완성되어 있다.

흡혈귀 이상으로 불사신이며, 좀비 이상으로 소생하고, 유령 이상으로 영속永續한다. 병으로 죽는 일도 독으로 죽는 일도 사고로 죽는 일도 없다.

괴이성에 부속되는 특수능력 같은 것과도 극히 무연하며, 어디까지나 인간으로서 살고 본인도 자각이 없는 채로 수명을 다하고, 그리고 태연한 얼굴을 하고 다음 생명으로 다시 태어난다.

전생轉生한다.

불사조는 화염 속에서 되살아난다고 하지만 그런 화려함과는 무연한, 말하자면 철저하게 수수한 괴이성이기는 하다. 그렇지만 역시 괴이임에는 틀림없고, 그렇기에 8월에는 그녀를 '퇴치'하려고 전문가 음양사가 이 마을에 찾아왔다.

카게누이 요즈루.

오노노키 요츠기.

불사신의 괴이를 전문으로 상대하는 2인조가, 무슨 짓을 해도 죽지 않는 괴이인 아라라기 츠키히를 과연 어떻게 '퇴치'할 생각이었는가는 지금 와서는 확실치 않다. 결과만 이야기하면, 그녀는 전문가들로부터 관대한 묵인을 받았다.

그것도 본인이 모르는 곳에서.

괴이로 계속 있는 것을.

인간으로 계속 있는 것을.

아라라기 가의 일원으로 계속 있는 것을, 아라라기 츠키히는 묵인받았다. 아라라기 코요미의 여동생으로 계속 있는 것을 인정받았다.

인식되었다.

인식되는 것이, 괴이의 본분.

그리고 지금의 그녀가 있다. 오늘의 그녀가 있다.

3월 14일, 수요일의 아라라기 츠키히가 있다.

"다녀오겠습니다!"

그렇게 오후에 가장 먼저 아라라기 츠키히는 집을 나섰다. 하지만 가장 먼저라고 해도 오늘 아라라기 가를 나선 것은 그녀가 맨 마지막이었다. 맞벌이인 부모님은 평소처럼 출근했고, 입시를 마친 오빠는 여자친구와 고교생활 마지막 데이트를 하러 아침식사를 마치자마자 집을 나섰고, 내년부터 고등학생이 되는 언니도 역시 의기양양하게 100인 대련을 하러 나선 상태였다. 아라라기 츠키히로서는 자기도 모르는 사이에 두 사람 모두 출발했던 것이지만, 분방한 성격인 그녀는 특별히 오빠와 언니의 행동을 일일이 주시하지도 않았다.

애초에 남매 중에 가장 동향이 불명이며, 그러면서도 걱정되고 있는 것은 이 막냇동생이다. 내버려 두면 무슨 짓을 할지 모르는 위험함이 있다는 건 보증되어 있다.

이날도 이미 봄방학에 들어간 그녀의 스케줄로서 가족에게 고했던 것은 정리하면 '요양 중인 친구의 문병'이라는, 이것도 실은 정확한 예정은 아니다.

그녀는 거짓말을 하고 있다.

특별히 죄책감도 없이, 가족을 속이고 있다.

그렇다고 해도 큰 틀에서 보면 사실에 반하지는 않고, 이날 그녀가 향한 곳은 오빠에게도 고한 대로 센고쿠 가였다. 초등학교 시절 친구, 센고쿠 나데코의 집이다.

중학교부터는 학교가 갈라져서 소원해졌지만, 옛날에는 서로 별명으로 부를 정도로 가까운 사이였다. 오빠를 통해서 최근에 다시 교제가 부활했다.

작년 말부터 몇 달에 걸쳐 행방불명되었던 그 친구를 걱정해서, 퇴원한 뒤에도 빈번하게 문병을 가고 있다…는 것이 명목이지만(물론 아라라기 츠키히는 센고쿠 나데코가 행방불명되기는커녕 신 그 자체가 되었었다는 것은 모른다), 실제로 이미 완전히 건강을 회복한 센고쿠 나데코를 적어도 일주일에 세 번이라는 빈도로 문병 가는 의미는 없을 것이다.

센고쿠 나데코를 만나러 가는 것은 사실이지만, 만나러 가는 목적은 그녀를 돌보는 것이 아니었다. 아라라기 츠키히는 센고쿠 나데코가 현재 하고 있는 작업을 거들기 위해서 화이트데이인 오늘도 센고쿠 가를 찾아가는 것이었다.

그러면 과연 그 작업이란.

"고마워, 츠키히. 덕분에 마감에는 맞출 수 있을 것 같아."

센고쿠 나데코에게 그런 말을 듣고 아라라기 츠키히는 "이런 걸 가지고 뭘."이라고 답했다. 센고쿠 가의 2층, 센고쿠 나데코의 방에서.

책상에 앉아 만화 원고의 바탕 부분을 칠하고 있는 중이다. 기분 여하에 따라서는 무엇을 할 때에 말을 걸면 폭발할지 모르는 신경질적인 아라라기 츠키히였지만, 여기서는 너그러운 태도였다.

감사 인사를 듣고 기분이 좋아졌다기보다, 친구의 변화가 기뻤는지도 모른다. 얼마 전까지의 센고쿠 나데코는 이런 장면에서는 틀림없이 '고마워'가 아니라 '미안해'라고 말하고 있었을 것이다.

그런 약한 태도가 짜증 났었다.

친구가 아니었으면 한 방 때렸을 것이고, 친구이기에 더더욱 때렸을지도 몰랐지만, 행방불명 상태에서 돌아온 소꿉친구는 조금 변한 것 같았다.

무슨 일이 있었던 거겠지.

아라라기 츠키히는 그렇게 걱정하지는 않는다.

그런 빤한 짓은 하지 않는다.

그저 눈앞의 작업, 월말의 신인상 마감을 향해, 센고쿠 나데코의 만화 원고 제작의 보조, 즉 어시스턴트에 집중할 뿐이다.

행방불명에서 귀환한 뒤 입원했던 병원을 순수한 문병으로서 방문했던 그때, 센고쿠 나데코는 만화 그리기가 취미라는 사실을 밝혀 주었다.

그때는 왜 지금까지 비밀로 하고 있었는가 하고 화가 났을 정도였지만, 게다가 격노했을 정도였지만, 그림도구를 사다 줬으면 한다, 그리고 제작을 거들어 줬으면 한다는 부탁을 들었을 때 나쁜 기분은 들지 않았다.

그리고 어찌어찌 흘러가다 보니 지금에 이르렀다.

센고쿠 나데코 쪽에서 봐도, 설마 이름 높은 파이어 시스터즈의 참모 역이, 즉 상당히 바쁠 아라라기 츠키히가 이렇게까지 꾸준하게 장기간에 걸쳐 만화 제작을 거들어 줄 것이라고는 생각하지 않았는지, 그런 의미에서는 약간 민폐되는 친절 같은 느낌도 있었던 것 같지만.

다만 어디까지나 아라라기 츠키히의 시점에서 말한다면 지금까지 판에 박은 듯한, 손맛이 없는 관계성밖에 쌓을 수 없었던 센고쿠 나데코에게 주도권이 쥐어진 크리에이티브한 작업이란 것은 신선하면서도 재미있었다.

재미있게 어시스트에 전념하고 있었다.

물론 퇴원한 뒤에도, 아직 학교에 다닐 때까지 회복이 필요한 센고쿠 나데코가 신경 쓰여서 분위기를 본다는 마음도 전혀 없는 것은 아니었지만(지역 중학생의 간판 격 존재인 아라라기 츠키히는 센고쿠 나데코가 다니는 공립 나나햐쿠이치 중학교에서 일어난 트러블에 대해서는 당연히 파악하고 있다), 현재 마무리 작업 중인 원고 내용을 보기로는, 그 점은 쓸데없는 걱정인 것 같다는 생각도 들었다.

여러 가지로 털어 버린 거겠지.

그렇게 생각하고 있다.

그 표출 중 하나가 센고쿠 나데코의 현재 헤어스타일이었다. 이전에는, 그렇다기보다 초등학교 시절부터 일관되게 긴 앞머리로 얼굴을 가리고 있었던, 수줍음을 많이 타거나 부끄럼을 잘 타는다기보다 낯가림이 심한 것을 넘어 차라리 대인공포증에 가까웠던 그녀의 현재 헤어스타일은 베리 쇼트였다.

　퇴원하자마자 바로 미용실에 갔다. 옛날의 그녀였다면 애초에 미용실에 가는 것조차 하지 못했을 것이다. 그때까지 한 번의 예외를 제외하고 늘 부모님에게 머리를 잘라 달라고 했다는 센고쿠 나데코로부터 단골 미용실을 소개해 달라는 부탁을 받았을 때, 그래서 아라라기 츠키히는 몹시 당황했었다.

　소개비를 손에 넣을 수 있으므로 거절할 이유도 없었지만, 그곳에서 베리 쇼트를 희망하는 것을 (옆자리에서) 들었을 때는 역시나 센고쿠가 제정신인지 의심했다. …그렇다고 해도 어쨌든 본바탕이 좋으므로 이미지는 일신되기는 했지만 이상해지지는 않았다.

　적어도 아라라기 츠키히가 예전에 폭력적으로 센고쿠 나데코의 앞머리를 잘랐을 때(한 번의 예외)와는 비교가 되지 않는 귀여움이 있었지만, 그러나 귀여움을 원하던 것은 아니었다. 단순히 만화를 그리는 데에 긴 머리는 방해가 된다는, 극히 합리적인 이유로 인한 스타일 체인지였다.

　뭐, 잉크로 더러워져도 되는 학교 지정 운동복을 입고 작업을 하고 있는 오늘의 모습을 보기로는 그 이유에 거짓은 없을 테지만, 헤어스타일에 대해서는 강한 구애를 가진 아라라기 츠키히가 보기에 '실연에 의한 단발'이라는 측면도 있는 게 아닐까 하고 멋대로 생각하고 있다.

하지만 생각만 할 뿐, 입 밖에는 절대 내지 않지만.

뭐든지 툭툭 말하는 것을 신조로 하는 아라라기 츠키히지만, 완전히 무신경한 것도 아니었다.

"나, 만화 같은 건 잘 모르겠는데 말이야."

이 발언은 무신경하긴 했지만.

"나데코는 어느 정도로 자신이 있어? 이거. 수상하면 상금 같은 걸 받을 수 있잖아?"

"으음, 모르겠어."

그렇게 돌아보고 난처한 듯한 미소를 짓는 센고쿠 나데코. 그런 표정도, 옛날에는 머리카락에 가려서 잘 보이지 않았던 것이다.

"자신이라든가, 그런 거, 생각하는 거 그만뒀거든."

"흐음."

"재능이 있는 거 아닐까 하고 말해 준 사람도 있지만… 재능이 있는 사람이라도 그런 건 잘 안 될 때는 잘 안 되는 법이니까."

"자신의 재능을 믿을 수 없으면 일류가 될 수 없어. 노력할 수 없게 되었을 때에 버팀목이 되는 축이 없어지니까."

노력하기만 하는 사람은 노력할 수 없게 되었을 때에 좌절한다, 라고 아라라기 츠키히는 생각을 그대로 말했다. 하지만 옛날이었으면 그런 의견에 꺾였을 센고쿠 나데코는 "믿을 수 있다고 할까, 속을 수 있다는 느낌이지만."이라고 제대로 던져진 공을 받아 냈다.

"만화가가 될 수 있을지 어떨지, 그것은 언젠가 츠키히가 말해 준 것처럼 복권을 사는 것하고 비슷한지도 모르겠지만 말이야."

"말했던가? 그런 얘길. …뭐, 괜찮지 않아? 복권도 누군가가 사지 않으면 당첨된 사람에게 돌아갈 상금이 모이지 않으니까."

거드는 말이 되는지 안 되는지 잘 모르겠다. 아마도 되지도 않는 소리를 한 아라라기 츠키히에게, 센고쿠 나데코는 그래도 미소를 지었다.

"하고 싶은 일을 할 뿐이야. 아무리 꼴사납더라도, 부끄럽더라도. 츠키히도 그렇지 않아?"

오히려 그렇게 되물어 와서 말이 막힌 것은 아라라기 츠키히 쪽이었다. 의외로 주위가 생각하는 정도로 '하고 싶은 일을 하고 있다'라는 의식은 그녀에게 없었기 때문이다.

그래서 그 마음도, 그대로 말했다.

"나에게는 딱히 하고 싶은 일이라든가, 목표라든가, 그런 거, 없거든. 그래서 이렇게 남이 하는 일을 응원하는 것이 좋다는 점은 있을까? 파이어 시스터즈란 거, 정의의 사자라기보다도 원래는 중학생 간의 상조조직이라는 성격이 강했으니까."

"흐음…?"

이상하다는 얼굴을 하는 센고쿠 나데코.

이제까지 별로 언급하지 않았던 친구의 일면에, 펜을 쥔 손을 잠시 멈췄다.

"내가 보기에 츠키히 정도로 살아가는 스탠스가 확실한 애는 없는데 말이야."

"핫핫핫. 그렇게 말해 주면 영광인걸. 이 츠키히, 끝내주게 행복하네. 끝키히라고. 아니, 근데 끝나 버리면 어쩔 거야."

장난치는 것처럼 대답하면서, '옛날에 나데코는 스스로를 '나데코'라고 말했었지.'라고 그립게 떠올렸다. 그런 지적을 했던 기억이 흐릿하게 있지만, 그것 참, 언제부터 '내가'가 된 걸까?

　"하지만 조금 더 나는 허무적이라고 할까, 파멸적이거나 하니까. 뭔가를 하고 싶은 사람에게 이끌려 가 버리는 구석은 있지~."

　"카렌 언니… 코요미 오빠를 말하는 거야?"

　'코요미 오빠'의 발음이 이상했다.

　이상하다, 그리고 어색하다.

　그러나 굳이 지적하지 않는다.

　놀리기에는 아직 예민하다고 판단한다.

　"뭐, 그렇지. 게다가 이렇게 나데코의 일을 거들고 있는 것도, 나데코의 의욕에 끌려가고 있다는 느낌일까~."

　"일…."

　얼굴을 붉히는 센고쿠 나데코.

　그야 기계는 아니니까 '털어 버렸다'고는 해도 부끄럼 속성이 완전히 없어진 것은 아닌 듯하다.

　"일이 아니지만. 아직, 전혀."

　"나 같은 녀석은 장래에 어떻게 되는 걸까?"

　인토네이션에 따라서는 무겁게도 될 것 같은 질문을, 아라라기 츠키히는 자기 특유의 성격으로 시원스럽게 말했다.

　"어지간한 일은 할 수 있지만, 할 수 있는 일은 오히려 하고 싶지 않은 기분이 들어. 할 수 있는 일을 해 봤자 재미없으니까~. 그럴 수도 없으니까 무엇을 할지를 남에게 맡겨 버린다고 할까~."

"아무것도 하고 싶지 않은 건 아니지?"

예전의 자신과 대조해 보는 듯한 말을 하는 센고쿠 나데코. 이 것도 옛날의 그녀였다면 이렇게까지 깊이 들어오지는 않았을 내 용이다.

"응. 뭔가는 하고 싶어. 활동하고 싶어. 활발하게 움직이고 싶 어. 그러니까 조금이라도 흥미가 솟은 일은 뭐든 해 봐. 하지만 뭐든지 금방 질려. 금방 따분해져 버려. 내가 어떤 녀석인지 나 는 잘 모르겠어. 뭐랄까, 쌩쌩한 지금은 괜찮지만, 어른이 되면 시시한 꿈을 이야기하는 시시껄렁한 남자에게 걸려서 큰일이 날 것 같아."

"리얼한 이야기네…."

"그렇게 되지 않기 위해서라도 지금부터 장래 설계, 생각해 둬야겠네. 카렌도 고등학생이 되고, 오빠도 대학생이 되고. 초 등학교 6학년 때 이래로 2년만에 두 번째로 남겨지는 기분을 맛 보는 지금이기에 자신이 어떻게 하고 싶은가, 뭐가 되고 싶은가 정하고 싶어."

나데코처럼, 이라고 말했다.

츠키히에게 그런 말을 들은 것만으로도 노력하는 보람이 있 네, 라고 센고쿠 나데코는 활짝 웃고는 다시 펜션 작업으로 돌 아가는 것이었다.

"인간은 설령 행복해질 수 없더라도 좋은 일은 있구나…. 살 아 있다면."

"흠. 뭐, 그럴지도."

칭찬받은 걸까? 라고 생각하면서도.

결국 그런 잡담을 나누면서 칠을 계속하고, 저녁밥까지 얻어먹고서 완전히 날이 저물었을 무렵, 아라라기 츠키히는 다음 작업 일정을 정하고(원고 완성까지는 거들겠다고 확약했다) 센고쿠 가를 뒤로했다.

"어라, 거기 있는 건 아라라기 선배의 여동생 아니야?"

그렇게.

센고쿠 가를 나온 그 직후. 곧바로 집에 돌아갈까 어딘가에 들를까 하며 한순간 생겨난 망설임을 찌르듯이, 밤의 어둠 속에 섞이듯이, 마음의 빈틈에 숨어들 듯이 목소리가 들려왔다.

누군가에게.

그쪽을 보니, 오빠가 다니는 고등학교 교복을 입고 자전거를 타고 있는 여자 고등학생이 있었다. 주위의 가로등이 단숨에 정전된 것이 아닐까 하고 한순간 착각할 정도로 번쩍번쩍 빛나는 검은 눈.

수상쩍게 떠오른 미소.

요염하다고 하기에는 어리지만, 앳되다고는 말할 수 없는 풍모의, 기분 나쁜 분위기를 온몸에서 은근히 풍기고 있는 여자 고등학생이었다.

스타일리시한 자전거에 타고 있는 것치고는 건강해 보이는 인상이 전혀 없다.

"어제도 만났었지. 안녕."

"…안녕하세요."

만났던가?

그렇게 생각하면서 우선은 꾸벅 인사를 한다.

어쨌든 오빠의 관계자라고 한다면 실례를 해서는 안 된다는 순간적인 판단이다. 그것을 받고서 상대는,

"나는 오시노 오기라고 해."

라고 말했다.

"오빠에게서 너에 대해서는 많이 듣고 있어. 자랑스런 여동생이라고. 이야, 정말. 아라라기 선배가 오빠라니, 부럽구나."

"하아…."

그런 소릴 들어도 반응하기가 난처하다.

그리고 오빠는 아마도 자랑스런 여동생이라는 소린 하지 않을 것이라 생각한다. 우리 오빠는 입이 찢어져도 그런 말은 하지 않는다고 확신하는 아라라기 츠키히였다.

"이미 늦었으니 바래다줄게. 뒤에 타~."

그렇게 말하며 오시노 오기는 자전거 뒷자리를 가리켰다. 첫 대면(어제도 만났었나?)인 사람에게 싹싹하게 둘이 타기를 권해 오다니, 그 오빠의 친구치고는 상당히 소탈한 사람이라며 조금 놀란다.

센고쿠 가와 아라라기 가의 위치 관계는 굳이 바래다줄 정도의 거리는 아니지만, 굳이 거절할 정도의 제안도 아니었다. 그렇게 생각하고 아라라기 츠키히는 감사히 얻어 타기로 했지만, 가만히 보니 오시노 오기가 가리킨 자전거 뒤쪽에는 좌석이 없다.

BMX는 1인승이었다.

"괜찮아, 괜찮아. 봉이 있으니까. 둘이서 타기 위한 봉."

그렇게 말하며 일단 자전거에서 내린 오시노 오기는, 재빨리 둘이 타기 위한 준비를 시작한다. 재빨리… 라고 할까, 솜씨가 좋다.

"자, 준비완료. 타, 타. 내 어깨에 손을 짚고, 밸런스를 잡아."

"딱히 짚지 않아도 밸런스는 잡을 수 있는데요?"

"핫하~. 설마 그런 게."

가능하다.

실제로 했다.

한 살 연상의 언니, 체간유지력이 세계 수준인 아라라기 카렌에게 가려지는 형태라 잘 드러나지는 않지만 츠키히의 피지컬도 결코 남들보다 뒤떨어지는 정도는 아니다. 뒷바퀴에 장착된 바에 발을 얹고, 두 팔을 좌우로 펼친 상태로(너무 긴 머리카락이 휠에 말려들지 않도록 두 팔에 감고 있다), 아라라기 츠키히는 오시노 오기의 후미를 맡았던 것이다.

뒤에 타고 있는 것뿐이지만.

안 그래도 위험한 2인승의 위험을, 의미도 없이 더욱 높이고 있는 부분에서 아주 그녀답다고 말할 수 있었다. 등 뒤에서 그런 곡예 같은 짓을 하면 조타사로서도 평정을 유지하기 힘들겠지만, 그러나 오시노 오기는 아주 태연했다.

물론 아라라기 츠키히도 이 곡예를 즐기고 있다. 즐거운 일은 마음껏 즐기자는 것이 그녀의 주의다.

"오빠가 좋아할 것 같네, 이런 자전거."

"응, 아라라기 선배는 자전거를 좋아했지, 그러고 보니. 사정이 있어서 두 대 전부 잃어버린 모양이지만. 응, 그래서 내가 이렇게 자전거에 타고 있기는 하지."

"응? 무슨 의미인가요?"

"별 의미는 없어. 은근한 야유 같은 거야. 적당히 신경 써 준다면 나중에 좋은 일이 있을지도 몰라."

"흐음...?"

"센고쿠는 건강해?"

아무래도 오빠뿐만 아니라 센고쿠 나데코와도 아는 사이인지, 오시노 오기는 그런 질문을 해 왔다. 어쩌면 나데코의 상황을 보려고 이 사람은 그 부근에 있었던 걸까, 나는 거기에 끼어들어 버렸던 걸까, 하고 아라라기 츠키히는 생각한다.

딱히 그것을 어떻게도 생각하지 않는 것은 그녀답다.

끼어들기나 새치기를 스스로 하지 않을 만큼의 모럴은 있지만, 결과적으로 그렇게 된 것에 죄책감을 느낄 정도의 자기비판 정신은 그녀에게 없다.

"그 부분이 오빠와의 차이일까?"

"에? 뭐가 말인가요?"

"아무것도 아니야. 아무것도 아니야. 그것보다 센고쿠의 건강 상태 말인데. 그 애의 심전도는 어떤 느낌이었어? 죽어 있어? 아니면 살아 있어?"

"...건강하다고 하자면 건강해요."

엄청 건강!

이라고 말하려 했지만 어쨌든 친구는 학교를 쉬고 있는 몸이므로, 그것도 좋지 않을 것이라며 알리바이 만들기를 해 준다. 이 부분은 머리가 빨리 돌아가는 소녀다.

똑똑한 데다, 약아빠졌다.

"죽지는 않았어요. 죽어 있던 것은 오히려 지금까지 쪽이 아니었을까요."

"그럴지도. 응, 뭐, 귀엽기만 한 인간 따원 없다는 이야기야. 내가 생각하기에, 그런 애는 귀염성이 없는 편이 귀여워."

잘 알 수 없는 소리를 한다.

그러나 오시노 오기의 안에서 이것은 어디까지나 논리적인 화제인지, 특별히 세세한 설명도 하지 않은 채로,

"잘됐네, 잘됐어."

라고 혼자서 납득한 듯했다.

"프리티 걸인 것은 센고쿠에게는 스스로를 상처 입히는 칼날밖에 되지 않았다는 이야기야. 그런 건, 슬프지."

"슬프다? 귀여우면 좋은 거 아닌가요?"

소박한, 그렇다기보다 무신경한 의문을 발하는 아라라기 츠키히다.

"예를 들어, 사람은 태어날 때에 가정을 고를 수 없어. 그러니까 고귀한 집안에, 부잣집에서 태어난 사람을 부러워하지만, 그렇지만 그런 집안에 태어난 몸이 되어 보면 태어난 순간부터 무거운 짐을 짊어지게 되기도 하지. 이를테면 만화가가 되고 싶다고 해도 허락받지 않을지도 몰라. 그건 운이 나쁘겠지."

그렇게 오시노 오기는 설명했지만, 이것은 아라라기 츠키히에게는, 그렇다기보다 아직 열네 살 소녀에게는 와 닿는 것이 없었던 듯했다.

그것을 알아차린 듯, "사람의 장래를 결정짓는 것은 '무엇을 할 수 있는가'가 아니라 '무엇을 할 수 없는가'라는 이론이기도 해. 할 수 있는 일이 너무 많으면 집중력이 흐트러져 버리니까." 라고 조금 이야기를 비틀었다.

"평생 분량의 수치를 당하고 그 밖에 아무것도 할 수 없게 되어 버렸기에, 센고쿠는 꿈을 일심불란하게 좇을 수 있게 되었다…는 이야기야."

"……?"

"센고쿠에게 귀여움이란 자신을 옭아맨 사실이기도 했겠지만, 그래도 스스로 끊어 버리기에는 아까운 재능이었을 테니까. 과격한 치료가 필요했던 거야."

"과격한 치료? 라는 건 무슨 얘긴가요?"

"글쎄. 모르겠어."

오시노 오기는 두 팔을 벌렸다.

요컨대 손 놓고 타기다.

둘이 타면서 두 사람 모두 두 손을 자유롭게 한 상태. 교통사고가 일어날 자유를 손에 넣고 있다고도 할 수 있었다.

"나는 아무것도 몰라. 아라라기 선배가 알고 있어."

"……?"

"과격한 치료라기보다, 그건 반면교사였는지도 모르겠네. 하

지만 그 사기꾼에게는 미안한 짓을 했어. …그렇게까지 할 생각
은 없었지만. 반성해 봤자 아라라기 선배는 용서해 주지 않겠
지…."

그렇게 그 부근에서 핸들을 다시 잡고는,

"센고쿠는 장래에 만화가가 되고 싶은 모양이지만."

오시노 오기는 페달을 밟는 속도를 높였다.

"아라라기 츠키히. 너는 어떻게 되고 싶니?"

"어떻게라뇨…."

그런 이야기를 조금 전에 나데코하고도 했었다고 생각하면서,

"그런 건, 저는 딱히 없어요."

라고 대답했다.

나데코는 만화를 그리고 있는 것을 상당히 고집스럽게 비밀로
하고 있을 거라 생각되는데, 그러고 보니 이 사람에게는 이야기
했던 걸까.

"지금이 즐거우면 된다는 느낌이에요. 그런 것이 이어져서 장
래가 되는 걸까, 하고."

"너는 뭐든지 알고 있다는 타입은 아니지만, 그래도 뭐든지
할 수 있는 타입이니까. 전지는 아니어도 전능이기는 한 너에게
는 선택지가 너무 많아서 목표가 분산된다는 건 있겠지. 그래서
언제나 넘버 2의 자리에 안주하고 있어. 누군가에게 견인되는
것이 너에게는 가장 편한 거겠지. 장래라고 해도."

아주 다 안다는 듯한 이야기를 하고 나서─오빠는 이런 사람
에게 나에 대해서 어디까지 이야기하고 있는 걸까?─오시노 오

기는,

"너의 장래는 너무나 원대하지만."

그렇게 쓴웃음을 지으면서 말을 흘렸다.

"……? 저는 의존증이 강하다는 의미인가요?"

장래가 원대하다는 말의 의미는 잘 이해되지 않아서 그냥 넘겼다. 다만 넘버 2 운운하는 부근이 신경 쓰여서 그 부분을 좀 더 따져 보고 싶어졌다.

그것도 센고쿠 나데코의 방에서 했던 이야기의, 연장선상일지도 모르지만.

"글쎄다, 어떨까. 본래 두견새가 지닌 탁란의 성질을 생각하면 그것은 의존이라기보다 기생이지만…. 그런 성질을 띠고 있으면서 너 자신의 개성이 조금 특수하다는 점은 있어. 어쩌면 그것은 오빠로부터의 영향일까?"

"두견새?"

"츠키히. 네가 주위의 조력에 의해 생존하는 것은, 생존해 있을 수 있는 것은 분명한 사실이야. 오빠나 언니의 배려가 없었다면 너는 여름방학에 죽어도 이상하지 않았어."

"……? 여름방학에?"

뭘까.

그것도 비유일까.

자기 나름대로 해석하고 "사람은 혼자서는 살아갈 수 없는 존재네요."라고, 흔해 빠진 이야기를 해 보았지만,

"사람은 **혼자서** 살아가는 존재야."

오시노 오기는 선뜻 부정했다.

"혼자서 살아갈 수 없는 것은… 괴물이야."

나나 네가 그런 것처럼.

그렇게 오시노 오기는 말했다. 의미불명이다.

오빠의 친구치고는 보기 드문 인종이라고 생각했지만, 이렇게 이야기를 나누어 보니 상당히 **그럴 듯**하다고 할까, 그 오빠와 딱 어울리는 미스터리어스함이 있었다.

"…근데, 어라? 잠깐, 오시노 씨…."

"오기 씨라고 해도 돼."

"오기 씨, 전혀 다른 쪽으로 가고 있는데요?"

기묘한 자세의 2인 자전거 타기를 하느라 풍경이 다르게 보였기 때문…은 아니겠지만, 어리석게도 깨닫지 못했지만, 센고쿠가에서 아라라기 가로 가는 루트를 어느새 크게 벗어나 있다.

애초에 두 집 사이에 이렇게 오랜 이야기를 할 수 있을 정도의 거리는 없다. 어디지, 여기는?

"어이쿠. 미안, 미안. 길을 잃어버린 모양이네. 일단 정지하고 스마트폰으로 지도라도 확인할까."

그다지 움츠러드는 기색도 없이, 오시노 오기는 자전거를 세우기 쉬운 장소를 찾는다. 얼마 안 있어 어느 건물 앞을 골라서 발로 브레이크를 걸었다.

다만 결코 이곳이 자전거를 세우기에 안성맞춤인 장소라고는 아라라기 츠키히에게는 생각되지 않았다. 인기척이 없고 황폐한, 그렇다기보다 황량해진 지역이었고, 그 빌딩도 겉보기에 현재는 사용되지 않는 폐 빌딩이었다.

만약 오시노 오기가 여자가 아니었다면 오빠의 친구를 자칭한 괘씸한 놈팡이에게 유괴당한 것인가 하고 의심할 참이었지만 (그 경우에 곱게 끝나지 않는 것은 놈팡이 쪽이다), 스마트폰을 만지작거리는 그 모습에서는 적어도 그런 쪽의 위험이 느껴지지 않았으므로 아라라기 츠키히는 호기심과 함께 폐 빌딩을 올려다본다.

뭐, 그리 볼만한 것은 아니고.

길을 잃지 않았더라면 애초에 올 장소도 아니다. 그렇게 생각하니 흥미가 간단히 고착되어 버리는 부분을 보면, 정말 늘 지금만을 사는 소녀다.

"…응? 어라?"

그러나 여기서 생각이 미쳤다.

신기하게도 그 폐 빌딩이 낯이 익었던 것이다. 처음 오는 장소이고 처음 보는 건물일 텐데.

"아…, 그렇지. 이거, 8월 정도에 화재로 불타 버렸던 빌딩 아니었나…?"

뉴스에서 봤었다.

파이어 시스터즈로서, 자신이 사는 마을의 치안 유지를 담당하는 그녀에게, 그런 쪽 정보는 자연스럽게 모인다. 그 무렵 마을에 작은 화재가 다발하던 중에서도 건물이 전소되는 큰 화재여서 인상 깊이 남아 있었다.

전소 전과 전소 후.

양쪽의 사진을 보았다.

원인은 방화라든가 하는 그런 위험한 이야기가 아니라, 단순한 자연발화라고 했지만… 그래도 기둥 하나 남지 않는 엄청난 피해는 틀림없었을 것이다.

그런데도 어째서 완전히 불타 버렸을 빌딩이 이렇게 당당히 서 있는 거지? 재건된 건가? 아니, 재건할 거라면 일부러 폐 빌딩을 재현하지는 않을 것이다.

"츠키히, 길은 알았어. 이번에는 더 이상 잘못 들지 않을 거니까 괜찮아. 뭐하다면 네가 운전해 볼래? 이 BMX는 뒤로도 나아갈 수 있어서 익사이팅하다고. 어라? 어라라? 왜 그래? 이렇게 아무런 특징도 없는 건물을 이상하다는 듯이 올려다보고."

"아뇨…. 저기."

아라라기 츠키히는 설명했다. 물론 여기에 길을 잃고 들어온 것뿐인 오시노 오기에게 질문한들, 불타 버렸을 빌딩이 이렇게 존재하고 있는 이유를 알 수 있을 리 없지만, 우선 기분을 공유하고 싶었다.

"허어…. 기묘하네. 요컨대 이건 건물의 유령이라는 건가. 잠깐 들어가 볼까."

말하기가 무섭게 자전거를 그 옆의 나무에 체인으로 묶고(스탠드가 없으므로 본체는 나무에 기댈 수밖에 없다) 빌딩의 부지 안으로 들어가는 오시노 오기. 행동이 빠르다.

너무 생각을 많이 하는 오빠와는 달리, 날렵하고 매서운 개성인 듯하다. 아라라기 츠키히도 아라라기 츠키히대로 이런 때에 겁먹는 성격은 아니므로 그런 그녀를 배웅하지 않고, 곧바로 뒤를 따라갔다.

"오기 씨는 폐허 마니아인가요?"

그 가벼운 발걸음에서 왠지 모르게 그렇게 유추하고 물어보았다.

"아니, 폐허 그 자체에는 그리 이끌리지 않아. 여자로서 평범하게 겁먹지. 다만 이런 사연 있어 보이는 장소를 자세히 조사하는 것이… 뭐, 나의 일 같은 것이라서."

"일…인가요."

센고쿠 나데코가 그 말에 부끄러워했던 것을 상기하면서 아라라기 츠키히는 맞장구를 쳤다. 그런 아르바이트를 하고 있다는 의미도 아닌 듯하지만.

"응."

그리고 폐 빌딩 안으로 발을 들인다.

엄밀히 말하면 불법침입이겠지만, 그러나 빌딩 안은 소유자, 혹은 관리자가 있다고 생각하기 어려운 수준의 난장판이었다.

발밑 상황은 최악이었고, 시간도 시간이라서 채광도 기대할 수 없으므로 넘어지지 않도록 조심하지 않으면 크게 다칠 수 있다.

"학교… 아니, 학원이었던 것 같네요."

그런 상황에서도 유심히 관찰하고서 아라라기 츠키히는 그렇게 결론을 내렸다. 엘리베이터는 당연히 고장 나 있어서 계단을 오르면서.

"흠. 그런 것 같네. 어라라, 분위기를 타고 그냥 밀고 들어와 보긴 했는데 간단히 정체가 까발려져 버렸나. 정체를 알아 버리면 무섭고 뭐고 없네."

처음부터 무서워하는 것으로는 보이지 않았지만, 계단의 층계참을 돌면서 오시노 오기는 말했다. 탐색은 최상층부터 순서대로 할 생각인 듯하다. 서랍장 내용물을 물색할 때는 아랫단부터 살피는 것이 효율이 좋다는 이론의 반대 같은 것일까.

"결국 그런 법이지. 뭐든 무서운 것은 정체불명이고, 정체를 알 수 없기 때문이야. 장래에 대해 생각하고 불안해진다면 그건 장래의 자신을 상상할 수 없기 때문이니까. 또렷한 비전을 가진 사람은 성장을 두려워하지 않아."

"……."

"슈뢰딩거의 고양이가 든 상자를 열어 버리면, 그건 단순한 상자지. 상자 안의 고양이가 살아 있는지 죽어 있는지 알 수 없다는 건, 상자가 닫혀 있으면 당연한 이야기라고 뼈저리게 깨닫게 되지. 추리소설에서도 그래. 두근두근 울렁울렁하면서 읽는 것은 범인을 알 수 없기 때문이야. 수수께끼가 수수께끼가 아니게 되고, 용의자가 한 사람으로 좁혀져 버리면 확실히 말해서, 그 뒤에는 흥이 식지. 수수께끼 풀이 장면 같은 건 한 줄로 끝내 버려도 괜찮아."

정체가 밝혀지면.

공포도 재미도 소멸한다. 그런 법이다.

그렇게 말하면서 오시노 오기는 올라간다. 위로, 위로.

함축이 있는 말을 한다. 오빠의 친구 중에는 머리가 좋은 사람이 많구나, 하고 웬일로 순순히 감탄하면서도, 무슨 감탄할 만한 일이 있었을 때에는 반드시 트집을 잡고 싶어지는 것이 그녀의 업이었다.

"그런 걸까요?"

"음…. 무슨 소리니, 반론이야? 있다면 듣고 싶네. 나를 위해서도, 너를 위해서도."

"반론…이라고 할까, 아니 추리소설이었다면 그럴지도 모르겠지만요. 현실이라면 범인이 붙잡힌 뒤가 무섭지 않나요? 그때까지 무섭다고 생각하던 대상의, 실존이 확인되어 버린 거니까요."

"…호오."

"정체가 밝혀지는 것으로 이야기가 시작되어 버린다고 할까…. 실제로 범인이 체포되고 나서의 수속 쪽이 길잖아요? 재판이라든가 징역이라든가."

조금 이야기가 줄거리를 벗어나 버린 느낌은 있지만, 그러나 오시노 오기에게 그 의견은 아무래도 신선했는지 수다스런 그녀가 잠시 입을 다물었다.

거기에 아라라기 츠키히는 계속해서,

"게다가 정체라고 해도, 그것이 옳다고만은 단정할 수 없잖아요. 실제로는 새로운 반전이 기다리고 있을지도 모르고. 추리소설적으로는."

"그건 그럴지도 모르겠네. 그렇구나, 올바른 몸통이라고 쓰고 정체正體인가. 몸통은 어차피 몸통일 뿐이야. 이건 한판 빼앗겼는걸. 과연 아라라기 선배의 여동생이야."

다만 그 의견은 너를 위해서는 좋아도, 나를 위해서는 좋지 않을지도 모르겠네. 그렇게 말했을 즈음에 오시노 오기는 최상층에 도달했다.

4층 분량의 계단을 올랐는데도 호흡 하나 흐트러지지 않다니, 상당한 건각이다. 다만 그것은 바로 따라잡은 아라라기 츠키히도 마찬가지다.

건강은 팔 수 있을 정도로 남아돈다.

생명력도.

그것이 아라라기 츠키히다.

"츠키히는 그 정체를 받아들이고… 혹은 재미있어 해 줄지도 모르지만, 나는 그렇게는 되지 않을 테니까. **내 정체는… 추해.**"

"……?"

"술에 빠진 귀신처럼 말이야. 다만 귀신은 신하고 마찬가지로 술을 좋아하는 존재지만."

"술 주酒자 옆에 귀신 귀鬼자를 붙여서 추할 추醜인가요? 하지만 그렇다면 삼수변이 남아 버리는데요?"

"남아도 괜찮아. 그 삼수는 물을 암시해. 호수를. 혹은 물뱀을 말이야."

설명을 들으니 점점 더 알 수 없게 되었다. 설명할 생각이 없다고밖에 생각되지 않는다.

"츠키히."

이 층에 있는 세 개의 교실 중에 가장 왼쪽 문을 향해 걸어가면서 오시노 오기는 불렀다.

"너에게는 유감이지만, 이미 장래라고 부를 만한 것은 없어. 장래에 어떻게 될지 알 수 없잖아, 장래는 없는 거야. 지금을 아무리 쌓아 올려도, 장래로는 이어지지 않아. 너에게 있는 것은 영원한 지금뿐이야. 그래도 너는 장래를 신경 쓰지 않고, 미래에 맞추지 않고 지금을 살아갈 수 있을까?"

"뭐어, 아마도."

그 질문의 의미도 제대로 이해하지 못하는 채로, 아라라기 츠키히는 가벼운 마음으로 대답했다.

"저는 살아가는 거, 꽤 잘 하거든요."

"…그런 말을 할 수 있는 건 훌륭한 일이야. 부러워."

부러워.

그래서 그런 말을 들어도 반응하기 곤란하지만…. 그렇게 말하고 오시노 오기는 문에 손을 댄다.

가볍게 문고리를 돌리고.

웃는 얼굴로 열었다.

"늦었구나, 오기."

그리고… 나는 말한다.

열린 교실 안에, 그때까지 앉아 있던 의자에서 일어나서, 그녀가 예전에 자신의 삼촌이라고 불렀던 그 남자를 흉내 내며 말한다.

"기다리다 목 빠질 뻔했어."

010

"츠키히, 자전거를 타도 괜찮으니까, 미안하지만 먼저 혼자 돌아가 줄 수 있을까? 나는 이제부터 오빠하고 중요한 이야기가 있거든. 체인의 암호는 '1234'야."

오기는 그렇게 말하고 츠키히를 이 자리에서 퇴장시켰다. 그 성의 없는 번호는 지금 와서 보면 그녀답다.

단둘이 된 교실.

예전에 이 폐 빌딩 안에서 나는 오시노와 몇 번이나 마주했지만, 설마 오시노의 입장에서 누군가를 맞이하는 일이 있을 것이라고는 생각하지 않았다.

그렇다기보다 소실된 이 학원 옛터의 건물에 다시 발을 들이는 일이 있다니, 전혀 예상치 못했던 전개다. 혹은 모든 것의 시작이라고도 할 수 있는 이 장소에서, 이제부터 모든 것을 끝내려 하는 것은 지나치게 절묘한 우연이기도 했다.

연출 과잉이라고 할 수도 있을 것이다.

"오기. 이 폐 빌딩, 어떻게 만들었어? 처음에 만났을 때, 1학년 3반 교실을 재현했던 것하고 같은 원리야?"

"아뇨, 그때하고는 조금 법칙이 다르지만요. 오히려 그때 쪽이 공을 들였어요. 이 폐 빌딩에 관해서 말하면 단순히 물질구현화 스킬이에요. 키스샷 아세로라오리온 하트언더블레이드, 오시노 시노부가 자주 했던 그거예요."

그렇게 말하면서 오기는 교실 안에 굴러다니고 있는 책상이나 의자를 살펴보더니, 결벽증인 그녀가 앉을 만한 의자를 골라서 그것을 질질 끌고 내 곁으로 다가왔다.

"세부적인 만듦새는 어설프다고 해야 할까요, 거스러미가 여기저기 남아 있는 느낌이라고는 생각하지만 어쨌든 긴급 날림공사였으니 그 부분은 너그럽게 넘어가 주세요. 손수 만든 느낌이 넘치는 무대 배경에서 온기를 느껴 주셨으면 좋겠네요. …아, 그렇지. 시노부라고 하니 말인데, 그 여자, 지금 어떤가요? 완전체로 부활했을 텐데, 같이 있지 않나요? 그림자 속에 숨어 있다든가?"

"그건 아직이야. 페어링의 회복은…. 다시 서로 서로를 속박하는 것은 모든 것이 끝나고 나서 하기로 결정했어."

"흐음?"

그렇게 나와 대면하는 형태로 오기는 의자에, 다리를 모으고 조심스럽게 앉았다.

"그렇군요…. 제가 질문한 의미는 순수하게 이곳에 있는가 없는가 하는 의미일 뿐이었지만요. 그런가요, 시노부 씨는 도로아미타불, 예전 상태로 돌아가기를 희망하셨나요. 그리고 아라라기 선배는 모처럼 지옥순례를 하면서까지 액땜을 해서 흡혈귀화에 제동을 건 것뿐만 아니라 완전한 인간으로 돌아갈 수 있었는데도, 다시 인간 비슷한, 되다 만 흡혈귀가 되겠다고 하시는 건가요. 시노부 씨와 서로를 속박하자고 하시는 건가요. 마조히스틱하네요."

"유녀를 좋아하는 것뿐이야."

나는 대답했다.

의미 없는 대화라고 생각하면서.

"유녀 때문에 인생을 날리는 건가요. 액땜도 액땜이 되지 못했나요. 그래서 소녀 쪽은 어떻게 되는 흐름으로?"

"키타시라헤비 신사에 모셔져. 그것도 역시 모든 것이 끝나고 나서의 이야기일 뿐이지만."

"흠. 들러붙을 것이 들러붙고, 돌아갈 곳에 돌아갔다는 그림인가요. 그 신사를, 이 마을에 뚫린 큰 구멍을 대체 어떡할까 하는 것은, 역시 과제였지만, 정말 요령 좋게 해결하셨네요."

"과제…. 너의 일이라는 얘긴가?"

"뭐, 그런 거죠. 언젠가 했었죠, 그런 얘기…. 하지만 그런 걸 일일이 너무 진지하게 받아들이셔도 곤란하지만요."

핫하~, 하고 오기는 쾌활하게 웃었다.

이 상황에서도 그녀의 스탠스는 특별히 변하지 않은 듯하다. 통상운전의 오시노 오기였다. 10월에 처음 만났을 그때부터, 일관되게 흔들리지 않는 모습이었다.

"일이라고 해서 말인데, 내 여동생."

나는 어떻게 이야기를 이어 나갈까 하고 망설이면서, 속을 떠보듯이 먼저 돌아간 아라라기 츠키히를 언급해 보기로 했다.

"그 녀석하고는 어떤 이야기로 흥을 내고 있었어?"

"한창 이야기를 하던 도중이었어요. 속임수를 쓰는 곳까지 이르지는 못했으니 걱정하지 마세요. 유감스러워요, 저의 일은 어중간하게 종료된 거예요."

"실례를 저지른 건가?"

"올바른 일을 한 거예요. 저도 올바른 일을 하려고 했지만요. 미수가 되었어요. 하지만 뭐, 어찌 되었든 헛수고였겠죠. 여기까지 오는 동안 다소의 이야기는 나누었지만, 저래서는 만만찮아요. 과연 불사조, 감당이 안 되네요. 카게누이 요즈루는 대체 어떻게 저런 장명종長命種을 퇴치할 생각이었는지."

"괴물은… 정체를 폭로하면 퇴치할 수 있잖아?"

"그러니까 저 애는 정체를 폭로해도 퇴치할 수 없을 것 같다고 말하고 있는 거예요. 정체를 알면서도 집요하게 사랑해 주는 오빠가 계시니까요."

"……."

"음. 그렇기에 카게누이 요즈루는 내팽개쳤는지도 모르지만요. 뭐, **저의 경우 도저히 그럴 수는 없겠죠.**"

"……."

"그렇잖아요? 저는 여기서 아라라기 선배에게 정체가 폭로당해서 퇴치된다. 그런 흐름이잖아요?"

그렇게 말하고 오기는 나를 응시한다. 검고 검은 눈동자로, 완전히 포기한 듯한 발언과는 반대로 가치를 감정하듯이.

"괜찮은 곳까지 갔는데 말이죠. 아니, 츠키히에 대한 작업에 실패하는 것이 예상되었다면 실패는 있었어도 미련은 없다고 말할 수 있었을지도 모르겠네요. 그렇다면 저에게도 태어난 의미가 있었는지도…. 죄송해요, 거듭 확인하는 것 같아서 죄송하지만, 오시노 시노부는 여기에 없는 거죠?"

"없어."

"오노노키 요츠기는 이미 무력화되었다고 치고…. 하치쿠지 마요이도 아직 신격화된 것은 아니라면 생략하고…. 가장 중요한 가엔 이즈코도 안 계신가요?"

"물론….."

그런 표현도 이상하지만, 어쨌든 이곳에 있는 것은 나 한 사람이다. 오기가 확인하고 싶은 것은 그런 점이겠지만….

"일대일의 결투라는 거지."

나는 마음에도 없는 소리를 했다.

오기는 그 말을 듣고,

"그거 참 가슴 설레네요."

라면서 활짝 웃었다. 활짝 웃고 뭐고, 그녀의 표정은 스탠더드, 줄곧 미소 짓고 있지만.

그것을 나는, 줄곧 여유에서 나오는 미소라고 생각하고 있었지만, 그러나 의외로 포기를 나타내는 미소인지도 모르겠다고, 이때 생각했다.

무상관이나 염세관을 포함한.

그런 안타까운 낯빛인지도 모른다고.

"역전의 용사, 아라라기 코요미와 대결할 수 있다니, 분에 넘치는 영광이에요. 이거야 원. 어디까지나 가엔 이즈코가 요도 '코코로와타리'를 손에 들고 제 앞을 가로막는다는 가능성도 있었고, 그렇게 해 주면 제 승리도 가능했겠지만요. 중요한 것을 친구에게 하게 하는 것은, 분명 그 사람 나름의 처세술이겠죠."

"그런 측면도 확실히 있겠지. 하지만 이번에는 내가 해야만 하는 일이라고 생각해. 나밖에 할 수 없는 일이라고, 내가 혼자서 하고 싶은 일이라고 말이야."

"하고 싶은 일…이오? 어른의 사탕발림에 넘어가서 그렇게 생각하고 있는 것뿐 아닌가요? 아라라기 선배는 시노부나 하치쿠지를 위해서 애쓰고 있는지도 모르겠지만, 그건 타성하고 뭐가 다른가요?"

오기는 "어리석네요."라고 말했다.

"잃어 가는 것에는 과도한 가치를 부여하게 되곤 하지만요. 그런 노스탤지어에 묶여 있다가는 아무리 시간이 흘러도 장래에 도달할 수 없어요. 아, 일단 말해 두겠는데요. 이거, 목숨의 구걸이에요."

"…목숨 구걸?"

"그러니까 말했잖아요? 제 편이 되어 주시지 않겠어요, 라고. 저를 구해 주세요, 라고요. 아무래도 그 부탁은 덧없이 무시되어 버린 것 같지만요."

저에게 매력이 없었던 걸까요, 라고 말하는 오기.

즐거운 것 같기도 하다.

그 즐거워 보이는 행동거지가 지금은 슬프기도 했다.

"뭐, 그게 정답이에요, 아라라기 선배. 그것이 옳아요. 뭐야, 올바른 일도 할 수 있잖아요. 유감스럽게도, 거절하기를 바랐다고요, 저는. 어디 보자. 아라라기 선배, 이후에 뭔가 예정이 있나요?"

"말했잖아. 시노부를 그림자로 되돌리고, 하치쿠지를 신으로 모시는 수속을 지켜보고…. 그 밖에도 해야 할 뒤처리가 한가득 있으니까 가엔 씨하고 디스커션을 해야만 해."

"그런가요. 한가하시다면 같이 식사라도 할까 했었는데요. 그러면 다망하신 것 같으니 연회도 한창인 때는 아닙니다만, 아라라기 선배에게 마무리를 부탁드리기로 할까요."

"…응, 그렇게 하도록 할게."

괜히 희롱하는 듯한 짓은 하고 싶지 않다.

그래서는 오히려 잔혹하다.

일격에… 한마디로 그녀를 끝내 줘야 할 것이다.

그녀의 편이 되어 주는 것도, 구해 주는 것도 할 수 없었던 그녀를 위해서, 내가 할 수 있는 일이 있다면 그 정도다.

"아아, 맞다. 아라라기 선배. 제 쪽에서 한 가지만요. 대학 입시 건 말인데요…. 아라라기 선배가 보기에는 이건 붙겠다고 생각하고 계신지도 모르겠는데, 당신의 특기 과목인 수학. 해답란, 중간부터 한 문제씩 밀려 썼어요."

"뭐?!"

"여러 가지 일들이 있어서 당황하셨던 거겠죠. 아쉽게 되었네요. 특기 과목인 수학에서 그런 사고가 있어서는, 합격은 절망적이겠죠. 내년 1년간 또 열심히 노력해 주세요."

심술궂게 말하는 오기.

한 방 먹은 기분이었지만, 동시에 문면 그대로 격려의 말인 것처럼 생각되기도 했다.

　내년.

　나에게는, 그것이 있다.

　"오기. 너의 정체는…."

　그리고 나는 말했다.

　오시노 오기와 만난 뒤로 일어났던 모든 일을, 하나도 남김없이 또렷하게 떠올리면서.

　"너의 정체는, 나야."

011

　"오시노 오기의 정체는 아라라기 코요미야.

　"그렇게 말해도 코요밍으로서는 너무 뜬금없어서 받아들이기 어려울지도 모르니까, 물론 자세히 설명하지. 뭐, 그리 복잡한 이야기는 아니야. 대강 설명해서는 이해가 잘 안 될 것 같지만.

　"복잡하고, 뒤섞여 있어서.

　"풀려면 어느 정도의 수순이 필요해.

　"실제로 오시노 오기의 정체를 폭로하려고 한들, 그 여자 자신이 복잡해서, 뒤섞여 있는 느낌이 있으니까. 뒤엉킨 코드처럼 잡다하고, 잡종이야. 코요밍이 다양한 사람의 영향으로 이루어져 있는 것처럼, 오시노 오기의 정체도, 단순하게 이퀄 아라라기 코요미라고 말하는 것은 조금 난폭하지.

"하지만 가장 알기 쉽게 해석하려 한다면, 이렇게 말하는 것이 손쉬워. 오시노 오기는 아라라기 코요미가 낳은 괴이라고.

"우리 언니, 가엔 토오에가 레이니 데빌이란 괴이를 만들어 냈던 것처럼 말이야. 여기서 말하는 '만들어 냈다'라는 것은 예전에 우리가 대학에서 요츠기를 '만들어 냈다'라는 말과는 의미가 달라.

"오히려 하네카와 츠바사가 블랙 하네카와나 화호火虎를 '만들어 낸' 것 쪽에 가까워. 그렇기에 나는 8월 시점에서 이렇게 되는 것을 조금 걱정하고 있었던 거야. 츠바사를 마음의 스승으로 떠받드는 코요밍이라면 그런 일도 있을지 모른다고 말이야.

"뭐, 전례부터 이야기할까.

"가족의 수치를 드러내는 것 같아서 뭐하지만, 우리 언니의 이야기야.

"설명도 없이 레이니 데빌의 이름을 꺼내 버렸는데, 코요밍이라면 기억하고 있겠지? 언니의 딸이며 나의 조카인, 칸바루 스루가가 소원을 빌었던 괴이…. '원숭이의 손'의 정식 명칭이야.

"하지만 그것은 원래 '원숭이의 손'도 아니거니와 레이니 데빌도 아니었어. 언니는 자신이 낳은 정체불명의 괴이에게 레이니 데빌이라는 '정체'를 부여함으로써 미이라화 시킨 거야.

"원래는 좀 더, 잘 알 수 없는 괴이 현상이었어.

"수수께끼의 사건의 집대성이었어.

"간략하게 말하면, 언니는 자주 물건을 잃어버리는 사람이었어. 정신이 들고 보면 언니 주위에서 다양한 물건이 없어져 있어. 엄격한 소리를 하는 것치고는 덜렁거리는 사람이라고 초등학생이던 내가 생각했을 정도의 빈도로 말이지.

"하지만 어떤 경향을 깨달았어.

"언니가 잃어버리는 물건은 완전히 두서없이 각양각색인 것 같으면서도 딱 한 가지의 경향이 있었어. 없어지는 물건은 전부 오락용품이나 기호품이었다는 점이야.

"게임이나 책이나 과자, 무선호출기. 수수하다고는 할 수 없는 예쁜 옷이나 값나가는 가방. 패셔너블한 구두 같은 것들.

"간단히 말하면 '필요하지 않지만 갖고 싶은 것'일까. 혹은 '해야 할 일에 방해가 되는 것'일지도 몰라.

"엄격한 부모가 자식에게서 압수하고 싶어 할 만한 물건들뿐이었어. 언니도 얼마 안 가서 그것을 깨달았어. 마치 블랙홀에 삼켜지기라도 한 것처럼, 그런 소유품들이 없어져 가는 이유도 동시에 깨달았어.

"없어지고 있는 것이 아니라, 버리고 있는 거라고.

"범인은 언니 자신이었어.

"자신에게 엄격하려고 하는 마음이, 올바르지 않은 것을 용납하지 않는 '어둠'을 만들어 냈어. 정확히 말하면 '어둠' 비슷한 뭔가를 말이야.

"사춘기다운, 여자애다운, '놀고 싶다'라는 마음을, 억압하기 위해 자신이 낳고 자신이 키운 괴이. 초등학생이었던 나는 잘 알 수 없는 이야기라서, 뭐지 그 자작극 같은 얘긴? 하고 생각했지만.

"말하자면 원인불명의 괴이 현상.

"가엔 토오에가 만들어 낸 정체불명의 괴이는 그 사람의 자제심이 형태를 이룬 것이었어. 마무리가 안 좋으니까 일단 그 이후의 이야기도 해 두자면, 그때까지는 역시나 혼란스러워 하고 있었던 것 같지만, 정체를 알아 버리고 나니 언니의 독무대였지. 준엄한 언니는 자신의 자제심이 멋대로 작용하는 것을 허락하지 않고, 자신의 엄격함조차 용서하지 않고, 그 '어둠' 비슷한 것을 퇴치했어.

"제어불능한 억압심을 버렸어.

"서양의 괴이, '레이니 데빌'이라는 형태로 정리하는 것으로 결판을 냈어. 자신의 뒷면을 울보 악마라고 이름 붙임으로써 이야기를 끝나게 만들었어.

"그리고 모두 행복하게 잘 살았답니다.

"좀 투박하게 이야기하긴 했는데, 그 블랙홀은 언니의 친구를 삼키려고 하기도 했고, 당시의 남자친구를 삼키려고 하기도 했으니 언니가 그렇게 해서 매듭짓지 않았더라면 꽤 큰일이 났었겠지. 흥미가 있다면 그런 번외편도 언젠가는 알려 줄 수도 있어.

"그 결과 남은 미이라의 일부를 친딸에게 대대로 내려온 가보처럼 넘긴 부분은, 우리 언니는 정말로 성가신 성격이구나 하고 절절히 생각했지. 그건 됐고.

"언니의 경우에서 '레이니 데빌'이, 코요밍의 경우 오시노 오기라고 생각하면 알기 쉬워.

"말하자면 오시노 오기는.

"아라라기 코요미의 자기비판 정신이야.

"…그렇게 언짢은 얼굴 하지 마, 사실을 말하는 것뿐이니까. 자기부정이라고 말하지 않았던 만큼 배려심을 느껴 줬으면 좋겠네.

"애당초, 그렇게 생각하면 납득이 가는 점도 많잖아? 오시노 오기는 네가 품고 있는 고민이나 사정, 인간관계에 대해서 빠삭하게 알고 있었어. 네가 잊고 있던 일이나 감추고 있던 일, 기억해 내고 싶지도 않은 일도, 알고 있었어.

"아무것도 모른다고 말하면서.

"아라라기 코요미에 대해서라면 뭐든지 알고 있었어.

"당신이 알고 있는 거예요, 아라라기 선배. 의미심장한 그 말의 의미는, 말 그대로 해석해도 좋았던 거지.

"알고서, 그것을 책망하고 있었어. 너의 거짓말이나 얼버무림이나 애매함이나 모호함이나 중용이나 무책임함을. 그걸로 괜찮겠느냐며 계속 질책했어.

"하치쿠지가 신이 된다고 하는 편의적인 결론을, 진짜 '어둠'이라면 넘어가 주겠지만, '어둠' 비슷한 존재인 오시노 오기는 그냥 넘어가지 않는다는 것은 그런 의미야. 하치쿠지를 지옥에서 데리고 돌아와 버린 자신의 방자한 짓을, 그렇게 부자연스럽게 해결해 버리는 안이함을, 받아들 수 없다는 자신의 마음이, 너 자신의 엄격함이 오시노 오기를 움직일 테니까.

"물론 앞서 말한 대로 그 여자는 너의 자기비판 정신만으로 만들어져 있는 것은 아니야. 그렇다면 네가 이야기할 만한 귀여운 후배가 만들어질 리가 없어.

　"말했잖아? 이것저것 섞여 있고.

　"성가신 경위도 있다고.

　"그것에 관해서는 이 가엔 누나에게도 책임의 일부가 없는 것도 아니니까, 여기서만큼은 엄숙하게 이야기하고 싶은 참이야.

　"하지만 뭐, 그렇잖아?

　"하네카와 츠바사나 우리 언니 정도로 일탈했다면 몰라도, 괴이 같은 건 그리 쉽게 일개 고교생이 낳을 수 있는 게 아니니까.

　"센고쿠가 '쿠치나와 씨'를 낳을 수 없었던 것처럼 말이야.

　"실제로 오시노 오기가 태어날 때까지는 몇 사람인가의 등장인물과 불가피했던 사건이, 운명처럼 얽혀 있어. 요소가 하나라도 빠져 있었다면 코요밍의 고교생활 마지막 반년은 조금 더 화려한 것이 되어 있었겠지.

　"하지만 근본적으로는 역시 네가 뿌린 씨앗이기도 해. 씨앗이 뿌려진 것은 작년 8월이야.

　"나하고 코요밍이 함께 싸웠던 사건…의, 전 단계.

　"하치쿠지가 '어둠'에게 습격당한 사건.

　"코요밍이 그것으로 '어둠'을 **알아 버렸던** 것이 제1페이즈. '잘못을 수정하는' 현상을.

　"안 되는 것은 안 된다.

　"잘못되어 있는 것은 잘못되어 있다.

　"그렇게 **심판해 주는** 존재를 알아 버렸어.

　"당연한 것이지만, 사랑스런 하치쿠지를 삼키려고 했던 그런 현상은 너로서는 용서하기 힘들었겠지만, 동시에 키스샷 아세로라오리온 하트언더블레이드의 무해화에서 시작하는 자신의 기만을 벌해 줄 가능성을 가진 '어둠'은 자벌적 경향이 강한 코요밍에게는 마음을 잡아끄는 대상이기도 했어.

"또, 이런 사고방식도 있지.

"하치쿠지 마요이가 용서받지 못하는데, 이런 내가 용서받을 리가 없다.

"하치쿠지와 마찬가지로 벌을 받고 싶다.

"그것이 안 되는데 이것이 될 리가 없다, 하나가 안 되면 열까지 안 된다. 눈앞의 전부를 지키려고 하는 코요밍이기에, 한 가지 일이 잘되지 않으면 전부 부정하고 싶어지는, 그런 마음.

"그런 마음이 **심어졌어**.

"뭐, 이 부근은 마음의 문제야.

"아무리 내심 그런 것을 생각했다고 해서, 모두가 괴이를 낳는 것은 아니야. 다만 코요밍을 일개 고교생이라 단언하는 것은 조금 어폐가 있지. 너는 영락한 전설의 흡혈귀를 그림자 속에 키우는, 인간 비슷한 존재이니까.

"자, 제2페이즈는 당연히 직후에 있었던, 그 전설의 흡혈귀의 첫 번째 권속, 초대 괴이살해자와의 대결이야. 이 부근이 내가 책임을 져야 할 곳인데, …스루가.

"여기서 내 조카가 엮여.

"첫 번째로 조우했을 때에 스루가가 '레이니 데빌'의 왼팔을 초대 권속인 그 남자에게 **에너지드레인**당해 버렸잖아?

"그때 '원숭이의 팔'의 **효력을 흡수당했던** 거야. 원래 초대 권속인 그에게는 이 마을의 괴이의 종합체 같은 구석이 있어서 상성도 좋았던 거겠지만.

"하지만 여기서 '레이니 데빌'이 아니라 우리 언니가 만든 '정체불명'의 원액이 초대 권속인 그 남자에게 섞여 들어가 버렸던 것이 어떤 결말을 불렀는가…. 아니, 관계없는 이야기를 하고 있는 건 아니야.

"초대 권속인 그를 라이벌시하는 네 마음도 모르는 건 아니지만, 그러나 하트언더블레이드, 오시노 시노부를 통해서 그 남자와 너는 연결되어 있으니까.

"그런데 시노부가 초대 권속인 그 남자를 '먹어' 버렸지. 먹이사슬로 우리 언니의 유산의 일부가 시노부를 통해서 네 안에 흘러 들어가 버렸어.

"전례.

"라고 말했지?

"그뿐만 아니라 내가 전문가의 관리자라면, 초대 권속인 그 남자는 괴이 현상의 관리밸브 같은 구석이 있었어. 이 마을에서는 말이지. 그 결과 이 마을에서 일어난 괴이 현상 및 그것을 둘러싼 에피소드를 갖춘 '정체불명'이 태어나기에 이르렀어.

"그 성질상, 유래상, 네가 말하는 오시노 오기는 전투 타입은 아니겠지만, 그래도 하트언더블레이드가 지닌 물질구현화 스킬 정도라면 능숙하게 구사할 거야.

"대개의 괴이 현상을 일으킬 수 있는 괴물의 하이브리드야.

꼼짝 못 하고 당했다고 해도 딱히 부끄러워할 일은 아니야.

"이 마을의 괴이 그 자체라고도 할 수 있던 초대 권속을 거쳐서 태어난 그 여자는, 지식 면에서도 괴물 급이었겠지. 다만 너무 스펙이 빼어났기 때문에, 그 여자 자신이 그것을 능숙하게 구사할 때까지는 상응하는 시간이 걸린 것 같지만.

"그런데 오기라는 이름이 칸바루 스루가의 팬이라는 프로필에서 붙었다는 성의 없는 이름이라는 이야기는 이미 하치쿠지가 했겠지만, 오시노라는 성씨에 대해서는 설명을 나중으로 미루고 있었지. 지금이 그 설명을 할 때야.

"요컨대 오시노라는 성은 오시노 메메에게서 유래하는 것이 아니라, 오시노 시노부에게서 유래하는 거야. 일심동체임을 돌아보면, 오시노 오기는 코요밍과 오시노 시노부의 공동제작이라고 말해도 좋으니까.

"차라리 아라라기 오기라고 자기소개를 했더라면 알기 쉬웠겠지만, 뭐, 아무리 그래도 그렇게 빤히 보이는 소리는 못 하려나. 오시노 메메의 성씨를 댄다는 아이디어 쪽은 내가 어리석게도 8월에 녀석의 여동생을 자칭해 버렸던 것이 나쁜 선례가 되었겠지.

"미안해.

"라고 사과해 두기로 할까.

"사소한 부분이지만, 어째서 칸바루 스루가의 팬, 그 애의 후배로서 코요밍에게 소개하게 되는 등장 방법을 선택했느냐면, 근본을 따지면 그 애의 왼팔에 있었던 원소였기 때문이야.

"그것이 필연이었던 거겠지.

"물론 스루가는 아무것도 몰랐어.

"알 방법도 없었어. 그 애는 어머니에 대해서도 거의 몰랐으니까. 모르는 편이 나았겠지. 언니도 그것을 바라고 있었어.

"그랬기에 나는 그때 가명을 대고, 메메의 여동생을 자칭했던 건데, 결코 장난삼아 한 것은 아니었다니까? 그것이 제대로 역효과를 냈다는 건 얘기한 대로야.

"뭐, 끝난 일을 가지고 이제 와서 이러쿵저러쿵해 봤자 소용없다… 라며 태도를 바꿔 보는 것도 재미있을 것 같네. 하지만 코요밍. 여기까지라면 그리 특별한 일이 아니야.

"물질구현화 스킬을 이때까지 신나게 선보여 왔던 시노부 씨가, 괴이를 창조하든 여고생을 창조하든, 그건 그것대로 '있을 수 있는' 이야기야.

"먼저 예로 들었던 하네카와 츠바사의 블랙 하네카와나 화호에 비해, 우리 언니가 만든 괴이가 원점으로 있는 만큼 이론으로서는 알기 쉽고. 또한 그 자체 '레이니 데빌'의 왼팔로 자신의 무의식을 현현화한 칸바루 스루가나, 괴이까지는 가지 않았다고 해도 '쿠치나와 씨'라는 망상을 자기 내부에 낳았던 센고쿠 나데코도 있어.

"꼭 코요밍이 특별, 별난 짓을 했던 것은 아니야. 그렇지만 그런 그 애들에 비해서 코요밍이 특이했던 것은, 우리 언니와 마찬가지로 특이했던 것은 만들어 낸 괴이가 **자기 자신을 공격하는 괴이**였다는 점이야.

"자기중심적이 아니라.

"자기비판적이었어. 시각을 조금만 바꾸면, 자가중독이라고도 할 수 있을 정도로.

"오이쿠라 소다치에 관한 일로.

"하치쿠지 마요이에 관한 일로.

"센고쿠 나데코에 관한 일로.

"센조가하라 히타기에 관한 일로.

"오시노 시노부에 관한 일로.

"오노노키 요츠기에 관한 일로.

"블랙 아닌 다크로서, 오시노 오기는 너를 집요하게 나무랐어. 너를 궁지로 계속 몰아넣었어. 그래도 괜찮은가, 그것으로 자신을 용서할 수 있는가, 정말로 해결했는가, 얼버무림이 아닌가, 평생 그런 식으로 살아갈 생각인가…. 계속 귓가에서 그렇게 속삭였어.

"모놀로그가 아닌 다이얼로그로서.

"그 여자는 너에게 계속 붙어 있었어.

"…이렇게 말하면 마치 너의 안에 있는 정신이 자신을 다스리려 하고 있다는 식으로 들려서 엄청 멋진 인상을 주지 않는 것도 아니지만. 우리 언니도 그랬다고 생각하는데, 뭐, 이건 쉽게 말하면 결국 자신에게 핑계를 대면서 살고 있는 것과 마찬가지야. 겉모습을 신경 쓰지 않고 타인을 돕고, 늘 타인을 위해서 움직이고, 남을 돕는 것이 삶의 보람 같은 코요밍의, 일종의 한계가 낳은 마음의 뒤틀림이야.

"칭찬받을 일은 아니고.

"까놓고 말해서, 간접적인 자해 같은 거지.

"너는 어쨌든 반성하고 싶고, 책망당하고 싶어. 봄방학부터 지금까지, 마음 속 어딘가에, 몸 속 어딘가에, 꾀를 부리고 있다는 자각이 있었어.

"키스샷 아세로라오리온 하트언더블레이드를 동정심으로 구해 버렸다, 그 보복을 받고 싶었어.

"하네카와 츠바사와 우정을 쌓았다. 하지만 그녀의 마음에 응해 줄 수 없었던 자신에게 그 자격이 있는가, 계속 고민하고 있었어.

"센조가하라 히타기를 오랜 고민에서 구했다. 그 후에 그 애와 사귀게 된 것을 두고 '약점을 파고든' 것이 아닐까 하는 생각을 떨치지 못하고 있어.

"칸바루 스루가를 존경한다. 그렇게 올곧은 삶을 살 수 없는 것이 콤플렉스야.

"센고쿠 나데코를 구했지만 그때 정말로 구하고 싶었던 것은 센고쿠 나데코뿐만은 아니었어.

"오시노 시노부와 어찌어찌 하다 보니 화해해 버렸지만, 그것은 용서받을 일일까? 용서받는다고 하면 초대 권속인 그는 8월에 시노부로부터 '용서'받았지만… 아직 시노부를 용서하지 못하는 자신은 마음이 좁은 것이 아닐까? 그리고 자신도 용서받고 싶다고 생각하고 있는 게 아닐까?

"연인이나 은인보다도 유녀를 선택한 그때의 결단을, 망설이지 않는 체를 했지만 역시 아직 마음에 두고 있는 것이 아닐까?

"애초에 불사신의 힘을 자유롭게 구사한다니, 비겁하지 않은 가? 보복이 있어야 하는 거 아닌가?

"나는.

"인간으로서 최악이 아닌가?

"…하치쿠지의 이야기를 듣기론 코요밍은 지옥에서도 계속 그렇게 푸념하고 있었다며? 자신에 대한 비판정신을 남김없이 발휘한 그런 모습이 오시노 오기이며, 다크 코요밍이라고도 해야할 그 여자이며, 그렇기에 그 여자는 '어둠'처럼 하나하나, 오이쿠라 소다치에 관한 일을 시안으로 삼아, 어떤 의미에서 착실하게 짓밟아 갔어.

"덧붙이자면 오시노 오기는 독립된 정신체이니까, 코요밍만을 상대하고 있지는 않아. 코요밍을 몰아세우기 위한 환경 만들기에도 여념이 없었어.

"오시노 메메와 카게누이 요즈루.

"그리고 아마도 센고쿠 나데코에 관한 일의 정리를 마친 뒤의 카이키 데이슈도 그랬겠지.

"그 사람들을 이 마을에서 **내쫓았어**. 말할 것도 없이, 그들 프로페셔널의 '일'은 자신의 '일'의 방해가 되기 때문이야.

"아니, 이건 그렇게 어려운 일이 아니야. 지금 내가 이 공원에 대해서 하고 있는 것과 같은 일이야. 결계를 치면 돼.

"그러고서 그 사람들이 **길을 잃게 만들어** 버리면, 이쪽에서의 안내도 불가능해. 길을 잃게 하는 괴이 현상은 초대 권속인 그 남자가 일으켰었지? 그렇다면 출신이 가까운 오시노 오기에게 불가능할 리가 없어.

"그러니까 안심해, 코요밍.

"메메와 요즈루는 아마도 무사해.

"카이키에 대해서는 보증할 수 없고, 또한 세세한 수속이 어 땠는지는 확실치 않지만…. 너는 그 사람들을 걱정하고 있는 것 같지만, 그 사람들이 지금 이곳에 없는 것은 너 자신이 전문가 의 도움을 거절한 결계였다는 이야기일 뿐이야.

"지금은 어디에 있는지 소재가 묘연해서 알 수 없지만, 만약 오시노 오기를 퇴치하면 별다른 수고 없이 발견할 수 있을 거 야.

"응? 아아. 내가 이렇게 여기에 있을 수 있는 것은 전문가로서 의 격이 높기 때문에…는 물론 아니고.

"괴이에 대한 궁극의 룰 위반.

"요도 '코코로와타리'로 결계를 베어 버리고 들어왔기 때문이 지. 이거밖에 없잖아. '어둠' 비슷한 것이 태어난 경우, 그것을 베어 버리기 위해서 필요하다고 생각해서 만든 칼이었는데, 뜻 밖의 형태로 도움이 되었던 거야.

"그렇다기보다, 요도 만들기가 제때 이루어져서 이 타이밍에 내가 등장할 수 있었다는 얘기지만. 아슬아슬했어.

"예상대로? 아냐, 아냐.

"가령 코요밍이 '어둠' 비슷한 것을 낳았다고 해도, 조금 더 소 규모의 존재였을 거라고 생각하고 있었어. 그런 의미에서는 나는 아라라기 코요미를 얕보고 있었어.

"이 정도의 사태가 될 것을 알았더라면 좀 더 이른 단계에서 좀 더 다른 수를 썼을 거야.

"그래서 당하기만 하고 있었던 거야.

"수많은 전문가들이 코요밍, 너라는 아마추어를 상대로 말이지. 자랑하고 싶다면 해도 돼.

"다만, 오시노 오기의 퇴치를 마친 뒤에 말이야.

"너의 자기비판 정신은 상황에 따라서는 칭찬받아야 마땅한 것이고, 혹은 만인에게 장려받아 마땅한 것인지도 모르지만, 신이 없는 마을에서 그런 불안정한 일을 저지르면 정말 환장할 노릇이라고.

"어제도 말했지만, 입시를 마친 코요밍의 이후 움직임은 전혀 예측할 수 없어. 요컨대 오시노 오기의 이후 움직임도 예측할 수 없게 돼.

"그래서 덫을 쳤어.

"그 여자를 퇴치하기 위한 책략을 쓸 거야. 울타리를 칠 거야.

"오시노 오기의 움직임을 먼저 읽어 내고, 매복할 거야. 그 부분은 이미 설명한 대로야. 그 여자가 움직인다면, 오늘이야.

"오늘 밤이야.

"코요밍의 예상 밖의 움직임을 피하고 싶은 것은, 오시노 오기 쪽도 같은 마음일 테고. 합격 발표가 날 때까지, 혹은 졸업식까지의 기간이라는 것이 그 여자가 일을 마치기 위한 타임 리미트라고 봐야겠지.

"이해하지?

"만약 오시노 오기가 아라라기 코요미의, 자기비판 정신이라고 한다면, 세간에 대한 죄책감의 표층화라고 한다면 그 여자에게는 아직 못 다한 일이 있어.

"완수하지 못한 일이 있어.

"그래, 아라라기 츠키히, 너의 여동생.

"여동생이자, 여동생이 아닌.

"불사신의 괴이. 시데노도리.

"카게누이 요즈루와 오노노키 요츠기의 타깃이 되었지만, 네가 체면 불고하고 이론도 내던지고 감싼 것 때문에 지금도 여전히 살아남아 있는, 인간을 의태한 채로 계속 살아남아 있는 그 애를, 정말로 이대로 놔둬도 괜찮을까 하는 마음이, 아라라기 코요미, 네 안에 없을 리가 없어.

"여동생을 감싼 너의 마음에 망설임은 없더라도.

"그것을 망설이지 않은 자신을 나무라지 않을 수 있을 정도로, 또렷한 사상이 네 안에 있는 것도 아니니까.

"그렇기에 여기서 나는 네 여동생을 미끼로 쓸 거야.

"네 여동생에게 위해를 가하려고 하는 오시노 오기의 범행현장을 덮쳐서, 그 자리에서 정체를 폭로한다는 수순이야. 오시노 오기가 자주 인용하는 추리소설로 말하자면, 증거가 없으니까 현행범 체포를 노린다는 거지.

"응.

"맞아, 증거는 없어. 지금 말한 것은 모두 추측에 지나지 않

아. 그렇게 생각하면 여러 가지로 불가사의하게, 앞뒤가 맞는다는 것뿐이야. 그러니까 만일 코요밍이 여기서 '아뇨, 그럴 리가 없어요. 그 애가 나라니, 믿을 수 없어요'라고 반론하면 나는 너를 설득할 수 없어.

"하지만 알고 있겠지?

"알고 있지?

"네가 누구보다 잘 알고 있어.

"오시노 오기의 정체를. 그렇기에 그 여자의 정체를 폭로하는 것은 네가 아니면 안 돼.

"나로는 안 되는 거야.

"…만일 시노부를 신으로 앉히려고 하는 당초의 계획을 억지로 실행했더라면, 코요밍의 협력은 얻을 수 없었겠지만, 코요밍이 지옥에서 하치쿠지를 데려와 준 것으로 나는 안심하고 일의 마무리를 너에게 맡길 수 있어.

"안심하고.

"아니, 정말로 안심하고서 말이야.

"자기비판을, 자기부정을, 괴이로 낳을 정도로 자신에게 엄격한 아라라기 코요미가, 몹시 싫어하는 아라라기 코요미 자신을, 퇴치할 수 없을 리가 없어.

"자신과의 싸움에서 승리하라고.

"간단한 일이잖아?

"이제까지.

"키스샷 아세로라오리온 하트언더블레이드를 위해서, 하네카와 츠바사를 위해서, 센조가하라 히타기를 위해서, 하치쿠지 마요이를 위해서, 칸바루 스루가를 위해서, 센고쿠 나데코를 위해서, 아라라기 카렌을 위해서, 아라라기 츠키히를 위해서, 원점으로 돌아가면 오이쿠라 소다치를 위해서, 몇 번이고 몇 번이고 사선을 넘어왔던 너야.

"자신을 희생하고.

"자신을 죽여 온 너야.

"계속 죽여 왔던 너야. 그러다가 지옥에까지 떨어진 너야.

"옆에서 보기에는 머리가 이상하다고 생각할 정도로, 타인 본위로 이타적인 아라라기 코요미야. 그런 아라라기 코요미에게 아라라기 코요미 자신인 오시노 오기를 퇴치하는 일은 어린애 손목 비틀기보다도 간단해. 자기 손을 비트는 정도로 간단한 일이야.

"타인을 구하기 위해서 자신의 목숨을, 쓰레기처럼 너무나도 간단히 던져 왔던 너는, 생각하는 것과 동시에 내던져 왔던 너는, 이번에도 마찬가지로 아무것도 생각하지 않고 자신을 죽이면 돼.

"자해하고, 자살하면 돼.

"타인을 위해서 자신을 죽인다.

"네가 매일 해 왔던 일이야.

"어려운 건 아무것도 없어.

"자신을 죽인다는 최대이자, 그러나 평소대로의 자기희생 정신을 보여 주면 돼. 네가 이제부터 맞서는 것은, 여자 고등학생

도 아니고 후배도 아닌, 하물며 은인의 조카도 아닌, 다른 누구
도 아닌 너 자신이야.

"네가 가장 미워하는, 아라라기 코요미야.

"그러니까 끝내도록 해.

"네 손으로, 네가 끝내도록 해.

"그것이 너의… 청춘의 끝이야."

012

"너의 정체는, 나야."

너는, 나야.

오시노 오기는… 아라라기 코요미다.

그렇게 말한 순간.

그렇게 갈파한 순간에, '그것'은 나타났다.

낯익은 '그것'. 하지만 사실, 보이고 있다고는 말하기 어렵다.
그곳에 있는 것은 단순한 암흑이며, 모든 것을 삼키는 구멍이
며, 그저 시커멓고, 그리고 암흑이며… 암흑일 뿐이었다.

어둠.

'아무것도 없는 것'이 그곳에 있었다.

허무이며, 절무絶無이며.

그러나 공백이라고는 말할 수 없을 정도로 새까만.

세상에 잘못 적힌 것을, 그 위에 덕지덕지 칠해 버릴 것 같

은… 시커먼 흑색.

검고 검고 검고 검고 검고 검고 검고 검고 검고 검고 검고 검고 검고 검고 검고 검고 검고 검고 검고 검은.

이異한 것을 삼키는… 흑黑.

"아아, 상당히 빨랐네요. 벌써 주인공의 등장인가요. 했던 거짓말의, 저지른 죄의 크기 때문일까요?"

예전의 도주극을 떠올리고, 그 플래시백에 말을 잃는 나와는 대조적으로, 오기는 쿨했다. 엷은 웃음까지 띠고 있다.

물론 알고 있던 일이다.

들었던 일이다.

내가 오시노 오기의 정체를 폭로하면, 바꿔 말하자면, 내가 나의 기만을 폭로하면 그곳에 '어둠'이 나타나고, 그녀를 삼키게 되리란 것은 가엔 씨의 계획대로다.

그래서 마음의 준비는 되어 있었을 것이다. 그렇지만 이렇게 다시 마주한 '어둠'은 놀라 자빠지기에 충분할 정도로 갑작스럽게 우리들 앞에 나타났던 것이었다.

"이런 것을 연기하려고 했었다니, 스스로도 정신이 나갔다고밖에 생각되지 않네요. 진짜보다도 엄격한 기준으로 움직이고 있다고 생각했는데…. 전혀 아니었네요. 전혀 비슷하지도 않았어요. 세상의 법칙보다도 엄격하려고 하다니, 우주의 법칙이라고 자칭해 봤자 완전히 무리였던 걸까요?"

암흑물질이고 싶었던 참인데 말이죠, 라고.

교실 안에, 원근감을 고장 낼 듯한 압박감을 지니고 나타난

'어둠'에서 눈을 뗄 수 없는, 한계에 이른 나였지만, 오기 쪽은 간단히 눈을 돌리고 나를 보며 말을 걸어온다.

그 여유는, 넌지시.

이때에 와서 나의 약함을 비판하고 있는 것 같기도 했다.

"걱정 마세요, 아라라기 선배. 저는 도망치지도 숨지도 않아요. 어쨌든 저는 추리소설의 애독자이니까요. 깔끔하지 못한 태도의 진범 정도로 꼴사납고 추한 건 없다고 생각해요. 덧붙여 말하자면 추리소설의 라스트는 범인의 자살에 의해 끝나야만 한다고 생각하는, 고풍스러운 독자예요."

"……."

"응, 그렇다고 해서 여유작작한 건 아니라고요? 진상이 까발려져도 여유가 있는 범인이란, 그건 그것대로 흥이 깨진다고 할까, 확실히 말하면 화가 나니까요. 이제부터 소멸하게 되면 저도 내심 부들부들 떨려요. 물질과 반물질의 충돌에 의한 쌍소멸이네요. 아라라기 선배 앞에서 한껏 허세를 부리며 폼을 잡고 있을 뿐이에요. 아니, 참. 어떤 느낌일까요, 소멸이란? 지옥에 떨어지는 것보다는 어느 정도 나을까요?"

핫하, 하고 웃는 오기.

일어서 있는 나에 비해, 그녀는 의자에서 일어나려고도 하지 않는다.

"자살…."

나는 그야말로 떨리는 목소리로 오기에게 묻는다.

"하지만 너는 이렇게 될 것을 알고 있던 거 아니었어? 네가 나라고 말한다면, 내가 여기서 기다리고 있는 것도, 내가 이미 네 정체를 간파하고 있다는 것도. 그런데도 어째서 여기에 온 거야? 츠키히에 대한 일을 '비판'하기를 멈추고, 도망치는 것도 가능하지 않았어?"

"도망치다니, 어디로 도망치는데요? 소용없다고 생각해도 해야 할 일을 할 뿐이에요. 말했잖아요? 못 다한 일은 있어도 미련이 남은 일은 없어요."

그런 의미에서는 정말 자살이네요.

그렇게 오기는 생글거리며 말했다.

"지는 싸움이라도 싸워야만 할 때는 있어요. 저의 의견과 아라라기 선배의 의견이 일치하는 일은… 뭐, 없겠지만요. 그래도 굳이 유언 같은 말을 하자면, 저는 저 나름대로 아라라기 선배의 인생을 교정했다고 생각하고 있어요. 좋은 느낌으로…. 고작 반년 동안에, 단 반년의 축적을 수정한 것뿐이니까 인생이라고 하면 조금 과장이 심하려나요? 그러면 청춘이라고 바꿔 말할까요. 아라라기 선배의 청춘을, 보다 좋게는 하지 못하더라도, 보다 올바르게는 만든 것이 아닐까요."

"이것이 올바르다고 말한다면… 나는 올바름 따윈 필요 없어. 대체 얼마나 남에게 폐를 끼쳤다고 생각하는 거야."

나무라는 말은 하지 말도록 하자고 마음먹고 있었다. 어쨌든 그녀에게 그런 짓을 시킨 것은 나 자신이니까.

그러나 입을 타고 나온다.

자기비판 정신에 대해, 비판적인 자세를 취하게 된다.

모든 것을 삼키는 '어둠'은 바로 저기에 있는데, 비존재는 저기에 있는데.

오기와 대화를 나눌 여유는 이미 수십 초도 없는데.

"센조가하라에게도 칸바루에게도 센고쿠에게도 하네카와에게도 시노부에게도 오시노에게도 카게누이 씨에게도 오노노키에게도… 카이키에게도, 얼마나 폐를 끼친 줄 알기나 해? 모두에게 빠짐없이, 얼마나 피해를 줬는지 알기나 해?"

"만약 피해를 입었다면 그건 보복이라고 말해야 해요. 제가 뭔가를 한 것도 아니에요. 사실은 당신도 알고 있잖아요? 민폐도 피해도 불행도 그리 간단하게 또렷하게 구분할 수 없다고. 어려운 거라면, 더 또렷하게 구분할 수 없다고."

"…올바름이라면 또렷하게 구분할 수 있는 거야? 뭐가 옳고 뭐가 틀렸는가를, 너라면 또렷하게 구분할 수 있는 거야?"

"무리예요, 그런 건. 그러니까 아라라기 선배와 일치단결해서 일들을 처리해 온 거잖아요. 뭐가 옳은지는 결정할 수 없어도, 어느 쪽이 옳은지는 결정할 수 있잖아요?"

"……."

"오이쿠라 소다치에 관한 일에서는 제가 틀렸어요. 센고쿠 나데코에 관한 일에서는 제가 옳았죠. 테오리 타다츠루에 관한 일에서는 비겼네요. 테오리 타다츠루와 가엔 이즈코가 이어져 있다고는 생각하고 있었지만, 개개인의 승부로서는 이겼다고 생각하지만요. 오노노키 요츠기와 당신 사이에는 노리고 있던 정도의 고랑은 파이지 않았고요."

승부.

그런 단어를 오기는 사용했다.

그렇구나…. 이 아이와 나의 대결은, 만났을 때부터 이미 시작되어 있었다는 건가. 지금 거론된 세 번의 싸움뿐만이 아니라, 분명 대화 하나하나가 결투 같은 것이었겠지.

뭐가 옳은지가 아니라.

어느쪽이 옳은가를 시험하는 결투.

그것이 그녀의 '올바름'…. 확실히 그것은 잘못을 바로잡는 올바름보다는, 올바름에 가까운 것인지도 모른다. 그러나.

"토털 전적은 어떤 느낌이었어? 결국 오기, 나하고 너 중 어느 쪽이 옳았어?"

"이렇게 제가 소멸하니까 아라라기 선배, 당신 쪽이 옳았다는 이야기겠죠. 축하드려요, 아라라기 선배."

여기서 간신히.

오기는 의자에서 일어섰다.

"이제까지 당신이 해 왔던 일은, 잘못된 게 아니었어요."

옳았어요.

그러나 그런 말을 들어도 아무런 위안도 되지 않았다.

오히려 상처에 소금이 잔뜩 뿌려진 듯한 기분이었다.

행복해질 수 없는 것으로 용서받으려 하고 있는 것이 아닌가, 라고 나에게 뼈아픈 지적을 했던 사람은 오노노키였다. 이렇게나 불쌍하니까 비난하지 말라고 주장하고 있는 것이 아니냐고, 만약 나의 그런 자세가 낳은 것이 이 정도로 맹위를 떨친 오기였다고 한다면, 이것은 크게 잘못된 것이다.

그러나 맹위를 떨쳤다는 표현은 좋지 않다. 올바르지 않은지도 모른다. 그녀는 그녀대로 이 마을을 평화롭게 만들려 하고 있었다.

키타시라헤비 신사에 신을 앉히려 하고 있었다는 의미에서는 가엔 씨와 아무런 차이도 없다. 눈앞의 일밖에 보이지 않는 나를 질책하는 것처럼, 오기의 시점은 넓었다.

나의 잘못을 계속 바로잡아 주었다고 한다면, 오히려 오기에게 나는 감사 인사를 해야만 했다. 하지만 그럴 수는 없다.

설령 이것으로 이별이라도.

영원히 작별이라도.

내가 그녀에게 감사하는 일은 있어서는 안 된다. 아라라기 코요미와 오시노 오기는 대립하고, 서로 비판하는 것으로밖에 존재할 수 없으니까.

상대의 존재를 부정하는 것으로밖에 자신의 존재를 긍정할 수 없으니까.

그 존재도.

이미 소멸한다.

사라져 없어진다. 속죄.

'어둠' 비슷한 존재는, '어둠'에 삼켜진다.

"청춘의 끝, 이네요. 혹은 이야기의 끝, 인가요. 뭐, 이런 건 별일 아니에요. 인생의 끝인 것도 아니고, 세상의 끝에도 한참 부족해요. 당신의 수많은 이야기 중 하나가 끝날 뿐이에요. 최종회도 뭣도 아니에요. 이렇게 **당신이 졸업하기 전에 소멸할 수 있어서 다행이에요.**"

마지막에 조금 잘 알 수 없는 소리를 하고, 오기는 꾸벅 고개를 숙였다.

"수고하셨습니다. 잘 있어요, 아라라기 선배."

"잘 가, 오기."

그리고 오시노 오기는.

칸바루 스루가의 후배로서 등장하고, 나의 2학기 이후를 마구 뒤흔들어 놓고, 마을 여기저기서 암약하고, 행간지배行間紙背에 파고들어서 묻혀 있던 복선을 파내고, 끝난 일을 다시 문제 삼고, 자각과 보상, 자벌과 침묵을 요구하고, 대립을 두려워하지 않고, 적대를 겁내지 않고, 적당적당히 끝내려 하는 모든 것을 비웃는 것처럼 아무것도 허락하지 않고, 아무도 허락하지 않았던 오시노 오기는.

마치 그림자처럼 내가 있는 곳 어디에라도 나타난 오시노 오기는, 어디에도 있었고.

언제라도 만났던 오시노 오기는, 정체를 폭로당한 것으로, 자신을 위장한 죄로, 이제까지 그녀가 단죄해 왔던 수많은 기만과 마찬가지로, 그러나 원래부터 아무것도 없었던 것처럼 아무것도 없는 것이나 마찬가지인 진짜 '어둠'에 삼켜져서, 그림자도 형체도 남기지 않고, 소멸한다.

그녀의 올바름과 나의 잘못됨이.

나의 잘못됨과 그녀의 올바름이… 쌍소멸한다.

사라져 없어진다… 없어진다.

그녀가 해 왔던 모든 것이, 지금 끝나는 것이다.

그러니까 다시 한 번 말하자. 입이 찢어져도 감사의 말을 할 수 없는 나는, 하다못해 다시 한 번, 작별의 말을 하고, 나 자신을 떠나 보내자.

잘 가, 오시노 오기.

잘 가, 나의 청춘….

"…하지만, 역시 무리야!"

나는 뛰었다.

꼼짝도 할 수 없었던 인간의 몸을 반응시켜서, 인간의 각력으로 의자에서 일어나, 인간처럼 체중을 이동시켜서, 인간처럼 달리고, 즉 인간처럼 있는 그대로.

오시노 오기에게 뛰어들어서, 밀어 쓰러뜨렸다.

그녀의 위치 몇 센티미터 거리까지 육박해 있던 '어둠'을 스치듯이 여자 고등학생을 폐허의 갈라진 바닥으로 깔아 눌렀다. 움직이고 있는지 움직이지 않는지 알 수 없는 '어둠'은 내 머리 위를 통과한다.

나는.

오시노 오기를 구했다.

"아… 아라라기 선배?! 무, 무슨 짓을…."

처음으로.

이때 처음으로, 오기는 당황한 목소리를 냈다. 아니, 정말로 동요한 오기를 보는 것은, 돌아봐도 이번이 처음일지도 모른다.

"무슨 생각인가요, 당신은…!"

아니.

화를 내고 있는지도 모른다.

다만 그런 화, 그런 비난에 대해서 나는 반응할 수가 없다. 자신의 마음을 제대로 말로 할 수가 없기 때문이 아니다.

고통에 목소리가 나오지 않았기 때문이다.

"…………으윽."

조금 전에 '어둠'을 피한 것처럼 말하긴 했지만, 실제로는 피하지 못했다. 오른팔이 스쳤다.

스친 것만으로, 완전히 날아가 버렸다. 내 팔뚝부터 끝까지가, 처음부터 그곳에 없었던 것처럼 소멸해 있었다.

피가 멈추지 않는다.

물론 재생도 하지 않는다.

지금의 나는 인간 그 자체이니까.

아픔의 정도로 말하자면 흡혈귀성을 남기고 있던 시절과 그리다르지 않고, 내성이라는 의미에서는 익숙해진 아픔이기도 할테지만, 상실감이 전혀 달랐다.

신체의 일부가 뜯겨 나간 듯한 기분이었다. 말 그대로의 비유이지만.

"불사신도 아니면서, 남을 구하려고 하다니…."

오기의 분노는 머물 곳을 찾지 못했다.

깔려 있는 채로, 검은 눈동자로 나를 노려보고 있다.

"겨… 결국 당신은 그런 건가요. 타인을 위해서 간단히 목숨을 던져 버리는 건가요. 당신을 비판할 뿐이었던, 당신을 나무라기만 했던, 나 같은 녀석까지 구해 버리는 건가요. 여기서 죽어서 어쩔 건가요. 죽어서 뭐가 되는 건가요. 여기서 저를 구하는 것에 무슨 의미가 있나요. 역시 당신은 잘못되었어. 당신은, 사람으로서 잘못되었어. 당신은 사람으로서 최악이야….”

“타인을….”

출혈로 몽롱해지기 시작한 의식을 그 엄한 질타에 의해 어떻게든 유지하면서, 나는 오기에게 띄엄띄엄 말했다.

“구한 게 아니야. 나는 지금, **나를 구한 거야.**”

가엔 씨의 잘못된 판단이었다.

모든 것을 아는 그녀가, 말 그대로 틀렸던 것이다.

자신에게 엄하고, 타인에게 엄하다?

그런 녀석은 내가 아니다.

자기희생적이고 자기비판적이고 자벌적이고.

자기 이외의 누군가를 위해서 계속 목숨을 던졌던 내가, 지금 처음으로 자기중심적으로.

자기본위로.

자신을 구했다.

누구의 형편도 고려하지 않고, 제멋대로, 체면 불고하고, 욕망대로, 본능대로… 자신을 구한 것이다.

도금이 벗겨진 것이다.

생각하면 말도 안 되는 자작극이다.

하지만 그것뿐인 일이었다.

나는 그런 훌륭한 녀석이 아니다, 대단한 녀석이 아니다.

하지만 그렇게 약해 빠진 나였기에.

내가 구하지 않으면, 내가 죽어 버리지 않는가.

"히타기…가."

잠꼬대를 하듯, 나는 말했다.

"하네카와가…, 시노부가…, 오노노키가…, 모두가, 구해 줬어…. 모두가 구해 준 나를, 내가 구할 수 없다니… 그런 건, 있어서는 안 될 일이잖아…."

"……."

오기가 입을 다물고.

수다스런 그녀가 입을 다물고 내 상처자국을 살짝 건드렸다. 그것으로 지혈이 끝났다. 시시루이 세이시로로부터 물려받은, 혹은 가엔 토오에로부터 물려받은, 어떤 괴이의 힘을 사용했는지는 알 수 없지만, 어쨌든 출혈은 멈췄다.

그것도 역시 의미 없는 일인지도 모른다.

내가 그녀를 덮어 누르고 있는 것과 같은 정도로는, 아무리 첫 공격을 피했더라도 이제 몸을 꼼짝할 수 없는 나는 이대로 오기와 함께 '어둠'에게 삼켜질 수밖에 없으니까.

몸의 어디에도 힘이 들어가지 않는다.

지금부터 생각을 바꿔 강하고 엄한 마음에 눈을 떠서, 오기를 버리고 도망치려고 한들, 이미 늦었을 것이다. 늦어서 다행이다.

뒤집어 생각하면 나를 위해 열심히 일해 주었던 그녀와 함께 삼켜져 주는 정도는 할 수 있다는 이야기니까.

"이거 참. 혼자 자살할 생각이었는데 동반자살이 되어 버렸네요. 아라라기 선배. 말해 두겠는데요, 저는 유녀가 아니라고요?"

"상관없어…. 그래도… 생후 반년의… 갓 태어난 아기… 같은 거잖아."

내가 오기를 퇴치하는 것은 어린애 손을 비트는 것보다 간단하다고 가엔 씨는 말했다.

하지만 어린애는 손을 비트는 것이 아니라.

이렇게 지켜야 하는 존재일 것이다.

"이제까지 내가 해 왔던 일이 잘못되지 않았다고 말한다면, 지금 이러고 있는 것도 분명 잘못이 아닐 거야."

나는 말했다.

"나는, 잘못되지 않았어."

그렇다.

네가 잘못되지 않은 것처럼.

지혈이 좋았는지, 기적적으로 또렷한 발음으로 그렇게 말한 것을 듣고 오기는 그 표정에 미소를 되찾았다.

아니.

그것도 역시, 처음으로.

그녀가 이제까지 한 번도 지은 적 없는 종류의… 멋쩍은 듯한, 어딘지 부끄러워하는 듯한 미소였다.

"정말이지… 어리석네요."

"그렇지도 않아."

그렇게.

그때, 믿기지 않는 목소리가 들렸다.

내 목소리도 오기의 목소리도 아닌, 제삼자의 목소리다. 그 방향, 즉 오기가 교실 안에 들어왔을 때에 열린 문 방향을 보니, 그곳에 있는 것 역시 믿기지 않는 녀석이었다.

처음에는 츠키히가 돌아왔나 하고 생각했지만, 그러나 그곳에 있는 것은 겉보기에는 귀여운 여자 중학생인 여동생과는 비슷하지 않은… 알로하 복장.

알로하 옷을 입은, 중년 아저씨였다.

"우습게 못 보겠는걸. 간신히 자신을 위해 싸웠구나. 나는 너를 존경해, 아라라기 군."

불이 붙지 않은 담배를 문 채로, 경묘하게 그는.

오시노 메메는, 그렇게 말했다.

"……!"

환각인가 하고 생각했다. 여기에 있을 리가 없는 남자의 환상을, 죽을 때에 보고 있는 건가 하고 생각했다. 하지만 내 몸 아래에서 오기도 역시 깜짝 놀란 듯이 그쪽 방향을 향하고 있으니 이것은 결코 편의적인 망상 따위가 아니다.

아니.

나와 오기가 동일인물이라고 한다면, 극한상태에서 동일한 환각을 보고 있다고 할 수도 있을 것이다. 사막에서 오아시스를 갈망하는 느낌으로 입맛에 맞는 신기루를 보는 경우도 있을 것이다.

하지만 저 불량중년의 뒤에서 비틀비틀하며, 마치 갓 태어난 사슴처럼, 혹은 죽어 가는 사슴처럼 다리를 떨면서 나타난 제2의 인물을 보고, 이것은 편의적인 망상도 입맛에 맞는 신기루도 아니라 단순히 순당한 노력의 결과라는 것을 알았다.

노력의 결과.

지금이라도 쓰러질 것처럼 안색도 나쁘고, 이 거리에서도 알 수 있을 정도로 눈 아래에 기미가 짙게 끼고, 두껍게 입은 옷도 갈기갈기 찢어지고, 어쨌든 여기고 저기고 힘없이 너덜너덜하게 소모되어 있는, 얼룩무늬 머리카락의 여자, 하네카와 츠바사의 상식을 벗어난 노력의.

"역시나 열흘 연속 밤샘은 힘드네…."

그렇게 말하고, 그러나 하네카와는 내 아래에 깔려 있는 오기를 보고 최후의 힘을 짜내 억지로 우쭐한 미소를 짓고, 도발적으로 손가락을 내찌르는 몸짓을 하고.

"나의 승리야."

그렇게 말하고 푹 쓰러졌다.

죽은 게 아닐까 싶을 정도의 강렬한 졸도였지만, 아무래도 잠든 것뿐인 듯하다.

"거짓말 같아…. 하네카와 선배, 정말로 데리고 왔구나…. 남극대륙에서."

어떤 교통수단을 쓴 거야.

들릴락 말락 한 가느다란 목소리로, 가만히 오기는 중얼거렸다. 으응? 남극대륙?

남극대륙.

예외적인 괴이, 전성기의 키스샷 아세로라오리온 하트언더블레이드조차 존재할 수 없었던, 피난하지 않을 수 없었던 극한의 토지. **괴이가 절대 존재하지 않는 장소.**

요컨대 전문가라면 절대 가지 않을 장소.

어프로치 방식이 반대…. 그런 이야기인가?

우리는 오시노가 있을 만한 장소만 찾고 있었는데, 그런 게 아니라 오시노가 없을 만한 장소를 찾아야 했던 것이었다는 의미였나? 나무를 숨기려면 숲 속…이 아니라, 나무를 심해에 숨기는 듯한, 그런 정당성. 정당성은 있지만, 그러나 확실히 나무를 찾으려면 숲 속을 찾게 되는 것이 사람의 심리다. 설마 바다를 뒤지려는 생각은 하지 않을 것이다. 하네카와가 아닌 한.

말을 잃으면서 나는 생각한다. 히타기, 라고 한다면 그것은 디스 이즈 어 펜이 아니라.

데페이즈망*이다.

그러면 후보지 두 군데라는 것은 남극대륙과, 그 반대편인 북극이라는 의미였나. 2분의 1의 확률을 멋지게 알아맞히고, 오시노 메메를 찾아내고, 그것도 하루 만에 순조롭게 귀국하다니.

※데페이즈망(dépaysement) : '추방하는 것'이라는 뜻. 초현실주의에서 쓰이는 말로, 일상적인 관계에서 사물을 추방하여 이상한 관계에 두는 것을 뜻함.

"머리가 이상해, 저 사람."

그것은 흰색과 검은색을 뒤섞은 듯한, 얼룩무늬를 가리키는 말은 아닐 것이다. 오시노 오기에게서 하네카와 츠바사를 향한 패배 선언이라고도 할 수 있었다.

생각해 보면 처음부터 오기는 하네카와를 경계하고 있었다. 하네카와의 무시무시함을 누구보다도 잘 알고 있는 사람이 나였으니 당연하지만.

블랙 하네카와에 대한 다크 코요밍이었다고 한다면, 그녀들의 불화도 잘 이해된다.

오기, 라는 이름은 '팬'에서 왔다는 것이 가엔 씨와 하치쿠지의 추측, 억지 같은 추측이었다. 그러나 그것은 억지라기보다는 나중에 갖다 붙인 것으로, 추리소설에서 말하는 미스디렉션이고, 올바르게는 하네카와羽川를 뜻하는 깃 우羽자를 지게 호戸자로 막는 부채 선扇자의 오기扇였던 것이 아닐까 하고, 이제 와서야 나는 깨달았다.

그런 경계심도, 세울 수 있을 만큼 세웠던 대책도, 효과가 있기는 했지만 시간벌이에 불과했고 이렇게 헛되이 돌파당했던 것이다. 하네카와 츠바사.

어디까지나 하네카와 츠바사인 거냐, 너는.

"아라라기 군."

그렇게 바로 옆에 쓰러진 하네카와에게는 눈길도 주지 않고, 오래간만에 만나는 오시노 메메는 히죽거리면서 말하는 것이었다.

이렇게 인적 없는 장소에서, 라고.

"내 귀여운 조카를 난폭하게 깔아 누르다니, 무슨 생각이야. 정말 아라라기 군은 기운이 넘치는구나. 뭔가 좋은 일이라도 있었어? 연인이 있는 몸으로 학교 후배에게 음흉한 짓을 하는 게 아니라고."

이런 때에 무슨 허튼 소리를 하고 있는 거야, 그러고 있을 상황이 아니라는 것 정도는 알 거 아냐, 라고 예전에 이 교실에서 티격태격하고 있었던 것처럼 딴죽을 걸려고 했지만, 그러나.

내가 그러기 전에, 소멸했다.

오기가, 가 아니다. '어둠'.

우리를 지금이라도 삼키려고 하고 있던 자연법칙이, 깨끗하게 사라졌던 것이다. 원래 보이지도 느껴지지도 않았던 존재, 비존재가.

'아무것도 없는 것'이, 없어졌다.

"아…."

조카? 그렇게 말했다. 오기를.

오시노 메메가, 그렇게 말한 것이다.

요컨대 **친척으로서**, 오시노 메메가 오시노 오기를 인지했던 것이다. 그것이 무엇을 의미하는가 하면, 오시노 오기의 **실존**이다.

이곳에 있는 그녀가.

거짓이 아니게 되었다.

그렇기에 '어둠'은 소멸했다.

"……."

말도 없이, 멍하니 있는 오기.

스스로의 정체를 은폐하기 위해 결계를 치고, 귀환을 거절하고 있었을 상대에게 이런 식으로 구원받다니, 정말 모든 것을 훤히 들여다보고 있는 것처럼 행동하던 그녀라도 생각지도 못했던 것이겠지.

하지만 오시노 메메는 그런 녀석이다.

그야말로 원조.

훤히 들여다본 것 같은 남자다.

"덕분에 살았어…, 오시노."

나는 말을 잃고 있는 오기를 대신해서 그렇게 말했다. 오기 대신이라는 것은, 요컨대 나의 기분을 그대로 말했다는 이야기지만.

"딱히 구한 건 아니야. 네가 혼자 알아서 살아난 것뿐이야, 아라라기 군."

잘 했어.

그런 말을 들었을 때.

한계가 와 자신의 무게를 견디지 못하게 되어서 나는 푹 엎어졌다. 그 무게를 전부 받아 내게 되어 버린 오기가 "쿠엑." 하고 신음한다. 그런 리얼하고 귀엽지 않은 신음소리는, 그녀의 실존의, 실체의 증명이었을지도 모른다.

정체가 밝혀진 그녀는 그 순간, 실체가 되었다.

오시노 오기는 오시노 오기가 되었다.

이리하여 나, 아라라기 코요미의 청춘은 끝났다. 자신을 희생하면서까지 누군가를 구하려고 생각하던, 자신을 소중히 하지 않는 것이 타인을 사랑하는 것이라고 믿고 있던, 얄팍하고 약한

도취에 빠진, 자상한 기만의 시대는 끝을 맞이했다.

그러나 나와 오기와의 완전한 호각의, 치열하기 짝이 없는 비참한 싸움은, 이것이 시작이었다.

명백히 자기를 긍정하지 않고.

그렇다고 해서 무턱대고 자기를 부정하지 않고.

생각하기를 그만두지 않는, 행동하기를 두려워하지 않는, 시행착오를 철저하게 반복하는, 진저리 날 정도로 다시 하기를 전혀 주저하지 않는, 자잘한 일까지 신경 쓰며 반성과 후회를 해대는, 그렇지만 그 이상으로 도전과 도박을 계속해서, 잃을 때마다 그 세 배를 되찾는, 행복해지기 위한 끝없는 싸움이, 지금 이곳에서 막을 열었던 것이다.

013

후일담.

다음 날, 3월 15일.

졸업식 날 아침, 평소처럼 두 여동생, 카렌과 츠키히에게 두들겨 맞고 일어나서, 나는 이것으로 마지막이 될 통학로를 걷는다. 아니, 자전거를 타고 달린다. 페달을 밟는, 음, 이 감촉. 오기가 츠키히에게 빌려 준 BMX다. 물론 돌려줘야 하므로 탈 수 있는 것은 오늘뿐이지만, 오래간만에 타는 자전거의 탑승감은 어쩐지, 어쨌든 오늘이라는 미래에 도달하여 이렇게 고등학교 졸업을 맞이한 나에게 주는 향기로운 포상 같았다.

참고로 츠키히는 어젯밤의 '불타 버렸을 학원이 부활해 있었다'라는 사건에 대해서, 아침에 일어났을 때에는 잊고 있었다. 너 진짜냐, 기억력이 뭐 그러냐, 라고 생각했지만, 보다 정확히 말하면 '살다 보면 겪기 마련인 신기한 사건 중 하나'로서 정리되어 버린 듯하다.

아무래도 나의 쪼그만 여동생은 내가 생각하는 것 이상으로 하루하루가 트러블로 장식되어 있는 듯하다. 리스크가 낮은 하나하나에 구애되고 있을 수 없다는 것일까. 중학교와 고등학교로 카렌과 나뉘어 버린 다음 학년부터의 츠키히가 정말로 걱정이었다.

대학 입시 후에는 하숙, 그것도 히타기와 동거라는 달콤한 꿈도 꾸고 있었지만, 아무래도 그 여동생을 생각하면 나는 바로 집을 나올 수도 없을 듯하다.

츠키히의 '불사조'에 대해서도.

사실은 아무것도 해결되지 않았으니까 말이야.

히타기도 아직 아버지로부터 떨어지고 싶지 않은 듯하고. 게다가 그런 이야기는 합격발표 후가 되겠지만.

애초에 해답란을 한 칸씩 밀려 썼다는 오기의 이야기가 있는 이상, 내가 집을 나갈 수 있을 리 없다. 어쩌면 그대로 취직활동을 해야 할 가능성도 있을 수 있는 것이다.

뭐, 입시실패의 결과, 부모님에 의해 집에서 쫓겨난다는 가능성도 전혀 없는 것도 아니지만….

"그러고 보니 츠키히. 네가 빌고 있었던 소원은 대체 뭐였어?

그 머리카락에 대한 것인데."

남 이야기는 할 수 없지만 언제부터인가 기르고 있던 그녀의 머리카락에 대해서, 출발할 때에 화제로 삼았다.

회수하지 못한 복선 중 하나다.

뭔가 소원을 빌기 위해 기르고 있다는 이야기를 꽤 오래전에 들었는데, 그러고 보니 어떤 소원인가는 듣지 못했다. 아직도 기르고 있다는 것은 아직 소원이 성취되지 않았다는 이야기겠지만.

"아～. 그런가. 이건 이미 잘라도 괜찮은 걸까. 애초에 빌고 있던 소원을 잊어버렸어."

"정말로 무슨 기억력이 그러냐."

"실은 오빠의 대학 입시하고 나데코에 관한 일에 대해 빌고 있었어."

있을 경우의 이야기지만, 이라고 츠키히는 말했다.

뭐라고.

나에 대한 것일지도 모른다는 것은 어렴풋이 느끼고 있었지만, 센고쿠에 대한 것도 포함되어 있었던 건가. 역시 이 녀석의 그런 우정은 오빠로서 본받아야만 하겠는걸, 나는.

"오빠의 입시는 어쨌든 끝났고, 나데코도 지금은 건강해졌으니까. 흠. 신은 있는지도 모르겠네."

"응. 어제부터 말이야."

"응?"

"아니, 아무것도 아니야."

"아, 그래."

간단히 납득하는 여동생.

일부러 변죽 울리는 소릴 했는데, 아무래도 상관없는 거냐.

쪼그만 주제에 스케일이 있네.

"오빠의 합격발표를 기해서 나데코하고 같이 다닐까. 파이어 시스터즈도 해산이니까 앞으로는 나데코하고 같이…. 오빠는 머리카락, 안 잘라?"

"아, 나는…."

애매하게 말을 흐렸다. 목 뒤편, 목덜미 부근, 그곳에 깊이 새겨져 있는 이빨 흔적을 건드리면서.

뭐, 결국 츠키히가 기르고 있던 머리카락을 자르는지 어떤지는 내 입시 결과 여하에 달렸다는 이야기지만, 오늘은 그 건에 대해서는 잊자.

오늘은 졸업식이다.

한때는 진지하게 중퇴까지 생각했던 내가, 이렇게 이날을 맞이할 수 있었다. 지금은 그것만으로도 가슴이 가득 차는 기분이었다.

…그러고 보니 오늘 아침은 카렌하고도 이야기했다.

남매 사이의 대화가 많은 것은 좋은 일이다.

"오빠, 오빠. 나도 이제 다음 달부터는 고등학생이니까 말이야, 지금까지 해 오던 대로 는실난실할 수 없으니까 마지막으로 입으로 옮겨 주는 식사를 하자!"

"……."

이 녀석은 이 녀석대로 걱정스러운 여동생이었다.

100인 대련 중에 너무 얻어맞았는지도 모른다.

참고로 전승을 했는지 어떤지는 물어보지 않았다. 이 이상으로 여동생에게 겁먹고 싶지 않다.

"그리고 서로, 이를 닦아 주자고!"

"네가 닦아야 할 것은 지성이야…. 어디 보자. 저기, 카렌. 너, 고등학생이 된 뒤에도, 츠가노키니 중학교의 파이어 시스터즈 해산한 뒤에도 정의의 사자로서 활동을 계속할 생각이야?"

"무슨 일이 없으면!"

그렇게 말하며 최근에 부쩍 커지기 시작한 가슴을 내미는 여동생이었다. 이 녀석도 가슴이 가득 찬 것일까. 아마도 올바르게는 "무슨 일이 없으면!"이 아니라 "무슨 일이 있어도!"라고 말하고 싶었던 것이 아닐까 하는 생각이 드는데….

올바르게는, 이라.

"카렌. 그러면 우선 일단락이라고 할까, 이쯤에서 중학교 3년간을 총정리해 둬. 너에게 올바름이란 결국 뭐였어?"

"으냐?"

"올바름. 정의. 그건 뭐야?"

올바른 일을 하는 것인가.

잘못을 바로잡는 것인가.

어느 쪽이 옳은가를 결정하는 것인가.

오기가 던져 왔던 질문을, 그대로 여동생에게 토스한다. 다음 세대를 향해 던진다.

파이어 시스터즈의 정의는 시적인 정의, '나쁜 녀석을 쓰러뜨리는 것'이라는 것이 내 예상이었는데, 본인들은 과연 어떠한 생각으로 그녀들 나름대로의 정의를 실천하고 있었던 것일까. 앞으로 어떻게 해 나갈 생각일까, 물어보고 싶었다.

"사람 돕기."

카렌은 내 질문의 의미를 분명 파악하지 못한 채로 반사적으로 그렇게 대답했다. 단적이라서 알기 쉽고, 반론은 어렵지만, 그러나 하는 것도 어려워 보이는 답이었다.

그녀의 답이었다.

"그렇구나."

그렇게.

나는 가까이에 있던 의자에 올라가 손을 뻗어서 카렌의 머리를 쓰다듬었다(의자에 올라가지 않으면 손이 닿지 않았다).

흡혈귀적으로는 복종의 증명이 되어 버리지만, 뭐, 이것은 못난 여동생을 귀여워하는 것 이상의 의미는 없다.

"그러면 우선은 자조노력부터 시작해 봐."

너도.

그런 대화를 하고 있었다. 어쨌든 그 커다란 쪽 여동생이라면 나 같은 고교생활을 보낼 일은 없을 것이다.

바라건대, 아라라기 카렌이 올바름에 꺾이지 않는 그녀로 계속 있을 수 있기를….

그렇게 내가 익숙하지 않은 자전거를 타고 즐겁게 삐걱삐걱 페달을 밟고 있는데, 가는 길에 한눈에 누구인지 알 수 있는 인물이 있었다. 커다란 배낭을 멘 트윈 테일의 초등학교 5학년생이다.

가령 그것이 뒷모습이었다면 여기서 또 다섯 페이지에 걸쳐 망설이는 듯한 척을 하다가 안겨 든다는, 나의 명인 급 연기를 피로할 수 있었겠지만, 유감스럽게도 그녀는 이쪽을 향해 정면으로 걸어오고 있었다.

이래서는 아라라기 군도 손쓸 방법이 없다.

"여어, 하치쿠지."

그렇게 평범하게 말을 걸 수밖에 없었다.

하치쿠지는 그것에 대해 노골적으로 이맛살을 찌푸리며,

"말 걸지 말아 주세요. 저는 이제 신이라고요."

라고 말했다.

더 심해졌잖아!

초기의 초기까지 리셋되었어!

"어떻게 해서라도 말을 걸고 싶다고 한다면, 두 번 절하고 박수 두 번, 다시 한 번 절한 뒤에 새전을 바치고, 제대로 신을 만나듯이 말을 걸어 주세요."

"누가 그런 녀석에게 말을 걸겠냐. 이쪽에서 거절하겠어."

애초에 신이 되었다고 해도, 겉으로 보기에 하치쿠지에게 변화는 없다. 특히 무녀복을 입고 있지도, 일본풍 복장으로 변화한 것도 아니고.

뭐, 앞으로 그런 일도 있을지 모르겠지만, 갑자기 변하지 않는 것은 인간이나 괴이나 마찬가지인 듯하다.

천천히 변한다.

"하지만 어째서 신이 동네 안을 어슬렁거리고 있는 거야. 혹시 미아냐?"

"바보 같은 소릴. 비꼬는 얘기가 아니라, 지금의 저는 길을 헤매는 자를 구하는 쪽이라고요."

"바보 같은 소릴, 이란 말은 이쪽이 할 말이지만, 확실히 대약진이네."

"뭐, 어슬렁거리고 있다는 말을 듣는 것은 뜻밖이지만, 하계에서 천민들의 생활을 둘러보는 것도 신으로서의 대단찮은 일중 하나니까요."

"진짜로 신의 상태가 악화되어 버렸잖아. 고작 하루 만에 그렇게까지 변하지 말라고. 천천히 변한다는 이야기를 하고 있다고."

"아라라기 씨는 오늘 졸업식이신가요? 그동안 고생 많으셨어요."

그렇게 하치쿠지는 거기서 간신히, 나를 치하하듯이 고개를 꾸벅 숙였다.

"원래는 졸업식에 출석해서 축하해 드리고 싶은 참이지만, 뭐, 신이 가면 범속한 자들이 시끄럽게 굴지도 모르니, 배려를 하기로 하죠."

"너의 신사, 아무도 참배하러 안 갈 거야. 또 신이 없는 마을이 되어 버릴 거라고."

"핫핫핫. 뭐, 그런 말씀 마시고, 언제라도 찾아오세요. 키타시라헤비 신사는 자유참배이니까, 정말로 언제라도 놀러 오세요."

"응. 언제라도 놀러 갈게."

너의 집에.

나는 그렇게 말했다.

"네, 저의 집에."

그렇게 말하고 하치쿠지는 내가 왔던 방향을 향해 걸어갔다. 마을의 견문이라는 점에 한해서는, 아무래도 농담은 아니었던 것 같다.

"……."

그렇게 나는 그녀를 배웅한다.

뭐, 집에서 얌전히 있을 타입은 아닐까. 저 녀석과의 이런 대화도 반갑게 느껴지기는 했지만, 그러나 또 당연한 것인 것처럼 생각되기도 했다.

고생 끝에 손에 넣은, 당연함이었다.

어쨌든 하치쿠지 마요이를 신에 앉힌다는 가엔 씨의 터무니없이 난폭한 계획은 아무래도 순조롭게 끝난 듯했다. 그런 억지스런 해결이 성립할지 어떨지 사실은 불안했었지만, 그 부분은 과연 전문가들의 관리자로서의 수완을 발휘했다고 해야 할까.

"수완을 발휘해 준 것은 오히려 코요밍 쪽이지만 말이야. 정말로 예상 밖의 결말이야. 부탁이니까, 진짜로 부탁이니까 이런 엉망진창의 결말을 내가 처음부터 꾀하고 있었다는 무책임한 소문을 퍼뜨리지 말아 줘."

…어젯밤에 그런 말을 들었지만.

그렇게까지 말하지 않아도 될 텐데, 라고 생각했다.

"정말로 이렇게 쇼크를 받은 것은, 젊은이에게 접근할 생각으로 노스트라다무스의 대예언 이야기를 언급했더니 '1999년에 아직 저는 태어나지 않았어요'라는 대답을 들어 버렸을 때 이후야. 나도 나이를 먹었구나."

"…의미를 잘 모르겠는데요."

"특별한 의미는 없어. 그때 끝나지 않았던 미래에, 우리는 있다고 말하는 것뿐이야."

"허어…. 하지만 가엔 씨. 엉망진창의 결말에 도달한 것은 하네카와의 공적이 크다고도 생각하는데요."

그것이 없었더라면 솔직히 나와 오기의 동반자살로 끝나지 않았을까. 아무런 재미도 없는 결말이다.

"그러네. 미숙한 후배를 찾아 준 일에 대해서는 츠바사에게는 감사 인사를 해야만 하겠지. 나도 그 애에게는 항복이야. 정말로 굉장한 건, 발견했다는 점이 아니라 발견하고 데리고 돌아올 수 있었다는 점이겠지만."

"…결계를 돌파했다는 얘긴가요? 하지만 원래 이 마을의 주민인 하네카와에게 결계는 무의미하겠죠. 마요이우시의 미아는 집에 돌아가고 싶다고 비는 사람에게는 통하지 않을 테니까요."

나의 아마추어 같은 생각에, 가엔 씨는 "아니, 그런 게 아니라."라며 고개를 저었다.

"오시노 메메를 돌아오게 만들었다는 것 얘기야."

"……."

"내가 아는 한, (우정출연)할 만한 남자가 아니거든. 내가 아는 한이라는 얘긴, 그렇다는 이야기지만. …그런데 정말로 괜찮은 거야? 시노부 씨."

그렇게 말했을 때 가엔 씨는 내 곁에 서 있는 금발금안의 유녀…가 아닌 요녀에게 말을 걸었다.

"솔직히 말하면 너의 결단은 전문가인 나에게 고마운 생각이기는 하지만, 코요밍의 그림자에 다시 봉인되고 싶다는 너의 바람은 이해하기 힘든 점도 있어. 뭔가 생각이 있다면 여기서 밝혀 줬으면 해."

"생각 따윈 없다. 게다가 싸움에 물린 내가 다시 무해인증을 받을 수 있는 입장이 되고 싶다고 바라는 것은 전문가적으로는 그렇게 이해하기 힘든 것도 아닐 터인데?"

유녀에서 요녀로.

그리고 또 유녀로 돌아가고 싶다.

"카캇…."

처참한 웃는 얼굴로 그렇게 말하는 시노부가, 거짓말을 하고 있지 않다는 것은 페어링되기 전 단계라도 나도 알 수 있었다.

"물론 흡혈귀 성분을 완전히 제거하는 것에 성공한 내 주인님이 인간 비슷한, 흡혈귀가 되다 만 존재라는 애매한 것으로 다시 돌아가기를 꺼려 한다면 나는 자신의 소원을 거두겠지만. 그 팔을 낫게 한 뒤에 어딘가의 산에라도 틀어박혀서 은거하려 한다."

"그러라고 놔두겠냐."

가엔 씨가 뭔가를 말하기 전에 내가 말했다.

"산속에 미스터 도넛 지점은 없다고, 시노부."

"그랬던가."

그런 대화를 거쳐, 흡혈행위가 아닌 급혈행위의 과잉에 의한 나 자신의 흡혈귀화라는 실패를 두 번 다시 반복하지 않겠다는 맹세를 받은 뒤, 나와 시노부와의 페어링은 세 번째로 회복되었다.

봄방학 이래로 오래간만에 완전체가 되었던 키스샷 아세로라오리온 하트언더블레이드는 다시 오시노 시노부로서, 여덟 살의 무해한 어린아이로서 내 그림자로 봉인되었던 것이다.

봄방학 때처럼 선택의 여지없이…가 아니라.

스스로의 의지로.

스스로의 존재를 봉인했다. 그곳에는 거짓말도 허식도 없었다.

400년 전에 신이기를 거절했던 그녀는, 그 400년 뒤에 유녀이기를 선택했던 것이다.

아니, 역시 선택의 여지는 없었는지도 모른다. 적어도 나에게는 시노부와 함께 보낼 수 없는 미래 따위, 있을 리가 없었다.

물론 그래도 우리는 서로를 용서한 게 아니다. 400년이나 지나면 용서할 수 있을 때도 잊을 때도 올지 모르지만, 공모했다는 말을 듣든 농탕친다는 말을 듣든, 타성이라는 말을 듣든 타협이라는 말을 듣든, 지금 우리는 그런 관계였다.

"네가 내일 죽는다면 내 목숨은 오늘까지로 족해. 네가 오늘을 살아 준다면 나도 오늘을 살아가겠어."

"네가 모레 죽는다면 나는 글피까지 살고… 누군가에게 네 이야기를 하겠다. 내 주인님의 이야기를 자랑스럽게 이야기하며 들려주겠다."

학교에 도착.

졸업식 사양으로 장식이 된 정문을 지나, 자전거 주차장으로 향한다. 그곳에서 기다리고 있던 것이 하네카와 츠바사였다.

우등생은 체력에서도 우등생인지, 어젯밤에 봤던 해롱해롱한 상태에서 적어도 겉보기에는 완전 회복한 것처럼 보인다. 눈 아래의 기미까지 사라져 있는 것을 보면 정말 대단하다.

"안녕, 아라라기 군."

"안녕, 하네카와. 졸업식, 참석할 수 있겠네. 오늘은 하루 종일 뻗어 있는 게 아닐까 했었는데."

터프하다고 할지….

의외로 가장 불사신인 것은 이 녀석일지도 모른다.

"어째서 자전거 주차장에?"

"물론 아라라기 군을 기다리고 있었어. 여러 가지로 이야기해 두고 싶은 게 있어서."

"응?"

"나, 졸업식이 끝나면 곧바로 출발해야만 하니까, 둘이서 이야기할 수 있는 타이밍은 여기밖에 없을까 해서."

"……."

액티브하구나.

하지만 그런 말을 한다면 나도 하네카와하고는 해 두고 싶은 이야기가 있었다. 산더미처럼 있었다. 이야기해 두고 싶은 일이라고 할까, 답 맞추기 같은 것이지만.

"비행기 예약 문제야? 곧바로 출발해야만 한다는 건."

"응. 응응. 그건 말이지….'"

조금 이야기하기 곤란해 보이는 하네카와.

1학기에 잘랐을 때부터 생각하면 상당히 기른 머리카락을 쓸어 올리면서. 학교 안이라 검게 염색해서 역시나 얼룩무늬는 아니다.

"오시노 씨를 남극에서 데려올 때에 두뇌를 조금 팔았거든."

"두뇌를 팔아?"

뭐야, 그건.

불온한 분위기인데.

"제트 세터jet setter라고 하던가? 뭐, 그 정도는 하지 않으면 전투기는 대절할 수 없으니까. 걱정 마. 비교적 양심적인 기관에 판매했으니까."

"……."

해외에서 어떤 모험을 하고 온 거야, 넌.

역시 세상에 나가면 굉장하구나, 이 녀석.

애초에 교복을 입고 학교에 있는 것이 상당히 위화감이 드는 녀석이다. 이런 교복 차림도 오늘로 마지막이지만.

그렇게 생각하니 뚫어져라 바라보는 편이 좋을 것 같다.

뚫어져라~.

"때려눕힐 거야."

"무서워!"

이것도 해외에서 단련한 방위의식일까.

하네카와가 싸울 수 있게 되어 버리면, 그건 정말, '완성'이잖아.

"싸울 수 있다고 하면… 카게누이 씨는 북극에 있는 것 같다는 게 판명되었어. 오시노의 소재를 안 가엔 씨가 5분 만에 조사했어."

"그렇구나. 왠지 모르게 감으로 대륙 쪽을 선택했는데, 그렇다면 만약 북극을 선택했다고 해도 그렇게 빗나가지는 않았었겠네."

하네카와는 어깨의 힘이 빠진 것처럼 말했다. 뭐, 그 부분은 정말로 도박이었을 테니까.

다만 가령 오시노와 카게누이 씨를 분단시키려고 했다면, 카게누이 씨가 북극에 배치되는 것은 필연이었다. 그도 그럴 것이, 그 사람은 지면을 걸을 수 없기 때문이다.

그렇다면 오기로서는 지면이 아닌 얼음 위인 북극 쪽에 카게누이 씨를 보내지 않을 수 없을 것이다.

"오노노키가 데리러 가려고 했는데, 지금 북극곰과 싸운다는, 어딘가에서 들었던 것 같은 무사수행을 즐기고 있으니까 괜찮다는 말을 하고 있는 모양이야."

"굉장한 사람이네…. 그쪽으로 가지 않아서 정말로 다행이야. 어, 그러면 오노노키는? 지금 어쩌고 있어?"

가엔 씨나 오시노 씨와 함께 마을을 나갔다는 건가?

그런 질문을 듣고 나는 고개를 저었다.

"아직 우리 집에 있어."

"그건….”

미묘한 표정을 짓는 하네카와.

기분은 이해가 안 되는 것도 아니지만.

그러고 보니 카게누이 씨는 무사수행 여행을 떠났을 거라는 오노노키의 예측은, 요컨대 맞았다고 할 정도는 아니어도 그리 빗나가지도 않았다는 이야기이니, 결국 그 애가 가장 진실에 가까운 곳에 있었던 것인지도 모른다.

인정하고 싶지 않네….

"뭐, 가엔 씨나 오시노 씨 쪽이 너무 서둘러 출발했다는 점도 있겠지만 말이야. 여러 가지로 바쁜 모양이었어, 어른은."

참으로 싱거웠다.

하치쿠지를 키타시라헤비 신사의 신으로 앉히고, 시노부를 내 그림자에 봉인한 뒤에 "그러면 바이바이." 정도의 느낌으로 떠나간 가엔 씨는 그렇다 쳐도, 오시노는 또다시 작별의 말도 없이 어느새 사라져 있었다. 마치 오기가 만들어 냈던 폐 빌딩과 함께 사라져 버린 듯한 느낌이었다.

그야말로 환상처럼.

훌쩍 사라졌다. 플랫하게.

반가워할 새도 없는 두 번째 작별이기는 했지만, 뭐, 남극까지 떨어져 있어도 그렇게 재회할 수 있었으니, 또 언젠가 머지않아 만나는 일이 있을 거라는 생각도 든다.

타다츠루에 대한 것도 포함해서, 감사 인사를 할 짬도 주지 않고 떠나간 것은, 역시 조금 용서가 안 되지만.

그런 이유로, 라고 말하면 무슨 이유인지 알 수 없지만, 오노노키는 한동안, 카게누이 씨가 수행을 마치고 돌아올 때까지 내가 맡게 되었다.

가엔 씨가 잊어버리고 간 게 아니라면 그것은 감시가 계속된다는 뜻인지도 모른다.

그렇다고 해도 어쩔 수 없는 일이기도 했다.

나는 그럴 만한 짓을 해 버렸으니까.

나로서는 그만한 일을 해냈다고 생각하고 있지만, 세상에서 그런 식으로 봐 주는 사람만 있는 것은 아닐 것이다.

누구보다, 그녀가… 나 자신이.

"어른이라니…. 내일부터 우리도 그렇게 되는 거잖아?"

"나나 히타기는 아직 학생이야. 어른이 되는 것은 너뿐이야."

"히타기?"

멋지게 말했다고 생각했는데, 그러나 실언을 하고 있던 나였다. 하네카와는 기쁜 듯이 그 부분을 물고 늘어져 왔다.

"헤에~. 그렇구나. 그렇구나. 내가 없는 사이에 그런 일이."

"잠깐, 잠깐, 잠깐. 판단을 서두르지 마. 어쩌면 네가 생각하는 정도의 일은 일어나지 않았을지도 모른다고."

"잘됐네, 잘됐어. 이것으로 미련 없이 출발할 수 있겠어."

그렇게 말하고 하네카와는 걷기 시작한다.

일본을 다시 뜨기 전에, 나와 둘이서 이야기를 하고 싶었던 것은 히타기에 대한 것이었을까? 그렇다면 친구를 지극히 생각한다고 해야 할지…. 뭔가 정말, 마음고생 많은 녀석이었다.

이번 일…은 고사하고 8월부터 시작된 모든 일도, 생각하면 결국 하네카와가 혼자서 해결한 것이나 다를 바 없는지도 모른다. 공적이 크기는커녕, 전부 이 녀석의 공적일지도.

딱 지금부터 1년 전.

하네카와하고 만나지 않았더라면, 나의 고교생활 마지막 1년은 어떻게 되어 있을까 하고 감상적인 생각을 하게 된다.

친구는 만들지 않는다.

인간의 강도가 떨어지니까. 그런 말을 남기고, 나는 조용히 혼자 졸업했을지도 모른다(졸업할 수 없었을지도 모른다).

그것은 그것대로 가능성 있었을지도 모르지만.

지금 와서는 이것 이외에는 생각할 수 없네.

"아아···. 그렇구나."

"응? 왜 그래? 아라라기 군."

"아니, 새삼스럽지만, 깨달은 게 있어서···. 가엔 씨가 오기가 츠키히에 대해서 활동하는 시기를 3월 14일이라고 단언하고 있던 이유 말인데···."

오기 자신도 그런 말을 하고 있었다.

내가 졸업할 때까지 결판을 내고 싶었다고. 그것은 나의 청춘이 끝나기 전에, 라는 의미였던 것이겠지.

고등학생인 동안에, 달성하고 싶었다고.

물론 나의 스케줄의 빈틈을 찌른다는 것 이상으로, 츠키히의 빈틈을 기다리는 것도 오기에게는 필요했겠지만···. 기본적으로 그 녀석은 빈틈투성이니까 말이야.

아무것도 하지 않고 착실히 살아남는 부분은 그래도 과연 불사조라는 느낌일까.

하네카와와 나란히 교실로 향하는 도중, 건물 입구에 센조가하라 히타기가 있었다. 나와 하네카와를 시야에 넣고서는 "큭." 하고 한순간 분하다는 듯한 얼굴을 한다. 아무래도 매복 장소에서 하네카와에게 추월당했다는 것을 깨달은 듯하다.

친구 사이에 이상한 경쟁 하지 말라고….

분위기가 어색해지잖아.

뭐, 히타기의 하네카와에 대한 콤플렉스는 좀처럼 없애기 힘들겠다고 생각하지만, 그러나 하네카와는 이미 우리가 따라잡을 수 없는 영역으로 비약한 상태였으므로, 그런 감정은 조금씩 억눌러 가는 편이 좋다고 개인적으로는 생각한다….

다만 그것에 대해서는 나도 남 말 할 수는 없을까. 하네카와를 신봉하는 듯한 말을 하면서도 하네카와를 꺼리는 오기를 낳아 버린 내 안에도, 그녀를 라이벌로 보는 마음은 확실히 있었을 테니까.

"안녕, 아라라기 군."

"어? 코요미라고 부르지 않는 거야?"

내가 대답하기 전에 하네카와가 물었다.

세상풍파에 시달려서 조금 성격이 나빠진 것 같다.

히타기는 저항은 소용없다고 생각했는지, 조금 부끄러운 듯이 뺨을 붉히고 "안녕, 코요미."라고 다시 말했다.

"그리고 어서 와, 츠바사."

혼잡한 틈을 타서 하네카와를 부르는 호칭도 바뀌어 있었다. 하네카와는 여기서는 깜짝 놀란 듯한 얼굴을 했지만, 역시나 재

치를 발휘해서,

"다녀왔어, 히타기쨩."

이라고 대답했다.

히타기쨩…. 귀여운 호칭이다.

히타기에게는 여자끼리 나중에 천천히 이야기할 생각이겠지, 졸업식 뒤에 바로 일본을 출발한다는 말은 여기서는 하지 않고, 우리는 그곳에서 셋이 함께 교실로 향했다.

왠지 모르게 학교의 분위기도 평소와는 다른 기분이 든다. 마음가짐의 문제일까.

"코요미. 칸바루가 우리의 졸업을 축하하는 선물을 준비했다는 모양이야."

"그런가? 칸바루가 주는 선물…. 불안해지는걸."

"아니, 아무리 그래도 여기서 이상한 물건을 준비할 애는 아니야. 슬쩍 떠보기로는 평범한 꽃다발 같아."

"꽃이라."

슬쩍 떠보고 있는 부분에서 히타기에게도 불안감이 없었던 것도 아닌 듯하지만…. 그런 이야기를 하면서 그녀는 여전히 아무것도 묻지 않는다. 어젯밤에 나에게 무슨 일이 있었는가, 어떤 식으로 정리했는가를, 물으려고는 하지 않는다.

내가 이야기하기를 기다리고 있다

뭐, 별로 멋이 없다고 할까, 스스로 이야기할 만한 일은 아닐지도 모르지만, 하지만 일련의 이야기를 그녀에게 들려주지 않을 수는 없을 것이다.

웃을 만한 이야기가 된다면 좋겠지만.

웃는 얼굴로 이야기할 수 있으면 좋겠지만.

"그러고 보니, 아라라기 군."

하네카와가 말했다.

"입학시험, 만점에서 어느 정도 모자랐어?"

"……."

그런 질문은 들어 본 적이 없다고.

뭐, 역시나 농담이겠지만.

나는 아무래도 수학 해답을 한 칸씩 밀려 쓴 것 같다는 이야기를 했다. 하네카와는 그 말을 듣고 잠깐 생각에 잠기더니,

"그건 아니라고 생각해."

라고 말했다.

"같은 대학의 수학과에 지원한 오이… 수험생의 연줄로 아라라기 군이 받은 시험문제가 어떤 것이었는가는 이미 들었는데, 해답란이 밀릴 수 있는 해답용지가 아니었거든."

너무 행동적이다.

어디까지 나에 대해 신경 써 주는 거냐고.

하지만… 밀릴 수 있는 타입이 아니라고?

확실히 그 문제 숫자로 밀리는 것은 이상하다고 나도 생각했지만, 그러면 오기는 왜 그런 소릴….

오기가 한 말이니까 그럴 거라고 생각해 버렸는데.

"오기다운, 단순한 심술이겠지."

그렇게 말하는 히타기.

"아라라기 군이라면 절대 하지 않을 만한 농담이지만 말이야."

그런 걸까.

아니, 하지 않을 만하기에 오기는 그런 농담을 했는지도 모른다. 내가 할 수 없는 일이나, 내가 하지 않는 짓을 하는 것이 그녀가 자신에게 부과한 역할이니까.

이제까지도, 아마 이제부터도.

우리에게 꽃을 준비해 주었다는 칸바루를, 여기서 문득 생각했다. 오시노 오기 탄생의 원인인 칸바루 스루가. 그녀는 '어둠'을 직접적으로는 모르겠지만, 그러나 자신을 규제하는 마음이라는 의미에서는, 나 따위와는 비교도 되지 않을 정도의 자질을 갖추고 있다.

그리고 무엇보다 가엔 토오에의 직계다.

어떠한 형태를 취하더라도, 괴이를 낳는 자질 그 자체는 역시 가엔 가에 대대로 물려져 왔을 것이다.

그렇다면… 언젠가 그녀도 청춘의 한창때를, 체험할지도 모른다.

칸바루 앞에 칸바루의 오시노 오기가 나타나는 일이 있을지도 모른다. 그때 나는 힘이 되어 줄 수 있을까.

하네카와가 나에게 해 준 것처럼.

…뭐, 내가 할 수 있는 일을 할 수밖에 없다.

나는 어차피 나일 뿐이니까.

오시노처럼도 아니고 하네카와처럼도 아닌, 나처럼 누군가의 힘이 되자.

누군가가 혼자 알아서 살아나기 위한 힘이 되자.

그렇게, 뭔가 깨달은 듯한 내용을 폼 잡으며 생각하면서, 계단을 다 올라온 그때였다.

우리는 한 여학생과 지나쳤다. 우리에게는 눈길도 주지 않고, 그대로 계단을 내려가는 여학생. 스카프 색으로 판단하기로는 1학년이었다. 아마도 졸업식에 출석하기 위해 등교한 것일 텐데, 어째서 1학년이 3학년 교실이 있는 구역을 걷고 있지?

그런 의문도 꺾어 버릴 정도로 그 여자애는 창백한 얼굴을 하고 있었다. 몸 상태가 안 좋다기보다 정신 상태가 불안정한 듯한, 미덥지 못한, 비틀거리는 발걸음이었다.

아주 지친 듯한 느낌이고.

뭔가에 홀려 있는 듯한 느낌이었다.

그렇게 생각하면서… 나는 발을 멈췄다.

히타기와 하네카와는 그런 나를 돌아보고, 어쩔 수 없다는 듯 어깨를 으쓱한다. 싱크로한 움직임인 것이, 정말 사이가 좋아 보인다.

"다녀와."

그런 목소리도 이구동성이었다.

"응. 졸업증서는 대신 받아 줘."

다녀오겠습니다.

그렇게 말하고 나는 손에 들고 있던 가방을 히타기에게 건네고, 올라왔던 계단을 단숨에 뛰어내렸다. 지나쳐 간 1학년생을 쫓는다. 착지한 층계참에서 턴하고, 내 등을 바라보는 두 사람의 시선을 느끼면서 다시 계단을 뛰어 내려간다.

그녀가 향하고 있을 방향을 찾으면서, 1학년 교실이 있는 복도를 뛰어가는 도중에, 나는 한 학생을 추월한다. 새까만 눈동자의 소녀였다.

암흑 같은 소녀는 냉소하면서 말한다.

"변한 게 없네요, 아라라기 선배."

아니.

변할 거야.

하지만 어떻게 변하더라도 나는 여전히 나야.

"옛날 옛날 어떤 곳에, 아라라기 코요미라는 이상한 녀석이 있었다지. 그리고 그 녀석은 지금도 있다는구먼."

그리고 모두 행복하게 잘 살았답니다.

함께 달리는 그림자에서 그런 낭독이 들려왔다.

그다음이 신경 쓰이는 이야기였다.

어디 보자, '돌이킬 수 없는 실패'라는 표현이 있습니다만, 잘 생각해 보면 '돌이킬 수 있는 실패'라는 것이 어쩐지 잘 이해되지 않습니다. 상실하거나 패배한 것은, 그 후에 뭔가 성공 같은 것을 거뒀다 하더라도 없었던 일이 되지는 않지 않나? 다만 후회하든 반성하든, 가령 실패가 없었던 일이 되지 않는다고는 해도, 사람이 잊을 수는 있지 않을까 하는 의견에는 일고의 여지가 있는 듯 생각됩니다. 요컨대 '돌이킬 수 있는 실패'라는 것은 예전에 범한 실패를 잊을 수 있을 정도의 성공을 거둘 수 있다, 라는 의미가 아닐까? 불행한 과거를 계기로 삼은 성장담이라는 것은 불행을 행복의 양식으로 삼는 것은 결코 아니고, 과거를 망각할 수 있을 만한 미래를 쌓았다는 이야기일지도 모릅니다. 반대로 말하면 인간은 지금 있는 행복이 무용지물이 될 정도의 불행을 쌓아 버릴 가능성도 있는 것이며, 실제로는 행복과 불행 사이에는 그렇게 인과관계가 없다는 생각도 듭니다. 반대말이 아니야, 라는 느낌의. 점점 이야기가 복잡해지기 시작해서 정리하자면—그렇다기보다 성공이나 실패, 행복이나 불행의 정의를 멋대로 뒤섞고 있는 것뿐입니다만—행복과 불행은 마음먹기에 달렸다, 같은 이야기가 아니라 그냥 기억 문제가 아닐까 하는 이야기를 하고 싶었습니다. 요컨대 인간 최강의 능력이란 사실 '잊는 것'이 아닐까 하고요. 다만 그 능력도 쓰기만 하면 되는 게 아니라는 것은 아라라기 군이나 센조가하라 히타기, 하네카와 츠바사가 작중에서 1년간 현실에서 10년에 걸쳐 증명해 준 것이 아닐까 생각합니다.

그리하여 이야기 시리즈 파이널 시즌 사실상의 최종권 『끝 이야기』 하권입니다. 생각하면 소설현대 증간 메피스토에 「히타기 크랩」을 게재했던 것이 2005년 9월호였습니다. 사실은 그 한 작품만으로 끝나는 단편소설이었을 텐데, 그것을 2014년인 현재까지 쓰고 있으니, 믿기지 않는다기보다 그저 놀라울 뿐입니다. 10년간 계속 읽어 주신 분도, 또한 어제 전권을 읽은 분도 계실 거라고 생각합니다만, 독자 여러분에게 지탱받으며 지금까지 『괴물 이야기 (상)(하)』, 『상처 이야기』, 『가짜 이야기 (상)(하)』, 『고양이 이야기 (흑)(백)』, 『괴짜 이야기』, 『꽃 이야기』, 『미끼 이야기』, 『귀신 이야기』, 『사랑 이야기』, 『빙의 이야기』, 『달력 이야기』, 『끝 이야기 (상)(중)(하)』로 열일곱 권의 시리즈를 써낼 수 있었습니다. 이후에 파이널 시즌의 재종권再終卷, 『속·끝 이야기』를 귀엽게 출판하고서 이야기 시리즈의 진정한 완결을 낼 수 있으면 좋겠다고 생각하고 있습니다. 귀엽게 말이죠. 그리하여 『끝 이야기·하下』, 제5화 「마요이 헬」, 제6화 「히타기 랑데부」, 제7화 「오기 다크」였습니다.

표지는 플라네타륨 안에 있는 땋은 머리의 센조가하라 씨입니다. 훌륭하군요. VOFAN 씨에게 감사합니다. 무엇을 잊더라도 감사의 마음만은 잊지 않고, 앞으로 한껏 노력하겠습니다.

애독해 주셔서 감사합니다.

니시오 이신

다들 아시다시피 〈이야기 시리즈〉가 이번 권으로 완전히 끝나지는 않습니다만, 작가 후기에서는 가볍게(?) 일단락을 내고 있으므로 저도 몇 마디 여담을 적어 볼까 합니다.

사실 처음에 『괴물 이야기』란 작품을 접했을 때는 약간 당황했던 기억이 있습니다. 그 전까지 작업했던 〈헛소리 시리즈〉와는 분위기가 다른 것까지는 그러려니 했는데, 당시의 각종 모에요소에 언어유희까지 잔뜩 섞여 있어서 소화하기가 조금 버거웠습니다. 그래서 상권을 다 읽고 나서 하권은 거의 반년쯤 건드리지 않았습니다. 엄청나게 단 것을 잔뜩 먹고 난 뒤에, 완전히 질려서 달콤한 과자류는 한동안 거들떠보지도 않게 된 것과 비슷한 상황이었다고나 할까요.

그리고 당시에는 상하권으로 완결된 이야기라고 생각했기 때문에 후속 권이 나오리라는 생각도 하지 못했습니다. 그런데 나중에 프리퀄 한 권이 불쑥 나오더니, 얼마 후 『가짜 이야기』 상권과 하 권이 이어지고……(이하생략). 뭐, 지금 생각해보면 역시 〈이야기 시리즈〉 애니메이션의 대히트가 장기 연재에 상당한 힘을 실어준 것이 아닐까 합니다. 그게 아니었다면 지금까지 한 시리즈를 스무 권 가까이 연재하기는 어려웠을 테니까요. 애니메이션 얘기가 나와서 말인데, 저는 아직도 〈이야기 시리즈〉 애니메이션을 제대로 보지 못하고 있습니다. 연재가 끝나면 처음부터 몰아서 볼 생각이었는데, 이대로는 언제 볼 수 있을지 기약이 없네요. 그래도 언젠가 제가 처음부터 애니메이션을 정주행 할 날이 오기는 하겠죠?

끝나기는 끝났지만, 정말로 끝나지는 않은 기묘한(?) 상황입니다. 앞으로도 긴장을 풀지 않고 다음 권, 『속 끝 이야기』 작업을 얼른 마칠 수 있도록 노력하겠습니다.

현정수

FAUST **BOX**

끝 이야기 (하)

2017년 2월 15일 초판 발행
2019년 4월 20일 2쇄 발행

저자   니시오 이신
일러스트   VOFAN
역자   현정수

발행인   정동훈
편집 전무   여영아
편집 팀장   최유성
편집   김태헌 노혜림
일본판 디자인   Veia

발행처   (주)학산문화사
등록   1995년 7월 1일
등록번호   제3-632호
주소   서울특별시 동작구 상도로 282 학산빌딩
편집부   02-828-8838
영업부   02-828-8986

ISBN 979-11-256-4284-8 04830
ISBN 979-11-256-4282-4 (세트)

값 12,000원